BERGISCHES ROULETTE

Oliver Buslau begann Ende der neunziger Jahre seine Autorenkarriere als Erfinder des Wuppertaler Privatdetektivs Remigius Rott, der seither in elf Krimis seine Fälle löst. Darüber hinaus schrieb er unter anderem Krimis um das Thema Musik: »Das Gift der Engel«, »Die fünfte Passion«, »Die Orpheus-Prophezeiung«, »Schatten über Sanssouci« und den Beethoven-Krimi »Feuer im Elysium«. Außerdem ist er ein viel beschäftigter Autor von Kurzkrimis.
www.oliverbuslau.de

OLIVER BUSLAU

BERGISCHES ROULETTE

Der Bergische Krimi

emons:

Bibliografische Information der Deutschen Nationalbibliothek
Die Deutsche Nationalbibliothek verzeichnet diese Publikation in der Deutschen Nationalbibliografie; detaillierte bibliografische Daten sind im Internet über http://dnb.d-nb.de abrufbar.

FSC www.fsc.org
MIX
Papier aus verantwortungsvollen Quellen
FSC® C083411

Umschlagmotiv: shutterstock.com/Von hier bis dort
Umschlaggestaltung: Nina Schäfer, nach einem Konzept von Leonardo Magrelli und Nina Schäfer
Umsetzung: Tobias Doetsch
Gestaltung Innenteil: DÜDE Satz und Grafik, Odenthal
Lektorat: Marit Obsen
Druck und Bindung: CPI – Clausen & Bosse, Leck
Printed in Germany 2021
ISBN 978-3-7408-1112-9
Der Bergische Krimi
Originalausgabe

1

Die Schatten des Abends wuchsen schon eine ganze Weile auf den Wänden meines Büros. Eigentlich hätte ich längst die Schreibtischlampe einschalten müssen. Je dunkler es wurde, desto heller leuchtete das Bild auf meinem Computermonitor.

Unter blauem Himmel, der von hier aus so fern wie die Südsee schien, ragte ein tonnenförmiges Gebilde auf. Es war ein Turm mit rötlichen und weißen Mauerflächen, gekrönt von einer Brüstung, die auf dem Dach einmal rundumlief. Mit den runden Fenstern, die irgendwie verheißungsvoll in die Landschaft schauten, hatte er etwas von einem Leuchtturm.

Doch dieser Turm stand nicht am Meer, sondern im Bergischen, auf der Wuppertaler Elisenhöhe. Morgen würde er Schauplatz eines ganz besonderen Ereignisses werden.

Ich war so in das Bild versunken, dass ich Wonne erst bemerkte, als sie in mein Zimmer getreten war. Bis eben hatte ich sie noch nebenan in der Küche unserer gemeinsamen Wohnung gehört. Sie war damit beschäftigt, ihre gesammelten Kochbücher einzuräumen, die wir in vielen Umzugskisten aus Bergisch Gladbach hergeschafft hatten.

Wie immer schob sie die typische Duftmischung ihres Duschgels und eines Parfüms, dessen Namen ich mir nicht merken konnte, vor sich her. Sanft legte sie mir die Hand auf die Schulter, beugte sich nach unten, und dann spürte ich ihre warmen Lippen auf meiner Wange. In solchen Momenten schien in mir stets etwas zu schmelzen.

»Es wird alles wunderschön werden morgen«, sagte sie, den Blick ebenfalls auf den Monitor mit dem strahlenden Elisenturm gerichtet. »Danach werden wir erst mal eine Weile nur an uns denken. Ich glaube, Jutta schenkt uns eine Hochzeitsreise …«

Eine winzige Dissonanz in ihrer Stimme ließ mich aufhorchen. Mit einer Bewegung meiner Schulter machte ich mich los. »Was ist?«, fragte ich alarmiert. »Ist irgendwas passiert? Hat er schon wieder …«

Sie reichte mir ihr Handy, das sie in der Hand gehalten hatte. Darauf war eine Nachricht. Es war eine Mail.

Sie lieben nur mich. Mich allein. Seien Sie sich dessen bewusst. Ihre Hochzeit ist ein großer Fehler.

Ich sah Wonne an. Ihr kaum kleinzukriegender Ausdruck von fröhlicher Zuversicht, ihr Lächeln, das mich immer wieder aufs Neue faszinierte, war zu einem kümmerlichen Rest zusammengefallen. Sie seufzte, hob ratlos die Schultern und setzte sich auf einen der Stühle, die für die Kunden meiner Detektei vorgesehen waren.

»Er hat sich seit drei Tagen nicht mehr gemeldet«, sagte ich. »Ich dachte, er hätte endlich begriffen, dass er dich in Ruhe lassen soll.«

Die Mails kamen seit etwa einem Monat. Absender war ein Unbekannter, der ihr unter der Freemail-Adresse »wonnesromeo@gmx.de« schrieb. Zuerst hatte es eine wahre Flut von Mitteilungen gegeben. Hauptsächlich Liebesschwüre, Bewunderungssalven und Treuegelöbnisse gegenüber Wonne. Anfangs noch ohne Erwähnung unserer geplanten Hochzeit. Der unbekannte Schreiber war dabei mehrmals auf Wonnes blondes Haar eingegangen – was hieß, dass er sie persönlich kannte. Nach einiger Zeit musste der Verfasser dann mitbekommen haben, dass Wonne heiraten wollte. Und seitdem versuchte er, sie mit seinen Nachrichten davon abzuhalten.

»Vielleicht sollten wir doch die Polizei einschalten«, sagte ich. »Was hier passiert, ist Stalking, und das ist eine Straftat.«

Sie schüttelte den Kopf. »Darüber haben wir doch schon gesprochen, Remi. Was soll die Polizei schon machen?«

Mittlerweile war es in meinem Büro noch dunkler geworden, aber ich konnte sehen, wie sie bedrückt den Boden anstarrte.

Ich ballte die Hände zu Fäusten. Es gefiel mir nicht, diesem Scheißkerl so ausgeliefert zu sein. Wir hatten keine Ahnung, wer er sein könnte. Wonne arbeitete als freie Journalistin und kam mit vielen Menschen zusammen. Etliche von ihnen kannten auch ihre Mailadresse.

»Solange er sonst nichts unternimmt«, sagte sie, »uns nicht tätlich angreift oder so …«

Sie wollte sich selbst beruhigen, aber ihre Stimme klang unglücklich. Es schnitt mir ins Herz. Wir hatten so lange gebraucht, bis wir uns endlich zur Hochzeit durchgerungen hatten – und nun so was.

Hoffentlich weiß er nicht, wo wir heiraten, dachte ich. Hoffentlich passiert morgen nicht noch irgendetwas anderes …

Ich sah auf das Handy, dessen kleines Display in die Dunkelheit leuchtete, und schaltete es aus. »Der Typ ist garantiert zu feige, um irgendwas anderes zu machen, als seinen Mist da zu schreiben«, sagte ich. Es war ebenfalls ein Versuch der Selbstberuhigung.

Wonne nickte und hob den Kopf. »Du hast recht, Remi. Genug Trübsal geblasen.« Eine ganze Weile sah sie mich an. Nach und nach schien es ihr zu gelingen, die schlechte Stimmung zurückzudrängen. Im allerletzten Licht des Tages wurde ihr Lächeln wieder sichtbar.

Sie stand auf und verließ den Raum. Wir brauchten nicht darüber zu sprechen, um zu wissen, was nun folgte.

Ich schloss den Internetbrowser mit dem Bild vom Elisenturm. Der Desktop-Hintergrund mit dem Logo »Detektei Remigius Rott«, das auch unten neben der Haustür angebracht war, erschien auf dem Computerbildschirm. Dann schaltete ich die Schreibtischlampe ein.

Es war noch genug Zeit. Ich konnte die rechte Schublade öffnen und eine alte Packung Camel-Zigaretten hervorholen. Es waren noch zwei Stück drin. Ziemlich vertrocknet, aber das war egal. Nach ein bisschen Suchen fand ich ein Feuerzeug. Ein Aschenbecher stand ohnehin auf meinem Schreibtisch.

Ich zündete eine der Zigaretten an, schlug ein Bein über das andere und wandte mich der Tür zu. Im selben Moment klopfte es.

»Herein«, rief ich.

Die Gestalt, die nun das Zimmer betrat, trug ein hellblaues Kleid im Stil der dreißiger Jahre, dazu einen passenden kleinen Hut und eine Handtasche. Hohe Absätze klackerten über den Boden, als sie auf mich zukam. »Sind Sie der Privatdetektiv Remigius Rott?«, fragte sie mit rauchig verstellter Stimme.

Ich lehnte mich zurück und sah sie prüfend an. »Der bin ich, Lady. Was kann ich für Sie tun?«

Sie setzte sich auf denselben Stuhl wie vorhin. Ein Schuss Erregung löste sich in meinem Inneren, als ich im Schein der Schreibtischlampe ihr Gesicht sah. Sie hatte es tatsächlich geschafft, sich in den Minuten ihrer Abwesenheit nicht nur umzuziehen, sondern sich auch zu schminken. Sie entnahm ihrer Handtasche eine Packung Zigaretten, zog eine heraus und steckte sie sich zwischen die Lippen, an denen roter Lippenstift glänzte. Dabei beugte sie sich vor. »Als Erstes können Sie mir Feuer geben, wenn es recht ist.«

Sie behielt mich im Auge, als wollte sie meine Gedanken lesen, während ich ihr die Flamme hinhielt. Den Oberkörper langsam wieder zurücklehnend, nahm sie einen Zug, weicher Rauch erfüllte den Raum.

»Das wäre der leichteste Auftrag, den ich je angenommen habe, Lady«, entgegnete ich und versuchte ebenfalls, meine Stimme etwas verändert klingen zu lassen. Cooler. Mehr wie der Detektiv, den sie so gern in mir sehen wollte.

»Das war ja auch noch nicht alles, Mister Rott«, hauchte sie.

Während sie rauchte, imitierte sie die Art, wie ich auf dem Stuhl saß. Ohne den Blick von mir abzuwenden, legte sie ebenfalls ein Bein über das andere, wobei der Saum des Kleides hochrutschte und einen Oberschenkel freilegte. Überrascht sah sie an sich herab.

»Hoppla«, meinte sie nur.

Ich beobachtete mit unverhohlenem Interesse, wie sie das Kleid weiter nach oben zog und ihre Beine betrachtete, als sei sie über deren Beschaffenheit erstaunt. Es waren aber nicht die Oberschenkel das eigentliche Thema der Betrachtung, sondern etwas anderes, ebenfalls sehr gut Sichtbares.

»Schau an«, sagte sie, nahm noch einen Zug von der Zigarette und blickte mich lächelnd an, so als hätte man ihr gerade ein großartiges Geschenk gemacht. »Da habe ich doch glatt vergessen, einen Slip anzuziehen.«

In mir vibrierte es. Ich nahm das Bein herunter, betrachtete Wonne eingehend, die jetzt sogar erwartungsvoll die Beine ein wenig auseinanderrückte, und drückte im Aschenbecher die Zigarette aus. Sie war noch nicht mal halb geraucht, aber das war egal.

»Wissen Sie, Mister Rott«, sagte sie und fächelte sich mit der rechten Hand Luft zu, »mir ist auch plötzlich so heiß. Dagegen sollte man unbedingt etwas tun.«

Ich räusperte mich. »Sie sind der Boss, Lady.«

Es endete im Schlafzimmer nebenan. Zwischen frisch gestrichenen Wänden und neben dem neuen Schrank, der das alte Ding ersetzt hatte, mit dem ich hier über zwanzig Jahre lang allein zurechtgekommen war.

Natürlich trug Wonne von ihrem Dreißiger-Jahre-Kostüm keinen einzigen Faden mehr.

»Ich frage mich, wie viele Frauen es gibt, die einen Detektiv-Fetischismus haben«, überlegte ich laut, Wonnes Kopf auf meiner Schulter.

»Oder wie viele Detektive einen Klientinnen-Fetisch«, gab sie zurück.

»Ich glaube, das sind mehr.«

»Das denkst du nur.« Sie stand auf, sodass ich ihre nackte schlanke Gestalt von hinten bewundern konnte. Langsam begann sie, ihre normale Kleidung aufzusammeln, die sie vor ihrer Kostümierung in der Eile einfach auf den Boden geworfen hatte. Dann zog sie sich an. »Hauptsache, es passt zusammen«, sagte sie, während sie ihren schwarzen BH schloss. »Pott und Deckelchen.«

»Ja genau, das ist die Hauptsache«, bestätigte ich.

Wonnes Handy lag auf dem Nachttisch. Für eine halbe Stunde hatte ich die Stalker-Attacken tatsächlich vergessen.

»Schon gleich halb acht«, sagte sie, während sie sich weiter anzog. »Ich muss mich beeilen.«

»Was ist los? Haben wir noch was vor?«

Sie hatte schon Jeans und Bluse an und streifte gerade ihren Pullover über. »Mein Mädelsabend?«, entgegnete sie überrascht. »Wir hatten doch darüber gesprochen.«

»Du willst die Mädels treffen? Am Abend vor der Hochzeit?«

»*Gerade* am Abend vor der Hochzeit, Remi. Man nennt es Junggesellinnenabschied. Schon mal gehört? Und du hast dann deinen Junggesellenabschied, klar? Das ist das, was Männer haben. Jeden Moment kommen die Mädels und holen mich ab.«

Ich hatte das Gefühl, schlagartig unter eine kalte Dusche geraten zu sein. »Und wo geht ihr hin?«, fragte ich heiser, während ich mich ebenfalls aus dem Bett schwang.

»Keine Ahnung, Remi. Das ist ja der Witz an einer solchen Veranstaltung. Die Mädels haben das organisiert. Es ist eine Überraschung. Wahrscheinlich geht's zum Tanzen. Oder irgendwohin, wo man einen ordentlichen Männerstrip sehen kann.« Ihre Augen leuchteten, als sie das sagte. Mir kam es auch so vor, als hätte sie das Wort »Männerstrip« besonders deutlich betont.

»Moment mal …«, wandte ich ein. Vor meinem geistigen Auge sah ich die typischen Szenen, die man aus Filmen kennt, vor allem aus amerikanischen. Kreischende Frauen mit erheblichem Alkoholpegel, mittendrin ein Dressman, der sich nach und nach seiner Polizeiuniform entledigte. In den Geschichten kam dann mit neunundneunzigprozentiger Sicherheit der Gag, dass wegen der Lärmbelästigung herbeigerufene echte Polizeibeamte erschienen, die dann von der angeheiterten Damenschar ebenfalls für Stripper gehalten wurden …

»Männer gehen am Hochzeitsvorabend ja gewöhnlich in den Puff«, fasste Wonne zusammen. »Aber ich denke, ich habe eben einigermaßen gründlich dafür gesorgt, dass du dort nicht mehr hinmusst«, fügte sie sachlich hinzu. »Vielleicht geht's ja in einen Stripclub. Das wäre okay. Nur gucken, nicht anfassen.«

In dem Moment schrillte die Türklingel. Seit wir zusammengezogen waren, war sie auch in meinem dienstlich genutzten Bereich auf der anderen Seite des Hausflurs zu hören. Wir nutzten jetzt zwei Wohnungen. In die kleinere war ich mit meinem Büro umgezogen.

Wonne nahm ihren Mantel und eine ihrer Handtaschen. Der Kuss, den sie mir gab, war flüchtig. Ich hatte das Gefühl, sie sei sowieso nur zum Bett gekommen, um das Handy vom Nachttisch zu nehmen.

»Treib's nicht zu wild, mein Bräutigam«, sagte sie.

Die Mädels schienen ungeduldig zu werden, denn sie klingelten direkt noch mal. Gleichzeitig kam es mir so vor, als hörte ich unten auf der Straße kreischendes Gelächter.

Wonne war fast an der Tür, da drehte sie sich noch einmal um. »Ach, noch was. Dir ist schon klar, dass du mein Kleid vor der Hochzeit nicht sehen darfst? Ich bräuchte die Wohnung morgen also für mich allein, ehe wir zum Elisenturm rauffahren.«

»Aber ich werde morgen hier in diesem Bett aufwachen und dann mit Sicherheit die Augen öffnen«, wandte ich ein. »Wie soll das also gehen?«

»Kein Problem«, sagte sie. »Du kannst ja bei Jutta übernachten.«

»Hast du mit ihr gesprochen?«, fragte ich.

»Klar.« Sie lächelte mich an. »Und nun wünsche ich dir viel Spaß. Ich hoffe, bei deinem Abschied ist Manni nicht dabei. Dann würde ich mir wirklich Sorgen machen.«

Damit ging sie.

Ein letzter Hauch ihres Duftes blieb im Raum – vermischt mit einem leichten Raucharoma. Das kam von den Dreißiger-Jahre-Klamotten, die auf dem Boden vor dem Bett lagen.

Unten vor dem Haus ertönte wieder das Gelächter. Dann hörte ich zuschlagende Autotüren. Ein Motor wurde gestartet. Das Geräusch entfernte sich, und ich lauschte ihm nach, bis es verschwunden war. Dann ließ ich mich zurück auf das Bett sinken.

Freunde organisieren den Junggesellenabschied, dachte ich. Das stimmte wohl.

Wenn man Freunde hatte.

2

Nachdem ich mich angezogen hatte, ging ich in die Küche, setzte mich an den Tisch und betrachtete eine Weile die lange Reihe von Wonnes Kochbüchern. Sie waren nach Ländern geordnet, von marokkanisch bis türkisch, von französisch bis spanisch und portugiesisch, und dazwischen gab es auch ein paar Bände mit deutschen Rezepten. Sogar eins mit Bergischen Spezialitäten war dabei – mit den Zutaten zur legendären Kaffeetafel und mit regionalen Klassikern wie Panhas und Pillekuchen. Hinzu kamen verschiedene reich und bunt bebilderte Fachbücher über die Zubereitung von Konfitüren.

Im Kühlschrank waren noch ein paar Flaschen Bier. Ich öffnete eine und ging hinüber in mein Büro. Der Bildschirm hatte sich abgeschaltet. Alles war dunkel.

»Da will dir jemand dein Mädchen wegnehmen«, sagte eine Stimme. Sie war dunkel und ein wenig rau, dabei klar und deutlich zu vernehmen. Trotzdem war sie nicht real.

Jedenfalls nicht im üblichen Sinne.

Der Mann, zu dem sie gehörte, stand vor dem Fenster, wo das Licht der Straßenlaterne seine Silhouette beschien – gedämpft von einer Stoffjalousie. Sein Gesicht lag im Schatten eines Hutes. Gelegentlich stieg von da, wo der Mund des Mannes sein musste, Zigarettenrauch nach oben. Zu erahnen waren ein weißes Hemd, Anzug und eine Krawatte, deren Streifen auf amerikanische Art von links oben nach rechts unten verliefen.

Ich wusste, wie der Mann hieß. Allerdings hütete ich mich davor, seinen Namen auch nur zu denken. Denn das hätte mich zu einem Kandidaten für die Irrenanstalt gemacht. Ich nannte ihn also einfach »Mister M.«.

»Sie ist süß, die Kleine«, erklärte Mister M. und ließ versonnen den Rauch kräuseln. »Sie hat es verdient, dass du die Sache mit dem Typen, der die Briefe schreibt, in den Griff kriegst. Also streng dich an.«

Mister M. kam aus einer Welt und einer Zeit, in der man keine E-Mails kannte. Außerdem mussten sich Frauen die selbstverständlichsten Dinge »verdienen«.

Aber er hatte recht. Ich schaltete die Schreibtischlampe ein und griff zum Telefon. Wie immer, wenn ich auf seine Ratschläge hin aktiv wurde, löste er sich auf wie der Rauch, den er ausstieß.

Mannis Nummer war eingespeichert. Als er sich meldete, hörte ich seine Stimme in einem Getöse wummernder Metal-Klänge.

»Hecking Computersupport!«, brüllte er mir ins Ohr. Trotzdem klang er fern und war kaum zu verstehen. Ich fragte mich, welcher Kunde angesichts eines solchen Szenarios noch Lust hatte, Manni einen Auftrag anzuvertrauen.

»Ich bin's, Remi!«, rief ich, um mich dem Lärm entgegenzustemmen.

Von Manni kam ein überraschter Laut, dann wurde die Geräuschkulisse leiser, und seine Stimme war deutlich, als er fragte: »Wer ist da?«

»Remi!«, schrie ich.

»Ach, du bist's.«

»Wir hatten doch über diese Mails gesprochen, die Wonne seit einiger Zeit bekommt …«

»Mailadresse sperren, und gut ist«, gab Manni zurück. »Habt ihr das gemacht?«

»Ehrlich gesagt, nicht. Erst wollte ich die Sache weiter im Auge behalten. Aber dann hatten wir so viel mit der Hochzeit zu tun.«

»Hochzeit?«, echote Manni.

Ich biss mir auf die Lippe. Ich hatte ihm nichts davon gesagt. Wonne mochte Manni nicht, unter anderem wegen seiner kriminellen Vergangenheit. Sie hatte darauf bestanden, dass er nicht eingeladen wurde.

»Ja, morgen«, sagte ich so dahin. Jetzt war sowieso alles egal.

»Soso. Hast du dir das auch gut überlegt?«

»Was denkst du denn?«, gab ich empört zurück. »Glaubst du, ich heirate so einfach zwischen Tür und Angel?«

»Warum bist du nicht auf deinem Junggesellenabschied?«

»Was?«

»Hörst du schwer? Warum. Du. Nicht. Auf. Deinem. Junggesellen. Abschied. Bist. Wo ist denn Wonne?«

Ich nuckelte nervös an meinem Bier. Seltsamerweise hatte sich die Flasche während der kurzen Unterhaltung schon fast geleert. »Hör zu, Manni. Es geht jetzt um was anderes. Du hast neulich erwähnt, dass du rauskriegen könntest, woher die Mails kommen. Wer dahintersteckt.«

»Das *könnte* ich. Ist aber nicht ganz einfach. Und auch nicht billig.«

»Wir müssen es versuchen. Unternimm bitte, was nötig ist.«

»Ich brauche eine möglichst aktuelle Mail von dem Typen, um sie zu analysieren«, sagte Manni.

Ich erklärte ihm, dass ich an die neueste Nachricht gerade nicht rankäme. Und Wonne sei samt ihrem Telefon außer Haus.

»Junggesellinnenabschied?« Ich konnte Mannis Stimme anhören, dass er frech grinste. »Und du sitzt zu Hause rum?«

»Darum geht es jetzt nicht. Es geht um –«

»Natürlich geht's darum, alter Junge.«

»Nenn mich nicht ›alter Junge‹. Ich bin gerade mal –«

»Du hast mir die ersten Mails von dem Typen schon mal irgendwann geschickt«, unterbrach er mich erneut. »Die habe ich noch, und ich werde sehen, was ich tun kann. In Bezug auf die Mails und auch darüber hinaus.«

»Was meinst du damit?«

»Dir muss man wirklich helfen, Rott. Du tust mir leid. Bleib, wo du bist, ich bin in einer knappen halben Stunde bei dir. Ich war zwar noch nie verheiratet. Aber eines weiß ich: Ohne Junggesellenabschied läuft da gar nichts.«

Ich nahm noch einen Schluck Bier und saß in meinem Büro herum, wieder in der Dunkelheit, bis es an der Tür klingelte.

»Bist du fertig?«, rief Manni von der Straße aus in die Gegensprechanlage.

»Fertig wofür?«, fragte ich zurück.

»Jetzt mach, dass du runterkommst.«

Ich trug wie immer ein Hemd zu Jeans und ausgeleiertem Jackett. Jetzt im Januar war es draußen kalt, also zog ich noch den Mantel über, den Wonne mir einmal geschenkt hatte.

Unten auf der Straße stand mit laufendem Motor ein alter orangefarbener Ford Capri. Ein Modell aus den siebziger Jahren. Seit meiner Jugend hatte ich so was nicht mehr gesehen. In der nasskalten Luft qualmte der Auspuff wie eine Lokomotive. Manni, der am Steuer saß, winkte mir zu.

Ich stieg ein. In dem Wagen roch es, als hätte jemand sämtliche Düfte der Siebziger darin konserviert. Zigarettenrauch und Alkohol, Auspuffgase von bleihaltigem Benzin. Dazu eine Spur Leder und in Kunstfasern aufgenommener Schweiß.

Kaum hatte ich Platz genommen, fuhr Manni röhrend los.

»Wo hast du denn diese Kiste aufgetrieben?«, wollte ich wissen.

»Leider konnte ich so schnell keine Stretchlimousine besorgen«, entgegnete er leicht beleidigt. »Aber der hier ist doch auch was Besonderes. Super geeignet für das, was wir vorhaben.« Er sah mich an und strahlte. Mir wurde klar, dass ich Manni selten so enthusiastisch erlebt hatte. »Sag mal«, fuhr er fort, »ich hatte doch recht, oder? Wonne feiert mit ihren Mädels, und du warst wirklich allein zu Hause?«

»Ich hätte vielleicht ein bisschen ferngesehen«, sagte ich kleinlaut.

»Fernsehen?«, schrie Manni und machte ein Gesicht, als hätte er es mit einem komplett Irren zu tun. »Du wolltest *fernsehen*?« Er schüttelte den Kopf. »Junge, du weißt nicht, was du redest.«

Wir waren an der Abzweigung auf die B 7 angekommen. Manni gab Gas, um nach links abzubiegen. Kraftvoll haute er einen höheren Gang rein.

»Wo fahren wir denn hin?«, fragte ich.

»Lass dich überraschen«, sagte Manni geheimnisvoll. Dann grinste er mich wieder an. »Alter Junge.«

Ich verfolgte schweigend, wie er den Ford durch das abendliche Wuppertal nach Osten lenkte – vorbei am schier endlosen Stahlgerüst der Schwebebahn. Irgendwann tauchte rechts die Neonschrift des »Cinemaxx« auf, an dem Manni jedoch vorbeifuhr. Das Schauspielhaus ließ er ebenfalls rechts liegen. Es ging also weder ins Kino noch ins Theater.

Manni schwieg. Er nahm den Linksabbieger in die Loher Straße, fuhr dann noch um ein paar Ecken und überquerte einmal mehr den Fluss, der unserer schönen Stadt den Namen gegeben hat. Es ging an den Fronten alter Mietshäuser vorbei, zwischen denen hin und wieder Gewerbegrundstücke lagen, bis sich links eine Hofeinfahrt auftat. In der hell gestrichenen Fassade der Hofrückseite reihten sich ein paar Fenster aneinander, in denen hinter roten Jalousien Licht brannte.

»Na?«, sagte Manni erwartungsvoll, als wir ausgestiegen waren.

Was erwartete er? Ich wusste es nicht und blieb erst einmal stehen. Er glaubte doch nicht im Ernst, dass ich da reinginge. Jedenfalls nicht als Kunde.

»Nur nicht so schüchtern, alter Junge. Junggesellenabschied ist Junggesellenabschied. Was hast du denn? Machst du dir Sorgen wegen der Kohle? Geht alles auf mich.«

Widerstreitende Gedanken gingen mir durch den Kopf. Und das lähmte meine Schritte. Eins musste man Manni ja lassen: Ausgerechnet er hatte die Qualitäten bewiesen, die ein Freund haben sollte. Er hatte erkannt, dass ich heute Abend ziemlich blöd zu Hause gesessen hatte. Aber musste ich deswegen mit ihm in diesen Puff gehen? Lief ein echter Junggesellenabschied nicht etwas anders ab? Ging man da nicht in eine Kneipe, machte lauter Blödsinn … Okay, es konnte auch eine Stripperin im Spiel sein, und ein bisschen frivol ging es vermutlich ebenfalls zu … Aber Moment mal, war man da nicht in einer größeren Gruppe unterwegs? Und nicht nur mit einem einzigen Kumpel?

Während ich unschlüssig herumstand und auf die rot glühenden Fenster starrte, schritt Manni bereits forsch auf den

Eingang zu, wo es auch eine Klingel gab. Er drückte, und sofort öffnete jemand die Tür. Gelbes Licht fiel auf den Hof, dazu Musik. Im Gegenlicht stand eine Blondine im roten Kleid, die wahrscheinlich die Empfangsdame war. So wie sie Manni anlächelte, kannten die beiden sich. Aber vielleicht wirkte das auch nur so, und sie begrüßte jeden Gast wie einen alten Freund des Hauses.

Manni deutete auf mich, der ich immer noch in etwa zwanzig Metern Entfernung Wurzeln schlug. Ich hörte, wie er der Frau etwas sagte: »Heiratet morgen … traut sich nicht so recht …« Es entlockte ihr ein wissendes Lächeln. Wahrscheinlich gab es solche Kandidaten wie mich hier häufiger.

Er drehte sich zu mir um. »Komm schon!«, rief er. »Denen kühlt ja die Bude aus, wenn die Tür noch länger offen steht.«

Na gut. Ich wollte natürlich nicht, dass das Etablissement wegen hoher Heizkosten Verluste erlitt, und setzte mich in Bewegung. Manni war schon im Inneren des Hauses verschwunden, als ich die blonde Frau erreichte, die einen gewaltigen Parfümduft verbreitete.

»Du heißt Remi, hat dein Freund gesagt«, hauchte sie. »Ich bin Donna und werde euch gleich mal zeigen, was wir hier so haben.«

Ich betrat einen Gang mit einigermaßen geschmackvollen Schwarz-Weiß-Fotos nackter Frauen an den Wänden. Es waren nicht die Damen, die hier beschäftigt waren. Das erfuhr ich nur eine Minute später, als Manni und ich in einem mit dickem Teppichboden ausgelegten Raum auf einer Couch saßen und sich eine Seitentür öffnete.

Donna führte vier junge Damen herein, allesamt mehr oder weniger knapp bekleidet. Durch das Rauschen in meinen Ohren hörte ich ihre Namen. Stella, Vivian, Janine und Melody. Mindestens bei der Letzten war ich sicher, dass es sich um einen Künstlernamen handelte.

Manni machte derweil schon seine Bestellung. »Vivian«, sagte er, und die Angesprochene, eine schlanke Blondine im roten Bikini und mit einer eigentlich farblich unpassenden lila

Federboa um den Hals, trat vor. »Und Janine auch noch.« Janine schien südländische Wurzeln zu haben. Schwarzes Haar, gebräunte Haut.

»Und was ist mit dir, Remi?«, fragte Donna mit einem leisen Gurren in der Stimme, das irgendwie mütterlich wirkte. Wie eine Mama, die das Kleinkind fragt, was es essen will.

Ich spürte, wie es in meiner Kehle trocken wurde, und räusperte mich.

»Na, dann wisst ihr ja, was ihr zu tun habt, Mädels«, sagte Donna zu Stella und Melody. »Kümmert euch mal schön um ihn.«

Die leise Musik, die durch den Raum schwebte, wurde mit einem Mal ganz laut. Stella und Melody kamen lächelnd auf mich zu. Was würden sie machen, wenn sie an dem Sofa angekommen waren?

Manni war schon mit den beiden anderen durch die Tür verschwunden, durch die Donna mit den Mädels hereingekommen war. Ich räusperte mich noch mal und stand auf. Mir war klar, dass jetzt der richtige Moment für einen Entschluss war.

»Es freut mich sehr«, sagte ich und hätte beinahe weitergemacht mit »wie ich hier behandelt werde«. Aber das schien mir unpassend, deswegen fing ich noch mal von vorne an. »Ich freue mich sehr über die Gastfreundschaft. Aber ich fürchte, das ist doch nicht das Richtige ... Ich meine, es liegt überhaupt nicht an euch ...«

Stella und Melody waren stehen geblieben und sahen verdutzt drein. Einen Moment lang schwebte nur die Musik durch den Raum, ansonsten herrschte Stille. Dann ertönte ein elektronischer Dreiklang, der aus der Innentasche meines Sakkos kam. Mir wurde klar, dass ich immer noch meinen Mantel trug.

»Moment, mein Handy«, sagte ich, fast dankbar für die Unterbrechung, riss das Telefon heraus und ging ran.

»Remi ...«, rief Wonne, um den Umgebungslärm zu übertönen. Musik schien heute der normale Begleitsoundtrack beim Telefonieren zu sein. Es ging nicht mehr ohne. Auch bei Wonne rockten im Hintergrund E-Gitarren mächtig ab.

Trotzdem hörte ich ihrer Stimme an, dass irgendetwas passiert sein musste. Anscheinend bewegte sie sich irgendwohin, wo es leiser war. Die Musik wurde zu einem fernen Gewummer.

Mit wenigen Schritten war ich wieder auf dem Flur und wandte mich der Haustür zu. »Was ist?«

»Ach, wir sind hier am Tanzen … Und da …« Wonnes Stimme war wie mit Hall unterlegt. Es klang, als wäre sie in dem Tanzschuppen, in den es sie mit ihren Freundinnen verschlagen hatte, auf der Toilette.

»Geht es dir gut?«, fragte ich.

»Ja, schon, aber … Na ja, der Typ hat wieder geschrieben.«

»Lass dich doch davon nicht beim Feiern stören«, sagte ich. »Ich habe mit Manni gesprochen. Er will die Mails analysieren und arbeitet gerade daran, den Absender zu ermitteln.« Ich blickte den Gang entlang, von dem Türen zu den Zimmern abzweigten. In einem davon arbeitete Manni tatsächlich gerade, aber an etwas anderem.

»Remi, er hat nicht nur ein Mal geschrieben, sondern gleich drei Mal. Und das ist nicht alles. An einer der Mails ist ein Foto angehängt.« Ihre Stimme hatte mindestens zwei Grade an Verzweiflung zugelegt.

»Ein Foto? Was für ein Foto?«

»Remi … Sag mir bitte ganz ehrlich … Wo bist du gerade? Zu Hause bist du nicht, auf dem Festnetz habe ich es versucht. Und nun erreiche ich dich auf dem Handy.«

Ja, wo war ich? »Ach«, sagte ich und versuchte, möglichst harmlos zu klingen. Zeit zu gewinnen.

»Als ich vorhin das mit dem Puff gesagt habe, war das doch nur ein Spaß.«

»Klar, das weiß ich doch, Wonne, ich …« Ich öffnete die Tür und trat hinaus auf den Parkplatz. Ich hatte das Bedürfnis, möglichst schnell hier herauszukommen. Da stand Mannis orangefarbener Ford. Ich stellte mich daneben.

»Dann bist du nicht in der ›Erotik-Oase‹ in Barmen?«

Eine Hitzewelle packte mich unter meinen Mantel. »Was?«, rief ich. »Wieso …«

»Warte mal, ich schick dir die Mails weiter.«

Ein paar quälende Sekunden lang stand ich herum und starrte auf das Display. Dann kamen die Botschaften an. Mit Anhang. Sie stammten natürlich wieder von »Wonnes Romeo«.

Dein Bräutigam geht in den Puff.

»Erotik-Oase«. Völklinger Straße.

Dieselbe Mail war drei Mal geschickt worden. Ich scrollte weiter, und dann wurde das Foto sichtbar.

Es zeigte mich, wie ich auf dem Parkplatz stand. Weiter hinten war die offene Tür zu sehen, mit Donna und Mannis Silhouette davor.

Ich aktivierte wieder die Telefonfunktion, rief Wonne zu, dass sie warten sollte, und rannte auf die Straße. Dort hatte die Person, die fotografiert hatte, gestanden. Ich blickte die Häuserzeilen entlang. Niemand war zu sehen. Ein Stück weiter lag der Völklinger Platz. Auch dort war niemand. Noch nicht mal jemand, der seinen Hund ausführte. Überall parkten Autos. Ich versuchte vergeblich, hinter den dunklen Scheiben der Fahrzeuge jemanden auszumachen.

Wonne war immer noch dran.

»Das Foto ist vor einer Viertelstunde entstanden, höchstens vor zwanzig Minuten«, sagte ich. »Der Stalker muss hier in der Nähe sein. Ich sehe mich gerade überall um, aber ich finde nichts …«

»Soll das etwa heißen, du bist wirklich in dieser sogenannten Oase? Sag mir, dass das nicht wahr ist.«

»Es ist nur ein Witz«, sagte ich. »Mann… Ich meine, ein Freund hat mich abgeholt und mich aus Quatsch hergebracht.«

»Du bist also nicht reingegangen?«

»Was denkst du denn?«, sagte ich mit so viel Entrüstung in der Stimme wie möglich. Dann arbeitete ich weiter daran, Wonne abzulenken. »Schau dir das Foto mal genau an. Siehst du da rechts das orangefarbene Auto? Das ist ein Modell aus den Siebzigern. Damit machen wir eine kleine Rundfahrt. Nachher trinken wir noch was, und das war's dann.«

»Aha«, sagte sie, noch keinesfalls beruhigt. »Und welcher Freund ist das?«

»Kennst du nicht. Er heißt Rudi. Rudi Klapprath. Eigentlich Rudolf. Ich kenne ihn aus der Schule.«

»Du verarschst mich doch, Remi.«

Der Witz war, dass es diesen Rudi wirklich gegeben hatte. Und er hieß wirklich Klapprath. Und ein Klapprad hatte er damals auch besessen. Ein orangefarbenes. Deswegen war er mir gerade eingefallen. Rudi war ein Schulkamerad vom WDG, dem altehrwürdigen Wilhelm-Dörpfeld-Gymnasium. Mit dem Rad kam er morgens von Küllenhahn zur Schule runtergestocht, um dann nachmittags den ganzen Weg zurückzuschieben.

»Es ist alles in Ordnung«, sagte ich. »Jedenfalls, was das betrifft. Ich kümmere mich jetzt darum, den Stalker zu finden. Manni muss mir helfen, er ist ja eh schon an der Sache dran.«

»Sag mal, Remi ... Der Typ, der da an der Tür steht ... Er sieht Manni ziemlich ähnlich, findest du nicht?«

»Ich werde es Rudi sagen«, gab ich nonchalant zurück. »Vergiss den Quatsch hier mit dem Puff.« Dann wechselte ich wieder das Thema. Hoffentlich zum letzten Mal. »Wir werden den Typen schnappen.«

»Wir?«, fragte Wonne noch, aber da hatte ich schon den roten Knopf gedrückt.

3

Als ich in die »Erotik-Oase« zurückkehrte und Donna das Foto zeigte, erntete ich Überraschung und Entsetzen. Dass Kunden heimlich bei ihrem Besuch fotografiert wurden, kam natürlich überhaupt nicht gut an. Das war aber auch schon alles. Ich erhielt keinen weiteren Hinweis. Donna hatte zwar in Richtung der Hofeinfahrt geschaut, als die Aufnahme entstanden war, aber sie hatte niemanden bemerkt. Überwachungskameras gab es nicht.

»Wo ist Manni?«, wollte ich nach der Befragung wissen.

Donna grinste nur und setzte an, etwas zu sagen. Ich wartete nicht, sondern ging den Gang entlang, bis ich hinter einer Tür quietschendes Frauenlachen hörte. Ohne anzuklopfen, ging ich rein.

Zum Glück hatte ich auf Anhieb den richtigen Raum erwischt. In einer Sinfonie aus Rottönen mit rotem Teppich, roter Tapete, roten Möbeln, roter Bettwäsche, Kunstblumen und einem das alles intensiv bestrahlenden roten Deckenstrahler lag Manni zwischen den beiden Grazien. Sie hatten sich ihrer wenigen Kleider entledigt und sahen mit ihrer glatten Haut aus wie Statuen. Allerdings bewegten sie sich. Eine von ihnen – ob Vivian oder Janine, hatte ich vergessen – zog an Mannis Unterhose herum, die sich sichtlich ausbeulte.

Ohne zu zögern, schritt ich auf das erotische Ensemble zu. »Wir müssen weg, Manni«, sagte ich. »Sofort.«

Die beiden Damen hörten aus meiner Stimme wohl heraus, dass etwas Schlimmes passiert war, und sahen mich erschrocken an. Die Aktion an Mannis Unterhose wurde sofort gestoppt.

»Los, zieh dich an«, befahl ich.

»Was soll denn der Quatsch?« Manni rappelte sich auf. »Ich dachte, du bist mit Stella und Maria zu Gange.«

»Sie heißt Melody«, sagte ich, als ob das wichtig wäre. Mannis Gespielinnen waren aufgestanden. Ich packte meinen

Kumpel am Arm und wollte ihn vom Bett ziehen. »Wir haben wieder Post von Mister Unbekannt bekommen«, erklärte ich. »Und das ist nicht alles. Diesmal hat er ein Foto mitgeschickt. Er ist hier in der Nähe.«

Manni stieß mich weg. Da stand auf einmal Donna in der Tür. »Was ist hier los?«, rief sie, und diesmal hatte sie noch ein anderes Register drauf. Keifende alte Frau.

»Weiß ich nicht«, jammerte Manni. »Ich wollte meinem Freund einen schönen Junggesellenabschied schenken, aber …«

»Wenn du mir was zur Hochzeit schenken willst, dann hilf mir, diesen Idioten zu schnappen, der mich und Wonne die ganze Zeit terrorisiert.«

»Deine Braut heißt Wonne?«, meldete sich eine von den Frauen kichernd. »Nomen est omen …«

»Oh, das Personal kann Latein«, sagte ich verblüfft.

»Na klar, ich hab mal zwei Semester Theologie studiert«, erklärte sie, gefolgt von noch mehr Gekicher.

Ich holte das Handy raus und wischte, bis Wonnes Nachricht kam. Dann hielt ich Manni den Text mit dem Foto hin. Zum Glück brachte ihn das, was er sah, dazu, sich sofort vollständig anzuziehen. Die Beule in seiner Hose war verschwunden.

»Bis bald, Mädels!«, rief er, als wir an der Tür standen. An Donna gewandt sagte er: »Schreib es an. Kohle gibt's nächste Woche.«

»Kommt gar nicht in Frage!«, rief die Puffmutter und stellte sich uns in den Weg. »Du hast hier mehr als fünf grüne Scheine offen. Entweder du zahlst jetzt, oder –«

»Mein Freund erledigt das«, sagte Manni und deutete auf mich.

»Wie bitte? Ich denke, ich bin eingeladen.«

»Mach schon, Remi. Du bezahlst hier, und dafür besorge ich die Software, mit der wir den Typen schnappen. Dann sind wir quitt. Alles klar?«

So ganz klar war mir das nicht, aber ich gab Donna meine Kreditkarte. Kurz darauf erhielt ich eine korrekt ausgestellte

Quittung darüber, dass fünfhundertzwanzig Euro abgebucht worden waren, mit ordentlichem Vermerk der kassierenden Firma »Erotik-Oase«.

»Du fährst«, sagte Manni, als wir am Wagen waren, und hielt mir den Schlüssel hin.

»Aber ich hab doch Bier getrunken«, erklärte ich. »Eine Flasche. Kannst du nicht fahren?«

»Eine Flasche Bier? Du bist ein verdammter Spießer, Remi. Ich muss unterwegs das Foto analysieren und noch alles Mögliche andere machen. Los jetzt. Hast du's nun eilig oder nicht?«

»Also gut.« Ich nahm den Schlüssel und stieg ein. »Was gibt's an dem Foto zu analysieren? Der hat da drüben gestanden, und dann war er weg.«

Manni nahm mein Handy und machte damit irgendwas. Dabei murmelte er Begriffe wie »Metadaten«, »GPS« und »IP-Adresse«. Schließlich gab er es mir zurück, und ich steckte es ein.

»Fahr schon«, sagte er. »Wir müssen erst mal zu mir nach Hause.«

»Kriegen wir den Typen denn?«, fragte ich unsicher.

»Wenn wir hier weiter rumstehen, nicht.«

Ich hatte keine Ahnung, was er vorhatte, aber er schien zu wissen, was er tat.

»Es wäre gut, wenn wir uns ein bisschen beeilen könnten«, sagte Manni. »He, Vorsicht, nicht so viel Gas geben. Die Kupplung langsam kommen lassen.«

Ich hätte den alten Wagen fast abgewürgt. Aber als er ein paar Meter gerollt war, hatte ich das Ding im Griff. Wie bequem man in den Sitzen saß! Fast wie früher bei Oma auf dem Sofa.

Manni hatte schon alle möglichen Wohnungen gehabt. Für eine Weile hatte er sogar ein Haus zwischen Mettmann und Wülfrath besessen, in dem säuberlich aufgebaute Server automatisch illegale Kopien von Spielfilmen in alle Welt vertickten. Die Sache war aufgeflogen, Manni hatte eine Bewährungsstrafe kassiert und musste Schadensersatz leisten. Danach musste er von vorne anfangen. Jetzt lebte er in einem Gebäude, das vom alten Bahnbetriebswerk in Vohwinkel übrig geblieben war. Oder von einem der Betriebe, die es rund um die Anlage gegeben hatte.

Man musste von der Nathrather Straße in einen kleinen, abschüssigen Weg einbiegen, an dem man mit einem verblassten Schild darauf hingewiesen wurde, dass alles, was dahinter lag, Bahngelände war. Der Weg führte auf ein riesiges, teilweise überwuchertes Areal voll von durcheinandergewürfelten Betonklötzen und riesigen Steinhaufen. Alles war abgerissen – nur ein einziges Haus nicht. Irgendwie war es Manni gelungen, mit der Immobilienverwaltung der Bahn einen Deal zu machen.

»Du wartest hier«, sagte Manni, als wir auf den Vorplatz gerumpelt waren. Er stieg aus, und ein Bewegungsmelder ließ die Lampen an dem verwitterten Eingang angehen. Daneben hing ein verrostetes Schild mit der Aufschrift »Büro«.

Es dauerte nicht mal zehn Minuten, in denen ich in die stille Nacht lauschte, nur einmal rauschte auf der nahen Bahnstrecke ein Zug in Richtung Sonnborn vorbei. Dann kam Manni zurück, einen flachen Gegenstand in der Hand. Als er sich wieder auf den Beifahrersitz gewuchtet hatte, entpuppte sich das Ding als monströser Laptop von olivgrüner Farbe mit Gummiverstärkungen an den Kanten. Es sah aus, als sei es für einen Kriegseinsatz vorgesehen.

Er klappte den Computer auf und starrte auf den Bildschirm, auf dem zuerst nur ein weißer Zeichensalat auf dunklem Grund erkennbar war. Dann erschien das Foto, das Wonne mir gemailt hatte.

»Der Typ war schlau genug, die Metadaten rauszunehmen«, sagte Manni. »Aber wir haben noch was anderes ... Ah, das ist es.« Er klickte, das Bild verschwand, und ein weißer Balken zog sich quer über das Display. Ein Fenster ging auf, und Manni schrieb in ungeheurer Geschwindigkeit etwas hinein. Er wartete, bis weitere Zeichen erschienen, dann tippte er weiter. »Du kannst losfahren«, sagte er, ohne mich anzusehen.

»Und wohin?«, fragte ich.

»Sag ich dir dann. Wir versuchen, den Typen zu orten.«

Ich startete den Motor und wendete den Ford auf dem Vorplatz. »Du kannst mit dem Laptop orten, wo sich der Stalker aufhält?«

»Ich kann orten, wo der Computer steht, von dem aus er die Mails geschickt hat«, korrigierte mich Manni. »Sofern er nicht von einem Handy aus operiert. Was ich aber nicht glaube.«

»Bist du ganz sicher, dass das funktioniert?«

Er sah mich an. »Ist der Papst katholisch? Das hier ist Hochleistungs-Hardware, Rott. Und ein Programm, das sogar die NSA benutzt. Also, jetzt mach schon. Fahr erst mal Richtung Kaiserstraße und folge dann einfach der Schwebebahn. Es hat angefangen zu regnen. Mach die Scheibenwischer an.«

Mal nannte er mich Remi, mal Rott. Ich hatte noch nicht herausgefunden, wie er das entschied.

Ich brauchte einen Moment, bis ich den richtigen Hebel gefunden hatte. »Warum hast du das nicht neulich schon gemacht?«, wollte ich wissen. »Ich meine, mit diesem ganzen Kram da gearbeitet.«

»Weil ich dafür eine spezielle Software brauche, die ich in Indien kaufen musste.«

»Und das hat du jetzt gemacht?«, fragte ich ungläubig. »Gerade eben?«

»Was denkst du denn? Wir leben im Internetzeitalter, Remi. Das scheint bei dir noch nicht so ganz angekommen zu sein. Alles läuft mit Lichtgeschwindigkeit. Ich habe den Verkäufer in Indien auf sechshundert Ocken runtergehandelt. Glaub mir, wir kriegen das hin, und du kannst Wonne morgen Erfolg melden.«

»Also gut«, sagte ich und fuhr los.

In der Kaiserstraße präsentierte sich Wuppertals berühmtestes Stadtbild: die typische Straßenschlucht, in der sich wie ein stählerner Tausendfüßler die Konstruktion der Schwebebahn hinzog.

»Da wir jetzt wissen, dass der Typ in Wuppertal unterwegs

ist, können wir die Sache eingrenzen«, erklärte Manni. »Ich gehe mal davon aus, dass er auch hier wohnt und seine Mails aus dem Stadtgebiet verschickt hat. Hoffentlich von einem PC von zu Hause aus.«

Während wir die Straße entlangrollten, versuchte ich immer mal wieder, einen Blick auf Mannis Laptopmonitor zu erhaschen, aber es hatte keinen Sinn. Er zeigte den Ausschnitt einer elektronischen Karte, wie man sie von Navis kennt, nur in einem ganz kleinen Fenster. Der größte Teil des Displays war von einem Zeichensalat bedeckt, der sich beständig veränderte.

Kurz vor dem Sonnborner Kreuz, wo die Autobahn die Stadt in gewaltiger Breite in Nord-Süd-Richtung durchschneidet, wies mich Manni an, links abzubiegen. Es ging erst ein Stück die Hammersteiner Allee hinauf, dann, am Goetheplatz vorbei, auf die Flieth und in der extrem engen Unterführung unter der Bahn hindurch. Überall schauten uns brave bürgerliche Fassaden an. In vielen Fenstern brannte Licht, ab und zu flackerte ein Fernseher. Die Leute hatten es gemütlich.

»Hier wohnt also irgendwo unser Stalker?«, fragte ich.

»Er hat zumindest diesen Weg genommen«, sagte Manni, der den Blick nicht von dem Display ließ. »Wir verfolgen ihn, allerdings mit einigem zeitlichen Abstand.«

Etwas knallte auf die Windschutzscheibe. Es waren dicke Regentropfen. Der Scheibenwischer bekam gut zu tun, während wir der Straße weiter folgten. Die dichteren Wohngebiete hatten wir mittlerweile hinter uns gelassen und fuhren an Gärten vorbei. Dann stoppte uns eine rote Ampel, die den Gegenverkehr auf der schmalen Straße regelte. Doch niemand kam von dort, wo wir hinwollten, und wir standen eine gefühlte Ewigkeit allein auf weiter Flur im Regen.

»Wo soll denn das noch hinführen?«, fragte ich, weil mir dämmerte, dass der Ausflug ins Nirgendwo mündete. »Da vorne kommt gleich die Nordbahntrasse. Ich bin mir nicht mal sicher, ob man mit dem Auto durch die Unterführung kommt.«

Die Ampel wurde grün. Und da war er auch schon, der

winzige Tunnel unter der ehemaligen Bahnlinie, auf der jetzt, nach dem großen Ausbau vor einigen Jahren, Spaziergänger und Radfahrer unterwegs waren.

»Fahr da nicht durch«, sagte Manni. »Bieg vorher links ab.«

»Und dann?«, wollte ich wissen. »Mensch, das bringt doch nichts. Was nützt es uns denn, wenn wir wissen, wo der Typ überall gewesen ist? Ich brauche einen Namen oder wenigstens eine Adresse.«

»Ich kann nicht hexen, mein Freund«, sagte Manni. »Hier, fahr über den Homanndamm und dann weiter geradeaus, immer der Spur nach.«

»Aus Wuppertal raus?«, fragte ich.

»Keine Ahnung, Remi. Und wenn schon. Fahr einfach.«

»Wieso ›keine Ahnung‹? Ich denke –«

»Fahr!«

Ich zerbiss meine weiteren Einwände mit mahlenden Kiefern. Was sollte das? Wir fuhren hier die ganze Zeit im Kreis herum.

Nachdem wir dem Straßenverlauf gefolgt waren, kamen wir an der Bundesstraße 224 heraus.

»Weiter«, sagte Manni.

»Was soll das heißen, ›weiter‹? Hier geht's entweder nach links oder nach rechts.«

»Rechts.«

Die Antwort war für meinen Geschmack etwas zu zögerlich gekommen. Jedenfalls für jemanden, der angeblich wusste, was wir hier taten.

Wir gelangten nach Dornap. Hinter Regenschleiern erschien neben der Straße das riesige Gebäude, dessen düstere, ehrfurchteinflößende Fassade mich schon als Kind beeindruckt hatte. Es beherbergte Mietwohnungen. Früher hatten hier wohl die Arbeiter der Kalkindustrie gewohnt.

»Halt mal an der Bushaltestelle da vorne«, sagte Manni.

»Sind wir da? Was ist jetzt?«

»Nichts ist. Endstation.«

»Heißt das, der Stalker wohnt in dem Haus da drüben?«

»Oder in einem anderen. Umkreis etwa achthundert Meter …«

»Wie bitte?«, rief ich.

Man konnte es durch den Regen nicht so gut sehen, aber der braungraue Klotz da drüben war bei Weitem nicht das einzige Haus hier. Entlang der Straße zog sich die Siedlung weiter hin. Der Umkreis, den Manni genannt hatte, umfasste die Kalkwerke, die etwas abseits lagen, aber auch den angrenzenden Ortsteil Lüntenbeck.

»Ich weiß, was du denkst«, sagte er. »Ich bin mir aber sicher, dass der Computer nicht drüben in Lüntenbeck steht, sondern hier.« Er machte eine unbestimmte Bewegung nach links, so etwa auf elf Uhr. Und beschrieb einen Bogen nach vierzehn Uhr hin.

»Da, wo du hindeutest, ist nur das Kalkwerk«, sagte ich. »Und dann kommt lange nichts.«

»Ich kann's nicht ändern. Die Daten sind eindeutig.«

»Unter ›eindeutig‹ verstehe ich was anderes.«

Ich ließ den Wagen aus der Bucht rollen. Kurz darauf unterquerten wir wieder eine Bahnlinie. Dann teilte sich die Straße an einer Gabelung.

»Links«, sagte Manni.

Es war die kleinere der beiden Straßen. Sie führte an einem stillgelegten Kiosk vorbei. Alles war dunkel, aber es gab noch die Werbetafeln für Bild, Camel, Lotto und vieles andere. Dazu kam ein »Zu verkaufen«-Schild hinter der schmutzigen Scheibe, die durch ein Sicherheitsgitter aus Metall geschützt wurde. Das Einzige, was hier noch in Betrieb zu sein schien, war der Zigarettenautomat neben dem kleinen Parkplatz.

Ein Stück weiter reihten sich abgestellte Fahrzeuge aneinander. In einer kiesbedeckten Parkbucht standen ein paar Anhänger. Dann kamen links und rechts nur noch Gesträuch und Unterholz bis zu einem erleuchteten Gelände mit einem der Kalkwerke, die hier in der Gegend seit anno dazumal Kalkstein abbauten. Wir fuhren an einem breiten Metalltor vorbei, hinter dem ich riesige graue Halden erahnte. Dann kamen wieder parkende Lkws, Zäune, Steinhaufen und ein Sträßchen, das in einer ebenso schmalen wie dunklen Bahnunterführung verschwand und mit einem »Durchfahrt verboten«-Schild versehen war.

Ich stoppte den Wagen. Die Scheibenwischer griffen quietschend ins Leere. Der Regen hatte eine Pause eingelegt.

»Das Signal ist weg«, informierte mich Manni.

»Und jetzt?«

»Nichts. Weiter geht's nicht.«

»Soll das heißen, wir haben *nichts*? Keinen Hinweis? *Nada, niente?*«

»Das soll es heißen. Das heißt, das heißt es.«

Ich sah mich um, und mein Blick fiel auf einen der Lkws. »Ist der Stalker vielleicht ein Fernfahrer?«, überlegte ich laut.

Manni schüttelte den Kopf. »Glaube ich nicht.«

»Oder sitzt er in dieser Firma hier?«

»In dieser oder einer anderen. Der Radius ist groß. Nur hinter der Bahnlinie kommt nichts mehr. Da geht's ja eh nicht weiter.«

Mich packte der blanke Zorn. Ich öffnete die Tür. »Du willst mir also erzählen, dass ich über fünfhundert Euro ausgegeben habe, um mir hier in der Kalkwüste die Nacht um die Ohren zu schlagen?«, rief ich.

Ich stieg aus, atmete tief die kalte Luft ein. Plötzlich hasste ich den Mief aus dem Ford. Scheißsiebziger. Scheißnostalgiegestank.

Manni war ebenfalls ausgestiegen. Er wollte etwas sagen, aber ich ließ ihn nicht zu Wort kommen. »Du hast total angegeben mit deiner Wundersoftware. Von wegen ›Lichtgeschwindigkeit‹ und so. Hast was von ›Internet-Zeitalter‹ und ›NSA‹ gefaselt.«

Beim Sprechen hatte ich mit den Armen gerudert und bemerkt, dass ich die Zigarettenschachtel eingesteckt hatte. Ich griff in die Innentasche meines Jacketts, zog die letzte Camel hervor und steckte sie mir an. »Gib mir die fünfhundert Euro zurück«, sagte ich. »Wegen dem Scheiß bin ich voll in die Miesen geraten.«

»Das ist nicht dein Ernst.«

»Aber klar doch. Los, her damit. Sofort.«

Die Zigarette schmeckte nach Schimmel und altem Staub. Ich warf sie weg.

»Beruhig dich, Remi. Ich geb dir das Geld morgen, okay? Wir sehen uns ja auf der Hochzeit. Um wie viel Uhr noch mal? Und wo eigentlich? Standesamt?«

»Du bist überhaupt nicht eingeladen.«

Die Bemerkung war mir unwillkürlich herausgerutscht. Am liebsten hätte ich sie wieder eingefangen. Aber sie war bei Manni schon eingeschlagen wie eine Bombe.

»Was war das?«

Ich trat die Zigarette aus. »Du bist nicht eingeladen, verdammt noch mal!«, rief ich. »Wir heiraten eben nur im kleinen Kreis.«

Er sah mich nur finster an und schlug die Beifahrertür zu. Dann ging er um das Auto herum und stieß mich zur Seite. »Du kannst mich mal, Rott. Wirklich.« Innerhalb einer Sekunde saß er auf dem Fahrersitz.

»Du bist ein Betrüger!«, rief ich. »Die Sache wäre wirklich wichtig gewesen. Jetzt weiß Wonne, dass ich in dem Scheißpuff war, und den Stalker haben wir immer noch am Hals.«

Manni blickte verbissen auf das Lenkrad. Er drehte den Zündschlüssel, der Motor röhrte los. Erst dachte ich, er würde einfach nur so den Wagen starten. Doch dann schlug er die Fahrertür zu und fuhr los.

Die Rücklichter des Fords verschwanden samt dem Motorengeräusch in Richtung Dornap. Und während ich Manni verdattert nachsah, spürte ich auf einmal schwere Regentropfen, die meinen Kopf trafen. Im nächsten Moment war es, als habe da oben im Himmel über Wuppertal jemand eine Schleuse geöffnet.

Fluchend lief ich zu der Unterführung, wo es wenigstens von oben trocken war. Was sollte ich jetzt tun? Ein Taxi bestellen? Und den mehr als fünfhundert Euro noch mehr Geld hinterherwerfen?

Ich nahm mein Handy und ließ meinen Daumen ein, zwei Sekunden über Wonnes Eintrag auf der Telefonliste schweben. Stellte mir vor, wie sie mit ihren Freundinnen irgendwo abrockte.

Ich wählte eine andere Nummer.

Die von Jutta.

4

Für meine Tante Jutta war es nichts Besonderes, dass ich mich bei Ermittlungen irgendwo verzettelte und abgeholt werden musste. Trotzdem war sie ziemlich erstaunt, dass das gerade heute Abend der Fall war.

»Hast du nicht was anderes vor?«, sagte sie am Telefon. »Junggesellenabschied oder so was?«

»Das erkläre ich dir später. Jetzt wäre es einfach nur nett, wenn du vorbeikämst.«

»Also gut, Remi … Ich bin zwar gerade dabei, Papierfetzen zu zählen, aber damit kann ich auch später weitermachen.«

Papierfetzen zählen … Ich wusste, was Jutta damit meinte. Sie hatte mir gegenüber schon Andeutungen gemacht, worin ihr Hochzeitsgeschenk bestehen würde: »Viel buntes Papier, in bar, und somit dem Fiskus entzogen.« So hatte sie sich ausgedrückt. Jutta konnte es sich leisten. Sie war eine reiche Witwe, die trotz der zehn Jahre, die sie mir altersmäßig voraus war, deutlich jünger wirkte als ich und ein schickes Haus auf dem Brill bewohnte. Allein in ihr Wohnzimmer hätte meine ganze Wohnung gepasst.

»Und wo darf ich den Herrn einsammeln?«, fragte sie.

Ich sah zu den Lichtern des Kalkwerks hinüber. Eben hatte ich im Schein der Lampen noch den Regen in großen Bahnen erkennen können. Jetzt hatte er nachgelassen. Ich erklärte ihr, dass es an der Ecke Düsseldorfer und Ladebühner Straße einen stillgelegten Kiosk gebe. »Dort komme ich hin«, schloss ich und machte mich auf den Weg. Nach etwa zweihundert Metern erreichte ich den alten Kiosk mit dem kleinen Parkplatz. Nun hieß es warten.

Als ich eine Weile herumgestanden hatte, griff ich wieder in meine Innentasche. Die letzte Kippe hatte ich vorhin auf den Boden geschmissen. Vielleicht konnte ich die Zeit nutzen, um eine neue Packung zu besorgen. Noch während ich nach

Kleingeld suchte, fiel mir ein, dass man heutzutage auch den Personalausweis zum Zigarettenziehen brauchte. Ich zog ihn ebenfalls heraus.

Und stellte fest, dass das Ding, das am Rand der Parkfläche stand, gar kein Zigarettenautomat war.

Hier gab es Kondome.

Als hätte die Erkenntnis einen Hebel umgelegt, kam der Zorn wieder hoch. Der Zorn auf mich selbst, auf den Stalker, auf Manni, dann wieder auf mich selbst und auf die ganze Situation, und schon ging es von vorne los.

Du solltest dich freuen, verdammt noch mal. Du heiratest morgen. Du solltest glücklich sein.

Aber alles war wie mit Mehltau überzogen. Nein, nicht Mehltau. Mit widerlichem Dreck. Nichts leuchtete in den Farben, die ich mir eigentlich vorstellte. Von den schönen Bildern vom Elisenturm, die ich im Internet gesehen hatte, war die Welt gerade Lichtjahre entfernt.

Meine Faust hatte auf einmal das Bedürfnis zuzuschlagen. Da sonst nichts in der Nähe war, musste der Automat herhalten. Ein Knall, und meine Knöchel schmerzten, aber das war mir egal. Das Blut, das sofort in meiner Hand zu pulsieren begann, sorgte sogar für ein gutes Gefühl.

»Was machen Sie denn da?«, schrie plötzlich eine Stimme.

Ich genoss gerade die Blutwallung nach dem zweiten Schlag, und sah überrascht auf. Der Mann, der da im Licht der Straßenlampe stand, blickte mich streng durch eine Brille an. Er trug eine Strickjacke, dazu eine graue Stoffhose, unter der karierte Pantoffeln hervorlugten. In der einen Hand hielt er einen aufgespannten Schirm mit riesigen Blumen auf der Bespannung, in der anderen ein Handy.

Wo war der so schnell hergekommen? Wahrscheinlich aus dem großen Mietshaus ein Stück die Straße hinauf.

»Ich rufe jetzt die Polizei«, informierte er mich. »Und dann bekomme ich endlich die Euros.« Der zweite Satz klang triumphierend. »Seit einer Woche stehe ich hier und passe auf … Jetzt ist es endlich so weit …« Er hatte anscheinend tatsächlich die 110 gewählt. »Ja, hallo, Liebing hier, Siegmund Liebing … Ich habe den Mann gefasst, der den Präservativautomaten aufgebrochen hat. Eben hat er es wieder versucht. Bitte kommen Sie schnell. Ich halte den Mann solange fest … Was? Ach so, ja. Düsseldorfer Straße in Dornap. Gleich an der Unterführung.«

Während er sprach, wandte ich meinen Blick wieder dem Automaten zu. Erst jetzt sah ich den weißen Aufkleber auf der Oberseite. »1000 € Belohnung für den oder die der uns den oder die nennt der oder die den Automaten aufgebrochen hat«, las ich. Früher waren Verhütungsmittel wie Kondome Teufelszeug. Heute galt das offenbar für Kommas. Darunter stand eine Handynummer.

»So«, sagte Herr Liebing befriedigt. Er hatte sein Telefonat mit der Polizei beendet. »Die kommen gleich. Und ich kriege tausend Euro. Da staunen Sie, was? Und streiten Sie ja nicht ab, was ich gesehen habe, Sie Verbrecher.«

»Was haben Sie denn gesehen?«, fragte ich.

»Haha! Sie glauben nicht, wie gut ich Sie beobachtet habe, was? Sie haben versucht, durch Hämmern auf den Automaten an das darin befindliche Geld zu gelangen, Sie Dieb. Und es ist natürlich erste Bürgerpflicht, das zu verhindern. Dieser Pflicht komme ich gern nach.«

»Das ist sehr ehrenwert von Ihnen«, sagte ich. »Aber wenn ich Ihnen einen guten Rat geben darf – gehen Sie lieber nach Hause in Ihr Bett. Ich weiß nicht, was passiert, sollten die wirklichen Automatenknacker tatsächlich noch mal auftauchen. Andererseits – wenn sie so dämlich sind, den Bruch ein zweites Mal zu versuchen, dann lassen sie sich wahrscheinlich auch von einer Witzfigur einschüchtern.«

Der Mann hob die Augenbrauen. »Witzfigur? Wie meinen Sie das?«

»Denken Sie mal drüber nach, Herr Liebing.«

»Moment mal, woher kennen Sie meinen Namen?« Er hatte was zum Überlegen und schwieg.

Ich sah die Düsseldorfer Straße hinauf. Während unserer

kleinen Unterhaltung waren hin und wieder Autos vorbeigefahren. Hoffentlich kam Jutta bald. Es würde mir sicher leichtfallen, den Polizisten klarzumachen, dass ich nicht derjenige war, der gegen Belohnung gesucht wurde. Aber ich wollte den Blödmann los sein. Er kam mir vor wie eine vom Schicksal besonders fies gemeinte Krönung dieses Abends.

»Ich glaube, Sie haben mich gerade beleidigt«, verkündete Herr Liebing mir als Ergebnis seiner Überlegungen.

»Das würde ich niemals tun, glauben Sie mir«, versicherte ich freundlich. Wieder kam ein Wagen, und ich erkannte Juttas BMW. Sie fuhr den alten Z4 – das Auto, das sie besonders liebte. »Schöne Grüße an die Kollegen von der Polizei«, sagte ich und winkte ihr zu. »Ich muss jetzt leider weiter.«

»Kollegen?«, fragte der Mann verblüfft. »Sie sind Polizist?« Er holte Luft. »Zeigen Sie mir sofort Ihren Ausweis«, stieß er so aggressiv hervor, dass er im Licht des BMW-Scheinwerfers Tröpfchen spie.

»Wenn ich das täte, würden Sie mir sicher unterstellen, er sei gefälscht«, erklärte ich. »Es ist also zwecklos. Einen schönen Abend noch.«

Jutta hatte auf der anderen Straßenseite angehalten. Mit ein paar schnellen Schritten war ich drüben und stieg ein.

»Gut, dass du da bist«, sagte ich. »Fahr am besten die ersten Meter ohne Licht. Damit der Typ da dein Kennzeichen nicht aufschreiben kann.«

»Was ist denn jetzt schon wieder los? Hast du mal wieder Schwierigkeiten? Aber erstens gibt's hier ganz ordentliche Straßenlaternen, und zweitens muss ich sowieso drehen, da wir ja nach Wuppertal zurückwollen. Er hat also Gelegenheit genug, die ganze Pracht dieses Fahrzeugs zu betrachten. Und alles, was daran befestigt ist.«

Sie wendete den Sportwagen. Währenddessen konnte ich sehen, dass der Typ tatsächlich etwas aufschrieb.

»Was ist denn das für ein Heini?«, fragte sie.

»Lange Geschichte. Jedenfalls wenn ich ganz von vorne anfange. Lassen wir das.«

Jutta raste los und überschritt innerhalb von einer Sekunde die Höchstgeschwindigkeit. Weiter hinten blinkte etwas blau. Es war ein Streifenwagen, der uns ohne Martinshorn entgegenkam. Jutta bremste ab.

»Ach übrigens, da fällt mir noch was ein. Ich soll heute bei dir übernachten, hat Wonne gesagt. Fahr also nicht zu mir, sondern zu dir.«

»Habt ihr euch so kurz vor der Hochzeit so sehr verkracht, dass ihr die Nacht nicht miteinander verbringen wollt? Das fängt ja gut an.«

Der Streifenwagen war verschwunden. Sie gab wieder Gas.

»Am besten, ich fange doch ganz von vorne an«, sagte ich.

Jutta wusste schon, dass Wonne von einem Stalker belästigt wurde, aber natürlich kannte sie nicht die neuesten Entwicklungen.

»Das ist ja alles viel ernster, als wir dachten«, sagte sie, als ich bei dem Foto vor der »Erotik-Oase« angelangt war. Sie sah mich an und grinste. »Vielleicht solltest du einen Privatdetektiv beauftragen.«

»Du hast gesagt, es sei ernst, dann bleib bitte auch ernst. Mir setzt das ganz schön zu.«

»Sorry, ist natürlich klar.«

Ich erzählte weiter und kam schließlich zu dem Punkt, an dem ich auf Herrn Liebing gestoßen war. »Ob er der Stalker ist?«, fragte ich nachdenklich. Der Gedanke war mir eben erst gekommen.

»Du meinst, er könnte es als Gelegenheit angesehen haben, dass du auf den Automaten eingedroschen hast, um dich bei der Polizei anzuzeigen und damit die morgige Hochzeit zu verhindern? Klingt kompliziert. Aber es würde zu dir passen.«

»Zu mir?«, fragte ich verwundert. »Wieso denn zu mir?« Mittlerweile waren wir dank nächtlicher grüner Welle wieder ins Tal zurückgekehrt. Jutta bog von der Varresbecker in die Friedrich-Ebert-Straße ein.

»Weißt du, Wuppertal ist eigentlich eine sehr schöne Stadt«, sagte sie. »Wenn man ein Auge dafür hat. Es gibt in der Umgebung und auch in der Stadt viel Bemerkenswertes. Und Angehörige einer, sagen wir mal … gehobenen Gesellschaft, die das alles hegen, pflegen und die sich daran erfreuen.«

Ich räusperte mich. »Hab ich was verpasst?«, wollte ich wissen. »Oder anders gefragt – führt das, was du sagst, noch irgendwo hin? Oder hast du einen Stadtmarketingprospekt auswendig gelernt und prahlst mit deinem Wissen? Ach, jetzt weiß ich, was du meinst. Hege und Pflege … Du sprichst von den Mitarbeitern des Grünflächenamts.«

»Du weißt, was ich meine, Remi. Ich meine Kultur. Ein Wort, das dir ja fremd ist.«

Natürlich wusste ich das. Jutta war ständiger Gast bei den Konzerten in der Stadthalle und in Ausstellungen, sie kannte sämtliche Museen, die es hier so gab. Sie konnte einem aus dem Stegreif die Figuren und Bewegungsabläufe ganzer Pina-Bausch-Choreografien beschreiben, von denen ich mal eine gesehen hatte und vor Langweile fast gestorben wäre. Und sie kannte natürlich die Leute, die an diesen Dingen genauso interessiert waren wie sie. Übrigens auch genauso reich.

»Wie kommt es dann nur«, fragte sie, »dass du immer auf diese kaputten Typen triffst? Auf die schrägen, abgehalfterten, kranken Typen? Oder wie man sie nennen soll.«

»Ich nehme an, das ist eine rhetorische Frage«, sagte ich. »Du erwartest also vermutlich keine Antwort. Aber ich schätze mal, es hat was mit meinem Beruf zu tun. Und übrigens: Glaubst du nicht, dass es solche Leute bei deinen Reichen und Schönen ebenfalls gibt?«

Sie seufzte. »Na ja, wenigstens ist es bei denen nicht so offensichtlich.«

Wir fuhren dann doch erst mal zu mir, weil ich ja meine Sachen holen musste. Ich bat Jutta zu warten und ging in die Wohnung hinauf. Mittlerweile war es nach elf, und Wonne war noch nicht zurück. Sollte sie sich amüsieren, kein Problem. Ich hoffte, dass mich die Hochzeitsstimmung auch noch packen würde. Vielleicht, wenn ich mit Jutta in ihrem riesigen Wohnzimmer saß und wir uns einen Absacker genehmigten.

Ich holte meinen schwarzen Anzug und das weiße Hemd aus dem Schrank. Beides hatten Wonne und ich extra für die Hochzeit angeschafft. Dazu eine silbergraue Krawatte und schwarze Halbschuhe. Als ich nach dem Schlips suchte, der sich noch in der edel verzierten Schachtel aus dem Geschäft befand, fiel mein Blick auf etwas Dunkles, matt Glänzendes, das ganz hinten im Wäschefach versteckt war.

Es war meine Neun-Millimeter-Beretta.

Sie hatte hier eigentlich nichts zu suchen. Ich nahm sie, ging hinüber in mein neues Büro und verstaute sie in der Schreibtischschublade.

Als ich die Lade wieder zugeschoben hatte, war mir so, als wäre mein Freund im Raum. Hatte sich dort neben dem Fenster nicht gerade seine Silhouette gezeigt?

Ich richtete mich auf und verharrte zwei, drei Atemzüge lang in dieser Position.

»Was machst du, wenn ihr morgen bei der Hochzeit einen unangemeldeten Gast habt?«, fragte Mister M. Auf einmal war er da. »Du musst dein Mädchen beschützen.«

»Ich gehe bestimmt nicht mit einer Pistole auf meine Hochzeit«, sagte ich. In seiner Welt mochte es so was geben. Ich lehnte das ab. »Dort aufzutauchen, wird er nicht wagen.«

Sekunden vergingen. Dann war Mister M. wieder verschwunden.

Ich schloss alles ab, packte den Anzug in einen Kleidersack, die Schuhe, das Hemd, die Krawatte und schwarze Socken in eine Tasche. Ich zog den Reißverschluss zu und wollte gehen. Da fiel mir ein, dass frische Unterwäsche auch nicht schlecht wäre, machte die Tasche wieder auf und packte Unterhemd und Unterhose dazu.

»Hat ja ganz schön gedauert«, sagte Jutta. »Hast du auch nichts vergessen?«

Die Tasche und der Kleidersack gingen gerade so in den Kofferraum des Sportwagens.

»Deswegen brauchte ich ja so lange, damit ich nichts vergesse. Sag mal, hast du irgendwas zu essen?«

»Dein Lieblingsgericht gibt's immer«, sagte sie und fuhr los. »Tiefkühlpizza aus der Mikrowelle.«

»Ich habe meinen Geschmack geändert«, sagte ich. »Wonne hat mich darauf gebracht. Jetzt darf es auch Tiefkühlpizza aus dem Backofen sein.«

»Das kriegen wir hin.«

Jutta ließ den Motor noch mal aufröhren, als wir, vorbei an den schönen alten Villen, die steile Sadowastraße hinauf dem Platzhoff-Denkmal entgegenfuhren. Dann bog sie links ab und hielt ein Stück weiter an einer Einfahrt. Sie drückte auf eine Fernbedienung. Ein modernes Garagentor begann in Zeitlupe zu gähnen, und der Z4 fand neben weiteren Fahrzeugen Platz. Von hier aus konnte man direkt in Juttas etwas zurückversetzt in den Hang hineingebauten Bungalow gelangen. Vorne genoss man aus dem Wohnzimmer hinaus den Blick über die Stadt. Hinten ging es in den Garten, der nur durch einen Zaun mit einer Metalltür vom Nützenberg getrennt war. Er war das, was Städteplaner »urbanen Naturraum« nannten.

Jutta ging auf der Wendeltreppe, die von der Garage in den Wohnbereich führte, voraus. Ich trabte mit meinen Hochzeitsklamotten hinterher. Oben war ein Lichtschalter, aber Jutta drückte nicht drauf, sondern blieb plötzlich stehen.

»Scht«, machte sie.

»Was ist los? Mach doch mal Licht, ich –«

Sie packte mich an der Schulter und zischte: »Da ist jemand in der Wohnung.«

Ich drängte mich an ihr vorbei. Dabei konnte ich nicht verhindern, dass der Kleidersack raschelte. Aber wer auch immer hier war, hatte uns sowieso gehört. Im Wohnzimmer waren schnelle Schritte zu vernehmen. Dann fiel etwas mit einem dumpfen Laut zu Boden.

Ich warf die Sachen hin. Jutta machte Licht, und als ich vorpreschte und durch den breiten Durchgang ins Wohnzimmer blickte, sah ich gerade noch jemanden durch die Terrassentür verschwinden.

»Lass es!«, rief Jutta warnend.

Ich hörte nicht auf sie und rannte los. Einer der stoffbespannten Stühle der Essecke lag auf der Seite. Ich stolperte über die Lehne, konnte einen Sturz aber gerade noch verhindern.

Hinter den Scheiben jagte eine Gestalt durch den Garten in Richtung des hinteren Zauns. Bis ich draußen war, hatte sie das Hindernis mit Leichtigkeit genommen. Dahinter lag wie eine Wand der Wald. Ich schaffte es gerade noch, den Zaun ebenfalls hinter mir zu lassen, als der Schatten schon zwischen den Bäumen verschwunden war.

Lichter schimmerten ein Stück entfernt, wahrscheinlich Lampen von dem Sportplatz, der auf der anderen Seite lag. Trotzdem sah ich von dem Eindringling kaum mehr als eine flüchtige Bewegung zwischen den Bäumen. Äste krachten, und im Takt der Schritte hörte ich Laub rascheln.

Auf einmal hörten die Geräusche auf, und nach einem Sprint durch das Unterholz und zwischen flitschenden Ästen hindurch wusste ich auch, warum. Hier verlief ein Pfad. Einen Moment lang glaubte ich, die Orientierung verloren zu haben, doch dann vernahm ich stampfende Schritte irgendwo vor mir, und als ich weiterrannte, wusste ich wieder, wo ich war. Hier begann die Straße »Am Buschhäuschen«, die sich in einer Kurve den Nützenberg hinaufschwang und über die man zum Weyerbuschturm und zum Sportplatz gelangte. Und dann noch weiter zur Katernberger Straße.

Im vom Regen gedämpften Licht der ohnehin sparsamen Straßenbeleuchtung sah ich die flüchtende Person zum ersten Mal deutlicher. Sie trug Mütze und Kapuzenjacke. War das ein Mann? Im nächsten Moment machte die Gestalt eine Bewegung seitwärts und war verschwunden.

Ich ignorierte das Seitenstechen, das sich ausgehend von meinem Brustkorb auszubreiten begann, und lief weiter. Die Straße war hier so breit, dass am Rand Autos parken konnten. Seitlich erhoben sich die Konturen eines Hauses, das im

Dunkel dahindämmerte. Es war das alte Ausflugslokal »Kaiserhöhe«, das man in Wuppertal auch unter dem Namen »Haus Kaemmerer« kannte. Seit einigen Jahren war es ohne Bewirtschaftung, rottete vor sich hin und war immer wieder Thema in der Tagespresse, da man hoffte, dass jemand es aus seinem Dornröschenschlaf erwecken würde. Aber anders als der Prinzessin im Märchen tat dem Haus der lange Schlaf nicht gut. Der Schiefer, der nach Bergischer Art die Wände bedeckte, war an vielen Stellen herabgefallen und zerbrochen. Die alten, laternenförmigen Lampen, die einst die Terrasse für die Gäste beleuchtet hatten, hingen lose an den Kabeln. Der Holzboden der Terrasse, von der man einen wunderbaren Blick ins Tal hatte, war verzogen und an vielen Stellen verfault.

Das alles konnte ich jetzt, im Dunkeln, kaum erkennen. Ich wusste es aber von gelegentlichen Spaziergängen.

Vor mir verlief schnurgerade die Straße. Neben mir zweigte die Zufahrt zu dem alten Lokal ab. Hier musste der Eindringling entlanggelaufen sein. Große Klötze zeichneten sich im Schatten der alten Mauer des Hauses ab. Es waren Container, die mit Planen abgedeckt waren und wahrscheinlich Abbruchmaterial enthielten.

Als ich vorsichtig weiterging, knirschte Bauschutt unter meinen Sohlen. Während neben mir die Mauer der hinteren Terrasse immer höher wurde, blieb ich alle paar Meter stehen und lauschte.

Soweit ich wusste, gab es hinter dem Haus talwärts ein Privatgrundstück. Ich zog mein Handy aus der Tasche und leuchtete damit an der Mauer entlang. Der Lichtstrahl traf einen Zaun. In meinen Ohren sang das Blut, mein Herz klopfte hart von dem Sprint, den ich hingelegt hatte.

Da knarrte etwas über mir. Der Mann war auf der kaputten Terrasse. Ich riss das Handy nach oben und sah ihn im sich in der Dunkelheit verlierenden Lichtkegel oben auf der Mauer entlanglaufen, zurück zur Straße.

»Verdammt, bleib stehen!«, rief ich und setzte ihm nach.

Einen Moment lang konnte ich den Mann nicht mehr sehen.

Das Handy drohte meiner schweißnassen Hand zu entgleiten, und der Lichtstrahl geriet kurz ins Wanken. Ich erreichte die Gebäudeecke. Wo war er?

Da schnellte er aus dem Nichts heraus auf mich zu und versetzte mir einen Stoß, der mich taumeln ließ. Sofort trat er nach und brachte mich vollends zu Fall. Rücklings auf dem Boden liegend, hörte ich nur noch das Geräusch von schnellen Schritten, die sich entfernten.

»Wie siehst du denn aus?«, fragte Jutta, als ich zurückkam.

Jetzt, im Licht ihrer riesigen Diele, die nicht nur mit glänzendem Marmor, sondern auch mit einem gewaltigen Spiegel ausgestattet war, sah ich es. Mein Mantel hatte große braune Schlammflecken an den Ärmeln. Immerhin war meine Hose sauber geblieben.

»Nicht so schlimm«, sagte ich und zog den Mantel aus. Dann erzählte ich ihr, wie die Verfolgung abgelaufen war.

»Ich dachte immer, du hättest eine Alarmanlage?« Ich ging ins Wohnzimmer und nahm auf dem riesigen Sofa Platz. Jutta hatte wohl nicht den Nerv, sich hinzusetzen, sondern lief nervös durch den Raum. Das war weiter kein Problem, denn er besaß eine solche Größe, dass man ihn ohne Weiteres zur Joggingstrecke hätte umfunktionieren können. Nachdem sie eine Weile herumgelaufen war und dabei schätzungsweise immerhin ein Achtzigstel einer Marathonstrecke zurückgelegt hatte, blieb sie vor mir stehen und sah mich an.

»Als du mich vorhin angerufen hast, bin ich sofort los«, sagte sie. »Ich habe den Alarm nicht angestellt. Und in der Küche war ein Fenster gekippt. Da muss er reingekommen sein. Das ist aber noch nicht das Schlimmste.« Ihr unglücklicher Gesichtsausdruck sprach Bände. »Ich war doch gerade dabei, euer Hochzeitsgeschenk vorzubereiten. Du weißt schon …«

»Papierfetzen zählen«, sagte ich.

Sie nickte. Wieder wechselten wir den Raum. Diesmal ging es in ein Zimmer, in dem die Bundeskanzlerin ihre Konferenzen abhalten könnte. Wenn sie Jutta mal besuchen würde, die hier ihren

Schreibtisch frei im Raum stehen hatte – natürlich ausgestattet mit einem dieser sauteuren Computer mit dem angebissenen Apfelsymbol, die Bildschirm und Rechner in einem waren.

»Da lag das Geld«, sagte sie und deutete auf die leere Schreibtischfläche. »Das hat er mitgenommen.«

»Scheiße«, sagte ich. Ich wagte nicht zu fragen, wie viel es gewesen war, aber Jutta verriet es auch so.

»Zwanzigtausend Euro in bar«, sagte sie und schüttelte den Kopf. »So ein Mist. Ich hatte das so schön zurechtgemacht. Immer zehn Hunderter mit roten Schleifen ...«

Ich biss mir auf die Lippen. »Er will unsere Hochzeit sabotieren«, sagte ich. »Zuerst macht er Wonne fertig, dann fotografiert er mich vor der ›Erotik-Oase‹, und jetzt das hier ...«

Juttas Gesichtsausdruck wandelte sich von Bestürzung in Überraschung. »Glaubst du, das war alles derselbe Täter? Der Stalker, der Einbrecher – alles dieselbe Person?«

»Das kann doch kein Zufall sein«, sagte ich.

»Kein Zufall? Remi, das ist Blödsinn. Natürlich war das Zufall. Erst fotografiert er dich an dem Puff, dann ist er plötzlich hier und bricht ein? Weil er ganz genau weiß, dass ich nicht zu Hause bin, dass das Fenster offen steht und der Alarm aus ist – und dass zwanzig Mille auf dem Tisch liegen? Während er vorher irgendwo in Dornap Mails geschrieben hat, ehe er in der Völklinger Straße das Foto von dir machte?«

In mir ratterten die Gedanken. Irgendetwas in mir wollte glauben, dass das kein Zufall war. Dass der Typ, den ich verfolgt hatte, der sein musste, der ...

»Willst du die Polizei anrufen?«, fragte ich.

»Quatsch, das bringt doch nichts. Und die Versicherung zahlt bei dem offenen Fenster auch nicht. Morgen ist eure Hochzeit, darauf kommt es jetzt an. Was ist schon groß passiert? Ein Verrückter schreibt E-Mails. Und ein Einbrecher hat einen Haufen bedruckter Scheine geklaut. Davon lassen wir uns doch nicht die gute Laune vermiesen.« Sie setzte sich an den Schreibtisch und brachte mit einem Knopfdruck ihre Hochleistungsmaschine von Rechner in Gang.

Meine Gedanken ratterten weiter. »Es tut mir leid, dass das Geld weg ist«, sagte ich. »Und ich glaube trotzdem, dass der Stalker was damit zu tun hat.«

»Glaub, was du willst. Meinetwegen krieg raus, wer der Täter war. Mach deinen Job. Ich habe jetzt was anderes zu erledigen.« Sie sah mich an. »Ich fürchte, du musst mich allein lassen.«

Ich reagierte immer noch nicht.

»Verdammt, kapierst du's nicht? Ich brauche ein neues Geschenk für euch.«

»Ähm, die Bank hat aber zu … Ich meine, falls du noch mal Geld …«

»Geld, Geld.« Sie winkte ab. »Das wäre ja jetzt keine Überraschung mehr. Also hau ab.«

Ich änderte die Planung. Hochzeitskleid hin oder her. Nach all dem war es mir wichtig, in der Nacht bei Wonne zu sein. Jutta fand das zwar übertrieben, ließ sich aber dennoch breitschlagen, mich runter ins Tal zu bringen – nicht, ohne vorher ihre Alarmanlage einzuschalten und alles ordentlich abzuschließen.

So hatte ich meinen Anzug und die Tasche mit den übrigen Klamotten wieder in der Hand, als ich in unser Stockwerk hinaufschnaufte. Wonne war noch nicht zurück. Es war ja auch noch nicht mal halb eins. Ich legte alles ins Schlafzimmer und schickte meiner Braut, die sich gerade die letzten ledigen Stunden aus dem Leib feierte, eine SMS.

Alles in Ordnung?

Es dauerte nur fünf Minuten, bis die Antwort kam.

Alles gut. Keine bösen Nachrichten mehr.

Bis auf meine, scherzte ich.

Ha Ha. Smiley. *Bist du noch im Puff?*

Hör auf mit dem Quatsch. Ich hätte den Typen fast erwischt.

Das war natürlich übertrieben, aber auf einmal schlich die Erinnerung an unser feines Rollenspiel durch meine Gedanken.

Echt?

Ich erzähl's dir später.

Darauf kam keine Antwort, deswegen schob ich noch etwas nach.

Es tut mir leid, Lady, aber ich bin verpflichtet, heute Nacht für Ihre Sicherheit zu garantieren. Daher habe ich mich entschlossen, die Nacht in Ihrer Wohnung zu verbringen. Sie werden also einen Mann vorfinden, wenn Sie Ihr Schlafzimmer betreten.

Wenn's sein muss, schrieb sie zurück.

He, Moment mal!

Was ist passiert?

Mir war klar, dass unser kleines Spielchen damit beendet war. Es hatte keinen Sinn, es ihr zu verheimlichen, aber ich wollte ihr auch nicht den Abend verderben. Also fasste ich mich kurz.

Es hat einen Einbruch bei Jutta gegeben. Irgendwie habe ich das Gefühl, dass es was mit unserem Idioten zu tun hat. Sei bitte vorsichtig. Bleib nicht allein. Vielleicht beobachtet er dich ja auch.

Es dauerte wieder eine Weile. Sicher verarbeitete sie die Nachricht.

Ist das nicht ein bisschen übertrieben? Aber ja, ich pass schon auf.

Ich konnte ihr gerade noch viel Spaß wünschen, da machte auf einmal mein Handy schlapp. Dabei hatte ich es voll aufgeladen mitgenommen, als mich Manni abgeholt hatte. Wahrscheinlich war der Einsatz als Taschenlampe am Nützenberg zu viel für das Gerät gewesen.

Unbehelligt von Mister M. und ohne weitere Nachrichten trank ich drüben in meinem Büro noch eine Flasche Bier, während ich in die matte Dunkelheit starrte.

Dass Wonne und ich morgen heiraten sollten, kam mir irgendwie unwirklich vor. Und tief in meinem Inneren hatte ich ein seltsames Gefühl von Leere. Wenn ich in dieses Gefühl konzentriert hineinlauschte, kam ein Gedanke zum Vorschein, der mich einerseits erschreckte, aber andererseits auch beruhigte.

Die Heirat wird zwischen dir und Wonne nichts verändern.

Es wird alles so sein wie vorher. Euch kann nichts trennen, aber das, was ihr da morgen vorhabt, kann euch auch nicht noch mehr vereinen als alles andere, was ihr bereits aneinander habt.

Nein, dachte ich gleich darauf. Es wird doch etwas ändern. Es wird diesem verdammten Scheißkerl zeigen, dass Wonne entgegen seiner Meinung eben doch zu mir gehört. Er wird es ja sicher mitkriegen, wie er auch alles andere mitgekriegt hat.

Als wäre der Gegner hier im Raum, umfasste ich die Bierflasche so fest, wie ich ihn am liebsten an der Gurgel gepackt hätte, und trank noch einen Schluck.

Du wirst aufgeben, dachte ich. Du wirst aufgeben, weil ich Wonne morgen heirate.

In diesem Moment war ich sicher, dass wir gewonnen hatten.

Und natürlich war mir nicht im Geringsten klar, wie gewaltig ich mich irrte.

5

Wonne kam irgendwann in der Nacht zurück. Ich wachte auf, als sie plötzlich im Zimmer stand, doch eigentlich war es der Geruch nach Rauch und Alkohol, der mich aus meinen wirren Träumen holte. Der Mief schob sich wie eine Wand zwischen beunruhigende Szenen an dem alten Haus am Buschhäuschen und der unwirklichen Kulisse am Kalkwerk, dessen Umgebung zu einer Mondlandschaft ausgewachsen war.

Eine warme Hand berührte meine Stirn. »Schlaf weiter«, sagte Wonne, »es ist noch früh.«

Aber ein letzter Anflug der schwarzen Gestalt neben dem alten Gasthaus, die durch meine Träume geisterte, ließ mich auffahren.

»Alles in Ordnung?«, rief ich – ein bisschen zu laut, wie mir sogleich klar wurde. Die Digitalanzeige des Weckers neben mir stand auf kurz nach halb vier.

»Ja, alles in Ordnung.« Wonnes Stimme wirkte beruhigend. »Ich hab noch mit Jutta telefoniert«, sagte sie. »Du warst auf einmal nicht mehr zu erreichen. Sie hat mir erzählt, was du heute Nacht alles erlebt hast.«

»Akku war leer«, murmelte ich. Dann packte mich eine sehr große Müdigkeit, und ich war froh, dass ich wieder in Schlaf versinken konnte.

Zum Glück blieben die Träume für den Rest der Nacht blass und klein, und als ich wieder wach wurde, war es nicht bloß hell. Der Regen hatte sich verzogen, ein bisschen Sonne drang durch die Jalousie ins Zimmer. Wonne lag neben mir und atmete ruhig.

Unser Hochzeitstag – er war da. Ich wusste es und sah es, weil am Schrank neben dem Bett eine weiße Figur hing. Eine Installation aus Stoff mit Spitzen und sanft geschwungenen Falten. Wonnes Brautkleid, das sie mit ihrer Düsseldorfer Freundin Bea und mit Jutta ausgesucht und in einem exklusiven Studio in Köln hatte anfertigen lassen. Ich hatte es noch nie gesehen, bei zufällig mitgehörten Telefonaten aber allerlei Beschreibungen mitbekommen. Von einem Midi-Rock war die Rede gewesen und von einem Spitzenoberteil. Ich legte mich so zurecht, dass ich es bequem betrachten und mir Wonne darin vorstellen konnte. Es wollte mir nicht gelingen. Bestimmt würde die Realität nachher alles andere in den Schatten stellen.

Meine Freundin regte sich neben mir und hob den Kopf.

»Mist«, sagte sie. »Jetzt hast du es doch gesehen. Ich wollte es wieder in den Schrank hängen, hab es aber vergessen.«

Ich küsste sie und wünschte ihr einen guten Morgen.

»Warum hast du es heute Nacht überhaupt rausgeholt?«, fragte ich dann.

»Weiß ich selbst nicht. Ich wollte es wohl noch mal sehen, um mir klarzumachen, dass ich das alles nicht träume.«

Ich gab ihr noch einen Kuss. »Du träumst nicht«, sagte ich. »Es ist alles wirklich wahr. Und es wird schön. Niemand kann uns das nehmen.«

»Ich konnte eine ganze Weile nicht einschlafen. Ich habe mich gefragt, ob ich jemanden in Dornap kenne. Irgendjemanden, der mir vielleicht beruflich über den Weg gelaufen ist und dort irgendwo wohnt oder arbeitet.«

»Ich wette, du bist zu keinem Ergebnis gekommen«, sagte ich.

Sie seufzte.

»Dann lassen wir das jetzt alles gut sein. Heute ist unser Tag. Und den lassen wir uns nicht verderben.«

Die Zeit verflog wie im Zeitraffer.

Um zwanzig nach zehn durfte ich Wonne das erste Mal in ihrem Kleid sehen, und ich hätte mir am liebsten die Augen gerieben. Aber nicht, weil ich nicht glauben konnte, was ich sah. Eine seltsame Rührung überkam mich und trieb mir die Tränen in die Augen.

»Gefällt dir deine Braut?«, fragte sie leise.

Ich hatte einen Kloß im Hals, sagte nichts und wollte ihr einen Kuss geben. Sie entzog sich lächelnd.

»Vorsicht, Lippenstift«, sagte sie. »Nur gucken, nicht küssen.«

Wonne zog den ebenfalls eigens angeschafften weißen Brautmantel aus weißer Wolle mit Kapuze an – eine Extraanfertigung fürs Heiraten in kalter Jahreszeit. Sie ähnelte darin einer geheimnisvollen Märchenfigur. Dann rief auch schon Jutta an und erklärte, dass sie mit ihrem Wagen bereitstand.

Natürlich holte sie uns nicht in dem Z4 ab, denn der war ja nur ein Zweisitzer. Was uns unten vor der Haustür erwartete, war ihr schwarz glänzender Mercedes. Vor der Kulisse des verwitterten Betons mit Graffiti, der Außenfassade des Jugendtreffs gleich nebenan, bot er einen eindrucksvollen Kontrast. Im Inneren war die Luft schwer von Juttas Parfüm.

»Frau Obersaal kommt von zu Hause aus direkt hin«, erklärte sie, nachdem sie Wonne versichert hatte, wie phantastisch sie aussehe, und wir auf dem Rücksitz Platz genommen hatten.

Barbara Obersaal war die Standesbeamtin. Wonne hatte sie vor zwei Jahren für einen Artikel über Berufe interviewt, die mit dem Heiraten zu tun haben, und wir hatten uns ein paarmal persönlich getroffen. Sie lebte in einer schönen Altbauwohnung in der Gartenstraße unterhalb der Hardt, wo sich der Elisenturm befand. Die Idee, dort zu heiraten, war von ihr gekommen.

Kaum waren wir losgefahren, fing es von Neuem an zu regnen.

»Keine Sorge, ich habe hier vorne drei Schirme«, sagte Jutta. Die brauchten wir auch, um die etwa hundert Meter vom Parkplatz bis zum Elisenturm trocken zurückzulegen, denn als wir nach einer knappen Viertelstunde oben auf der Hardt ankamen, regnete es immer noch. »Im Bergischen weiß man eben, was Wetter ist«, sagte Jutta, als wir den Zaun mit den Liebesschlössern passierten. Außer uns waren noch einige Spaziergänger unterwegs, die wohl ebenso dachten. Sie gönnten uns freundliche Blicke.

Auch im Botanischen Garten, der gleich hinter dem Turm begann und in dem verschlungene Spazierwege zwischen Blumenbeeten und Gehölzen den Hang hinabführten, war überraschend viel Betrieb. Die Menschen trugen bunte Schirme und Regencapes.

»Hallo!«, rief eine dunkle Frauenstimme von irgendwoher.

Als ich mich umdrehte, erblickte ich Wonnes Freundin Bea. Eigentlich kannte ich sie nur als Sportskanone mit typischer Kleidung, deshalb musste ich dreimal hinsehen, als sie jetzt in einem kurzen roten Kleid und High Heels auf uns zugestöckelt kam. In der einen Hand hielt sie eine Handtasche, in der anderen einen riesigen Schirm mit der Aufschrift: »Eigentlich wollte ich ja die Welt retten, aber es regnet!«

»Ist das schön hier«, schwärmte sie voller Begeisterung, während die Tropfen weiter auf uns herabpladderten. »Das habt ihr wirklich super ausgesucht.« Sie schaute an der Fassade des Turmes hinauf. »Wirkt ein bisschen wie ein Leuchtturm.«

Dann holte sie ihr Handy aus der Tasche und erklärte, den Turm googeln zu wollen, um etwas über seine Geschichte zu erfahren. »Oder kann jemand von euch was dazu sagen?«, fragte sie.

Alle schwiegen. Außer, dass das Ding wie so viele berühmte Bauwerke in Wuppertal aus dem 19. Jahrhundert stammte, wusste ich gar nichts.

»Der Turm war mal eine Sternwarte«, ließ sie uns im Weitergehen wissen, »und vorher gab's hier eine Windmühle.«

»Ich dachte, die gäbe es nur in Holland«, sagte ich und ging die Stufen zu der verandaartigen Plattform hinauf, die den Turm umschloss. Wonne, Jutta und Bea – immer noch auf das Handy starrend – kamen mir nach. Wir schüttelten unsere Schirme aus. Jutta probierte die Tür, und sie war offen. Das war mit dem Veranstaltungsteam der Elisenhöhe so abgesprochen.

»Frau Obersaal ist sicher schon oben«, sagte Jutta. Aber als wir die Wendeltreppe erklommen hatten und in den Kuppelsaal gelangten, erwartete uns vor der rötlichen Wand zwar der Trautisch mit Stühlen, die Standesbeamtin jedoch fehlte.

Und das änderte sich auch nicht, als es drei Minuten vor elf war, also kurz vor dem Termin.

»Ich verstehe das nicht.« Jutta sah zum wiederholten Mal auf ihre schmale, mit glitzernden und wahrscheinlich sehr kostbaren Steinen besetzte Armbanduhr. »Wir haben gestern telefoniert und noch mal alles besprochen. Elf Uhr. Sie wollte bereits um kurz nach halb hier sein.«

»Hast du ihre Handynummer?«, fragte Wonne.

Jutta verneinte. »Daran habe nicht gedacht.«

Mir lag ein Kommentar auf der Zunge, den ich aber nicht aussprach, denn im selben Moment vibrierte es in meiner linken Innentasche. Rechts steckte mein Handy, links Wonnes. Ich hatte sie beide leise gestellt, damit wir nicht gestört wurden.

Jetzt war eine Nachricht gekommen. Entweder eine SMS oder eine Mail.

Wonne sah mich an. Sie hatte nichts davon mitbekommen, und das sollte auch so bleiben. Auf keinen Fall sollte sie sehen, wie ich das Handy herauszog.

»Ich schau mal draußen, wo sie bleibt«, sagte ich.

»Das kann doch Bea machen«, entgegnete Wonne. »Bleib du mal schön hier. Stell dir vor, Frau Obersaal taucht auf, und du bist weg. Was soll ich denn dann machen? Allein heiraten?«

»Alles klar«, sagte Bea und stöckelte los, aber ich hielt die Ungewissheit nicht aus und drängte mich an ihr vorbei.

»Ich bin ja gleich wieder da«, sagte ich und war auch schon auf der Wendeltreppe.

Unten lehnten die Schirme an der Wand. Ich nahm einen, trat ins Freie und griff in die linke Tasche. Den Schirm brauchte ich gar nicht. Der Regen hatte wieder aufgehört.

Dieser Rott ist dein Unglück!

Ich steckte das Handy wieder ein und sah mich um. Die Besucher der Hardt waren mehr geworden, füllten den Platz zwischen dem Turm und den anderen Gebäuden, die ein Stück weit entfernt standen. Dort befand sich auch das Café Elise, wo für die Stunden nach der Trauung ein großer Tisch für uns reserviert war.

Und in dem Moment sah ich die Nachricht noch einmal. Aber nicht elektronisch auf Wonnes Handy, sondern in auf den Kopf gestellten Riesenbuchstaben auf einem DIN-A4-Blatt. Es lag auf dem Boden vor den Stufen. Wie eine seltsame Warnung, über die man sprichwörtlich stolpern sollte, wenn man den Turm betrat.

»Dieser Rott ist dein Unglück!«

Dieselben Worte. Offenbar hatte der Stalker irgendetwas mit dem Timing falsch gemacht. Hätte das Blatt nicht eigentlich hier liegen müssen, als wir ankamen? Aber vorhin war es noch nicht da gewesen, da war ich absolut sicher.

Ich hob es auf. Das Papier war trocken. Derjenige musste es hier in den letzten zehn Minuten abgelegt haben. Mir kam ein Verdacht: War die Botschaft vielleicht gar nicht für Wonne, sondern für mich bestimmt? Hatte ich das Blatt finden sollen? Wusste der Stalker, dass sich Frau Obersaal verspätete?

Vor mir auf dem Platz tummelten sich die Menschen. Ältere Paare, Familien, ein paar Kinder. Ich sprach die erstbesten Personen an, die vorbeigingen. »Wissen Sie, wer das hierhingelegt hat?«, fragte ich.

Ich erntete Kopfschütteln. Die meisten Befragten wollten wissen, was das für ein Blatt sei, und wollten es gezeigt bekommen. Ich murmelte etwas von einem Hochzeitsscherz. Aber die Suche führte zu nichts. Niemand hatte etwas gesehen. Gerade hatte ich das Blatt zusammengefaltet und eingesteckt, da kam ein Mann aus der Richtung des Parkplatzes angelaufen, offensichtlich außer Atem.

»Herr Rott?«, fragte er, blieb stehen und wischte sich mit einem Stofftaschentuch die Stirn ab. Er unterschied sich äußerlich stark von den Spaziergängern hier auf der Hardt. Unter dem offenen leichten Mantel trug er einen karierten Anzug mit Weste und Einstecktuch, das Hemd zierte eine Fliege. An seinen Ärmeln funkelten goldene Manschettenknöpfe. Die schwarzen Schuhe glänzten. Er steckte das Tuch weg und gab mir die Hand. In der anderen hielt er eine Aktentasche aus schwarzem Leder. »Schönwand«, stellte er sich vor. »Engelhard Schönwand. Ich bin Ihr Standesbeamter.«

»Wir warten auf Frau Obersaal«, sagte ich verwundert.

»Sie scheint verhindert zu sein«, erklärte er. »Aber ich bin mit ihr persönlich befreundet und kenne ihre Termine.« Er lächelte und legte mir die Hand auf die Schulter. »Ich kann für sie einspringen. Kommen Sie bitte.«

»Was ist denn passiert?«, fragte ich. »Ich hoffe, nichts Schlimmes.«

»Das weiß ich leider auch nicht, Herr Rott. Ehrlich gesagt habe ich mir sogar Sorgen gemacht. Aber das soll Sie jetzt erst einmal nicht bekümmern. Oder ist Ihnen sehr daran gelegen, dass Frau Obersaal Sie traut? In dem Fall müssten wir Ihren Termin leider verschieben. Geht es Ihnen aber um die Trauung an sich – was ich mal annehme –, nehmen Sie bitte mit mir und meinen Diensten vorlieb.«

Oben angekommen, zeigte sich, dass sich Barbara Obersaal immer noch nicht gemeldet hatte. Herrn Schönwands Ankunft wurde von allen freudig begrüßt. Vor allem von Bea. Wie ich wusste, hatte sie eine Vorliebe für ältere Männer. Sie war mal eine Weile mit einem Düsseldorfer Geschichtsprofessor zusammen gewesen.

»Endlich«, flüsterte Wonne mir zu, nachdem wir auf den Stühlen vor dem Tisch für den Standesbeamten Platz genommen hatten. Plötzlich hielt sie einen wunderschönen Blumenstrauß in der Hand. Mir fiel ein, dass Bea ihn mitgebracht hatte.

Herr Schönwand setzte eine goldumrandete Brille auf und holte ein paar Papiere aus seiner Tasche, die er auf den Tisch legte. »Zum Glück habe ich den Schlüssel zu Barbaras Wohnung«, sagte er. »So konnte ich die Unterlagen mitbringen.«

»Können Sie denn so einfach einspringen?«, fragte ich. »Ich meine –«

Wonne stieß mir den Ellbogen in die Seite. »Remi«, zischte sie.

»Aber selbstverständlich, Herr Rott. Barbara und ich sind Kollegen. Ich habe zwar vor einiger Zeit offiziell gekündigt, aber ich kann trotzdem einspringen und sie vertreten. Und ehrlich gesagt ist es mir eine ganz besondere Ehre, dass ich das heute für Sie tun darf.«

Ich fragte mich, wer einen Job als Standesbeamter kündigte und warum und ob es in diesem Beruf tatsächlich so was wie Aushilfskräfte oder Vertretungen gab. Aber kaum hatte die Zeremonie begonnen, hatte ich diese Bedenken schon wieder vergessen. Trotzdem konnte ich mich nicht wirklich auf das konzentrieren, was Herr Schönwand sagte. Ich hörte nur seine Worte, die irgendeinen Dichter zitierten und dann die Verse blumig erklärten. Im Kuppelsaal herrschte abgesehen von Schönwands Stimme Stille. Alle hörten zu, wie er über Vertrauen, Lebenszeit, über Jugend und Alter und über vieles andere mehr sprach.

Immer wieder schweifte ich in Gedanken ab, denn ich dachte an den, der dort draußen lauerte, der wahrscheinlich ganz in der Nähe war und wusste, was hier passierte. Der uns unser Glück nicht gönnte. Der Wonne wollte, sich sogar als »Wonnes Romeo« bezeichnete.

Er hat verloren, dachte ich. Vergiss ihn.

Oder sie …

Auf einmal entstand Unruhe im Raum. Ich erschrak. War irgendwas passiert?

Nein, ich hatte nur Herrn Schönwands Aufforderung überhört.

»Ich bitte Sie nun, sich für das Jawort zu erheben«, wiederholte er, sah mich auffordernd an, und ich stand auf.

Ich war als Erster dran. Hier galt wohl nicht der Spruch: »Ladies first.«

»Ich frage Sie, Remigius Rott, geboren am 30. Mai 1962 in Wuppertal, ist es Ihr freier Wille, mit der hier anwesenden Yvonne Freier die Ehe einzugehen, so beantworten Sie meine Frage bitte mit Ja.«

»Ja«, sagte ich, und mitten in mein Räuspern hinein ertönte von hinten ein sehr leises Schluchzen. Es klang nach Jutta.

Als Wonne an der Reihe war und ihr Jawort gab, ertönte noch eins. Diesmal von Bea. Ehe sie Wonne den Ring geben konnte, musste sie mit einem Papiertaschentuch ihre Augen abtupfen. Ich bekam Wonnes Ring von Jutta. Dann steckten wir sie uns an.

Herr Schönwand forderte uns auf, die bereitliegenden Urkunden zu unterzeichnen. »Sie dürfen die Braut jetzt küssen«, erklärte er sodann, und seine Stimme hatte einen so enthusiastischen Klang, dass man ihr anhörte, wie gern er diese Aufforderung aussprach.

Als ich meinen Kopf hinunterneigte und ihre warmen Lippen spürte, kam das Schluchzen von hinten erneut.

Diesmal war es zweistimmig.

6

Am nächsten Morgen wurde ich von einem leisen Brummen wach, das von meinem Nachttisch kam. Ich konnte es zuerst nicht richtig zuordnen, denn in meinem Kopf hatten wieder wilde Träume getobt. Der Elisenturm war zu einem schwarzweißen Horrorgebäude geworden. Das runde Bauwerk stieß in einen grauen, von Wolken wabernden Himmel. Regenmassen klatschten herab, und Blitze zuckten. Ab und zu tauchte in diesem Gruseldrama eine weiße Gestalt in einem Brautkleid auf. Es war Wonne, doch ihr Brautkleid war verschlissen und schmutzig. Ihr Gesicht konnte ich nicht erkennen, aber ich hörte sie schluchzen, ehe tobender Donner alles überdeckte.

Die Lärmkulisse erstarb mit meinem Erwachen und hinterließ eine Stille, in der nur dieses eigenartige Brummen übrig blieb. Es war mein Handy, das neben Wonnes Mobiltelefon auf dem Nachttisch lag.

Das Brummen kam pulsierend wie ein elektronischer Herzschlag.

Mein erster Blick galt Wonne, die neben mir lag und schlief. Wir hatten erst um halb vier das Licht ausgemacht, und jetzt war es zwanzig nach neun. Dann fiel mir der brutal blutige, etwa anderthalb Quadratmeter große Wirbel ins Auge, der seit gestern unser Schlafzimmer zierte. Es war das Bild eines Malers aus der Düsseldorfer Kunstszene, das Bea uns geschenkt hatte. Es lehnte an der Wand. Ich nahm mir vor, es bei nächster Gelegenheit umzudrehen.

Als ich das brummende Handy packte, tat ich das mit meiner rechten Hand, wo ich etwas Ungewohntes glänzen sah. Der Ehering. Ich ging mit dem Telefon ins Bad. Dort löste ich die Sperre und sah sofort, was los war.

Es waren weitere Mails eingetroffen. Zwanzig, dreißig an der Zahl. Ich musste lange scrollen, bis ich das Ende der Liste erreichte. Und es kamen beständig neue rein. Von wonnesromeo@gmx.de. Diesmal nicht an Wonnes, sondern an meine Adresse.

Der Betreff war immer derselbe. Die ganze Mail war stets dieselbe. Der Text in der Nachricht war derselbe wie im Betreff.

ES WIRD DIR NICHTS NÜTZEN, ROTT!

ES WIRD DIR NICHTS NÜTZEN, ROTT!

ES WIRD DIR NICHTS NÜTZEN, ROTT!

ES WIRD DIR NICHTS NÜTZEN, ROTT!

ES WIRD DIR NICHTS NÜTZEN, ROTT!

ES WIRD DIR NICHTS NÜTZEN, ROTT!

Und so weiter.

Das Handy pulste immer noch, und während ich dastand und überlegte, wie ich diesen Mistkerl zu fassen bekommen könnte, wurde mir klar, dass die Mails jeweils einen Anhang besaßen.

Ein Foto.

Als ich es öffnete, sah ich den Elisenturm. Nur den unteren Bereich. Die Stufen, die zu der verandaartigen Umfassung führten. Sie waren nass, genauso wie das Pflaster davor.

Ich ließ das Handy im Bad liegen, ging ins Schlafzimmer zurück, wo es ein größeres Fenster gab, und sah hinaus auf die vom nächtlichen Regen nasse Straße. Immerhin zeigte der Himmel eine Helle, die schönes Wetter versprach.

Wonne schien die Unruhe im Schlafzimmer zu bemerken, murmelte irgendetwas, drehte sich um und zog die Decke höher.

So schnell und so leise ich konnte, nahm ich ein paar Klamotten aus dem Schrank. Nach einer Katzenwäsche im Bad zog ich mich an und verließ das Haus. Das Handy hatte irgendwann aufgehört zu brummen. Ich steckte es ein.

Das Foto, das der selbst ernannte Romeo geschickt hatte, war heute entstanden. Nach den Lichtverhältnissen zu urteilen, vor höchstens einer halben Stunde.

Ich musste ein Stück zu Fuß gehen, immer die Bergstraße entlang, wo mein Golf in einer gemieteten Garage stand. Trotzdem schaffte ich es in knapp zwanzig Minuten bis zum Parkplatz auf der Elisenhöhe.

Es waren mehr Spaziergänger unterwegs als gestern. Kein Wunder. Es war Sonntag, das Wetter war besser. Auf dem Weg an dem Zaun mit den Liebesschlössern musste ich mich geradezu durch die Besucher drängen. Als ich dann endlich den Turm erreichte, wurde mir klar, was für eine blöde Idee es gewesen war, herzukommen.

Ich wusste nicht das Geringste über den Stalker, aber er kannte mich. Wahrscheinlich war er jetzt unter den vielen Menschen, die den Platz vor dem Turm oder die Wege des Botanischen Gartens bevölkerten. Und beobachtete mich, wie ich hier ratlos herumstand, das Telefon in der Hand, den Sperrbildschirm überprüfte und feststellte, dass keine weiteren Nachrichten gekommen waren.

An der Stelle, wo der Unbekannte gestanden haben musste, als er das Foto aufnahm, verglich ich die Aufnahme mit der Wirklichkeit. Es sah tatsächlich so aus, als sei er vor nicht allzu langer Zeit genau hier gewesen.

Ich blieb noch eine Weile unschlüssig stehen. Wie ein Fels in der Brandung. Die meisten Leute um mich herum waren in Gruppen unterwegs. Personen über fünfzig befanden sich in der Überzahl, es gab viele Paare. Die Jüngeren kamen wahrscheinlich erst am Nachmittag.

Es wäre sicher das Beste, Mannis Rat zu befolgen und die Adresse einfach zu sperren, damit die Nachrichten ins Leere liefen. Vielleicht war die Sache dann erledigt, und Wonne und ich konnten endlich den Beginn unseres Lebens als Ehepaar genießen. Wofür eine phantastische Gelegenheit vor uns lag.

Nachdem bei Jutta das Bargeld gestohlen worden war, hatte sie sich ja an den Computer gesetzt. Gestern nach der Trauung hatten wir erfahren dürfen, was sie dort gemacht hatte. In dem kleinen Umschlag, den sie uns überreichte, war etwas wirklich Gewaltiges gewesen. Ein Gutschein für eine Reise auf die Malediven, natürlich zusammen mit einem Prospekt, der die üblichen Bilder zeigte. Türkisfarbenes Wasser, weiße Strände mit Kokosnüsse tragenden Palmen, die sich dem Meer zuneigten. Schon morgen würden wir in diese phantastische Welt aufbrechen.

Nichts wie nach Hause, sagte ich mir. Was hast du hier verloren, Rott?

Gerade wollte ich mich auf den Rückweg machen, da sprach mich jemand an.

»Herr Rott? So früh am Morgen schon wieder hier?«

Es war Schönwand. Offenbar war er gerade aus dem Botanischen Garten gekommen.

Ich begrüßte ihn, wusste aber nicht, was ich weiter sagen sollte.

»Wo ist denn Ihre frisch angetraute Frau Gemahlin?«, fragte er und sah sich um. Er war genauso gekleidet wie gestern bei der Trauung. Die Manschettenknöpfe sahen aus wie frisch poliert.

»Sie schläft noch«, sagte ich und erntete einen erstaunten Blick. Kein Wunder. Es musste merkwürdig anmuten, dass ich hier am Morgen nach der Hochzeitsnacht allein herumlief.

»Es ist aber alles in Ordnung?«, fragte er und wirkte ehrlich besorgt.

»Natürlich. Ich bin durch meinen Beruf daran gewöhnt, sehr früh aufzustehen«, behauptete ich einfach. Jeder, der mich kannte, hätte sofort gewusst, dass es der reinste Blödsinn war. Schönwand dagegen hörte interessiert zu. »Und ich mag es, morgens an die frische Luft zu gehen.« Blödsinn Nummer zwei.

»So früh ist es ja nun auch nicht mehr«, sagte er lächelnd. »Ich verstehe Sie aber sehr gut. Ich habe die Angewohnheit, jeden Sonntag von neun bis zehn hier oben spazieren zu gehen. Dann öffnet das Café Elise, wo ich mein Frühstück genieße.« Er ging ein paar Schritte in Richtung der Gebäude, in denen das Café untergebracht war, und ich schloss mich an.

»Ich muss mich leider verabschieden. Meine …« Mir wurde bewusst, dass das, was ich jetzt sagte, eine echte Premiere war. »Meine Frau wird sich sonst wundern, warum ich nicht da bin, wenn sie aufwacht. Ich will nicht, dass sie sich Sorgen macht.« Ich hatte es gesagt. Meine Frau.

»Es kommt einem nicht so leicht über die Lippen, nicht

wahr?« Schönwand nickte mit dem wissenden Lächeln des Trauungsexperten. »Das wird schon noch kommen. Schade, dass Sie nicht bleiben können. Ich hatte gerade den Eindruck, als sei unser Zusammentreffen … sagen wir … schicksalhaft.«

Wir waren an dem Café angekommen. Es musste wohl zehn Uhr sein, da es gerade öffnete. Eine Kellnerin stellte die Tafel hinaus, auf der mit Kreide die Tagesangebote verzeichnet waren.

»Schicksalhaft?«, fragte ich. »Was meinen Sie denn damit?«

»Frau Obersaal … Sie ist ja gestern nicht zu Ihrem Hochzeitstermin gekommen. Was sehr untypisch für sie ist. Sie ist in ihrem Beruf äußerst gewissenhaft. Und leider ist sie immer noch nicht wiederaufgetaucht.«

»Sie meinen, sie ist verschwunden?«

»Ich lebe in der Wohnung neben ihr. Gleich hier unten in der Gartenstraße. Wir sind privat eng befreundet. Ich bin, nur um Ihnen ein klares Bild zu geben, ihr Verehrer. Auch wenn sie mich in dieser Hinsicht nicht so erhört, wie ich es mir wünschen würde … Nun ja, das tut unserer Freundschaft keinen Abbruch. Wir haben viele gemeinsame Interessen, begeistern uns für Kunst, Musik und Theater … Und ich stehe so hoch in ihrem Vertrauen, dass ich einen Schlüssel für ihre Wohnung habe. Daher kannte ich auch den gestrigen Termin und konnte als Retter in der Not einspringen. Aber Barbara ist und bleibt verschwunden.«

»Und Sie möchten, dass ich sie suche?«, fragte ich.

»Das habe ich gedacht, ja. Wahrscheinlich denken Sie nun, dass ich lieber eine Vermisstenanzeige aufgeben sollte. Aber das würde nicht viel nützen. Barbara kann in den Augen der Beamten einfach verreist sein oder sich auf andere Weise und aus Gründen, die wir nicht kennen, meiner Aufmerksamkeit entziehen. Das ist nicht verboten. Aber ich weiß, dass etwas passiert sein muss, und jedem, der uns kennt, ginge es ebenso. Barbara würde nicht so einfach verschwinden. Auf keinen Fall würde sie ohne triftigen Grund einen beruflichen Termin platzen lassen. Und sie hätte mir Bescheid gesagt.«

Ich nickte. »Was Sie sagen, klingt plausibel.«

»Das heißt, Sie nehmen den Auftrag an?«, fragte Schönwand hoffnungsvoll. »Kommen Sie, wir gehen ins Café und besprechen alles. Sie rufen Ihre Frau an und erklären ihr, warum Sie sich verspäten ... Ich lade Sie natürlich ein.«

Unter normalen Bedingungen wäre mir der Fall höchst willkommen gewesen. Eigentlich hätte ich ihn ja schon deshalb annehmen müssen, weil unsere Trauung uns gewissermaßen mit Frau Obersaal verband. Und weil ich Herrn Schönwand ja auch irgendwie einen Gefallen schuldig war.

»Es tut mir leid, es geht nicht«, sagte ich. »Ich weiß, wir stehen in Ihrer Schuld, und ich bin Ihnen auch sehr dankbar, dass Sie unsere Trauung gerettet haben, aber ...«

Er wirkte enttäuscht. »Aber?«, wiederholte er, und ich sah in seinem Blick, dass er sich wirklich ernste Sorgen um Frau Obersaal machte.

Ich erklärte ihm, dass morgen unsere Hochzeitsreise anstand. »Und dafür haben wir noch allerhand vorzubereiten«, ergänzte ich, ohne allerdings zu wissen, was ich eigentlich genau damit meinte. Es war ja alles geregelt. Der Flug ging am Nachmittag, soweit ich das in Erinnerung hatte. Wir würden so um ein Uhr zum Flughafen nach Düsseldorf aufbrechen.

»Sie hätten doch den heutigen Tag noch Zeit«, sagte Schönwand. »Aber ich verstehe, dass Sie das mit Ihrer Frau absprechen müssen. Wissen Sie was? Ich gebe Ihnen meine Karte, und wenn es doch noch klappen sollte, rufen Sie mich einfach an.«

Er hatte tatsächlich Visitenkarten dabei. Er fischte eine aus einem silbernen Etui, das er der Innentasche seines Mantels entnahm. Ich las seinen mit goldener Schrift gedruckten Namen, seine Adresse und seine Telefonnummer. Sonst nichts. Keine Berufsbezeichnung, keine E-Mail-Adresse. Seine Visitenkarten waren genau das, wofür sie gedacht waren: ein Mittel, um sich irgendwem vorzustellen. In früheren Zeiten gab man so etwas in den vornehmeren Häusern an der Haustür bei den Bediensteten ab.

»Ich würde mich freuen«, sagte er, verabschiedete sich und wandte sich dem Café zu.

Auf dem Weg zum Auto ging plötzlich jemand neben mir, dem ich noch nie außerhalb meiner eigenen vier Wände begegnet war und den ich nur im Augenwinkel wahrnahm.

»Der Mann hat ein Problem, und du bist dazu da, um Probleme zu lösen«, sagte Mister M. »Und was dein Mädchen betrifft … Du warst gestern für sie da, du warst heute Nacht für sie da, und du wirst morgen auf der Reise für sie da sein. In der Zwischenzeit … Ein Mann muss tun, was ein Mann tun muss. Und du weißt genau, dass sie ganz besonders auf dich steht, weil du Privatdetektiv bist.«

Als ich am Auto ankam und den Schlüssel herausholen wollte, war er schon wieder verschwunden. Meine Finger umfassten ein zusammengefaltetes Stück Papier. Es war das Blatt, das gestern auf den Stufen des Elisenturms gelegen hatte. Ich hatte es eingesteckt. Und das wahrscheinlich genau für diesen Moment.

Sorgfältig zerriss ich es in kleine Fetzen, ging zum nächsten Mülleimer und warf sie hinein. Dabei blickte ich möglichst bedeutsam in alle Richtungen.

Hast du das gesehen, fragte ich den Stalker in Gedanken und hoffte, dass er mich beobachtete. Hast du gesehen, dass uns das alles am Arsch vorbeigeht?

Ich wiederholte meinen Rundumblick, ging zum Wagen zurück und fuhr nach Hause.

Wonne erwachte genau in den Moment, als ich die Wohnungstür ins Schloss fallen ließ.

»Hast du Brötchen mitgebracht?«, fragte sie verschlafen. Ich ging ins Schlafzimmer und sah ihr zu, wie sie die Beine herumschwang und sich reckte.

»Guten Morgen, Frau Rott«, sagte ich, eilte zu ihr und küsste sie. »Leider keine Brötchen. Jetzt hab ich dich ja endlich gekriegt, deswegen ist es damit nun vorbei.«

Sie schnappte sich das Kissen und schlug damit nach mir. »Ich wusste, dass an der Sache was faul war«, sagte sie. »Blöderweise habe ich gestern nicht geschaltet, sonst hätte ich Nein gesagt. Vielleicht können wir ja alles wieder rückgängig machen.«

In ihrem Schlabber-Schlafanzug schlurfte sie ins Bad.

»Wo warst du eigentlich?«, fragte sie etwas später in den Klang der Klospülung hinein.

Ich war schon in die Küche gegangen und betrachtete die Prospekte und die Tickets aus Juttas Umschlag. Wonne kam zu mir. »Hat er sich wieder gemeldet?«, fragte sie besorgt.

Es hatte keinen Zweck, ihr was vorzumachen. Ich bat sie, Platz zu nehmen.

»Ist es so ernst?«, fragte sie und sank auf einen der Küchenstühle.

»Nein«, entgegnete ich. In knappen Sätzen erzählte ich ihr von den Mails, die ich bekommen hatte. »Es sind rund sechzig Stück. Und wir machen jetzt genau das, was uns Manni geraten hat. Wir sperren diesen Mistkerl und vergessen das Ganze. Morgen geht's in die große, weite Welt ... Nur wir beide.«

»Alles klar«, sagte sie. »Du hast recht. Was soll schon passieren?« Sie wollte aufstehen.

»Einen Moment noch«, wandte ich ein. »Es gibt noch was anderes. Ich habe jemanden getroffen.«

Ich berichtete ihr von Schönwand und seinem Angebot. Dann drückte ich den Knopf der Kaffeemaschine.

»Frau Obersaal ist verschwunden?«, fragte sie ungläubig. »Einfach so?«

»Ich kann es natürlich nicht aus persönlicher Sicht beurteilen, aber eigenartig ist es schon.«

»Hat er nach ihr gesucht? Hat er Bekannte und Verwandte abtelefoniert?«

»Keine Ahnung. Ich kann das sowieso nicht machen. Wir haben doch praktisch schon Urlaub. Wir haben gestern geheiratet ...«

»Danke, dass du mich daran erinnerst.«

»Nein, ich meine das ernst. Morgen verreisen wir. Soll ich da noch einen neuen Fall annehmen?«

»Aber Remi«, wandte Wonne ein. »Er hat uns geholfen. Und

vielleicht findest du Frau Obersaal ja ganz schnell. Womöglich gibt es ja einen ganz harmlosen Grund, warum sie unseren Termin vergessen hat und sich nicht meldet.«

»Sie hat nicht nur den Termin vergessen. Sie hat noch nicht mal angerufen, als sie ihn verpasst hat. Weder uns noch Herrn Schönwand, mit dem sie ja angeblich so eng befreundet ist.«

»Der arme Mann«, sagte Wonne und sah betroffen auf die Tischplatte. »Ich denke, du musst wenigstens die Zeit bis heute Abend opfern, um ihm zu helfen.«

Sie blickte auf, und in ihren Augen erkannte ich etwas, das auch während unserer kleinen Rollenspiele erschien. Ein Aufflackern von Lust, hervorgerufen durch eine Frau-in-Not-Situation und die Aussicht, etwas aufzuklären. Es war der Detektiv-Fetischismus, der ihr das in die Augen zauberte.

»Das sind wir ihm schuldig, Remi. Ich kümmere mich um alles, was die Reise betrifft.«

Badesachen hatten wir. Was nahm man denn außer dem üblichen Kram noch auf die Malediven mit?

»Und ich muss doch noch meine Wohnung in Bergisch Gladbach leer räumen«, fuhr sie fort. »Wir haben zwar noch einen Monat Zeit, bis die Nachmieter übernehmen, aber es wäre gut, wenn ich damit vor unserer Reise so gut wie fertig bin.«

»Du willst Kisten schleppen?«, fragte ich. »Und wie willst du sie transportieren?« Wonne hatte zwar ein Auto, aber es war ein originaler Fiat 500, der kaum für Umzüge geeignet war.

»Ich rufe Bea an. Sie hilft mir mit ihrem Kombi. Und jetzt zeig mir mal diese Visitenkarte.«

Ich legte ihr das Kärtchen hin. Wonne hielt es gegen das Licht. »Tatsächlich … goldene Schrift.« Dann sah sie mich an. »Ruf an und triff dich mit ihm. Aber vergiss nicht, den Sonntagszuschlag zu verlangen.«

7

Die Gartenstraße liegt ein Stück unterhalb der Hardt mit dem Botanischen Garten und dem Elisenturm.

Die Hausfassaden hier blicken verträumt hinab ins Tal. Manche von ihnen – die etwas moderneren – scheinen sich zu freuen, dass sie hier oben und nicht unten im Häusergewirr an der Wupper ihr Dasein fristen dürfen. Andere – die älteren, die seit mindestens hundert Jahren diese Aussicht genießen – wirken leicht pikiert. Worüber, ist nicht ganz klar. Vielleicht über das, was sie dort unten an Hässlichkeit im Tal zu sehen bekommen.

Ich weiß nicht, ob sie sich freuten, Herrn Schönwand und mich vorbeispazieren zu sehen. Jedenfalls änderte sich der pikierte Gesichtsausdruck kein bisschen.

Ich hatte umgehend im Café angerufen. Dort kannte man Herrn Schönwand, holte ihn ans Telefon, und er schlug vor, dass ich wieder auf die Hardt kommen und ihn abholen sollte. Noch im Café wurden wir uns einig, was das Finanzielle betraf. Ich bekam den Tagessatz von fünfhundert Euro plus Spesen ab dem heutigen Tag.

Es überraschte mich nicht, dass das Haus, in dem Schönwand wohnte, eines der prächtigsten in der ganzen Straße war. Die Fassade strahlte in einem blendenden Weiß, das an Schlagsahne erinnerte, und war mit Stuck verziert. Neben der Treppe, die von der Straße zum Eingang hinaufführte, hatte ein gepflegter abschüssiger Vorgarten Platz gefunden. Ordentlich getrimmter Buchsbaum. Ein paar Stauden, die in einigen Monaten wahrscheinlich in aller Farbenpracht blühen würden.

Drinnen ging es eine erstaunlich breite Holztreppe hinauf. Im Parterre las ich den Namen »Obersaal« auf einem Messingschild an der Wohnungstür.

»Hier wohnt Barbara«, sagte Schönwand überflüssigerweise. »Außer uns wohnt niemand im Haus. Oben gibt es noch eine möblierte Dachwohnung. Sie ist ab März wieder an eine Studentin vermietet, steht aber momentan leer.«

Seine Wohnung war eine Etage höher. Ich sah dicke Teppiche, Bücherregale, sogar einen Kronleuchter. Vor dem großen Fenster, das zum Tal hinausging, ein kleiner Konzertflügel. Vitrinen mit Porzellanfiguren. Landschaftsdarstellungen oder Stillleben mit gefüllten Obstschalen und Blumenvasen an den Wänden. Dazu eine edle Musikanlage nebst Regalen, in denen CDs aufgereiht waren. Klassik. Viele Boxen, auf denen ich Operntitel lesen konnte. »La Traviata«, »Don Giovanni«, »Tosca«. Außerdem gab es ganze Editionen mit Gesamtaufnahmen. Über die gesamte Breite einer großen CD-Box zog sich in Großbuchstaben, von denen jeder wie ein erhobener Zeigefinger wirkte, der Name »BEETHOVEN«. Daneben eine große Sitzgruppe mit zwei Sofas und Sesseln. Tageszeitungen auf einem Tisch, dazu einige Kulturmagazine über Bücher, Reisen und Museen. Auf einem davon war schon wieder »Beethoven« zu lesen, vor dem berühmten Kopf des Komponisten, der wahrscheinlich mit dem typischen grimmigen Gesichtsausdruck auf die Welt gekommen war.

»Bitte lassen Sie uns keine Zeit verlieren«, sagte Schönwand und machte sich an einer Kommode zu schaffen, die neben der Wohnungstür stand. Er zog eine Schublade auf, suchte ein bisschen darin herum und entnahm ihr einen Fünfhundert-Euro-Schein, den er mir hinhielt. »Abrechnen können wir später. Sagen Sie mir bitte, wie Sie vorgehen wollen. Kommen Sie, setzen wir uns.«

Die edlen Möbel neben der Musikanlage waren weich und bequem, aber Schönwand schien weit davon entfernt, das zu genießen. Er schüttelte immer wieder nervös den Kopf und holte ein Taschentuch hervor, mit dem er sich den Schweiß von der Stirn wischte. So wie gestern, als ich ihm das erste Mal begegnet war.

»Gibt es keine Verwandten, die wissen könnten, wo sie ist?«, fragte ich. »Sie hätten dort natürlich selbst nachgefragt, ich weiß, aber ich will sichergehen.«

»Es gibt keine Verwandten, die ich erreichen könnte«, sagte er und steckte das Taschentuch wieder ein. »Barbara hat eine erwachsene Tochter namens Judith, zu der sie aber schon vor einigen Jahren den Kontakt abgebrochen hat. Ich habe keine Ahnung, wo sie wohnt, und ich vermute, dass Barbara es selbst auch nicht weiß.«

»Aber Sie haben doch sicher gemeinsame Bekannte?«

»Ja, natürlich. Wir sind alle sehr kulturinteressiert. Aber ich kann mir nicht vorstellen, dass die uns weiterhelfen können. Das Entscheidende ist doch, dass sich Barbara nicht meldet und dass ihr Telefon ausgeschaltet ist. Und dass sie zu dem Termin gestern nicht erschienen ist.«

»Sie haben gesagt, Sie hätten einen Schlüssel zu ihrer Wohnung. Und Sie seien gestern dort gewesen.«

»Gestern und heute noch einmal. Ich dachte, sie wäre vielleicht wieder zurückgekommen.«

»Und Ihnen ist dort nichts Außergewöhnliches aufgefallen?«

Er seufzte. »Nein, aber wir können gern gleich hinuntergehen, und Sie sehen sich in der Wohnung um.«

»Das werden wir machen«, erklärte ich. »Haben Sie von Frau Obersaal ein Foto? Das könnte ich gebrauchen.«

»Da kann ich Ihnen helfen.« Er stand auf. Sein Weg führte ihn an einer kleinen Hausbar vorbei, in der Flaschen mit Alkoholika bereitstanden – vom Whisky bis zum Likör. Deren Anblick ließ ihn innehalten. »Entschuldigen Sie, Herr Rott … Wo habe ich nur meine Manieren? Darf ich Ihnen etwas anbieten? Es ist noch früh am Tag, aber vielleicht ein Wasser? Oder einen Kaffee?«

»Das ist sehr nett, aber vielen Dank. Sie haben ganz recht. Wir sollten keine Zeit verlieren.«

Er verschwand kurz in einem Nebenzimmer, in dem ich durch die offene Tür einen Schreibtisch erkennen konnte, und kam mit dem Foto zurück.

Es zeigte die Standesbeamtin, wie ich sie auch kannte. Sie war eine Frau von Ende fünfzig mit kurzem grauem Haar.

Eine Brille schien Barbara Obersaal nicht zu brauchen, und so störte nichts ihren offenen, herzlichen Gesichtsausdruck. Ihre paar Falten waren von der Art, die ein gut gelebtes Leben ausdrücken. Und weil sie auf Schminke zu verzichten schien, kam der kleine Ohrring, der in ihrem Ohrläppchen glänzte, umso mehr zur Geltung.

»Sie haben sich bestimmt beruflich kennengelernt?«, vermutete ich und steckte das Bild ein.

Schönwand nickte. »Vor einigen Jahren. Ich habe dann eine kleine Erbschaft gemacht und Barbara die Wohnung unten vermietet. Das Haus gehört mir.«

»Hat Frau Obersaal irgendwelche Hobbys?«, fragte ich.

»Wie gesagt – die Kultur. Konzerte, Ausstellungen und so weiter. Diese Dinge unternehmen wir gemeinsam …« Er räusperte sich und sprach nicht weiter. Sicher wollte er kein weiteres Mal zur Sprache bringen, dass die Standesbeamtin ihn nur als Freund betrachtete und Weiteres ablehnte.

»Allerdings …«, setzte Schönwand nach. »Sie hat darüber hinaus gelegentlich Sport getrieben.« Er sagte es, als spräche er von einer völlig anderen Welt. »Sie wissen schon, Jogging und Fahrrad fahren und so was. Um sich fit zu halten.«

Das passte. Barbara Obersaal war schlank und wirkte durchtrainiert.

»Gehen wir hinunter«, sagte ich.

Er nickte. Ich folgte ihm nach draußen. Im Vorbeigehen nahm er einen anderen Schlüssel von einem Brett über der Kommode, in der das Geld gewesen war, und kurz darauf standen wir vor der Tür im Parterre.

»Wonach suchen Sie denn?«, fragte er, während er aufschloss.

»Das weiß ich noch nicht.«

Barbara Obersaals Wohnung im Erdgeschoss war etwas kleiner als die darüberliegende. Bei Schönwand gab es einen großen, runden Erker zur Talseite hin, wo der Flügel stand. Dieses architektonische Element fehlte hier. Auch die Einrichtung war völlig anders. Moderner. Die Standesbeamtin gab sich zum

Teil mit Möbeln einer großen schwedischen Firma zufrieden. Wo Schönwand seine Sitzecke mit den CDs eingerichtet hatte, stand bei ihr ein knallrotes, billiges Sofa, davor ein ziemlich großer, moderner Fernseher. Programmzeitschriften, Bücher und nachlässig gestapelte Werbeprospekte lagen auf einem Glastisch. In der Küche stand benutztes Geschirr. Der Raum, in dem Schönwands Schreibtisch stand, war auch hier ein kleines Arbeitszimmer. Allerdings gab es nur eine aufgebockte Schreibplatte voller Papierkram und einen zugeklappten Laptop.

Schönwand, der mir bei meiner kleinen Reise durch die Wohnung dicht auf den Fersen geblieben war, schien etwas sagen zu wollen, als ich den Computer aufklappte. Er war eingeschaltet. Das Display wurde hell und verlangte ein Passwort.

»Sie hat ihn nicht ausgemacht«, bekräftigte Schönwand. »Und dann das Geschirr in der Küche ... Heißt das, dass ihr etwas zugestoßen ist?«

Ich schob einige der Papiere zur Seite, nicht ohne einen Blick darauf zu werfen. Es handelte sich wohl um ein Gemisch aus Beruflichem und Privatem. Neben einigen Akten gab es auch Kontoauszüge und eine Telekomrechnung. Unter dem Papier lag ein flaches Smartphone.

»Das ist ihr Handy«, sagte Schönwand.

Es war ausgeschaltet.

»Gibt es hier auch einen Festnetzapparat?«, fragte ich.

»Nein, sie hat alles mit dem Handy gemacht.«

Nun wandte ich mich dem Eingangsbereich zu. Wir stellten fest, dass der Hausschlüssel nicht da war. Schönwand erklärte, dass die Wohnungstür gestern, als er die Papiere für die Trauung geholt hatte, abgeschlossen gewesen war. An der Garderobe hing der Mantel, den sie normalerweise in dieser Jahreszeit trug. Eine große Geldbörse mit einem Fach für Papiere lag auf einer Ablage daneben. Außerdem ein Autoschlüssel.

Ich erfuhr, dass Barbara Obersaal einen kleinen Peugeot fuhr, der in einer Privatgarage geparkt war. »Der Wagen steht noch da«, sagte Schönwand. »Das habe ich gestern überprüft. Sie ist allerdings ohnehin wenig damit gefahren.«

»Das heißt, sie fuhr mit öffentlichen Verkehrsmitteln, wenn sie hier in der Stadt unterwegs war?«, fragte ich.

»Oder sie nahm das Fahrrad. Ich habe ihr davon abgeraten, in der Stadt Fahrrad zu fahren. Ich halte das für zu gefährlich. Sie hat dann immer gesagt, dass sie ja einen Helm hat …« Er seufzte. »Ich konnte ihr die Sportbegeisterung nicht ausreden. Dabei weiß man doch, wie viele Unfälle –«

»Wo ist er?«, unterbrach ich ihn.

»Was meinen Sie?«

»Der Helm. Wo ist er? Und wo ist das Fahrrad?«

Hinter seiner Stirn fiel ein Groschen. Ich konnte es genau sehen.

»Kommen Sie bitte«, sagte er.

Wir verließen das Haus und gingen die schmale Treppe hinunter, die zur Straße führte. Rechts daneben begann ein noch viel schmalerer, mit Platten belegter Weg, der hinter die Treppe führte und an einer Metalltür endete.

»Hier in dem Außenkeller hat sie das Fahrrad untergebracht.« Schönwand schloss auf, und mein Blick fiel auf einen leicht verrosteten Damen-Drahtesel, der wohl mal rot gewesen sein musste. Jetzt war die Farbe überall abgeblättert, und braune Flecken bedeckten auch den einst chromblitzenden Lenker.

»Da ist es«, sagte ich. »Schade, ich hätte schwören können –«

»Aber nein!«, rief Schönwand. »Das ist das Rad von Frau Hanser, der Studentin, die bald oben einzieht. Barbaras Fahrrad ist nicht da. Sie muss damit unterwegs sein.«

Auf dem Weg zur Hardt hinauf verfluchte ich die Entscheidung, nicht mit dem Wagen in die Gartenstraße gefahren zu sein. Allerdings kam ich ununterbrochen an geparkten Autos vorbei. Ich hätte meinen Golf hier nicht unterbringen können. So erklomm ich mit Barbara Obersaals Handy in der Tasche die Diemeltreppe, die den Weg zur höher gelegenen Hardtstraße abkürzte und deren Name an den Mann erinnerte, der die Anlagen dort oben begründet hatte. Der Schweiß floss mir kitzelnd in den Kragen, als ich am Auto ankam.

Beim Hinausgehen hatte ich Schönwand gefragt, auf welchen Fahrradstrecken seine Freundin normalerweise unterwegs war. Er hatte keine Ahnung, vermutete aber, dass sie nicht durchs Tal gefahren war.

»Sie nimmt immer spezielle Radwege«, war alles, was er dazu sagen konnte. Er konnte auch das Fahrrad seiner Freundin nur sehr vage beschreiben. »So eins mit dünnen Reifen«, hatte er gesagt. Für das sportliche Leben der Frau interessierte er sich nicht. Vielleicht war das auch der Grund, warum er nicht so perfekt zu ihr passte, wie er sich das gewünscht hätte. Oder es sich einbildete.

Du bist Detektiv, kein Beziehungsberater, dachte ich und sah auf die Uhr. Noch nicht mal zwölf.

Für das Handy brauchte ich Hilfe. Und die bekam ich von dieser Art nur von einer einzigen Person. Ein alter Spruch fiel mir ein: Du hast keine Chance, aber nutze sie. Dann startete ich den Motor und fuhr los.

Zwanzig Minuten später rollten die Reifen meines Golfs über das Gemisch von Schotter, Sand und zerbrochenem Asphalt vor dem alten Gebäude, in dem Manni hauste. Das verrostete »Büro«-Schild wirkte mit seiner altmodischen Schrift wie aus einem Freilichtmuseum für alte Industriekultur.

Ich stieg aus. Nichts deutete in diesem Hinterhof darauf hin, dass hier jemand wohnte. Aber Manni war zu Hause. Etwas abseits stand sein orangefarbener Ford. Als ich vor der Haustür angekommen war und meine Schritte verklangen, legte sich eine Stille über die Szenerie, die mich an eine verlassene Westernstadt erinnerte.

Vielleicht hätte ich doch lieber vorher anrufen sollen, überlegte ich. Aber dann hätte er das Gespräch womöglich einfach weggedrückt. Besser war es, persönlich bei ihm aufzutauchen und zu klingeln.

Ich streckte die rechte Hand aus. Klingeln war ein guter Gedanke. Aber wie? Es gab hier keinen Knopf, auf den man drücken konnte. An der Tür gab es nichts als einen verblüffend modern aussehenden Briefkasten, der geradezu spacig angemutet hätte – hätte Manni seinen Namen und die Firmenbezeichnung »Hecking Computersupport« nicht einfach schief und krakelig mit einem wasserfesten Edding auf die Metallfläche geschrieben.

Da ich keine Klingel fand, klopfte ich einfach. Und als nichts geschah, klopfte ich wieder.

Als immer noch nichts geschah, klopfte ich heftiger. Und auf einmal geschah doch etwas. Jemand rief etwas Unverständliches, die Stimme klang, als sei sie weit weg. Um sie anzulocken, klopfte ich so heftig, dass die Tür in ihren Angeln zitterte.

»Mann, was ist denn? Scheiße, kann man hier nicht mal in Ruhe …« Die Tür wurde geöffnet, und da stand Manni in einem löchrigen Bademantel, der wohl mal weiß gewesen war, jetzt aber eher eine Farbe zwischen Rührei, Mörtel und rußig-schmutzigem Schnee aufwies. Dazu trug er ausgetretene blaue Badelatschen. »Ach nee«, sagte er verblüfft. Sein Blick wanderte nach unten zu meiner rechten Hand, die ich wieder hatte sinken lassen.

Erst verstand ich nicht, was es da zu grinsen gab, dann wurde mir klar, dass Manni den Ehering entdeckt hatte.

»Na, da kann man ja nur gratulieren. Wenn du deswegen gekommen bist, bitte sehr. Herzlichen Glückwunsch. Und jetzt lass mich in Ruhe.«

Er wollte die Tür schließen, aber ich drängte mich dazwischen. »Manni, es tut mir leid«, sagte ich. »Ich war eben sauer, weil das mit der App nicht geklappt hat, und –«

»Du sollst mich in Ruhe lassen.«

Ich hielt die Tür fest und redete einfach weiter. »Und dann die Sache mit den fünfhundert Euro. Und überhaupt. Der Puffbesuch. Ich hab deswegen einen Riesenärger mit Wonne gehabt.« Der letzte Satz war gelogen, aber Manni sah mich so grimmig an, dass ich nach jedem Strohhalm greifen musste, den ich zu fassen bekam.

»Ich hatte doch keine Ahnung, dass der Typ uns vor dem Puff fotografiert und Wonne das Bild schickt«, sagte er. Kurz hielt er inne, dann sah er mich etwas mitleidiger an und ergänzte: »Du hast echt Ärger gekriegt deswegen?«

Mir blieb nichts anderes übrig, als zu nicken.

»Und trotzdem hat sie dich geheiratet?«

»Glaubst du, ich trage den Ring zum Spaß?«

Er sah mich einen Moment lang fassungslos an.

Ich hatte keine Ahnung, was als Nächstes geschehen würde. Wahrscheinlich musste er noch darauf herumreiten, dass ich ihn zur Hochzeit nicht eingeladen hatte. Aber diesbezüglich konnte ich leicht abwiegeln. Manni wusste, dass Wonne ihn nicht mochte. Und das lag nicht nur an seinem Wesen und an seiner kriminellen Vergangenheit, sondern auch daran, dass er sie »Wonne« nannte. Niemand außer mir tat das. Ich war in ihren Augen der Einzige, der das durfte. Alle anderen nannten Wonne bei ihrem vollständigen Namen: Yvonne. Da löste sich Mannis Fassungslosigkeit. Er brach in Gelächter aus.

»Der ist gut!«, rief er. »Der ist wirklich gut. Du trägst den Ehering nicht zum Spaß. Ich schmeiß mich weg. Du bist eine arme Sau, Remi. Musst einen Ehering tragen. Komm rein, du kriegst ein Bier. Ich brauch auch eins vor dem Frühstück.« Er hörte auf zu lachen, drehte sich um und ging voran in seine seltsame Behausung.

Wir kamen durch einen Flur, in dem Werkzeug herumlag. Eine Bohrmaschine, ein Hammer, ein geöffneter Werkzeugkasten. Daneben eine Getränkekiste mit leeren Flaschen.

»Alles in Ordnung, Mann«, sagte er versöhnlich. »Du hast meine Schulden bezahlt, wir sind quitt.«

Wir erreichten eine schmierige Küche. Auf einem Tisch stand das schmutzige Geschirr mehrerer Tage. Manni griff zu einer Zigarettenschachtel, die danebenlag, kramte ein Feuerzeug aus den Tiefen seiner Bademanteltasche und zündete sich eine an.

Ich wollte nicht gleich mit meiner Bitte herausrücken und suchte erst einmal ein unverfängliches Thema.

»Renovierst du?«, fragte ich.

Manni ließ sich auf einen der verranzten Küchenstühle fallen, griff neben sich und holte wie angekündigt von irgendwoher eine Bierflasche hervor. Den Öffner entnahm er ebenfalls dem Bademantel. Anscheinend schleppte er darin alles herum, was man im Alltag so brauchte.

Das Bier war nicht im Kühlschrank gewesen. Manni schmeckte es trotzdem. Er nahm einen Schluck, stieß auf und wischte sich den von Bartstoppeln umgebenen Mund ab. »Ich mache was Neues auf«, sagte er. »Ich habe eine Geschäftsidee.«

»Noch eine? Du hast doch schon die Computerfirma.«

Manni seufzte und blickte an mir vorbei, wie es aussah, in eine unerfreuliche nähere Vergangenheit. »Läuft nicht«, sagte er. »Damit kann ich nichts mehr verdienen.«

»Und was machst du stattdessen?«

Auf der anderen Seite des Tisches stand noch ein Stuhl. Ich wollte mich aber nicht darauf niederlassen, denn ich wusste nicht, ob ich die geheimnisvollen Flecken auf dem rötlichen Plastikbezug später auf meiner Hose wiederfinden würde.

Manni stellte die Flasche hin und stand auf. »Komm mit«, sagte er, während er die Zigarette einfach auf der Tischplatte ausdrückte. »Ich zeig dir, was ich vorhabe.«

Das Gebäude war länglich. Die Räume gingen ineinander über. Einer davon war wohl das Schlafzimmer, denn auf dem Boden lag eine Matratze mit müffelndem Bettzeug. In einem anderen hatte Manni seine Computer untergebracht, die – obwohl er ja was Neues vorhatte – angeschlossen sein mussten, denn manche Monitore waren eingeschaltet und zeigten entweder Bildschirmschoner oder kryptische Zeichen. Was da auch vor sich ging, war wohl als Nebenerwerb immer noch gut genug.

Im nächsten Raum kamen wir an eine Metalltür. Daran klebte ein Stück Pappe, auf dem mit schwarzem Filzstift etwas geschrieben stand.

»ESCAPE ROOM«.

Manni machte auf. Eine Betontreppe führte in einen Keller, aus dem es uns muffig kalt entgegenschlug. Das hier war ja früher mal so was wie ein Industriegebäude gewesen, und jetzt waren wir wohl an einer Stelle angelangt, an der man diese Vergangenheit nicht leugnen konnte.

»Wir müssen da runter«, erklärte er, drückte einen Lichtschalter und ging vor.

Bei dem Begriff »Escape Room« klingelte etwas bei mir. »Ist das nicht so ein Raum, in dem man sich versteckt, wenn Einbrecher kommen?«, fragte ich. »Wie willst du denn mit so was Geld verdienen?«

Wir erreichten einen kleinen Flur, dann kamen wir wieder an eine Tür.

»Was du meinst, ist ein Panic Room«, sagte Manni, öffnete und machte wieder Licht.

Vor uns lag ein erstaunlich großer Kellerraum, etwa so groß wie ein Klassenzimmer. Darin standen eigenartige Bauten aus Sperrholz. Es roch nach frischer Farbe, mit der einige der Flächen gestrichen worden waren.

»Habe ich selbst gebaut«, sagte Manni, eine dicke Spur von Stolz war in der Stimme.

»Und was ist das?«

»Schau's dir an. Rate mal.«

Die Konstruktion war länglich und etwa zweieinhalb Meter hoch, wahrscheinlich doppelt so lang und vielleicht drei Meter breit. In etwa einem Meter Höhe gab es Aussparungen wie große Fenster, dazu ebenfalls aus Holz konstruierte Gebilde, die mich an unfertige Sitzbänke erinnerten. Die Seitenwände stießen nicht im rechten Winkel auf den hölzernen Boden, sondern in einer leichten Rundung. Das kam mir bekannt vor, ich hatte aber keine Ahnung, was es war.

»Ein Wohnwagen?«, riet ich. »Nein – eine Art Omnibus.«

Manni seufzte. »Okay, okay, es muss erst noch fertig werden, bevor du es erkennst. Das Dach muss drauf, und dann muss ich das hier noch oben befestigen. Es war ein bisschen schwierig herzustellen, aber das kriege ich hin.«

Er deutete auf etwas, das in der Ecke lag. Es waren zwei dicke Laufräder aus Metall, zu einem eigenartigen Gebilde zusammengeschweißt.

»Das soll ein Schwebebahnabteil sein«, kam mir auf einmal ein Geistesblitz.

»Ganz genau!«, rief Manni, der hinter den Holzaufbau getreten war. »Das Besondere daran ist aber das hier.«

Als er wieder hervorkam, hatte er eine Schaufensterpuppe in der Hand. Es schien eine Frau zu sein, so genau konnte ich das aber nicht erkennen. Auffällig war der Fleck roter Farbe auf ihrer Brust. Mittendrin steckte ein Messer.

Mit einem Mal hatte ich das Gefühl, Manni sei verrückt geworden. Ich sah mich um. Die Tür war noch offen. Allerdings hatte der Raum keine Fenster.

»Und was soll das?«, fragte ich.

Manni setzte die Puppe auf eine der Bänke und sah mich an. »Hast du davon noch nie was gehört?«, fragte er. »Ein Escape Room ist ein Spiel, das man in einem speziell vorbereiteten Raum spielt. Man wird eingeschlossen und muss in einer bestimmten Zeitspanne ein Rätsel lösen. Meist einen Kriminalfall.«

»Ein Spiel«, wiederholte ich, und mir fiel ein, dass ich von so was schon mal gelesen hatte.

»Hier geht es darum, dass jemand in der Schwebebahn erstochen wurde, außerdem hat jemand die Notbremse gezogen. Nun hängt die Bahn in der Luft. Einer von den Leuten in der Bahn ist der Mörder, und man muss rauskriegen, wer.«

»Und wie kriegt man das raus?«

»Mit Indizien natürlich!«, rief Manni enthusiastisch. »Ich denke, du bist Detektiv? Die Hinweise muss ich natürlich noch platzieren. Irgendwelche Dokumente, die in der Gondel versteckt werden. Fotos. Abweichungen in Fahrplänen. Da kann man sich dann zusammenreimen, woher das Messer stammt, wer es hatte, wer wann wo zugestiegen ist und so weiter. Das muss ich mir ja im Detail erst noch ausdenken. Das ist doch noch gar nicht fertig. Aber ich denke, im Sommer kann's losgehen. Die Leute zahlen dafür Geld, Remi. Und so eine Szenerie mit der Wuppertaler Schwebebahn wäre doch wirklich mal was Besonderes. Das wird ein Abteil, das dem Stil der neuesten Wagengeneration gleichen soll. Generation 15. Außen mit hellblauem Anstrich.«

»Ein Detektivspiel«, fasste ich zusammen. Ja, warum nicht? »Hat dich da zufällig ein Detektiv, den du gut kennst, inspiriert?«

Manni grinste. »Klar. Und wenn du noch eine Idee für die Geschichte hast, die ich den Leuten anbiete, dann immer her damit. Du könntest hier als echter Detektiv auch Werbung machen«, fuhr er fort. »Vielleicht gibt es unter den Besuchern, die mir demnächst die Bude einrennen werden, Kunden für dich.«

Er hatte den Blick von mir abgewandt und betrachtete sein Werk. Er sah es nicht als unfertiges Gerüst im Keller eines abgelegenen Gebäudes, zu dem man sich durch eine schmierige Küche und das provisorische Schlafzimmer kämpfen musste. Er sah es, wie er es sich vorstellte. Glanzvoll. Mit Menschenschlangen vor seiner heruntergekommenen Eingangstür.

Ein längerer Moment der Stille entstand. Ich ließ Manni die Zeit, sich innerlich an seinem Projekt zu erfreuen, das nie Realität werden würde, da ging ich jede Wette ein.

Und dann war der Moment zu Ende. Manni sah mich an.

»So«, sagte er, »und jetzt erklär mir doch mal, was du eigentlich hier willst.«

8

Fünf Minuten später stieg ich wieder in meinen Golf. Länger hatte ich nicht gebraucht, um Manni zu erklären, worum es ging. Dass unsere Standesbeamtin verschwunden war. Dass ich von ihrer Vertretung den Auftrag bekommen hatte, sie zu suchen. Dass ich ihr Handy hatte, aber nicht an die Daten rankam.

Manni versprach, sich darum zu kümmern. Was er mir allerdings nicht versprechen konnte, war ein Erfolg. »Gesperrte Smartphones knacken ist schwieriger, als manche denken«, hatte er mir erklärt. »Das geht eigentlich nur, wenn man vorher eine Spionage-App aufspielt und das Ding fernsteuert. Das wiederum ist leichter, als viele denken.«

Als ich ging, sagte Manni etwas, dem ich zunächst gar keine besondere Aufmerksamkeit schenkte und dessen Sinn mir erst aufging, als der Golf-Motor aufröhrte und die Reifen wieder den Schutt vor Mannis Behausung platt walzten.

»Irgendwie ist in deiner Hochzeit der Wurm drin, findest du nicht? Erst die Sache mit dem Stalker, dann verschwindet die Standesbeamtin. Vielleicht hat Wonnes Romeo ja versucht, die Hochzeit zu verhindern, indem er sie entführt hat oder so was …«

Der Verdacht schwebte eine Weile in der Luft des Innenraums wie das Fahrgeräusch meines Wagens und setzte sich in meinem Kopf fest.

Konnte das sein? Gab es da einen Zusammenhang?

Ich ließ den Golf über die Homannstraße rollen, vorbei an den aneinandergereihten zweistöckigen Mietshäusern. Nach einer Kurve ging es auf einem Brückchen über die Nordbahntrasse, die früher, als sie noch eine Bahnlinie gewesen war, »Rheinische Strecke« geheißen hatte.

Nach der Entfernung der Gleise und der Umgestaltung zum autofreien Verkehrsweg war aus ihr eine weitere innerstädtische

Verkehrsverbindung parallel zur Wupper geworden. Neben der Schwebebahn und der Straße unten im Tal sowie der Autobahn weiter oben ein drittes Standbein in der Ost-West-Verbindung innerhalb der Stadt und über zwanzig Kilometer hinweg.

Auf der anderen Seite der Brücke zweigte der Homanndamm ab. Ich hielt an und blickte über den Asphalt. Von hier war es nicht zu sehen, aber etwa hundert Meter weiter lag der Zugang zur Trasse.

Ich nahm mein Handy und rief Manni an. Es dauerte eine Weile, bis er sich meldete. Entweder hatte er unter der Dusche gestanden, oder er war mit dem Ausbau seines Krimiratespiels beschäftigt gewesen und musste erst den langen Weg zum Telefon zurücklegen. Ich tippte auf Letzteres.

»Was ist denn noch?«, fragte er bloß. Offenbar hatte er meine Nummer auf dem Display gesehen.

»Was du da eben gesagt hast … Dass der Stalker etwas mit dem Verschwinden der Standesbeamtin zu tun haben könnte.«

»Liegt doch nahe oder? Du, da kommt mir eine Idee. Man könnte die Sache doch so aufziehen, dass eine Hochzeitsgesellschaft mit der Schwebebahn fährt … Sie sind gerade auf dem Weg zur Trauung. Oder sie kommen gerade von da. Und die Tote ist die Standesbeamtin. Am Ende kommt dann raus, dass sie ein Verhältnis mit dem Bräutigam hatte, und die Mörderin ist die Braut. Motiv Eifersucht.«

»Manni, ich finde, da könnte was dran sein«, unterbrach ich seinen Redefluss.

»Ja? Ich müsste dann nur mehr Dekorationen haben. Es wäre sicher lustig, wenn sich die Leute, die das erraten sollen, auch entsprechend verkleiden könnten, und –«

»Hör mir zu, Mensch. Ich meine den Verdacht, den du geäußert hast. Stalker und Verschwinden von Frau Obersaal. Die Verbindung.«

»Ach ja? Na gut. Wenn es dir geholfen hat.«

»Es bedeutet, dass ich mehr Informationen brauche. Könntest du nicht dafür sorgen, dass wir über dieses indische Programm oder irgendwas anderes doch noch rauskriegen, wer der Stalker ist? Eigentlich hatte ich die Sache jetzt nach der Hochzeit abgehakt, aber so …«

Wieder versprach er mir, dass er sich darum kümmern wolle. Auch als ich erklärte, Geld würde eigentlich keine Rolle spielen, weil mein Kunde ja nun für die Spesen aufkäme und ich davon ausginge, dass auch eine solche Verfolgungs-App, oder was auch immer das war, dazugehörte, bekam ich nur das Versprechen des Versuchs. Nicht des Erfolgs. Wahrscheinlich war Manni nach dem grandiosen Scheitern am Freitag vorsichtig geworden.

Ich drückte den roten Knopf und dachte nach, während ich in das asphaltierte Sträßchen schaute, das zur Nordbahntrasse führte. Nach ein paar Minuten rief ich im Handy die Navigationsfunktion auf.

Sie nimmt immer spezielle Radwege.

Das hatte Schönwand gesagt. Es war zwecklos, weiter nachzugrübeln. Ich musste ihn darauf festnageln.

Ich wählte seine Nummer, und nach dem zweiten Klingeln hatte ich ihn dran.

»Herr Rott … Gibt es etwas Neues?« Er atmete schwer.

»Geht es Ihnen gut?«, fragte ich deswegen.

»Ja, alles in Ordnung. Ich musste ein paar Stühle herumtragen. Wir haben heute hier bei mir ein kleines Privatkonzert. Hätten Sie vielleicht auch Lust, dabei zu sein? Interessieren Sie sich für klassische Musik?«

»Ich denke, ich bin mit meinem Auftrag zu beschäftigt«, sagte ich. »Aber danke für die Einladung. Sie haben gesagt, dass Frau Obersaal spezielle Radwege nimmt. Könnte damit die Nordbahntrasse gemeint sein? Sie wissen doch, dieser neu erschlossene Weg auf der alten Bahnstrecke …«

»Nordbahntrasse …« Er überlegte. »Ja, das stimmt, darüber hat sie gesprochen. Ich fürchte aber, ich war nicht besonders aufmerksam, als es darum ging.«

»Das heißt, Sie wissen nichts Näheres? Wo sie genau war? Wie lange so eine Tour gewöhnlich dauerte?«

»Nein. Sie sagte immer, dass sie eine Runde fahren wolle … ›Eine Runde‹, das war so ihre Ausdrucksweise. Sie fuhr oft schon morgens vor ihrem Dienst. Da hatte sie nicht so viel Zeit. Am Wochenende aber schon. Wenn sie dann zurückkam, habe ich sie oft zum gemeinsamen Frühstück eingeladen. Entweder bei mir oder oben im Café Elise.«

»Aber gestern nicht?«

»Doch, das hatte ich vor. Es war alles vorbereitet, aber sie kam nicht. Ich ging runter, aber sie machte nicht auf. Ich habe mir erst nichts dabei gedacht. Ich glaubte, sie sei in der Stadt unterwegs oder Ähnliches. So etwas kommt schon mal vor. Als sie dann gar nicht kam, erinnerte ich mich an den Termin Ihrer Hochzeit und bin eingesprungen.«

»Sie können mir doch sicher sagen, wie lang so eine Fahrradrunde dauerte?«

»Eine Dreiviertelstunde vielleicht. Manchmal auch weniger. Es waren wie gesagt keine Riesentouren. Wissen Sie, Herr Rott, ich habe nie so genau auf die Uhr gesehen. Sie fuhr los, ich begann, hier alles für das Frühstück vorzubereiten, und dann war sie im Handumdrehen wieder zurück. Sie hat dann geduscht, und …«

»Vielen Dank«, sagte ich. »Das könnte helfen.«

»Vermuten Sie etwas Bestimmtes?«

»Ich denke, dass sie auf der Nordbahntrasse unterwegs war und dass sie dort vielleicht einen Unfall hatte.«

»Glauben Sie? Aber dann hätte ich doch davon erfahren. Jemand hätte sich um sie gekümmert, und sie hätte Bescheid gegeben.«

Ich unterließ es, ihn darauf hinzuweisen, dass es Unfälle gab, nach denen man nicht mehr in der Lage war, irgendwen anzurufen oder jemanden darum zu bitten.

»Vielleicht sollten wir in den Krankenhäusern anrufen und nachfragen«, sagte ich.

»Das wäre ja schrecklich.« Schönwands Stimme verriet, dass er sich schon wieder einigermaßen gefasst hatte. »Also gut. Ich habe hier zwar noch einige Vorbereitungen zu treffen, aber das geht selbstverständlich vor. Ich übernehme das. Suchen Sie bitte weiter nach ihr.«

»Am besten rufen Sie auch bei der Polizei an.«

Nach dem Gespräch bemühte ich noch mal die Kartenfunktion und sah mir Wuppertal von oben an. Ich suchte in der Gartenstraße das Haus, an dem Barbara Obersaal ihre Tour begonnen hatte. Nördlich davon war die Hardt: ein ovaler grüner Fleck.

Vielleicht hatte sie sich ja die Steigung angetan und war dort hinaufgeradelt, dann noch weiter nördlich, denn dort verlief die Nordbahntrasse, auf der sie ja wohl auch unterwegs gewesen war. Oder sie hatte die Hardt umrundet. Im Uhrzeigersinn wäre sie dann westlich an dem Oval hinaufgefahren, irgendwo bei Ostersbaum oder an der Rudolfstraße auf die Trasse gestoßen und hätte dort ihren Weg nach Osten fortgesetzt. Irgendwann hätte sie dann die Strecke wieder verlassen müssen, denn bis ans Ende, nach Barmen, war sie ihr nicht gefolgt, dazu blieb zu wenig Zeit.

Könnte ein Unfall auf der Nordbahntrasse wirklich so schwer verlaufen sein, dass sie sich nicht mehr hatte melden können? Wäre es nicht eher wahrscheinlich, dass sie auf einer gefährlicheren Strecke verunglückt war – auf einem Abschnitt, der steil ins Tal hinunterführte, oder an der Wupper selbst?

Es musste am gestrigen Morgen passiert sein. Am Samstag. Da herrschte viel Verkehr in der Stadt.

Ich fuhr auf dem schnellsten Weg zurück nach Elberfeld – entschlossen, wenigstens grob die Strecke zu überprüfen. Manchmal fand man ja Überreste von Unfällen auf dem Asphalt. Entweder lag irgendwelcher Schrott herum, was, zugegeben, in manchen Ecken, an denen ich vorbeikommen würde, nicht weiter auffiele. Deutlicher wären die typischen Kreidemarkierungen von der Polizei. Allerdings hatte es ja geregnet.

Wer weiß, was davon noch übrig ist, dachte ich.

Ich war gerade in den Neuenteich abgebogen, da klingelte mein Handy. Die Freisprechanlage war nicht installiert, und ich hatte keine Lust, ständig mit Knopf im Ohr unterwegs zu sein. Also fuhr ich an der Bushaltestelle vor dem Aldi rechts ran.

Es war Schönwand.

»Es hat gestern in ganz Wuppertal keinen Fahrradunfall gegeben.«

»Haben Sie so schnell alle Krankenhäuser erreicht?«

»Ich habe gleich bei der Polizei angerufen«, erklärte er. »Bei einem so schweren Unfall, wie wir vermuten, wüssten sie etwas davon. Das hat man mir versichert.« Er machte eine kleine Pause. »Herr Rott, ich glaube, Barbara ist etwas anderes zugestoßen«, fuhr er mit einem Zittern in der Stimme fort. »Womöglich etwas, das mit ihrem Fahrradfahren gar nichts zu tun hat.«

»Es könnte immer noch sein, dass sie einen Unfall hatte, bei dem die Polizei gar nicht hinzugezogen wurde«, überlegte ich. »Sie sollten es doch noch bei den Krankenhäusern versuchen.«

»Ich glaube, ich bringe das nicht fertig.« Seine Stimme klang weinerlich. »Oder doch … natürlich. Ich telefoniere herum, Herr Rott, und dann schauen wir weiter.«

Als ich mit dem Golf einmal die ganze Hardt umrundet hatte und über den Neuenteich und den Ostersbaum wieder oben an der Rudolfstraße angekommen war, parkte ich den Wagen auf dem Seitenstreifen.

Ich musste nicht lange gehen, bis ich einen Zugang zu der alten Bahnlinie fand, die nun als Hohlweg aus glattem Asphalt die Stadt durchschnitt, aber auch über Brücken und durch Tunnel führte.

Auf der Nordbahntrasse herrschte ein Verkehr, der an einem Sonntag bei schönem Wetter wohl typisch war. Immer wieder surrten Sportskanonen an mir vorbei, deren Gefährte nichts mehr mit dem zu tun hatten, was wir früher so altertümlich als »Drahtesel« bezeichnet hatten. Es waren mechanische Hochleistungsgeräte, gebaut aus einem Minimum an Metall, vermutlich leicht wie eine Feder. Daneben gab es aber auch die klassischen Radler, dick behelmt und eher langsam unterwegs. Viele Gefährte hatten zusätzlich den typischen klotzigen Knubbel von Batterie am Rahmen oder auf dem Gepäckträger.

Ein dicker weißer Strich trennte die Radelnden von denen, die per pedes unterwegs waren. Nicht jeder schien jedoch zu verstehen, welchen Sinn der dicke Balken hatte, und so kam es hin und wieder zu aufschreckendem Geklingel.

Mein Weg führte mich in Richtung Osten, wo sich der Hohlweg der Trasse verbreiterte. Früher war hier der Bahnhof Loh gewesen – samt Bahnhofsgebäude und Bahnsteig. Beides gab es immer noch. Aus dem nostalgisch anmutenden, hochgereckten Gebäude mit einer Fachwerketage und rötlichen Holzpaneelen unter dem Dach war das Café Tacheles geworden, aus dem Bahnsteigbereich eine kleine längliche, überdachte Insel mit Bänken und der alten Bahnhofsuhr. Von links ragten sogar noch alte, von Rost überzogene Gleise von irgendwoher ins Bild. Ein Relikt der Vergangenheit, das die neue, schicke Trasse vielleicht daran erinnern sollte, wo ihre Wurzeln lagen. Oder die Menschen, die hier unterwegs waren, daran, dass früher nicht alles besser oder schöner gewesen war. Zum Beispiel zu Zeiten, als hier noch die Dampfloks durchkeuchten und unter ohrenbetäubendem Lärm Züge an den Wohnhäusern vorbeiratterten.

Vielleicht war man aber auch bloß noch nicht dazu gekommen, die alten Gleise abzureißen.

Bald würde man sie fast gar nicht mehr sehen können. Unkraut hatte sich des Bereichs neben der Trasse bemächtigt und sich so weit entwickelt, dass ein richtiges Unterholz entstanden war. Wenn das so weiterging, würde man am Ende neben der grauen Asphaltbahn einen kleinen Waldstreifen dazugewonnen haben. Sozusagen als Fortsetzung der grünen Idee, der ja auch die Trasse selbst entsprungen war.

Hinter dem Café Tacheles kam eine der vielen Brücken, die den Verlauf der Nordbahntrasse prägen. Ich blieb kurz an der Brüstung stehen und blickte hinab auf die Schönebecker Straße, von hier oben eine erschreckend tiefe Schlucht. Dann ging es um eine Kurve, die wohl direkt in den Rotter Tunnel führte. Während ich dem Straßenverlauf folgte, kam ich an wuchernden Büschen und kleinen Bäumen vorbei. Sie hatten sich aus den alten Betten der Nebengleise, die hier einst verliefen, emporgearbeitet. Ein übrig gebliebenes Signal hatte man an seinem angestammten Platz belassen. Es zeigte jetzt und wahrscheinlich für alle Zeiten irgendetwas an, das hier niemand mehr verstand. Als Hintergrund ragte eine glatte hellgrüne Wand empor, die im Kontrast zur Brache der alten Gleise fast steril wirkte. Es war die Rückseite eines Industriegebäudes.

Eine angenehme Eigenschaft der Trasse ist ihre Ausstattung mit Sitzgelegenheiten. Kurz vor dem alten Signal öffnete sich rechts vom Fußgängerstreifen eine kleine Nische mit vier Stühlen aus dunkelgrünem Drahtgeflecht und einem Abfallbehälter daneben. Leider hielten es wie so oft nicht alle für geboten, ihren Mist auch darin zu entsorgen. Am Sockel häuften sich plattgewalzte Kaffee-Pappbecher und andere Fast-Food-Verpackungen.

Ein Schild hatte eine Empfehlung für diejenigen, die sich hier ergingen: »LOSLASSEN« stand da in großen Buchstaben. Die Nordbahntrasse sollte auch etwas für die Seele sein.

Loslassen. Ein guter Vorschlag. Morgen begann meine Hochzeitsreise. Wonne und ich würden die nächste Zeit in einer ganz anderen Welt verbringen.

Während ich dort in der Nische saß und über den Asphalt hinweg in das Unterholz starrte, verschwand alles um mich herum und machte den Bildern Platz, die in den Prospekten bei den Reisetickets zu sehen gewesen waren. Fast künstlich türkisfarbenes Wasser. Palmen. Strand so weiß, dass man ihn für Schnee halten konnte, wenn man den Rest des Bildes zuhielt.

Die Vision hielt nicht lange an.

Ein Pulk behelmter und mit quietschgelben Warnwesten ausgestatteter Radfahrer rauschte an mir vorbei in Richtung Rott, verbunden mit einer Brise Fahrtwind. Ich hatte fast das Gefühl, am Bahnsteig neben einer einfahrenden U-Bahn zu stehen. Sie nahmen die ganze Breite der Trasse ein. Aufgrund der kleinen Bö raschelte der Müll, der neben mir lag, und als sie vorbei waren, kullerte ein leichtes Stück Plastik von irgendwo hinterher.

Etwas sagte mir, dass es keinen Zweck hatte, die ganze Strecke abzuwandern. Barbara Obersaal war nicht hier. Ich sollte Herrn Schönwand lieber darin unterstützen, bei den Krankenhäusern anzurufen, überlegte ich. Danach wäre es angeraten, noch einmal mit der Polizei zu sprechen. Inzwischen war sicher eine Vermisstenanzeige möglich. Und die Polizei hatte ganz andere Möglichkeiten. Alles würde sich aufklären. Ich konnte das Zepter abgeben, die fünfhundert Euro behalten und hatte einen schönen Zuschuss für die Urlaubskasse verdient.

Als ich aufstand, fiel mein Blick auf das Stück Plastik, das der von den Radfahrern verursachte Fahrtwind ein Stück weit mitgerissen hatte. Es war schwarz, und ein Rest transparenten Kunststoffs hing daran. Das Überbleibsel einer zerbrochenen Fahrradbeleuchtung, wurde mir plötzlich klar. Auf der anderen Seite der Asphaltbahn lag noch mehr davon, weitere Reste im Unterholz.

In mir begann eine Alarmglocke zu klingen. Leise, aber sehr deutlich. Und sie war nicht mehr abzustellen. Ich lief zwischen den Büschen und kleinen Bäumen hindurch und versuchte, weitere Spuren zu finden. Ich gelangte an ein weiteres Gleis, das von der ausgebauten Strecke nicht zu sehen gewesen war. Dann kam ein Streifen mit noch mehr verwuchertem Gehölz. Und schließlich eine weitere, diesmal schmale asphaltierte Strecke, die am Zaun um das grüne Industriegebäude entlangführte. Das musste eine Art Versorgungssträßchen sein.

Etwas Rundes ragte aus dem dichten Bewuchs.

Ich schob die Äste zur Seite und konnte nun ein ganzes Fahrrad erkennen. Es war eins von der sportlicheren Sorte. Der vordere Scheinwerfer war abgebrochen. Zu ihm gehörten die Teile, die ich gefunden hatte.

Der Drahtesel lag noch nicht lange da. Die Reifen waren noch fest aufgepumpt. Chrom glänzte. Kein Zeichen von Rost. Das war kein übrig gebliebener Schrott. Es war ein Rad, das kürzlich noch in Gebrauch gewesen und mit dem irgendetwas passiert war. Ein Sturz vielleicht. Oder etwas anderes, das dazu geführt hatte, dass die Lampe abgebrochen war.

Die Alarmglocke in mir hatte sich längst in eine laut heulende Sirene verwandelt.

Der Bewuchs hier hinten war so dicht, dass ich von der Trasse aus nicht gesehen werden konnte. Und das war auch gut so. Wahrscheinlich hätte man sich sonst gefragt, was der Typ dahinten trieb. Ich bog Äste um, arbeitete mich durch das Dickicht, nur um auf der anderen Seite des Streifens wieder herauszukommen und dasselbe an einer anderen Stelle zu tun.

Nach längerer Suche fand ich Barbara Obersaal nicht in dem Unterholz, sondern ein Stück weiter. Kurz bevor die Trasse in dem aus Backsteinen gemauerten Maul des Rotter Tunnels verschwand, entdeckte ich auf der linken Seite einen mannshohen, länglichen Container. Wahrscheinlich lagerte darin Baumaterial.

Von Weitem wirkte die gelbliche Metallkiste mit dem Graffiti auf der Stirnseite wie eng an den Rand gedrängt. Doch dahinter war ein knapper Meter Platz. Genug für die leblose Gestalt einer Frau in Radfahrkleidung.

Ihr Kopf war zum Teil mit einem weißen Fahrradhelm bedeckt, aber ich erkannte sie. Die Augen der Standesbeamtin waren weit aufgerissen, der Helm oberhalb der Stirn aufgeplatzt. Etwas hatte ein regelrechtes Loch hineingerissen.

Ich wollte dem Gerichtsmediziner nicht vorgreifen. Aber ich wäre jede Wette eingegangen, dass Barbara Obersaal erschossen worden war.

9

Zwei blau-gelbe Dienstfahrzeuge der Polizei rollten vom nächsten Zugang an der Buchenstraße auf die Trasse. Ich hatte nur ein paar Minuten warten müssen. Vier uniformierte Beamte stiegen aus. Einer fragte mich, ob ich der Melder gewesen sei. Ich nickte.

»Ich würde dann gern mal Ihre Personalien aufnehmen«, sagte er.

Während ich die erforderlichen Angaben machte, drängten sich seine drei Kollegen vor dem Container. Einer von ihnen sprach in ein Funkgerät. Ich konnte ein paar der Wörter verstehen. Offenbar hatten sie erkannt, dass Barbara Obersaal einer Schussverletzung zum Opfer gefallen war, und forderten die Kripo an.

Keiner von den Beamten wollte wissen, warum ich so gut informiert war. Mir war klar, dass sie das für den Kollegen aufhoben, der wohl jeden Moment hier auftauchen würde.

»Ihr Name kommt mir irgendwie bekannt vor«, sagte der Polizist, während er die Daten von meinem Personalausweis in ein Notizbuch übertrug.

»Kein Wunder«, sagte ich. »Drehen Sie sich mal um.« Er folgte meiner Aufforderung und lachte kurz, als er das große Schild neben dem schwarzen Maul der Tunneleinfahrt bemerkte. »Ich bin der Erfinder des Rott-Tunnels«, sagte ich. »Wussten Sie das nicht?«

Leider war hier der Spaß zu Ende. »Und ein Scherzkeks obendrein«, stellte der Beamte freudlos fest. »Nein, ich bin sicher, ich hab Ihren Namen schon mal notiert. Kennen Sie eine Frau namens Jutta Ahrens?«

»Muss ich darauf antworten?«, fragte ich.

»Müssen Sie nicht. Schon gar nicht, wenn Sie sich dadurch selbst belasten.«

Er hatte seine Notierarbeit beendet und hielt mir den Perso hin. Ich steckte ihn ein.

»Was soll das?«, fragte ich. »Glauben Sie, ich hätte die Dame hinter dem Container umgebracht? Dann hätte ich sie wohl kaum gemeldet. Und meine Tante, also Frau Ahrens, hat damit erst recht nichts zu tun.«

»Frau Ahrens ist Ihre Tante? Sieh an. Sie waren nicht zufällig vorgestern Abend in Dornap und haben versucht, einen Automaten aufzubrechen? Jemand hat uns angerufen und die Autonummer Ihrer Tante angegeben. Kann sein, dass da noch was auf Sie zukommt.«

»Müssen Sie nicht vielleicht Ihren Kollegen helfen, die Ansammlung von Schaulustigen aufzulösen?«, fragte ich.

Vor dem Container hatte sich eine kleine Gruppe Neugieriger zusammengefunden. Radfahrer, Fußgänger, eine Dame mit Hund.

Zwei der Polizisten standen an dem Container. Der Dritte versuchte, den Menschen begreiflich zu machen, dass sie weitergehen sollten. Mein Gegenüber, der anscheinend vorgestern Liebings Blödsinn aufgenommen hatte, sah hinüber und schien in Betracht zu ziehen, meinen Vorschlag anzunehmen.

»Darf ich gehen?«, fragte ich.

»Das glaube ich kaum. Der Hauptkommissar kommt gleich und wird mit Ihnen sprechen wollen.«

Ich war gespannt, mit wem ich es diesmal zu tun haben würde. Einige Kommissare kannte ich schon von früheren Fällen. Mit manchen hatte ich sogar richtig Ärger gehabt. Einer hatte mich mal in eine Geschichte hineingezogen, die ich am liebsten vergessen würde. Was mir aber nicht gelang, denn damals war Wonne angeschossen worden und nur knapp mit dem Leben davongekommen. Aber dieser Kollege war ja zum Glück auf irgendein Abstellgleis geschoben worden. Weit weg von Mordfällen, weit weg von ernsthafter Ermittlungsarbeit. Wahrscheinlich musste er in einem Archiv die übrig gebliebenen Disketten aus den Achtzigern sortieren, die sich niemand wegzuschmeißen traute. Ein Job, bei dem er nicht viel sprechen musste. Denn er war kein Freund vieler Worte. Sein Markenzeichen waren kurze, fast abgehackte Sätze.

Es dauerte nicht lange, da schob sich ein drittes Fahrzeug auf die Trasse. Es war ein Zivilfahrzeug. Langsam wurde es eng hier.

Gefahren wurde es von einem Uniformierten. Dann ging die rechte hintere Tür auf, und ein Mann stieg aus.

Wie konnte man so viel Pech haben? Ich stellte mir die Frage rhetorisch, denn ich würde kaum genug Zeit haben, um sie eingehend zu beantworten.

»Rott«, nuschelte Hauptkommissar Opladen, und die Nennung meines Namens war ihm offenbar Begrüßung genug. Dass ihm das Sprechen so schwerfiel, hatte möglicherweise etwas damit zu tun, dass seine Lippen irgendwie zu kurz geraten waren. Sie umkreisten seine Vorderzähne, aber es gelang ihnen nicht, sie vollkommen zu bedecken.

Wie immer trug er, jetzt halb verdeckt durch eine Jacke aus hellbraunem Kunstleder, ein rotes Flanellhemd mit Karos zur Jeans. Ich vermutete seit Langem, dass es immer dasselbe Hemd war, das er auch nie auszog. Wahrscheinlich noch nicht einmal nachts, denn ihn umgab stets ein strenger, stechender Schweißgeruch, der an einen Berg ungewaschener Wäsche erinnerte.

»Sag bloß, sie lassen dich wieder Polizeiarbeit machen«, sagte ich, und die Verwunderung in meiner Stimme war echt.

»Bleib hier. Wir reden gleich.« Er wandte sich den Kollegen zu, die den Fundort bewachten.

Die Unterredung war sehr kurz. Wahrscheinlich hatten sie ihn schon vorab informiert.

»Gratulation«, sagte Opladen, als er wieder zu mir zurückgekommen war. Ich kombinierte. Er hatte meinen Ehering entdeckt.

»Danke«, sagte ich. »Gestern. Wonne und ich.« Mir fiel auf, dass ich seine abgehackte Sprechweise kopierte. So weit war es schon gekommen. »Ich habe Wonne geheiratet«, formulierte ich ganz bewusst, damit die Sache nicht einriss. Und wo ich schon mal dabei war, beschloss ich, dem Hauptkommissar in ausnahmslos ganzen Sätzen gleich die ganze Geschichte zu erzählen.

»Die tote Frau hinter dem Container ist die Standesbeamtin Barbara Obersaal. Sie hätte uns eigentlich trauen sollen, ist aber zum Termin nicht aufgetaucht. Ein Freund und Kollege von ihr ist eingesprungen. Sein Name ist Engelhard Schönwand, und er hat mich gebeten, nach ihr zu suchen. Es hat sich gezeigt, dass sie wahrscheinlich am Samstagmorgen während einer Fahrradtour verschwand, und weil sie gern die Strecke über die Nordbahntrasse nahm, habe ich hier nach ihr gesucht. Zuerst habe ich ihr Fahrrad gefunden, dann sie selbst.«

Ich fragte mich, seit ich ihn kannte, ob Opladen, der nur kurze Sätze sprach, lange Sätze verstand. Als ich diese Zusammenfassung der bisherigen Ereignisse vortrug, nickte er aber mit halb offenem Mund, den er ja nie zubekam, und stellte keine Gegenfragen.

Bis auf eine einzige, und die kam ganz am Schluss.

»Schönwand? Telefonnummer?«

»Ich rufe ihn an«, sagte ich. »Das hatte ich sowieso vor. Aber er wird herkommen wollen.«

Opladen schüttelte den Kopf. »Nicht hierher«, sagte er. »Präsidium. In einer halben Stunde. Ich rufe an. Die Nummer?«

Ich gab sie ihm. Wie es aussah, hatte Opladen meine Ausführungen tatsächlich verarbeitet, denn er wandte sich den Kollegen zu und ließ mich erst mal in Ruhe.

So hielt ich mich abseits zwischen den Schaulustigen, die immer wieder stehen blieben. Manche versuchten, mit ihren Handys Fotos zu machen, hatten aber keine Chance, die Leiche abzulichten, die recht gut versteckt lag. Bald kamen sie gar nicht mehr an den Bereich heran, denn die Polizisten zogen Absperrband und unterbrachen so den gesamten Durchgangsverkehr. Vom Tunnel her begannen die Fahrradfahrer und Spaziergänger sich zu stauen, und von der anderen Seite her war es dasselbe.

Wenn so etwas auf einer Autobahn geschah, konnte man wenigstens im Verkehrsfunk davon erfahren. Aber wer gab so eine Meldung durch, die den Fahrradverkehr betraf?

Nicht alle waren bereit, die Sperrung friedlich hinzunehmen. Manche machten ihrem Unmut schimpfend Luft.

Ich sah noch ein paar Minuten zu. Dann wählte ich doch Schönwands Nummer. Es war sicher besser, wenn ich ihm alles erzählte, bevor Opladen es tat. Als ich ihm geschildert hatte, was passiert war, dachte ich schon, die Leitung wäre zusammengebrochen. Oder Schönwand selbst, denn ich hörte lange Sekunden lang nichts. Dann ein Flüstern.

»Nein«, hauchte er.

Ein Geräusch wie ein Schniefen folgte.

»Herr Schönwand, es tut mir wirklich sehr leid. Aber die Polizei kümmert sich jetzt darum. Man bittet Sie auch –«

»Wo ist das?«, fragte er. »Wo genau ist sie umgekommen?« Er räusperte sich.

»Kurz vor dem Rott-Tunnel, vom alten Loher Bahnhof aus gesehen. Hören Sie, das ist noch nicht alles, ich muss –«

Ich hatte ihm noch sagen wollen, auf welche Weise Barbara Obersaal wahrscheinlich zu Tode gekommen war. Jetzt war ich froh, dass er mich wieder unterbrach. Es war besser, wenn die Polizei ihm das mitteilte.

»Ich werde hinkommen«, sagte er.

»Nein, Herr Schönwand, kommen Sie ins Polizeipräsidium, wenn es geht. Ich habe mit dem leitenden Kripo-Beamten gesprochen, er bittet darum. Sie wissen doch, wo das Präsidium ist?« Einer der uniformierten Beamten löste sich aus der Gruppe Polizisten und kam auf mich zu. »Ich muss jetzt Schluss machen«, sagte ich. »Ich werde sicher auch da sein. Bis nachher.«

Ich beendete das Gespräch. Der Polizist bat mich, ihm die Stelle zu zeigen, wo das Fahrrad lag. Dazu mussten wir uns einen Weg durch die Menschen bahnen, die der Trasse nun nicht mehr folgen konnten. In der kleinen Straße zwischen Zaun und Unterholz war niemand. Das Rad ragte immer noch so aus dem Gestrüpp heraus, wie ich es verlassen hatte.

Der Beamte sprach in sein Funkgerät, und Sekunden später kamen Kollegen, die eine weitere Absperrung vorbereiteten. Ich wurde wieder weggeschickt und beschloss, zu dem kleinen Ruheplatz mit den Stühlen zurückzukehren, auf dem ich vor einer Dreiviertelstunde noch ruhig und fast einsam gesessen hatte. Daran war jetzt nicht mehr zu denken. Alles war bevölkert. So lief ich weiter in Richtung des Cafés Tacheles, dann zur Rudolfstraße und bis zu meinem Wagen. Ich stieg ein, startete aber den Motor nicht, sondern starrte geradeaus. Wieder dachte ich an das, was Manni gesagt hatte.

Irgendwie ist in deiner Hochzeit der Wurm drin, findest du nicht? Erst die Sache mit dem Stalker, dann verschwindet die Standesbeamtin. Vielleicht hat Wonnes Romeo ja versucht, die Hochzeit zu verhindern, indem er sie entführt hat oder so was …

Oder so was.

Nicht entführt, sondern ermordet.

Wäre der Stalker so weit gegangen?

Es ergab doch keinen Sinn, eine Hochzeit verhindern zu wollen, indem man die Standesbeamtin erschoss. Es würde ein Ersatzbeamter kommen, und so war es ja auch geschehen.

Es ergab aber auch keinen Sinn, eine Hochzeit verhindern zu wollen, indem man die Braut und den Bräutigam mit anonymen Mails bombardierte.

Ich sah noch eine Weile geradeaus auf die Rudolfstraße. Eine Gruppe Radfahrer fuhr vorbei. Wahrscheinlich hatte sich die Sperrung schon herumgesprochen, und hier verlief nun die Ausweichstrecke.

Während ich so dasaß und überlegte, welche Verbindung es zwischen Barbara Obersaals Tod und dem Stalker gab, spürte ich auf einmal eine vertraute Präsenz neben mir. Ich konnte Mister M. nur schemenhaft aus den Augenwinkeln heraus wahrnehmen. Aber er war da.

»Dein Mädchen hat es verdient, dass du die Sache mit dem Typen, der die Briefe schreibt, in den Griff kriegst.«

Das hatte er schon mal gesagt. Und ich hatte mich ja bemüht, die Sache in den Griff zu kriegen.

»Und wenn es einen gibt, der herausfinden kann, ob es derjenige ist, der die arme Frau da hinten auf dem Gewissen hat … Nun, da gibt es überhaupt nur einen.«

Ich nickte. Im selben Moment verschwand Mister M. wieder. Mir war klar, wen er meinte.

Er meinte mich.

Als ich die Treppen zu dem lang gestreckten Gebäude hinaufging, in dem sich das Polizeipräsidium befand, hörte ich, wie hinter mir jemand meinen Namen rief.

Schönwand kam auf mich zugelaufen. »Herr Rott … Das ist ja alles so entsetzlich …« Er blieb stehen und atmete schwer.

»Es tut mir auch sehr leid«, sagte ich. Das hatte ich schon mal vorgebracht. Vorhin am Telefon. Wieder stellte ich fest, dass meine Ausdrucksfähigkeit gelitten hatte. Es musste daran liegen, dass Opladen in der Gegend war.

»Mich hat ein Hauptkommissar angerufen«, sagte Schönwand, holte sein Tuch heraus und wischte sich die Stirn ab. »Er hat ganz seltsam gesprochen. Aber er hat auch gesagt …« Er schüttelte den Kopf, als könnte er nicht glauben, was Opladen ihm erzählt hatte. »Sie soll … ermordet worden sein«, brachte er heiser hervor. »Glauben Sie das auch? Ich meine –«

»Ich will mich da auf keine Spekulationen einlassen, Herr Schönwand. Gehen wir hinein. Ich denke, Hauptkommissar Opladen wird Ihnen dazu noch etwas mehr sagen. Und er wird Sie sicher all die Dinge fragen, die ich auch wissen wollte.«

»Opladen!«, rief Schönwand. »Genau, so hieß er. Kennen Sie ihn?«

»Nur zu gut.«

Wir betraten das Gebäude, erklärten an der Pforte, von wem wir erwartet wurden. Man führte uns in einen Gang, wo wir vor einem der Räume stehen blieben, in denen ich bei verschiedenen Gelegenheiten eine Menge Zeit verbracht hatte. Der Uniformierte, der uns begleitete, klopfte an, öffnete die Tür und sah hinein. Von drinnen kam Opladens Stimme, die irgendetwas sagte, was ich nicht verstand. Dann wurde ich hineingebeten.

»Rott«, lautete Opladens knappe Anweisung. »Schönwand soll warten.«

Der Hauptkommissar saß auf einem der stapelbaren Stühle an einem grauen Tisch mit Kunststoffbeschichtung, wie man sie zu Tausenden in deutschen Behörden findet, und verströmte den muffigen Geruch, der immer von ihm ausging. Die Luft im Raum war schon ganz davon gesättigt. Vor ihm lagen ein paar Blätter. Er sah mich streng an. »Tür zu.« Er deutete auf einen der leeren Stühle.

Ich setzte mich und redete los, ohne weitere Fragen abzuwarten. »Opladen«, sagte ich. »Ich habe dir genau gesagt, auf welche Weise ich Frau Obersaal gefunden habe. Mehr gibt's dazu nicht zu sagen, ehrlich.«

Der Hauptkommissar sog scharf die Luft ein. Das war wohl ein Versuch, Autorität auszustrahlen. Sie hatten ihn, aus welchen Gründen auch immer, die Karriereleiter ein Stück rauffallen lassen. Und das bisschen, was er gewonnen hatte, spielte er voll aus.

Mitten in die nun entstehende Stille hinein jodelte mein Handy. Reflexartig nahm ich es aus der Tasche. Auf dem Display stand »Jutta«. Es jodelte weiter, während ich überlegte ranzugehen.

»Weg damit!«, rief Opladen. Er schien sich zu freuen, dass er jetzt etwas hatte, was er mir befehlen konnte.

Okay, ich tat ihm den Gefallen und drückte Jutta weg.

»Unterschreib das hier«, sagte er und griff in den kleinen Blätterstapel, der vor ihm lag.

Auf dem Blatt, das er mir reichte, war zusammengefasst, was ich ihm oben auf der Nordbahntrasse gesagt hatte. Kurz und knapp, fast wörtlich. Ich staunte. Opladen hatte es nicht nur zur Kenntnis genommen, sondern es sich genau gemerkt und auch noch innerhalb einer guten halben Stunde zu Papier gebracht. So blöd war er gar nicht. Er hielt mir einen Stift hin, sodass ich nichts anderes mehr zu tun hatte, als mein Autogramm darunterzusetzen.

»Eine Warnung«, sagte er dann.

Das kam mir bekannt vor. Ich wäre jede Wette eingegangen, voraussagen zu können, was er mir nun mitteilen wollte. Leider war niemand in der Nähe, mit dem ich wetten konnte.

»Ja?«, fragte ich scheinheilig, während er das Papier sorgfältig wieder in dem wahrscheinlich perfekt sortierten Stapel unterbrachte.

»Finger weg von dem Fall«, sagte er.

Bingo, dachte ich. Der Kandidat hat hundert Punkte. Immer wenn die Polizei in einem Fall tätig wurde, mit dem ich beauftragt war, kam genau diese Warnung. Rott soll sich raushalten. Rott soll den Fall abgeben. Rott hat nichts zu melden. Wahrscheinlich stand es so oder ähnlich in den Dienstanweisungen sämtlicher Polizeibehörden im Bergischen Land.

Normalerweise tat ich das immer mit einer mehr oder weniger flapsigen Bemerkung ab. Diesmal kam die Mahnung jedoch in einer Situation, in der ich ganz und gar ernst bleiben konnte. Ich hob meine rechte Hand und zeigte auf den Ehering. »Siehst du das, Opladen?«, fragte ich. »Du hast doch vorhin schon zur Kenntnis genommen, dass ich geheiratet habe. Und was bedeutet es, wenn man heiratet?« Ich machte eine winzige Pause. »Es bedeutet«, fuhr ich dann fort, »dass man eine Hochzeitsreise unternimmt. Und genau das werde ich tun. Morgen fliege ich mit Wonne von Düsseldorf aus weit weg. Da bist du mich los, für eine ganze Weile. Du siehst: Diesmal kommen wir uns nicht in die Quere.«

Opladen wirkte nicht so erfreut, wie ich gehofft hatte. Er zog nur seine kurzen Lippen ein wenig auseinander, was wohl ein mildes Lächeln darstellen sollte. »Wer's glaubt.«

»Na, hör mal!«, fuhr ich auf. »Wir können gern zu mir nach Hause fahren, dann zeig ich dir die Tickets. Der Flug startet am Nachmittag, es geht auf die Malediven. Wir fahren gegen eins zum Flughafen. Ich bin nicht im Dienst, verstehst du?«

»Teuer«, sagte Opladen.

»Ja, sicher teuer. Aber das hab doch nicht ich bezahlt, sondern meine reiche Tante. Die Reise ist ihr Hochzeitsgeschenk.«

»Und Dornap?«

»Was?«, fragte ich. »Was soll mit Dornap sein?« Es schien mir ratsam, mich dumm zu stellen.

»Liebing. Der Automat in Dornap. Das Auto deiner Tante.«

Verdammt, die Polizei arbeitete wirklich besser, als ich dachte. Und Opladen war ziemlich ausgeschlafen, was die interne Kommunikation betraf. Der Beamte von der Streife musste ihm das alles mitgeteilt haben. Obwohl es hier ja gar nicht um den Vorfall in Dornap ging, sondern um den Tod von Frau Obersaal.

»Ach, das meinst du«, sagte ich und winkte ab. Die Handbewegung war vielleicht ein bisschen zu übertrieben, um echt zu wirken. »Ich stand da an dem Automaten, und ich dachte, da gäbe es Zigaretten, aber es gab nur Kondome, und da habe ich mich geärgert und gegen den Automaten gehauen. Dieser Liebing dachte –«

»Warum?«, unterbrach Opladen meinen Redefluss.

»Warum was?«

»Warum warst du da?«

Ich seufzte schwer. Das Seufzen sollte zeigen, dass ich überhaupt nicht verstand, warum man einer solchen Lappalie so viel Bedeutung beimaß.

Sollte ich Opladen von dem Stalker berichten? Es würde alles noch komplizierter machen, ich würde noch länger hier in dem Mief rumsitzen.

Aber dann wurde mir etwas klar. Das Misstrauen der Polizei war völlig unbegründet.

He, ich hatte ab morgen Urlaub! Sollten doch die Bullen den Stalker finden. Sollten sie doch herausfinden, ob er etwas mit Barbara Obersaals Tod zu tun hatte.

Die Polizei, dein Freund und Helfer.

»Ich war mit Manni unterwegs«, sagte ich. »Ich musste ein Problem lösen.«

Opladen beugte sich ein paar Zentimeter vor. Wahrscheinlich drückte das Neugier aus.

Also los.

Ich umriss grob, was passiert war. Dass Wonne einen Stalker hatte, dass ich mit Manni versucht hatte, ihn aufzuspüren. Dass uns das nicht gelungen war. Dass ich mich mit Manni deswegen gestritten hatte, er mich stehen ließ und Jutta mich dann abholen musste.

Opladen hörte aufmerksam zu. Diesmal war ich sicher, dass er alles gespeichert hatte. So gut, dass er es gleich Wort für Wort zu Papier bringen würde.

»Alles klar«, sagte er. »Kannst gehen.«

»Hör mal, Opladen, das wird euch vielleicht helfen. Mir ist der Gedanke gekommen, dass der Stalker auch der Mörder von Barbara Obersaal sein könnte …«

»Quatsch«, kam es von Opladen.

»Aber der Verdacht ist berechtigt«, beharrte ich. »Jemand hat was gegen die Hochzeit. Er nervt die Braut mit Mails und tötet die Person, die die Eheschließung vollziehen soll. Das passt doch.«

»Unsere Sorge, Rott.«

»Aber –«

»Du kannst gehen.«

»Ich könnte euch doch wenigstens die Mails von dem Stalker weiterleiten. Damit eure IT-Abteilung analysieren kann, woher die Nachrichten kamen.«

»Kannst du machen. Wir befragen jetzt Schönwand.«

Er stand auf und öffnete die Tür. Wieder forderte er mich auf zu gehen.

Also gut, dachte ich. Wer nicht will, der hat schon.

Draußen auf dem Flur erhob sich Schönwand von einem der Stühle, die für Wartende bereitstanden. Er war blass und ging gebeugt.

»Ich warte draußen vor dem Eingang auf Sie«, sagte ich.

Auf den Stufen fegte der Wind die Friedrich-Engels-Allee entlang, aber ich genoss die frische Luft. Sie war zwar mit dem Aroma von Abgasen versetzt, tat nach dem Mief im Vernehmungsraum aber gut.

Ich holte mein Handy heraus und rief Jutta zurück.

»Du konntest wohl nicht ans Telefon gehen, was?«, begrüßte sie mich. Ich registrierte sofort den vorwurfsvollen Unterton.

»Nein, konnte ich nicht«, sagte ich. »Als du anriefst, war ich gerade in einer wichtigen Besprechung.«

»So, eine Besprechung also …« Sie machte eine bedeutungsvolle Pause.

»Was ist denn los?«, fragte ich. »Bist du sauer?«

»Na hör mal, was hast du denn erwartet?«

Ich verstand gar nichts mehr und schwieg. Jutta sprach in die entstandene Pause hinein.

»Du hast gestern geheiratet«, sagte sie.

»Ist mir bekannt. Ich war ja dabei.«

»Und jetzt erzählt mir Yvonne, dass du einen Fall übernommen hast.«

»Hat sie dir auch gesagt, worum es geht?«

»Na klar. Du sollst Frau Obersaal finden. Remi, so eigenartig ihr Verschwinden sein mag. Und sosehr das auch deine Neugier anstachelt, du solltest dich lieber um deine Frau kümmern. Ihr bei den Sachen helfen, die sie in der Wohnung in Bergisch Gladbach zu erledigen hat. Und ihr solltet euch auf eure Reise vorbereiten.«

»Das machst du mir zum Vorwurf?«, rief ich. »Dass ich mich um einen Fall kümmere? Ich habe Herrn Schönwand einen Gefallen getan. Sozusagen als Dankeschön, weil er gestern eingesprungen ist.«

»Das ist sein Job, Remi. Und von wegen ›Gefallen getan‹ – heißt das, du kriegst kein Geld?«

»Natürlich kriege ich Geld. Und Wonne war einverstanden.«

Sie seufzte. »Mensch, Remi! Natürlich hat sie dir erlaubt, dass du den Fall annimmst …«

»Erlaubt? Sie hat mich geradezu gedrängt. *Ich* war es, der Herrn Schönwand zuerst gesagt hat –«

»Du weißt doch, wie Frauen sind«, unterbrach sie mich. »Sie lässt dir deinen Willen, wenn es um etwas Berufliches geht, aber sie wünscht sich, dass du es *nicht* tust, dass du ihr zuliebe absagst.«

»Aha«, sagte ich. »Sie sagt also Ja, meint aber Nein.«

»Du hast es erfasst.«

»Dann lass mich jetzt mal etwas sagen, Jutta. Ich sehe das

nicht so. Wonne wollte, dass ich Herrn Schönwand helfe. Und was bis morgen noch zu regeln ist, regeln wir. Außerdem gibt es eine Neuigkeit. Frau Obersaal ist tot.«

»Was? Scheiße. Wieso das denn?«

Ich schilderte, was passiert war. »Und ich sage dir noch was«, fügte ich hinzu. »Ich glaube, dass das alles irgendwie zusammenhängt. Der Stalker. Frau Obersaals Tod. Und vielleicht auch der Einbruch bei dir.«

»Sei nicht albern, Remi. Der Einbruch war ein Einbruch, wie er eben nun mal vorkommt. Ich war ja selbst mit daran schuld. Woher hätte denn dein Stalker wissen sollen, dass ich dich abhole und dass so viel Geld –«

Plötzlich war ihre Stimme weg. Ich blickte auf mein Telefon und bekam gerade noch mit, dass die Batterieanzeige auf null Prozent stand. Dann bestand das Display nur noch aus einer leeren schwarzen Fläche. Warum hatte mein Handy schon wieder keinen Strom?

Ich fluchte quer über die Stufen vor dem Präsidium.

Gab es hier irgendwo eine von den guten alten Telefonzellen? Oder konnte ich vielleicht drinnen ein Telefonat führen? Egal, ich hatte Jutta alles gesagt, was ich sagen wollte. Das musste erst mal reichen.

Schönwand trat aus dem Gebäude.

»Das ist ja ein sehr eigenartiger Mensch, dieser Hauptkommissar«, bemerkte er, als er vor mir stand.

»Das kann man wohl sagen«, stimmte ich ihm zu.

Ich holte Luft, um ihm zu erklären, dass der Fall ja nun gelöst und meine Arbeit beendet sei. Die Polizei würde übernehmen. Was die Zusammenhänge zwischen dem Stalker und dem Mord betraf, würde ich Opladen noch einmal eine klare Zusammenfassung mailen. Die konnte er nicht so einfach ignorieren. Und wenn wir dann von den Malediven zurückkamen, war alles erledigt. Stalker gefasst, Mörder gefasst. Vielleicht tauchte ja auch Juttas Geld wieder auf.

»Sie denken wahrscheinlich, die Sache sei erledigt«, sagte Schönwand, als hätte er meine Gedanken gelesen.

»Gut, dass Sie darauf zu sprechen kommen«, sagte ich. »Ich wollte gerade –«

»Das ist sie ganz und gar nicht«, fuhr er fort.

»Aber …«

»Sind Sie mit dem Wagen da? Oder bevorzugen Sie wie ich die Schwebebahn? Es ist ohnehin nur eine Station. Ich fahre bis zur Haltestelle Landgericht und gehe dann zu Fuß. Man könnte auch in Erwägung ziehen, die ganze Strecke –«

»Wagen«, sagte ich rasch.

»Dürfte ich Sie dann bitten, mich nach Hause zu fahren? Wir können die kurze Fahrt nutzen, denn ich muss Ihnen etwas erklären. Etwas, das Sie sicher interessieren wird.«

10

Der Golf stand ein Stück entfernt. Schönwand nutzte die wenigen Minuten, die wir dorthin unterwegs waren, um auf mich einzureden.

»Barbara ist wirklich ermordet worden«, sagte er immer wieder. »Ich konnte es nicht glauben … Erschossen … Auf der Nordbahntrasse. Der Hauptkommissar hat es mir genau erklärt. Natürlich hat er mich gefragt, ob ich mir vorstellen kann, wer das getan hat. Aber Herr Rott, das kann ich nicht. Es ist einfach unmöglich.«

»Ich glaube Ihnen«, sagte ich, während wir weiter in Richtung Auto gingen. »Mich müssen Sie nicht überzeugen. Ich denke, es ist nun Aufgabe der –«

»Ja, Aufgabe der Polizei, aber so einfach ist es auch wieder nicht«, fiel mir Herr Schönwand aufgeregt ins Wort. Eigentlich passte das gar nicht zu ihm, denn bisher hatte ich ihn als jemanden erlebt, dem Höflichkeit sehr wichtig war. »Barbara …«, begann er, sprach aber nicht weiter.

Wir waren am Wagen angekommen und blieben stehen. Er atmete schwer und sah mich über das rote Wagendach hinweg an. »Herr Rott, ich habe Ihnen das nicht erzählt, weil ich nicht wusste, dass es eine Rolle spielt. Aber jetzt denke ich anders darüber.«

»Was denn erzählt?«

Er zögerte. Wahrscheinlich kaute er innerlich auf dem, was er mir nicht gesagt hatte, herum. Es verging fast eine halbe Minute, bis er sich entschloss, es auszuspucken. »Barbara hatte ein Geheimnis, wissen Sie …«

»Ein Geheimnis«, wiederholte ich. »Nein, das wusste ich nicht. Natürlich nicht.«

»Ich habe rein zufällig davon erfahren.«

»Wollen Sie es mir erzählen?« Ich drückte auf den elektrischen Autoschlüssel. Die Türverriegelung klackte. »Kommen

Sie, steigen Sie ein. Erzählen Sie es mir unterwegs.« Oder lassen Sie es bleiben, fügte ich innerlich hinzu.

Ich lenkte den Golf aus der Parklücke. Als links die Fassade des Polizeipräsidiums vorbeizog, schien der Eindruck Schönwand zu helfen, sich zum Weitersprechen durchzuringen.

»Ich habe es Ihnen nicht gesagt«, erklärte er immer wieder.

»Ja, weil Sie dachten, dass es keine Rolle spielt, das sagten Sie schon.«

»Das ist aber nicht alles, Herr Rott. Ich musste es einfach für mich behalten, weil ich nicht wollte, dass Barbara Ärger bekommt. Nicht dass ich Ihnen nicht vertraue, verstehen Sie mich nicht falsch. Es sollte einfach niemand wissen. Jedenfalls nicht, bevor ich nicht mit ihr darüber gesprochen hätte. Aber dazu wird es ja nicht mehr kommen.«

Meine Güte, der macht es spannend, dachte ich.

»Sie können mich ruhigen Gewissens einweihen, Herr Schönwand. Niemand wird es erfahren. Oder hat sie ein Verbrechen begangen, das wir der Polizei melden müssten? In dem Fall ...«

»Aber nein, Herr Rott ... Kein Verbrechen. Obwohl ... Für ein Disziplinarverfahren hätte es vielleicht gereicht. Hören Sie? Ich sage ›*vielleicht*‹. Weil ich es nicht weiß. Und Barbara kann sich ja nicht mehr verteidigen.«

»Hat man sie bestochen?«, fragte ich ins Blaue hinein, weil mir nichts anderes einfiel, wenn es um Beamte und Disziplinarverfahren ging.

»Woher wissen Sie das?«, fuhr Schönwand auf. »Haben Sie einen Hinweis darauf gefunden, als Sie nach ihr suchten?«

»Ich habe nur geraten«, sagte ich. »Nichts weiter.«

Er ließ den Kopf hängen. »Ich weiß natürlich nicht, um was es dabei genau ging. Aber einmal war ich bei Barbara, um sie fürs Konzert abzuholen. Sie musste noch irgendwas im Schlafzimmer erledigen und hat mich kurz reingebeten. Unten wartete bereits das Taxi. Als ich in ihrer Garderobe stand, machte ich eine ungeschickte Bewegung, und da fiel etwas von der Ablage gleich neben der Tür. Es war eine Plastiktüte. Sie öffnete sich, und es rutschten bündelweise Banknoten heraus. Natürlich packte ich alles schnell wieder zurück und arrangierte alles so, wie es gewesen war. Übrigens keine Sekunde zu früh, denn Barbara kam gleich darauf aus dem Schlafzimmer.«

»Wie viel Geld war es denn?«, fragte ich.

»Das kann ich Ihnen nicht sagen. Aber wenn ich schätzen müsste … So an die zehntausend Euro bestimmt.«

»Es ist nicht verboten, Bargeld zu Hause zu horten«, sagte ich. »Es gibt Menschen, die den Banken misstrauen. Das muss also nichts heißen.«

»Ich bitte Sie, Herr Rott. Erstens war Barbara nicht so ein Mensch. Und zweitens … So viel Geld in einer Plastiktüte. Als hätte sie es gerade von irgendeinem Treffen mitgebracht. Da stimmt doch was nicht.«

Ich hatte keine Ahnung, wie Beamte mit ihrem Geld umgingen. Aber wenn ich auf mein Bauchgefühl hörte, musste ich Schönwand recht geben. Die Sache erschien schon ein bisschen seltsam. Sie konnte natürlich auch einen völlig harmlosen Grund haben.

»Wie lange ist das her?«, fragte ich. Ich war gerade von der Friedrich-Engels-Allee abgebogen und fuhr über die Wupper und unter der Schwebebahn hindurch in den Hofkamp.

»Ein paar Monate«, sagte Schönwand. »Es war im Herbst, glaube ich.«

»Sie wissen doch sicher noch, welches Konzert Sie besucht haben.«

»Aber ja! Sie haben recht. Es war das erste Sinfoniekonzert mit dem Sinfonieorchester Wuppertal. In der Stadthalle. So um den 20. September herum. Es gab unter anderem Mahlers vierte Sinfonie …«

»Das ist eine ganze Weile her«, sagte ich. »Glauben Sie denn, dass diese Geldsache etwas mit ihrer … ich meine, mit Frau Obersaals Tod zu tun hat?« Ich bog in die Gartenstraße ein, und wir hielten vor dem weiß leuchtenden Haus. Wie durch ein Wunder war ein Parkplatz frei.

»Ich befürchte es, Herr Rott. Aber ich weiß es nicht. Und ich muss Ihnen sagen, ich wäre erleichtert, wenn Sie sich der Sache annehmen würden.«

»Das ist leider unmöglich. Sie haben mich beauftragt, Frau Obersaal zu finden. Das ist mir gelungen, wenn auch mit traurigem Ausgang. Aber ich kann leider nicht weiterermitteln. Sie wissen doch, morgen beginnt die Hochzeitsreise, und –«

»Und wenn wir uns einfach kurz in Barbaras Wohnung umsehen? Ich meine, gemeinsam?«

»Sie meinen, jetzt?«

»Ja. Sie haben wenig Zeit. Das verstehe ich. Mir geht es übrigens genauso.« Er griff in seine Tasche und zog eine Taschenuhr heraus. So etwas hatte ich seit Jahren nicht gesehen. »Meine Gäste für das Privatkonzert kommen in einer knappen halben Stunde«, sagte er. »Und vorher wird der bestellte Imbiss geliefert ...«

Wieder so etwas angenehm Altmodisches. Jeder andere hätte »Catering« gesagt.

»Ein paar Minuten haben wir also«, sprach er weiter. Er sah mich an. »Bitte, Herr Rott. Tun Sie mir den Gefallen.«

Ich wartete vor Barbara Obersaals Wohnungstür. Schönwand ging zu seiner Etage hinauf, um den Schlüssel zu holen. Nachdem er aufgeschlossen hatte, standen wir wieder zwischen den schwedischen Möbeln.

Was sollten wir tun? Alles nach Bargeld durchsuchen? Und was sollten wir machen, wenn wir es gefunden hatten? Mir war nicht so ganz klar, was Schönwand eigentlich von mir wollte. Sollte ich innerhalb von ein paar Minuten den Beweis finden, dass Barbara Obersaal das Geld aus legalen Quellen erhalten hatte?

Mein Blick streifte das kleine Arbeitszimmer mit dem Laptop. »Haben Sie der Polizei eigentlich verraten, dass ich Frau Obersaals Handy habe?«, fragte ich Schönwand, der ebenso unschlüssig herumstand wie ich.

»Nein. Wissen Sie, ich habe der Polizei insgesamt wenige

Hinweise gegeben. Ich habe einen schlechten Eindruck von diesem Hauptkommissar gewonnen. Mir wäre es lieber, wenn Sie der Sache nachgingen.«

»Aber Herr Schönwand, ich kann doch keinen Mord aufklären.«

Er sah mich überrascht an. »Nicht? Warum denn nicht? Das haben Sie doch schon oft getan.«

Na sicher hatte ich es schon oft getan, aber … In den anderen Fällen stand meine Hochzeitsreise eben nicht kurz bevor.

»Ich bin sicher, es gibt in dieser Wohnung einen Hinweis, der darauf hindeutet, woher das Geld stammte«, sagte Schönwand mit fester Stimme. »Man muss nur richtig suchen. Ah, ich glaube, der Imbiss kommt!«

Vor dem Haus auf der Straße war das Geräusch eines Dieselmotors zu hören, der abgestellt wurde und austuckerte. Schönwand ging zum Fenster und sah hinaus. »Ich muss mich darum kümmern«, sagte er. »Ich nehme den Schlüssel mit. Ziehen Sie einfach hinter sich zu.«

Damit ging er hinaus, und Sekunden später hörte ich ihn im Flur mit den Leuten vom Catering sprechen.

Also gut, dachte ich. Suche ich eben mal ein bisschen. Vielleicht fiel mir ja etwas auf, das ich Opladen bei geeigneter Gelegenheit unter die Nase reiben konnte, um Pluspunkte bei der Polizei zu sammeln.

Ich ging ein paarmal durch die Wohnung und versuchte, mir ein allgemeines Bild zu verschaffen. Immer wenn ich am Fenster vorbeikam, sah ich, wie junge Leute in blau-weißer Kluft, auf der ein rundes Firmenlogo prangte, an dem Lieferwagen zugange waren.

Neben dem Laptop hing an einem Stromanschluss das Ladekabel von Barbara Obersaals Handy. Ich hatte ein Modell derselben Firma und konnte es deswegen wunderbar verwenden, um mein Smartphone aufzuladen. Als der Monitor wieder hell wurde, kam eine Meldung: Drei Anrufe in Abwesenheit. Zwei von Jutta, einer von Wonne.

Ich beschloss, Wonne anzurufen. Dafür musste das Kabel am

Strom bleiben, und so ließ ich mich auf dem Stuhl vor Barbara Obersaals Schreibtisch nieder.

An der Wand hingen Bilder. Nicht gerahmt, sondern einfach nur die Abzüge, mit Reißzwecken festgemacht. Zum Teil absichtlich schief, verbunden zu einem bunten Durcheinander. Auf einem davon war Barbara Obersaal zu sehen. Sie saß in Sportmontur auf einem Fahrrad. Auf dem Kopf trug sie den weißen Helm, der sie vor der tödlichen Kugel nicht hatte beschützen können. Das Foto schien recht aktuell zu sein. Nach der Landschaft im Hintergrund zu urteilen, war es irgendwo im Bergischen Land entstanden.

Andere Bilder waren älter. Eins zeigte die Standesbeamtin in Abendgarderobe neben einer jüngeren Frau, die auf mehreren Bildern zu sehen war. Und es gab Aufnahmen von einer Hochzeit. Barbara Obersaal war unter den Gästen, im Hintergrund tanzte das Brautpaar. Das Foto war ein bisschen verwackelt, und ich fragte mich, warum sie es aufgehängt hatte. Ich konnte mir vorstellen, dass so manches Brautpaar die Standesbeamtin auch zu der Feier danach einlud.

Wäre damit schon der Tatbestand der Vorteilsnahme, oder wie das hieß, erfüllt? Irgendwo hatte ich mal gelesen, dass man Beamten nichts schenken durfte, das über einen bestimmten Wert von ein paar Euro hinausging.

Ich konzentrierte mich wieder auf mein eigentliches Vorhaben und machte meinen Anruf.

»War dein Handy aus?«, fragte Wonne, als ich mich meldete. Dann sprach sie schnell weiter: »Ich bin noch in Gladbach. Es kann sein, dass ich morgen noch mal herkommen muss.«

»Vor unserer Reise?«, fragte ich. »Muss das sein?«

»Ja, und ich bin selbst schuld. Ich hatte Herrn Uhlenbruch ja angeboten, mit den Nachmietern alles abzuklären, die auch einige von den Möbeln übernehmen sollen.«

Ich wusste darüber Bescheid. Herr Uhlenbruch war Wonnes Vermieter. Zu den Möbeln gehörte ein Sessel, der nicht in unsere Wuppertaler Wohnung passte.

»Und jetzt kommen sie ausgerechnet morgen früh, und ich

muss natürlich da sein, damit ich einen guten Preis aushandeln kann … Ich bin aber sicher, dass wir das zeitlich alles hinkriegen. Ich stehe einfach ein bisschen früher auf.«

Während Wonne sprach, hatte ich angefangen, in den Papieren zu blättern, die neben dem Laptop auf dem Tisch lagen. Akten, Prospekte, die Telekomrechnung. Und einige Kontoauszüge. Mein Blick blieb bei einer Buchung haften.

»… und bei dir?«, hörte ich Wonne fragen. »Hast du Frau Obersaal gefunden?«

Ich riss mich von dem Bankdokument los. Draußen auf der Straße, die man durch das Fenster hinter dem Tisch sehen konnte, tat sich etwas. Der Lieferwagen des Caterings war weg. Dafür fuhr ein Taxi vor. Mehrere Personen stiegen aus.

»Frau Obersaal ist tot«, sagte ich, während ich das Geschehen auf der Straße beobachtete.

»Was?«, rief Wonne. »Hatte sie einen Unfall?«

»Nein, sie wurde ermordet.« Ich richtete meinen Blick wieder auf den Schreibtisch und blätterte in den Papieren. Ich musste herausfinden, ob es noch weitere Kontoauszüge gab.

»Das ist ja furchtbar, Remi. Wo bist du eigentlich? Und wieso konnte ich dich nicht erreichen?«

»Ich erklär dir alles später.«

»Kannst du mir nicht wenigstens sagen, was genau mit Frau Obersaal passiert ist?«

»Mehr weiß ich nicht. Opladen ermittelt bereits. Aber da gibt es noch eine Ungereimtheit, und Schönwand will, dass ich dem nachgehe.«

Als Wonne darauf antwortete, hörte ich, wie sich ihre Stimme aufhellte. Sie schien geradezu zu strahlen. Da war er wieder, der Privatdetektiv, auf den sie so stand. »Und ich wette, Hauptkommissar Ungeduscht will nicht, dass du dich da einmischst.«

»Er hat mich in einem Vier-Augen-Gespräch sogar noch mal explizit darauf hingewiesen, dass ich mich unter allen Umständen raushalten soll.«

Wonne lachte. »Wie viele Wörter hat er dafür gebraucht?

Zwei? Oder nur eins?« Sie konnte Opladen sehr gut nachmachen. »Ich kann's mir genau vorstellen. *›Raushalten. Rott, verstanden? Raushalten.‹*«

Meine Finger hatten das untere Drittel des Papierstapels freigelegt, und da war tatsächlich noch mehr von der Bank.

»Mein Handyakku war leer«, erklärte ich. »Jetzt bin ich in Frau Obersaals Wohnung und lade es auf. Ich melde mich wieder.«

»Pass auf, dass Opladen nicht –«

Weiter kam Wonne nicht. Obwohl das Handy am Strom hing, gab es plötzlich seinen Geist auf. Ich fluchte und drückte den Einschaltknopf, bis es wieder startete. Vielleicht musste man es einfach mal eine Weile in Ruhe Strom tanken lassen.

Während ich mich noch ärgerte, entdeckte ich auf den Auszügen etwas Seltsames. Die Abrechnungen umfassten mehrere Monate. Und jeden Monat hatte es eine Bareinzahlung gegeben. Immer glatt zweitausend Euro, und immer etwa um den Zehnten des Monats herum. Das war aber noch nicht alles. Ein paar Tage später wurde dieselbe Summe regelmäßig weiterüberwiesen, immer auf dasselbe Konto.

Ich sah nachdenklich nach draußen. Sollte sich die Wuppertaler Taxibranche in den roten Zahlen befinden, wäre Schönwands Privatkonzert dazu angetan, sie deutlich in Richtung Schwarz zu schieben. In den letzten Minuten hatte ich mitbekommen, dass ein junger schwarzhaariger Mann ausgestiegen war. Ich konnte ganz kurz sein Gesicht sehen, das mir glatt und asiatisch vorkam. Jetzt kam wieder jemand an. Es war ein älterer, bärtiger Mann. Er trug Hut und Brille, dazu einen grünen Lodenmantel, und er hatte eine speckige Lederaktentasche in der Hand. Nahm man so was in ein Konzert mit? Er war hinten ausgestiegen und ging jetzt um das Auto herum, um den Fahrer zu bezahlen. Dabei beugte er sich zu ihm hinunter und wechselte mit ihm mehrere Worte. Es wirkte, als sei er mit dem Fahrpreis nicht einverstanden und wolle nachverhandeln.

Mein Handy war wieder startklar. Diesmal rief ich Manni

an. Wie so oft brüllte er inmitten einer Lärmkulisse den Namen seiner Firma ins Telefon.

»Was willst du?«, fragte er.

»Wissen, ob es was Neues gibt!« Mir wurde bewusst, dass ich ebenfalls brüllte, obwohl das natürlich unnötig war. »Hast du Frau Obersaals Handy knacken können?«

»So einfach geht das nicht, das hab ich dir schon mal gesagt!«, rief er.

»Du hast mir versprochen, es zu versuchen«, gab ich etwas kleinlaut zurück.

»Versuchen kann ich es ja.«

»Vielleicht motiviert es dich, wenn ich dir sage, dass die Frau, der das Handy gehörte, tot ist!«, rief ich. »Ermordet.«

Plötzlich war das Metal-Geschepper viel leiser.

»Sag das noch mal«, hörte ich Manni in normaler Lautstärke sagen. Ich tat es.

Er reagierte bestürzt. »Wenn die das orten, kann ich Ärger kriegen, weißt du das?«

»Solange es aus ist, können sie es nicht orten«, sagte ich, als würden sich hier die größten Computerexperten unterhalten. Dabei hatte ich überhaupt keine Ahnung.

»Es ist so einiges möglich«, gab Manni zurück.

»Ach, wirklich? Dann beweis es und untersuch das Ding endlich.«

»So hab ich das nicht gemeint«, rief er, »das heißt nämlich noch lange nicht –«

Ich unterbrach ihn, denn ich hatte wieder aus dem Fenster gesehen. »Melde dich, wenn du was rausgekriegt hast!«, rief ich, drückte den roten Knopf und zog das Handy vom Stromkabel ab.

Draußen fuhren Streifenwagen vor. Dann kam der Zivilwagen, den ich schon auf der Nordbahntrasse gesehen hatte. Opladens Dienstgefährt. Es stoppte, und der Hauptkommissar höchstselbst stieg aus. Als er auf der Straße stand, reckte er sich und blickte sich um, als sei er Putin auf Staatsbesuch.

Verdammt, die waren schnell! Ich hatte mir ja denken können, dass sie sich in Barbara Obersaals Wohnung umsehen würden. Aber so bald?

Opladen durfte mich hier nicht sehen. Wenn er mitbekam, dass ich mich in der Wohnung des Opfers aufhielt, würde er messerscharf schließen, dass ich mich doch in den Fall einmischte, und mir Ärger machen.

Ich nahm die Kontoauszüge und stopfte sie mir in die Tasche. Raus hier! Vielleicht konnte ich so tun, als hätte ich ganz harmlos Schönwand besucht, wenn sie mich im Treppenhaus erwischten. Am besten war es aber, die Polizisten bekamen mich gar nicht zu Gesicht. Würden sie zu Schönwand gehen und ihn um den Schlüssel bitten? Nein, das brauchten sie gar nicht. Die Standesbeamtin hatte auf ihrer kleinen Fahrradrunde natürlich einen Hausschlüssel dabeigehabt. Und den hatte jetzt die Kripo.

Kaum war ich ins Treppenhaus getreten, hörte ich schon, wie es an der Haustür rumorte. Ich legte in Windeseile die Stufen zur oberen Etage zurück. Durch die Wohnungstür hörte ich ein gedämpftes Durcheinander von Stimmen. Ich drückte die Klingel, woraufhin ein schmeichelndes, tiefes »Ding-Dong« ertönte. Jemand öffnete. Ich schob mich hinein.

Und auf einmal war ich in einer anderen Welt.

Etwa zehn, fünfzehn ältere Personen drängten sich in der Wohnung. Sie standen in Grüppchen zusammen, unterhielten sich und aßen mit irgendwelchen Dingen belegte oder bestrichene Baguette-Scheiben. Einige hatten Sektgläser in der Hand, in denen es golden perlte, in manchen war aber auch Orangensaft oder einfach nur Wasser.

Wer meine Ankunft bemerkte, wandte sich lächelnd und freundlich nickend zu mir um. Ich brachte meinen Mantel an einem der schon völlig überlasteten Haken der kleinen Garderobe unter und drängte mich an den Leuten vorbei in das große Wohnzimmer. Dort unterhielten sich Schönwand und der bärtige Mann aus dem Taxi mit dem jungen Mann, den ich ebenfalls schon gesehen hatte.

Der Bärtige hatte seinen Lodenmantel abgelegt, hielt aber immer noch seine speckige Aktentasche in der Hand. Er beugte sich zu dem etwas kleineren Schönwand hinunter, der ihm wohl gerade etwas erklärte. Der junge Mann, der einen schwarzen Anzug trug, hörte ebenfalls zu und nickte bestätigend.

Ich kämpfte mich zu ihnen durch und musste dazu mehrere Stühle umrunden, die bei meinem letzten Besuch noch nicht hier gestanden hatten. Noch bevor ich bei den dreien ankam, wurde Schönwand auf mich aufmerksam und blickte mich verwirrt an. Es machte den Eindruck, als habe er mich völlig vergessen. Er runzelte die Stirn, und ich hörte den Bärtigen mit lauter Stimme reden, wodurch er wohl das Gewirr der Stimmen übertönen wollte. Er sagte irgendetwas über Beethoven und eine bestimmte Sonate. Ich vernahm Satzfetzen wie »die Bedeutung der Tonart c-Moll« oder »statische Grundharmonien«, dann war von etwas die Rede, das »Arietta« hieß. Und der junge Mann nickte und nickte, als würde er dafür bezahlt.

Als ich näher kam, machte Schönwand auf einmal eine beschwichtigende Handbewegung und löste sich von der Gruppe. Der Bärtige setzte das Gespräch nahtlos mit dem jungen Mann fort, Schönwand steuerte auf mich zu. Er gab mir ein Zeichen, dass ich ihm folgen sollte.

Abseits des Erkers mit dem Flügel, vor dem die Stühle bereitstanden, ging das Wohnzimmer in einen Essbereich über. Dort hatte die Cateringfirma ihr Angebot für das leibliche Wohl aufgebaut. Der erste Ansturm auf das Büfett war bereits vorbei, und so waren wir hier unter uns.

Ich erklärte Schönwand leise, dass die Polizei gerade unten Frau Obersaals Wohnung durchsuchte. Erschrocken hielt er die Hand vor den Mund. »Du meine Güte«, sagte er. »Hoffentlich stören sie nicht unser Konzert.«

»Ich glaube nicht«, sagte ich, obwohl ich mir da nicht sicher war. »In der Wohnung des Opfers nach Indizien zu suchen ist normale Polizeiarbeit. Aber es wäre besser, wenn ich der Kripo nicht begegnen würde.«

»Haben Sie denn etwas gefunden?«, fragte er. Ich wollte

gerade dazu ansetzen, ihm meine Entdeckung auf den Kontoauszügen mitzuteilen, da kam der Bärtige heran, beäugte mich misstrauisch und wandte sich an Schönwand. Erst jetzt sah ich an seinem Revers etwas Metallisches golden aufblitzen. Es war ein kleines Emblem, das einem winzigen Klavier ähnelte. »Wir müssen anfangen, Engelhard«, sagte er. »Es wird sonst zu spät.«

Schönwand nickte. »Wir unterhalten uns später weiter«, sagte er zu mir und folgte dem mit dem kleinen Metallklavier geschmückten Bärtigen in Richtung Flügel.

Ich wäre am liebsten nach Hause gegangen und hätte Schönwand einfach später angerufen, aber das ging nicht. Ich hatte keine Ahnung, wie lange Opladen mit seinen Leuten da unten brauchen würde. Hier war ich erst mal sicher, und etwas zu essen gab es auch. Kurz entschlossen lud ich mir einen Teller mit den Baguettescheiben voll, dazu schenkte ich mir Wasser in ein Sektglas ein. Ich hätte auch was anderes getrunken, aber ich wollte lieber nüchtern bleiben. Dann trug ich alles in den Bereich mit den Stühlen und suchte mir ganz hinten am Rand, gleich neben einer Bücherwand, ein Plätzchen, wo ich in Ruhe essen, soweit nötig zuhören und eventuell sogar fast unbemerkt verschwinden konnte.

Ich ließ meinen Blick über die Bücher gleiten, die fast alle kunsthistorische Themen behandelten. Neben mir nahm eine grauhaarige Dame in einem eleganten dunkelroten Wollkleid mit Perlenkette Platz. Sie lächelte mich an.

»Guten Appetit«, sagte sie.

Ich bedankte mich nickend und stumm, denn ich hatte gerade ein Baguettestück im Mund. Mir ging auf, dass der Aufstrich irgendeine von diesen tollen Käsesorten sein musste, für die Wonne so schwärmte.

»Sind Sie das erste Mal bei Herrn Schönwands Konzerten?«, fragte sie.

Ich nickte wieder, kaute weiter, und da traf mich gleich die nächste Erkenntnis. Ich passte hier überhaupt nicht hinein. Und das schon allein wegen meiner Kleidung. Überall Anzüge oder wenigstens Sakkos, Kleider oder edle Kostüme. Im Kontrast dazu ich mit meiner Jeans, den ausgelatschten Sneakers und dem verblichenen Sweatshirt.

Die Dame neben mir schien sich an meinem Aufzug aber nicht zu stören. »Ich liebe Beethovens letzte Klaviersonate ganz besonders«, sagte sie.

Mir sagten Klaviersonaten gar nichts. Die von Beethoven erst recht nicht. Aber zu diesem Sachverhalt schwieg ich lieber und aß weiter.

Ich kaute immer noch, da trat Schönwand nach vorne und begann eine kleine Ansprache. Rechts neben ihm stand der Bärtige, links der junge Mann im schwarzen Anzug.

Wenn so etwas losgeht, muss man es sich immer möglichst bequem machen, sonst erträgt man es nicht. Ich lehnte mich also weitgehend entspannt zurück und lauschte Schönwands Begrüßung der Gäste. Ich erfuhr, dass das schon das dritte Hauskonzert dieser Art war, das bei ihm stattfand. Der Name des jungen Mannes lautete Li Wang. Er war Pianist und würde gleich etwas von Beethoven spielen. Schönwand lieferte einen Überblick über Herrn Wangs Biografie – vom ersten Musikunterricht in China über frühe Wettbewerbserfolge als Kind bis hin zum Studium in Deutschland und irgendwelchen Meisterklassen bei irgendwelchen Größen, deren Namen mir natürlich nichts sagten. Li Wang war einundzwanzig Jahre alt, und was er schon hinter sich hatte, hörte sich an wie ein ganzes Leben. So war das vermutlich bei musikalischen Wunderkindern.

Schon dieser Vortrag kam mir wie eine eigene Veranstaltung vor und schien ewig zu dauern. Ich hatte meine Brote gegessen und mein Glas ausgetrunken und verkürzte mir die Zeit, indem ich überlegte, wie ich ohne größeres Aufsehen in den Esszimmerbereich gelangen und Nachschub organisieren konnte.

Leider war das nicht machbar, ohne mindestens vier Leute zum Aufstehen zu bewegen. So redete ich mir zur Ablenkung ein, darauf gespannt zu sein, wer der Bärtige an Schönwands Seite war. Im schlimmsten Fall jemand, der gleich auch noch einen Vortrag zum Besten gab.

Endlich war Schönwand mit Li Wang fertig. Es gab kurzen Applaus. Dann erklärte er, dass man Herrn Dr. Heilmar Kaltenborn, der hier neben ihm stehe, gar nicht vorstellen müsse, da ihn ja jeder kenne. Im Publikum entstand wissendes Gemurmel. Natürlich nicht bei mir, aber ich traute mich nicht, mich zu melden und zu erklären, dass ich die große Ausnahme darstellte. Mir wurde jedoch bewusst, dass ich den Namen gerade vor fünf Minuten irgendwo gelesen hatte.

Ich sah in das Bücherregal, scannte die Buchtitel und stieß auf ein dunkelblaues Taschenbuch, das ebendieser Herr geschrieben hatte. Ich brauchte nur die linke Hand auszustrecken, und ich konnte es herausziehen.

Während Kaltenborn vorne das Wort ergriff, seinerseits alle begrüßte und anfing, irgendetwas über den berühmten Komponisten Ludwig van Beethoven zu erzählen, nahm ich mir das Buch vor.

Das Ohr – die Kunst zu hören.

Lauter Aufsätze über Musik. Hinten gab es ein Porträt des Autors, das eine ganze Seite füllte. Kaltenborn war Mitglied in den Jurys verschiedener internationaler Musikwettbewerbe, Förderer junger Talente, profunder Kenner der klassischen Musik. Ich staunte nicht schlecht, als ich las, dass er bei der Fernsehsendung »Wetten, dass …?« mitgemacht hatte. Er war anscheinend in der Lage, jedes klassische Musikstück aus einem Pool von über eintausend Titeln zu erkennen, wenn man ihm nur zwei Sekunden daraus vorspielte.

Und jetzt stand dieser Supertyp in Schönwands Wohnzimmer und erzählte etwas über Beethoven – den Komponisten, dessen trauriges Schicksal, wie ich gerade erklärt bekam, die völlige Ertaubung gewesen war. Seine letzten Kompositionen habe er selbst gar nicht mehr hören können, zum Beispiel seine berühmte neunte Sinfonie und die Klaviersonate op. 111 aus dem Jahre 1822, die Li Wang neben weiteren Werken gleich interpretieren werde.

»Aber glauben Sie nicht«, sagte Kaltenborn mit lauter, sich über alles erhebender Stimme wie ein Prediger, der von der

Kanzel herab seine Gemeinde beschwört, »glauben Sie nicht, dass Beethoven erst im fortgeschrittenen Alter mit seiner Krankheit zu kämpfen hatte …« Er ließ diese Mahnung kurz sacken, bevor er fortfuhr. »Schon im Alter von knapp zweiunddreißig Jahren litt er furchtbar darunter, dass sein Gehör nachließ – also am ersten großen Höhepunkt seiner Karriere. Wie mag es Beethoven da gegangen sein? Was hat er empfunden, er, der sich gerade anschickte, seine für die damalige Zeit hochmodernen Werke zu komponieren? Wie hat er sich gefühlt, als ihm klar wurde, dass er nicht nur dieses Schicksal würde ertragen müssen, sondern dass man ihn verspotten würde? Viele seiner Zeitgenossen verstanden seine Musik nicht. Die Taubheit dieses unverstandenen Genies war doch Wasser auf ihre Mühlen.«

Wieder machte er eine Pause. Der Mann hatte es drauf, effektvoll vorzutragen, keine Frage. Soweit ich die Gesichter des Publikums sehen konnte, waren alle gebannt. Vor allem die Damen.

»Wir kennen«, sprach Kaltenborn weiter, »das sogenannte ›Heiligenstädter Testament‹. Ein Schriftstück, das Beethoven in seiner Verzweiflung im Oktober 1802 in Heiligenstadt bei Wien niederschrieb und das eben diese Verzweiflung zum Ausdruck bringt.« Er sortierte die Blätter, die er in der Hand hielt. Noch immer sahen ihm alle gebannt entgegen, auch Schönwand und der junge Pianist, die vorne in der ersten Reihe Platz genommen hatten. Mit einer tragenden Stimme, als habe er sich auf einmal selbst in Beethoven verwandelt, begann Kaltenborn nun aus dem Text, diesem Testament, zu zitieren. »›Oh, ihr Menschen, die ihr mich für feindselig, störrisch oder misanthropisch haltet, wie unrecht tut ihr mir … Ihr wisst nicht die geheime Ursache von dem, was euch so scheint … Mein Herz und mein Sinn waren von Kindheit an für das zarte Gefühl des Wohlwollens, selbst große Handlungen zu verrichten, dazu war ich immer aufgelegt, aber bedenket nur, dass seit sechs Jahren ein heilloser Zustand mich befallen, durch unvernünftige Ärzte verschlimmert, von Jahr zu Jahr in der Hoffnung, gebessert zu werden, betrogen ... Ich musste mich früh absondern, einsam mein Leben zubringen. Wollte ich auch zuweilen mich einmal über alles das hinaussetzen, oh, wie hart wurde ich durch die traurige Erfahrung meines schlechten Gehörs dann zurückgestoßen ... Und doch war es mir nicht möglich, den Menschen zu sagen: Sprecht lauter, schreit, denn *ich bin taub* ...‹«

Die letzten drei Wörter hatte Kaltenborn mit grimmigem Blick in den Raum geschleudert. Eine Sekunde lang herrschte Stille, dann kam einzelner Applaus, und der Weltmeister im Klassikhören nickte wohlwollend, bevor er sich abseits auf einen Stuhl setzte. Auch die dunkelrote Dame neben mir klatschte eifrig und murmelte mir ein begeistertes »Phantastisch« zu. Dann wurde es wieder still. Li Wang stand auf, verbeugte sich kurz, setzte sich an den Flügel und begann ohne Umschweife zu spielen.

Ich war nicht gerade ein Riesenfan klassischer Konzerte, aber ich hatte einige besucht, zumal Jutta mir immer davon vorschwärmte. Der schmächtige Jüngling konnte ziemlich markant in die Tasten greifen. Er spielte ohne Noten und blickte die ganze Zeit konzentriert auf seine Hände, die eine Musik erzeugten, die mir wie eine gewaltige Improvisation vorkam.

Trotzdem begeisterte es mich nicht so sehr, dass ich vergaß, was gerade eine Etage unter mir geschah. Als Li Wang quer über die Tastatur eine lange Kette lauter Töne aneinanderreihte, erhob ich mich leise und machte mich auf den Weg in Richtung Flur. Kaum hatte ich die Wohnungstür geöffnet, wurde mir klar, dass ich zu früh dran war. Von unten drangen Stimmen herauf, und als ich auf dem Treppenabsatz stand und hinunterblickte, sah ich dunkelblaue Uniformen.

Also wieder zurück in den provisorischen Konzertsaal. Ich schlich auf meinen Platz. Die dunkelrote Dame dachte wohl, ich hätte das Wasser aus dem Sektglas weggebracht, und lächelte wieder.

Das Klavierstück ging fast eine halbe Stunde lang. Einmal dämmerte ich kurz weg, dann war mir plötzlich, als klinge die Musik jazzig, so als hätte der Pianist Beethoven in einen Boogie-Woogie verwandelt. Aber kurz darauf löste sich alles und verfiel wieder in den typischen klassischen Klangrausch.

Li Wang erntete viel stärkeren Applaus als Kaltenborn. Ein Herr vorne rechts rief sogar »Bravo«. Ich gönnte es dem Künstler und nutzte die Unruhe, die jetzt entstand, um ein weiteres Mal die untere Etage zu checken.

Diesmal war nichts zu hören. Ich schlich treppab. Die Tür war zu. So wagte ich den nächsten Schritt. Ich holte aus Schönwands Wohnung, wo sich der junge Künstler gerade anschickte, ein weiteres Stück zum Besten zu geben, meinen Mantel, ging wieder hinunter und trat auf die Straße.

Es war mittlerweile dunkel. Die Straßenbeleuchtung brannte. Weitere Lichter hinter den Fenstern der Häuser und natürlich unten im Tal. Keine Polizei. Nur die winterliche, leicht von Abgasen, Staub und einem muffigen Beigeschmack, der von der Feuchtigkeit des Tales herrührte, geschwängerte Wuppertaler Luft.

»Rott«, sagte Opladen neben mir.

Überrascht drehte ich mich um. Der Hauptkommissar trat zwischen den parkenden Autos hervor. Eins davon war der Wagen, in dem er neuerdings herumkutschiert wurde.

»So sieht man sich wieder«, sagte ich.

»Ich hatte gesagt: Raushalten, Rott.«

Ich musste lachen, weil ich sofort daran dachte, wie Wonne Opladen imitiert hatte.

»Was ist so lustig?«

»Nichts, nichts, Opladen. Alles ist gut. Und todernst.« Da er mich so misstrauisch ansah, griff ich nach der ersten Lüge, die mir einfiel. »Ich bin nur so froh, dass ich jetzt hier unten bin. Weißt du, Herr Schönwand hatte mich zu einem Hauskonzert eingeladen. Du glaubst nicht, wie langweilig so was ist. Beethoven. Erst ein Vortrag, dann Klaviermusik. Und es ist immer noch nicht zu Ende.«

Opladen nickte, und es wirkte mitfühlend. Ich fragte mich, woher er gewusst hatte, dass ich hier war. Er hatte ja offenbar auf mich gewartet. Dann kam mir die einfache Lösung. Direkt neben uns stand mein Auto, und das kannte Opladen natürlich.

»Tschö, und schönen Abend noch«, sagte ich mit dem harmlosesten Ausdruck in der Stimme, den ich hinbekam. »Ich fahr dann mal.«

Ich entriegelte die Tür. Als ich sie öffnete, raschelte etwas in meiner Manteltasche.

»Du verlierst da was«, sagte Opladen.

Ich griff danach. Es waren die Kontoauszüge aus Barbara Obersaals Schreibtisch. Schnell stopfte ich sie zurück in den Mantel.

»Danke«, sagte ich.

»Bitte«, gab Opladen zurück. »Und dran denken, Rott. Raushalten. Ich meine es ernst.«

Nachdenklich fuhr ich die kurze Strecke nach Hause. Als ich den Golf in der gemieteten Garage in der Bergstraße untergebracht hatte und gerade das Tor schloss, spürte ich es wieder, dieses sanfte Vibrieren der Luft. Ein zartes Zittern im Schein der Straßenlampen, verbunden mit einer fast unsichtbaren Bewegung. Erst jetzt wurde mir klar, dass sich Mister M. stets auf diese Weise ankündigte.

»Bisschen viele Dinge, die passiert sind, oder nicht?«, fragte er.

Dort, wo sich im Schatten seines Hutes sein Gesicht befinden musste, glühte etwas auf. Eine Zigarette. Ich hätte auch gern eine gehabt, wollte Mister M. aber nicht danach fragen. Tief in meinem Inneren wusste ich ja, dass er eigentlich gar nicht hier war. Da konnte ich ihn wohl schlecht um eine Kippe bitten. Die ja ebenfalls nicht existierte.

Ich ging los, und Mister M. blieb neben mir.

»Viele Dinge«, wiederholte er. »In meinen Fällen war das auch immer so. Aber man muss weitermachen, muss einen der vielen Fäden anfassen, muss daran ziehen. Dann kommt man auf einmal der Stelle nah, an der sich alles verknotet. Und dann wartet die wirklich schwere Arbeit. Wenn es nicht bereits zu spät ist und stattdessen die schweren Jungs mit ihren Bleispritzen auf einen warten …«

Während er redete, setzte ich einen Fuß vor den anderen. Schweigend. Nachdenklich.

Wie hatte alles angefangen?

Mit Wonnes Stalker. Dann kam Barbara Obersaals Verschwinden. Erst war sie nicht zur Hochzeit erschienen, und dann war sie tot.

Aber nein, dachte ich. Alles Quatsch. Das war gar nicht der Anfang. Vor der Hochzeit ist ja noch was passiert. Bei Jutta wurde eingebrochen.

Auch wenn sie der Ansicht war, es sei Zufall gewesen … Ich glaubte es nicht. Bei Jutta war noch nie eingebrochen worden. Und nun ausgerechnet in dieser Situation? Und noch dazu mit so einer großen Beute? Das konnte kein Zufall sein.

»Man glaubt, Dinge passieren einfach«, sagte Mister M. »Aber dann erkennt man, dass vieles aus einer einzigen Wurzel erwächst. Diese Wurzel musst du finden.«

Wir näherten uns der Ecke am Jugendzentrum, wo die Bergstraße eine Kurve macht und kurz darauf in die Kasinostraße übergeht. Ich blieb stehen, holte meinen Schlüssel heraus und wollte Mister M. wie einen alten Freund verabschieden. Vielleicht war es sowieso besser, wenn ich mehr auf ihn einging? Mit ihm sprach?

Aber er war schon nicht mehr da. Sein Verschwinden war unauffälliger als sein Erscheinen.

11

Als ich oben aufschloss, dröhnte mir »Light My Fire« von den Doors entgegen. Wonne hatte wohl den Schlüssel gehört, kam aus der Küche getänzelt, in der Hand einen Kochlöffel und mit einer rot-weiß karierten Schürze bekleidet. »Da kommt ja mein Ehemann, der Meisterdetektiv.« Sie drückte mir einen Kuss auf die Lippen, warm und weich.

Ich hängte den Mantel auf. Die Musik kam aus dem kleinen Lautsprecher in der Küche. Daneben lag Wonnes Handy, auf dem eine ihrer Playlisten lief.

»Kein WDR4?«, fragte ich, denn das war sonst unser Lieblingssender.

»Da kommt gerade ›Klassik populär‹«, sagte sie. »Wenn du das lieber hörst …«

»Danke, nein. Daran ist mein Bedarf für heute gedeckt. Ich habe für meine Verhältnisse eine Menge Klassik gehört.«

»Hast du eine Geliebte, die klassische Musik macht?«, fragte sie beiläufig und prüfte, ob das, was in dem Topf auf dem Herd war, kochte. »Nudeln«, erklärte sie übergangslos. »Nachher gibt's Nudelsalat.«

»So ähnlich«, sagte ich. Mir war eingefallen, dass die Kontoauszüge noch in meinem Mantel steckten. Ich ging zur Garderobe, holte sie, und als ich zurück war, stand Wonne neben dem Tisch und stellte mir eine Flasche Bier hin. »Ach, ich hab das Glas vergessen«, sagte sie.

Ich setzte mich und sah ihr zu, wie sie sich in ihrer Schürze nach oben zum Hängeschrank reckte. Wer es nicht besser wusste, hätte denken können, wir spielten hier eine Eheszene aus den fünfziger Jahren nach. Titel: Der müde Ehemann kommt nach der Arbeit nach Hause, und die fleißige Ehefrau umsorgt ihn, wie sich das in dieser Zeit für eine fleißige Ehefrau gehörte. Wonne hatte Freundinnen, die es sich streng verboten hätten, sich so zu verhalten. Selbst wenn es ihnen zwischendurch mal Spaß machte. Wonne war da wesentlich befreiter. Meine Fähigkeiten als Koch beschränkten sich nun mal auf Kaffee, heißes Wasser und die Erwärmung von Tiefkühlpizza. Sollten sich Ehepaare nicht ergänzen?

»Das ist aber nett von dir, dass du mir ein Bier aus dem Kühlschrank geholt hast«, bedankte ich mich artig.

»Ich glaube, hier liegt ein Missverständnis vor«, sagte Wonne, goss ein und trank. »Das Bier ist für mich. Übrigens war es die letzte Flasche. Wenn du auch eins willst, musst du welches kaufen gehen.«

Na gut, manchmal gab es Risse im Fünfziger-Jahre-Szenario. So stand ich wieder auf und verließ die Wohnung. Zum Glück gab es unten nur ein paar Schritte weiter den Arabella-Kiosk, der auch jetzt geöffnet hatte. Ich erstand einige Flaschen gekühltes Früh-Kölsch. Als ich wieder oben war, hatte Wonne die Nudeln abgeschüttet und angefangen, Gemüse zu schneiden. Ich verstaute die Flaschen im Kühlschrank, behielt eine draußen, öffnete sie und trank, ohne ein Glas zu benutzen. Inzwischen spielten nicht mehr die Doors, sondern Gerry & The Pacemakers. »Ferry Cross the Mersey«.

»Willst du gar nicht wissen, wie der Tag gelaufen ist?«, fragte ich.

»Weiß ich doch. Frau Obersaal ist tot.«

»Und sie hatte ein Geheimnis. Das wissen aber nur Herr Schönwand und ich.« Und derjenige, der das Geld bezahlt hat, fügte ich innerlich hinzu.

Sie drehte sich herum und sah mich ernst an. »Remi … Du wirst leider keine Zeit haben, den Fall zu lösen. Wir fahren morgen weg. Es ist so schön, dass wir nun ein bisschen Zeit für uns haben. Jetzt, wo diese Sache mit dem Stalker ausgestanden ist.«

»Ist sie das?«

»Er hat sich nicht mehr gemeldet. Wahrscheinlich hat er kapiert, dass er die Hochzeit nicht verhindern konnte, und hat aufgegeben.«

Ich wollte ihr nicht widersprechen. So gesehen hatte sie ja

recht. Aber vielleicht waren dem Stalker einfache Mails nicht mehr genug, und er griff nun zu anderen Mitteln. Ich nahm noch einen Schluck aus der Flasche.

»Schönwand hat zufällig eine Menge Geld in Frau Obersaals Wohnung gesehen«, sagte ich. »Er schätzt, so an die zehntausend Euro.«

»Glaubt er, sie hat sich von irgendwem bestechen lassen?« Wonne schnippelte weiter, während sie sprach und – wie ich ihrem Gesichtsausdruck entnahm – nachdachte.

»Das ist ihm tatsächlich als Erstes in den Sinn gekommen. Es wäre natürlich strafbar. Deshalb hat er am Anfang unheimlich lange herumgedruckst, bevor er es mir erzählt hat. Es war ihm sehr unangenehm, dass Frau Obersaal in ein schlechtes Licht geraten könnte.«

Wonne hatte eine bunte Ladung gelber, grüner und roter Paprikaschoten klein geschnitten und schob sie vom Schneidebrett in eine Schüssel. Dann machte sie sich über einen Stapel gekochter Schinkenscheiben her. »Und was ist das da auf dem Tisch?«, fragte sie.

»Kontoauszüge, die ich in ihrer Wohnung gefunden habe.«

Wonne behielt das Messer, den Schinken und ihre Finger im Blick, aber ich sah genau, dass eine bestimmte Art von Lächeln über ihr Gesicht huschte. »Du hast also ihre Wohnung durchsucht? Natürlich *bevor* die Polizei da war?« Das Lächeln erschien ein zweites Mal, diesmal blieb es etwas länger.

»Man sollte Opladen nicht unterschätzen«, sagte ich. »Wir halten ihn seit Jahren für verblödet, aber er ist wirklich auf Zack. Ich war gerade in der Wohnung, da fuhr die Kripo mit mehreren Fahrzeugen vor.«

Wonne erhöhte das Tempo ihrer Schneidbewegungen. »Und du hast irgendwie dafür gesorgt, dass du ungesehen aus der Wohnung rauskamst.«

»Allerdings.« Ich erzählte, wie ich die Kontoauszüge eingesteckt hatte und dann in Schönwands Privatkonzert geraten war, und sie blühte förmlich auf. Ihr Gesicht rötete sich. Schließlich war sie mit dem Schinken fertig, strich ihn mit dem Messer ebenfalls in die Schüssel. Die Playlist spielte »Dancing Queen« von ABBA, was Wonnes Schuld war, denn sie liebte den Song über alles und baute ihn in alle möglichen Playlisten ein.

»Komm!«, rief sie, band sich mit wenigen Bewegungen die Schürze ab und packte mich am Handgelenk.

»Sollen wir –«, begann ich, aber sie fiel mir ins Wort.

»Keine Zeit für Spielchen im Büro«, sagte sie und blickte mir fest in die Augen. »Eheliche Pflichten, Herr Rott. Schon mal davon gehört?«

In null Komma nichts waren wir im Schlafzimmer, wo Dunkelheit herrschte, und wir ließen es auch so. Was folgte, hätte nicht gerade die Bezeichnung »Quickie« verdient, aber besonders lang dauerte es auch nicht.

»Puh, wie soll das nur im Urlaub werden?«, fragte sie. »Wenn wir alle Zeit für uns haben? Und diese Zeit in einer kleinen Hütte direkt am Strand verbringen?«

Irgendwo jodelte mein Handy.

»Und wo keine Telefone klingeln …«

»Besser jetzt als vor zehn Minuten.«

In der Dunkelheit, die von der Straßenbeleuchtung draußen in ein Dämmerlicht verwandelt wurde, sah ich, wie sie aufstand. Ihr Rücken leuchtete hell. Sie begann, sich anzuziehen. Am liebsten hätte ich ihr weiter dabei zugesehen, aber das Handy klingelte noch, und so stieg ich in meine Unterhose, folgte dem Klang in die erleuchtete Küche, wo immer noch die Nudeln abkühlten, und meldete mich.

»Hier ist Schönwand«, kam es aus dem Hörer.

»War die Polizei nach dem Konzert bei Ihnen? Als ich ging, habe ich Hauptkommissar Opladen auf der Straße getroffen. Es machte den Eindruck, als hätte er auf mich gewartet. Er hat natürlich meinen Wagen gesehen.«

»Er war tatsächlich hier«, sagte Schönwand. »Zum Glück war die Veranstaltung gerade zu Ende, und meine Gäste waren zum Teil schon gegangen. Ich habe ihm gesagt, dass Sie ebenfalls mein Gast waren. Mehr nicht.«

»Sehr gut.«

»Haben Sie in Barbaras Wohnung denn nun etwas gefunden? Einen Hinweis auf das Geld? Oder vielleicht sogar das Geld selbst?«

Wonne kam aus dem Schlafzimmer. Nicht so vollständig bekleidet wie vorher. Sie war barfuß und trug die Schürze. Was hatte sie darunter? Als sie zur Arbeitsfläche ging, um sich wieder dem Nudelsalat zu widmen, lugte für einen Moment ihr Slip an den Hüften hervor. Sie drehte sich um, und ich hatte einen wunderbaren Blick auf ihren nackten Rücken.

»Herr Rott? Sind Sie noch da?«

»Ja, bin ich. Also ... Das Geld habe ich nicht gefunden, aber Bankunterlagen. Auszüge.« Mit wenigen Worten fasste ich zusammen, was darauf zu lesen war. Dass Barbara Obersaal Bareinzahlungen gemacht und dann das Geld weiterüberwiesen hatte. Mein Bericht interessierte auch Wonne. Sie kam zu mir herüber und setzte sich an den Tisch.

»Sie hat das Geld also nach und nach auf ihr Konto eingezahlt«, sagte Schönwand nachdenklich.

»Und dann weiterüberwiesen.« Ich suchte die entsprechende Zeile in den Auszügen. »Hier steht der Empfänger. Mark Hoffermann. Sagt Ihnen der Name etwas?«

»Nein.« Schönwand klang enttäuscht. »Ich hätte erwartet, dass da ein anderer Name steht.«

»Welcher denn?«

»Ich habe Ihnen doch erzählt, dass Barbara eine Tochter hat. Oder habe ich sie nicht erwähnt? Doch, ich glaube schon.«

»Sie haben gesagt, Frau Obersaal habe eine Tochter, aber keinen Kontakt mehr zu ihr.«

Er ging auf meinen Einwand nicht ein. »Sie heißt Judith. Soweit ich weiß, ist sie Musikerin. Oder sie wollte es werden. Ich glaube, sie war nicht besonders erfolgreich. Barbara sprach kaum darüber, aber dieser Misserfolg muss etwas damit zu tun gehabt haben, dass sie sich mit ihrer Tochter zerstritten hat.«

»Sie dachten also, die Geldzahlungen hätten etwas mit der Tochter zu tun?«

»Nun ja, Herr Rott. Es wäre ein schöner, ein versöhnlicher Gedanke, dass Barbara ihre Tochter finanziell unterstützt hat. Könnten Sie nicht herausfinden, wer dieser Mark Hoffermann ist?«

»Sie meinen, ich soll nach ihm suchen? Und Ihrem Auftrag auf diese Weise weiter nachgehen?« Während ich das sagte, riss ich die Augen auf und sah Wonne an. Sie schenkte mir ein Lächeln und nickte sanft.

»Ich bitte Sie sehr herzlich, Herr Rott«, sagte Schönwand.

»Wir fliegen morgen, das wissen Sie doch.«

Wonne stand auf, holte einen Zettel und einen Stift und schrieb mir etwas auf.

Ich muss sowieso noch nach GL. Zeit genug. Sag zu.

Ich wartete eine Sekunde und überlegte. »Also gut«, sagte ich dann. »Ich denke, ich kann das vor unserem Flug erledigen.«

Wonne hatte sich nicht wieder hingesetzt. Sie lächelte mich an, griff unter die Schürze, und auf einmal rutschte ihr Slip an ihren glatten Beinen hinunter. Lässig machte sie einen Schritt zur Seite und schubste das Stückchen Stoff mit dem großen Zeh beiseite.

»Heute Abend geht's leider nicht mehr«, fügte ich hinzu. »Ich muss mich um meine Ehefrau kümmern.«

»Das verstehe ich, Herr Rott«, sagte Schönwand. »Ich bedanke mich sehr herzlich.«

Wonne war einen Schritt zurückgetreten und nestelte an den Bändern, mit denen die Schürze in ihrem Rücken zusammengebunden war.

»Ich wünsche Ihnen noch einen schönen Abend«, kam es von Schönwand.

»Danke«, sagte ich heiser. Die Schürze fiel. »Den werde ich sicher haben.«

Später aßen wir Nudelsalat, hörten weiter Musik, tranken Bier und probierten noch ein paarmal aus, was man unter dem Begriff »eheliche Pflichten« verstand. Manche Dinge machen ja weniger Spaß, wenn sie zur Pflicht werden. Was jedoch diese Pflichten betraf, konnte ich davon noch nichts merken.

Als Wonne dann selig neben mir in der Dunkelheit lag und gleichmäßig atmete, geisterte mir vieles durch den Kopf. Ich drehte mich auf den Rücken, blickte zur Decke, die sich als schwarze, leere Fläche irgendwo über mir ausbreitete, und ließ die Gedanken einfach kommen.

Normalerweise war der Fall Obersaal ein Fall genau nach meinem Geschmack. Er hatte alles, was dazugehörte. Ich konnte jemandem einen Gefallen tun. Hier war es Schönwand, der sich Sorgen machte, dass seine verehrte Freundin nach ihrem Tod wegen irgendeiner Bestechungsgeschichte ihre Beamtenehre verlieren könnte. Ich konnte ganz ordentlich Geld verdienen, denn Schönwand bezahlte mich ja. Und wenn – was ich dumpf in mir zu spüren glaubte – der Stalker und der Einbrecher bei Jutta mit dem Mord zu tun hatten, würde ich sogar endlich das Arschloch entlarven können, das für den ganzen Mist verantwortlich war. Vorausgesetzt, es war nur ein Arschloch und keine ganze Bande.

Und ich konnte Opladen eins auswischen. Der Typ war mir mittlerweile zu forsch und vor allem zu erfolgreich. Zu sehr auf der Gewinnerspur.

Mir fiel ein, dass der Stalker sich nicht mehr gemeldet hatte. Seit unserer Hochzeit. Und seit ich Barbara Obersaal gefunden hatte, erst recht nicht.

Ich sah auf die Uhr. Die leuchtende Digitalanzeige meines Radioweckers zeigte zwei Uhr siebenundvierzig. In etwa elf Stunden würden wir zum Flughafen aufbrechen. Ein paar davon würde ich verschlafen, aber es blieb noch genug Zeit, um ein paar Recherchen zu machen.

Ich schwang mich aus dem Bett und schlich barfuß aus dem Zimmer. Im Flur nahm ich den Schlüssel zu meinem Büro vom Haken, verließ leise die Wohnung und ging hinüber. Alles lag im Dunkeln, und ich machte auch kein Licht, als ich die paar Schritte zu dem Bürostuhl ging und den Computer einschaltete.

Kurz darauf schien mir die kalte Helligkeit des Monitors ins Gesicht. Mich fröstelte an den Füßen.

Als Erstes versuchte ich das Einfachste. Ich googelte den Namen »Mark Hoffermann«. Es kam selten vor, dass die Suchmaschine bei einem Namen, der nicht besonders außergewöhnlich klang, fast nichts ausspuckte. Hier war es so. Die Leute von Google dachten sogar, ich hätte mich vertippt.

»Meinst du ›Mark Hoffmann‹«, wurde ich gefragt.

Ich hatte keine Lust, extra noch mal rüber in die Küche zu gehen, wo die Kontoauszüge lagen. Es war auch nicht nötig. Ich hatte garantiert nicht falsch gelesen.

Die einzigen Mark Hoffermanns, die es gab, lebten in den USA und erschienen in irgendwelchen sozialen Netzwerken. Die hatten bestimmt nichts mit Barbara Obersaal zu tun. Leider stand auf dem Kontoauszug nicht, wo der Empfänger wohnte.

Ich versuchte etwas anderes. Das stinknormale Wuppertaler Telefonbuch, das ich sogar in guter alter Papierversion im Büro hatte. Ebenfalls Fehlanzeige. Und genauso in der elektronischen Variante. Telefonbuch.de kannte in ganz Deutschland keinen einzigen Mark Hoffermann.

Schließlich durchforstete ich noch ein paar Datenbanken der Polizei. Als ich mich mit Opladen besser verstanden hatte und er gelegentlich auf mich angewiesen gewesen war, hatte ich ihm die Info abluchsen können, wie man die aktuellen Fahndungslisten findet. Kein Mark Hoffermann, noch nicht mal ein »Mark H.«. Auch nicht in Zeitungsartikeln, wo Namen ja oft auf diese Weise abgekürzt werden.

Langsam, aber sicher packte mich die Müdigkeit. Wenn man überhaupt keinen Hinweis fand, hatte das eine ähnlich anregende Wirkung wie wenn man auf eine graue Wand starrt und permanent versucht, darauf einen Geheimcode zu entdecken.

Irgendwann hatte ich genug.

Ich gab einen weiteren Namen ein.

»Judith Obersaal«.

Zack.

Gleich eine ganze Reihe von Einträgen. Und einige Fotos. Es handelte sich um die Frau, die ich auf den an die Wand gepinnten Bildern neben Barbara Obersaals Arbeitsecke gesehen hatte. Eine blasse, etwas schüchtern wirkende Blondine mit dünnem Haar. Die Ähnlichkeit mit ihrer Mutter, die eher zu den resolut-selbstbewussten Golden Agern gehörte, war nicht so leicht zu erkennen.

Auf einem Bild saß Judith Obersaal, noch deutlich jünger als heute, an einem Klavier. Sie lächelte verlegen in die Kamera. Dazu gab es einen kleinen Bericht.

»Judith Obersaal gab Klavierabend im Rösrather Schloss Eulenbroich.«

Die Tochter der ermordeten Standesbeamtin war also Musikerin, wie Schönwand gesagt hatte. Pianistin. Und sie spielte klassische Musik.

Ich klickte mich eine Weile durch die Links, die mir die Suchmaschine anbot, aber ich kam nicht weiter. Das war eigenartig, denn jeder, der professionell Musik machte, hatte doch eine Internetpräsenz. Entweder eine eigene Seite, oder man hatte eine Agentur. Doch Judith Obersaal kam aktuell als Pianistin im weltweiten Netz nicht mehr vor.

Alles, was ich fand, waren alte Hinweise auf Konzerte, gelegentlich ein kleiner Bericht. Sie hatte anscheinend nie in den ganz großen Sälen gespielt. Weder in der Kölner Philharmonie noch in der Tonhalle in Düsseldorf. Dafür, neben dem Konzert in Rösrath, im Bergischen Löwen in Bergisch Gladbach, in Solingen, in Lindlar. Einmal auch in der Wuppertaler Stadthalle. Das war drei Jahre her, und es war der neueste Konzerthinweis, den ich finden konnte.

Lebte sie vielleicht überhaupt nicht mehr?

Hätte Schönwand es gewusst, wenn Barbara Obersaals Tochter gestorben war?

Wie hatte er sich ausgedrückt? Barbara Obersaal habe zu ihrer Tochter schon vor einigen Jahren den Kontakt abgebrochen, hatte er gesagt. Und Schönwand glaubte, dass selbst seine Freundin nicht wusste, wo Judith Obersaal heute lebte.

Ich starrte eine Weile auf den Bildschirm, ohne zu lesen, was da stand. Dann rief ich ein weiteres Mal die Webseite telefonbuch.de auf und tippte Judiths Namen ein.

Ein Ergebnis. Eine Handynummer. Keine Adresse.

Na also.

Wieder starrte ich vor mich hin. Alles in mir drängte darauf, an dem Fall weiterzuarbeiten. Licht ins Dunkel zu bringen.

Die Uhrzeit auf meinem Rechner zeigte, dass ich mittlerweile fast eine Dreiviertelstunde hier im Büro verbracht hatte. Es war kurz nach halb vier. Nicht gerade eine gute Zeit, um jemanden anzurufen. Vor allem, wenn man ihn gar nicht kannte.

Andererseits musste ich die Zeit, die mir blieb, nutzen. Ob die Polizei die Kontaktdaten von Barbara Obersaals Tochter hatte? Ob Opladen überhaupt von der Tochter wusste? Und falls ja – hatte man Judith Obersaal über das Schicksal ihrer Mutter informiert?

Schon hatte ich den Hörer meines Festnetzapparats in der Hand und wählte. Wer vom Handy nicht gestört werden will, dachte ich, soll es ausschalten.

Das Bild auf dem Computermonitor verschwand. Er war so eingestellt, dass er nach ein paar Minuten in den Schlafmodus wechselte. Nun saß ich in völliger Dunkelheit und lauschte in die Leitung. Es knackte, dann tutete es.

Der Ruf ging durch.

»Ja, hallo?«, sagte eine Frauenstimme. Sie klang sanft, entspannt, aber nicht müde.

»Frau Obersaal?«

»Am Apparat. Wer sind Sie?«

»Entschuldigen Sie die späte Störung. Mein Name ist Rott. Sind Sie die Tochter von Frau Barbara Obersaal?«

»Wer will das wissen?«

Das klang nach einem »Ja«. Ich hatte die richtige Person am Apparat. Ich entschied, die Sache auf die private Art anzugehen. »Mein Name ist Rott«, wiederholte ich. »Meine Frau und ich sollten gestern, ich meine, am Samstag, von Ihrer Mutter getraut werden. Leider erschien sie nicht zu dem Termin … Und dann zeigte sich … Ich meine, es kam heraus, dass –«

»Was kam heraus? Ist etwas mit meiner Mutter?«

»Es tut mir leid, Frau Obersaal, aber Ihre Mutter ist tot. Die Polizei ermittelt in dem Fall. Ich war mir nicht sicher, ob man Sie verständigt hat. Wissen Sie, wir kannten Ihre Mutter auch privat ein bisschen, und mir ließ die Sache keine Ruhe …«

In der Leitung war es still. Dann kam so etwas wie ein Seufzen. »War es ein Unfall?«, fragte sie.

Ich starrte in die Dunkelheit. Sollte ich jetzt, mitten in der Nacht, noch dazu telefonisch, Frau Obersaal sagen, dass ihre Mutter ermordet worden war? Während ich noch nach Worten suchte, hörte ich ein Klackern wie von einer Tastatur. Judith Obersaal saß am Computer.

»Sie heißen Rott?«, fragte sie, aber es war mehr eine Feststellung. »Sie rufen aus Wuppertal an, wo meine Mutter ja auch lebt … lebte. Sie sind Privatdetektiv. Ihr vollständiger Name ist Remigius Rott. Und die Nummer, die ich hier im Netz gefunden habe, ist die, über die Sie mich gerade anrufen.« Sie klang, als hätte sie mit jedem ihrer Worte Selbstbewusstsein hinzugewonnen. Am Anfang war sie mir schüchtern vorgekommen, so wie auf den Fotos, die ich gesehen hatte. Jetzt nicht mehr.

»Frau Obersaal, ich –«

»Haben Sie beruflich mit dem Tod meiner Mutter zu tun?«, fragte sie. »Stimmt die Geschichte von der Trauung überhaupt?«

»Das mit der Trauung stimmt, und ich kann Ihnen alles erklären.«

»Ich bitte darum.«

Also sagte ich ihr, was ich über den Tod ihrer Mutter wusste. Nur die Geschichte mit den zweitausend Euro und dem Geld, das Schönwand gesehen hatte, ließ ich aus.

»Ich habe meine Mutter zwei Jahre lang nicht gesehen«, sagte sie. »Wir verstanden uns nicht sehr gut. Aber das, was Sie mir da erzählt haben, ist furchtbar.«

»Herr Schönwand möchte, dass ich in dem Fall ermittle.«

»Ist das nicht Aufgabe der Polizei?«

»Schon. Aber es ist etwas kompliziert … Es gibt da Dinge …« Ich unterbrach mich, denn mir war, als hätte ich ein Geräusch gehört. Es war von außerhalb des Büros gekommen, vom Treppenhaus her. Vielleicht war Wonne aufgewacht, hatte gemerkt, dass ich nicht da war, und kam herüber. Ich lauschte einen Moment, aber jetzt war nichts mehr zu hören.

»Herr Rott? Sind Sie noch dran?«

»Ja«, sagte ich.

Da war es wieder. Ein Schleifen, ein Tappen. Schleichende Schritte. Wer trieb sich nachts auf diese Weise im Treppenhaus herum? Außer uns wohnten noch drei Parteien in dem Haus. Eine Familie mit zwei kleinen Kindern von acht und zwölf Jahren oben, ein älteres Ehepaar ganz unten und dann noch ein stets in Grautönen gekleideter Junggeselle, der bei irgendeinem Amt der Stadt beschäftigt war.

»Es ist spät, Herr Rott. Ich mache Ihnen einen Vorschlag. Wollen wir uns morgen Vormittag treffen? Ich meine, eigentlich heute. Können Sie um elf am Hauptbahnhof sein?«

Ich überlegte. Das ging. Wir mussten um eins zum Flughafen aufbrechen. Es war ausgemacht, dass Jutta uns hinfuhr. Vorher blieb genug Zeit, um eben schnell zum Hauptbahnhof rüberzugehen.

»Alles klar«, sagte ich.

»In der Haupthalle«, fügte sie hinzu. »Am Klavier.« Damit legte sie auf.

Im nächsten Moment spürte ich wieder, wie mich die Müdigkeit anflog. Kurz war mir, als würde ich in meinem Kopf Töne hören, doch dann wurde mir klar, dass das Geräusch aus dem Flur kam. Es war mehr ein metallisches Klingen. Sehr leise. Als würden Schlüssel oder Werkzeuge gegeneinanderstoßen. Unwillkürlich stellten sich mir die Nackenhaare auf, und eine Gänsehaut schoss über meinen Körper.

Ab zehn war die Haustür unten normalerweise abgeschlossen. Manchmal auch erst später. Jetzt aber, mitten in der Nacht, auf jeden Fall.

Hatte sich ein Einbrecher unten Zugang verschafft und versuchte jetzt, in eine Wohnung zu kommen? Oder in mein Büro?

Man braucht eine Tür nicht aufzubrechen, sagte ich mir. Versierte Diebe erledigen so was mit einem Pickset, das man im Internet kaufen kann. Die Handhabung erforderte etwas Übung, aber wenn man es erst mal konnte, waren neunzig Prozent der Schlösser kein wirkliches Problem mehr.

Wieder das Klingen. Jetzt genau hinter meiner Tür.

Ich stand auf, machte ein paar Schritte in der Dunkelheit, stieß aber gegen die Kante meines Schreibtischs. Das hatte zum Glück kein Geräusch verursacht. Ich wollte mich gerade darüber freuen, da ertönte ein Gerassel, das in der Stille der Nacht wie eine Alarmanlage anmutete. Der Stiftebecher war umgefallen, und sein Inhalt kullerte über den PVC-Boden.

Ich hechtete zur Tür, riss sie auf und knallte die Hand auf den Lichtschalter. Schritte verloren sich im Treppenhaus, jemand flüchtete in Richtung Haustür. Ich rannte über die kalten Fliesen barfuß hinterher. Als ich unten ankam, war es schon viel zu spät. Die Tür, durch die der Eindringling entkommen war, fiel gerade sanft ins Schloss.

So erklomm ich die Treppe, holte den Haustürschlüssel und schloss unten ab. Als ich ins Bett zurückkehrte, schlief Wonne, wie ich sie verlassen hatte.

12

Ich wurde davon wach, dass sich etwas Dunkles auf mich herabsenkte. Zuerst kam es mir beängstigend vor, weil ich es in den letzten Ausläufern des Schlafes mit dem Einbrecher in Verbindung brachte. Doch dann breitete sich ein vertrauter, herzerwärmender Geruch aus, und ich spürte etwas Warmes auf meinen Lippen.

Wonne weckte mich mit einem Kuss.

»Guten Morgen«, säuselte sie.

Am liebsten hätte ich die Augen gar nicht geöffnet. Als es sich dann doch nicht vermeiden ließ, stellte ich erstaunt fest, dass Wonne fertig angezogen war. Im Zimmer war es hell.

»Gut geschlafen?« Sie wartete die Antwort gar nicht ab. »Das ist schön.«

»Guten Morgen«, gab ich zurück, denn ich hinkte in der Unterhaltung etwas hinterher.

Etwas hatte sich im Schlafzimmer verändert. Neben dem Bett lagen zwei große aufgeklappte Koffer, die Jutta uns geliehen hatte. Sie waren mit Klamotten und all den Dingen gefüllt, die man für eine Fernreise brauchte. Dahinter lehnte Beas Bild – zum Glück mit der Vorderseite zur Wand.

»Du warst ja nicht wach zu kriegen«, sagte Wonne. »Da habe ich gedacht, ich bereite alles vor, damit wir nachher keine Zeitprobleme bekommen.«

»Wie spät ist es denn?«, fragte ich und blickte auf den Wecker neben dem Bett. Es war Viertel nach acht.

»Also«, sagte Wonne. »In der Küche ist noch Kaffee, außerdem zwei Brötchen. Ich fahre jetzt, du kannst in Ruhe frühstücken und fertig packen. Ich sehe zu, dass ich um halb eins allerspätestens wieder zurück bin.«

Zurück? Von wo? Dann dämmerte mir, dass Wonne ja nach Bergisch Gladbach fahren wollte, um sich mit den Nachmietern zu treffen. In der Küche lief das Radio. WDR4.

»Schau halt, was du noch mitnehmen willst.« Sie nahm einen Umschlag von der Kommode. »Hier sind unsere Reiseunterlagen drin«, sagte sie. »Auch die Pässe.«

»Ich denke, du bist um halb eins zurück«, sagte ich heiser. »Es reicht doch, wenn du mir dann sagst, wo sie sind.«

»Nur für alle Fälle, Remi. Damit du Bescheid weißt.« Sie seufzte. »Ich hab vorhin die Verkehrsnachrichten gehört. Es ist natürlich ganz schön was los. Aber ich kämpf mich durch. Der Termin mit den Nachmietern ist um halb zehn. Ich hoffe, ich schaffe alles.«

Erneut beugte sie sich zu mir herunter, gab mir einen Kuss. »Bis dann, mein Ehemann.« Ihr Parfüm umnebelte mich, und es blieb im Raum, als sie schon durch die Wohnungstür verschwunden war.

Ich ließ mich wieder nach hinten sinken, dämmerte ein wenig weg, schreckte aber hoch, als um halb neun die Nachrichten im Radio anfingen.

Die erste Meldung rüttelte mich wach.

»... kam es gestern zu einem grausigen Fund auf der Wuppertaler Nordbahntrasse. Ein Spaziergänger entdeckte die Leiche einer vierundfünfzigjährigen Frau. Bei der Toten handelt es sich um eine Beamtin der Stadt Wuppertal. Wie die Polizei mitteilte, gehen die Ermittler von einem Gewaltverbrechen aus. Näheres soll auf einer Pressekonferenz am Nachmittag bekannt gegeben werden ...«

Ich war also ein Spaziergänger. Ob mich Opladen zur Pressekonferenz einladen würde? Wahrscheinlich nicht.

Ehe ich mich aus dem Bett schwingen konnte, klingelte das Telefon. Der Apparat war so geschaltet, dass auch Anrufe an meine Büronummer hier in der Wohnung ankamen.

Ich lief hinüber ins Wohnzimmer und ging ran.

»Herr Rott, Ihr Handy ist ausgeschaltet«, sagte Schönwand, und es klang wie ein Vorwurf. Schon wieder hatte er seine Höflichkeit vergessen. »Gut, dass ich Sie dennoch erreiche.«

»Guten Morgen, Herr Schönwand«, erwiderte ich ruhig,

um seiner Aufregung etwas entgegenzusetzen. »Ich habe nicht viel Zeit, ich muss Koffer packen. Sie wissen ja.«

»Ja, ja, ganz recht … Sie gehen ja heute auf die große Reise. Haben Sie mitbekommen, dass die Medien bereits über Barbaras Tod berichten? Heute Nachmittag will die Polizei irgendetwas bekannt geben.«

»Ich habe es gerade im Radio gehört.«

»Ja, das dachte ich mir … Sie sind an dem Fall dran, das finde ich gut, Herr Rott …«

»Das mag sein, aber wie gesagt, heute Mittag muss ich –«

»Haben Sie etwas über diesen Herrn Hoffermann herausgefunden?«

Was glaubte Schönwand denn? Dass ich Nachtschichten einlegte, um den Typen zu finden? Klar, ich hatte genau das getan, aber nur, weil ich den Drang, in der Sache zu ermitteln, nicht unter Kontrolle hatte. Und weil ich nicht schlafen konnte. Was wahrscheinlich mit besagtem Drang zusammenhing. Über die Zielperson hatte ich dennoch nichts herausgefunden.

»Leider ist Hoffermann unauffindbar. Aber ich habe Kontakt zu Judith Obersaal aufgenommen. Ich treffe sie nachher sogar. Das bedeutet … Ich meine, wegen des Honorars …«

Ich wollte ihm klarmachen, dass ich zwei Tage abrechnen würde, aber das interessierte ihn gar nicht.

»Judith?«, rief er aus. »Barbaras Tochter? Haben Sie mit ihr gesprochen? Meine Güte, Herr Rott … Sie sind wirklich ein hervorragender Detektiv.«

»Ehrlich gesagt habe ich mit ihr nur Kontakt aufgenommen, weil …« Ja, warum eigentlich? Weil ich mit dem Namen Mark Hoffermann nicht weitergekommen war und es sich dann so ergeben hatte. »Jedenfalls«, redete ich weiter, »bin ich gar nicht sicher, ob sie uns in dem Fall weiterhelfen kann. Ich habe noch ein bisschen Zeit, und sie hat angeboten, dass wir uns nachher am Bahnhof treffen.«

»Nun stellen Sie Ihr Licht mal nicht unter den Scheffel, Herr Rott.« Schönwand klang so begeistert wie ein Lehrer, dessen Lieblingsschüler gerade das beste Zeugnis der hundertjährigen

Schulgeschichte überreicht bekam. »Ich bin sicher, Sie kommen in der Sache ganz schnell weiter. Wir werden zeigen, dass sich Barbara nichts zuschulden kommen ließ. Wir werden, ach, was sage ich, *Sie* werden ihre Ehre retten. Wie kann ich Ihnen für Ihren Einsatz nur danken? Melden Sie sich bei mir, wenn Sie Judith getroffen haben, ja? Und dann geht es in den wohlverdienten Urlaub.«

Sofort brachen in mir haufenweise Einwände los, die ich seinem Urteil entgegensetzen wollte, nein – *musste*! Judith Obersaal hatte ihre Mutter jahrelang nicht gesehen, da war es ziemlich unwahrscheinlich, dass sie auch nur das Geringste über die Sache mit den regelmäßigen Geldzahlungen wusste. Von der großen Menge Bargeld, die Schönwand gesehen hatte, ganz zu schweigen. Es lag nur an meiner verdammten Neugier, die ich selbst nicht ganz verstand, dass ich auf das Treffen eingegangen war. Warum konnte ich nicht einfach hierbleiben, mich auf die Malediven freuen und mich innerlich auf diese ebenso teure wie exotische Reise vorbereiten, anstatt mich mit Wuppertaler Schwerverbrechen zu befassen?

Leider war es mir nicht mehr möglich, Schönwand zu antworten, denn er hatte sich, während mir all das durch den Kopf gegangen war, verabschiedet und aufgelegt. In der Leitung ertönte nur noch ein gleichmäßiges Tuten.

Ich knallte den Hörer auf das Festnetzgerät.

»Du machst das schon richtig«, sagte plötzlich die Stimme von Mister M. neben mir. Wo war der auf einmal hergekommen? Auf die üblichen Vorboten – zitternde Luft und Ähnliches – hatte er diesmal verzichtet. Er stand nur da, sah mich ernst an, weil er ja immer ein bisschen traurig wirkte und ich ihn nie lachen oder auch nur lächeln sah. Trotzdem hatte ich den Eindruck, dass er mich mit seinem vom Hut beschatteten Gesichtsausdruck aufzumuntern versuchte.

»Du bist auf dem richtigen Weg«, fuhr er fort. »Ein Mann muss tun, was ein Mann tun muss. Und das gilt erst recht für einen Privatdetektiv in einer Stadt wie dieser hier.«

Um kurz vor elf überquerte ich den futuristisch anmutenden Vorplatz des Hauptbahnhofs, der erst vor wenigen Jahren dieses moderne Aussehen verpasst bekommen hatte – inklusive der geschwungenen »Primark«-Fassade, deren verspiegelte Schaufenster den grauen Himmel verdoppelten. Aber das kurvige Gebäude war nicht die einzige Attraktion hier am Bahnhof.

Im Inneren der Haupthalle stand neben einer der modernen Säulen, die aus mehreren weißen, schlangenartigen Gebilden zusammengesetzt waren, ein Klavier. Wahrscheinlich fand so mancher es seltsam, an diesem Ort ein Musikinstrument zu finden. Damit niemand glaubte, es handele sich um ein Ausstellungsstück oder jemand habe es nach der Einweihungsfeier vergessen, kommunizierte ein Schild, das darüber angebracht war, die klare Aufforderung: »Spiel mit mir!« Keine schlechte Beschäftigung, wenn man zum Beispiel auf einen verspäteten Zug wartete.

Inmitten der vorbeieilenden Passanten und der hallenden Geräuschkulisse saß eine Frau auf dem Stuhl vor dem Instrument. Zum Schutz vor Diebstahl war der Klavierhocker mit einer langen Kette daran befestigt. Für einen Moment sah es für mich so aus, als sei die Frau selbst an das Instrument gekettet.

Sie spielte nicht. Sie betrachtete nur stumm die Tasten, als wartete sie darauf, von ihnen eine Antwort auf eine Frage zu bekommen, die sie schon lange beschäftigte.

Als ich sie erreichte, sah sie auf und blickte mir ins Gesicht. Es war die blonde Frau mit dem dünnen Haar, die ich auf den Fotos bei Barbara Obersaal und auf den Bildern im Internet gesehen hatte. Aber sie hatte sich verändert. Ihr Gesicht wirkte verhärmt, die Haut hatte rötliche Flecken. Der Mund, der auf manchen Bildern so freundlich gelächelt hatte, war schmal und verkniffen. Natürlich hätte ich nicht erwartet, dass sie hier in der Bühnengarderobe einer Konzertpianistin erschien, aber ihre Jeans war fleckig, der schlammgrüne Parka abgewetzt. Auch der Rucksack, den sie auf dem Rücken trug und der mit irgendwelchen Dingen prall gefüllt war, hatte lichte Stellen.

»Wollen Sie nicht spielen?«, fragte ich. »Soweit ich weiß, lassen hier ab und zu Hobbymusiker etwas hören. Das Klavier freut sich vielleicht, wenn mal ein Profi darauf spielt.«

Sie schüttelte den Kopf. »Die Zeiten sind vorbei. Sprechen wir nicht davon. Sie sind Herr Rott, oder?«

Ich musste zu ihr hinuntersehen, weil sie auf dem Klavierhocker saß. Sie spürte wohl, dass das komisch war, und stand auf. »Sie haben gesagt, hinter dem, was meiner Mutter zugestoßen ist, stecke etwas Kompliziertes. Ich glaube, das waren Ihre Worte. Ich beabsichtige, gleich zur Polizei zu fahren. Ich habe dort bereits angerufen. Es gibt da einen Hauptkommissar Opladen, der zuständig ist.«

»Das, was ich meinte«, sagte ich, »muss die Polizei nicht unbedingt erfahren.«

Sie runzelte die Stirn. »Was soll das denn heißen?«

Ich sah mich um. »Wir stehen hier ziemlich auf dem Präsentierteller«, sagte ich. »Gehen wir doch ein Stück.«

So gingen wir ein bisschen in der Halle herum.

Ich erklärte ihr, worum es genau ging. Dass Herr Schönwand ein Verehrer von Judith Obersaals Mutter gewesen war und dass er einmal zufällig sehr viel Geld bei ihr gefunden hatte. »Ich habe dann auf seine Aufforderung hin einige Untersuchungen angestellt«, fügte ich hinzu. »Ihre Mutter hat monatlich zweitausend Euro an einen gewissen Mark Hoffermann überwiesen, kurz nachdem sie dieselbe Summe bar auf ihr Konto eingezahlt hatte.«

»Und das haben Sie herausgefunden?«, fragte sie beeindruckt. »Wie ist Ihnen denn das gelungen?«

»Ich habe da so meine Methoden«, wiegelte ich ab. Ich wollte die Durchsuchung der Wohnung nicht erwähnen. Streng genommen war sie illegal. Und auch wenn Judith Obersaal sich mit ihrer Mutter überworfen hatte – ich konnte mir vorstellen, dass sie es nicht gutheißen würde, dass ich in den Kontoauszügen geschnüffelt und sie auch noch mitgenommen hatte. »Verstehen Sie?«, sagte ich. »Ihre Mutter war Beamtin. Da kommt man bei so was leicht in Erklärungsnot. Und wenn die

Polizei davon erfährt, glaubt sie vielleicht, es habe mit ihrem Tod zu tun.«

Sie blieb stehen. »Das kann ich entkräften«, sagte sie. »Zumindest teilweise.«

»Tatsächlich? Kennen Sie jemanden namens Mark Hoffermann?«

Sie lachte auf, als hätte ich einen Witz gemacht.

»Was ist so lustig?«, fragte ich.

»Mark Hoffermann ist mein Ehemann, Herr Rott.« Jetzt war es tatsächlich nicht mehr lustig. Sie warf mir die Worte nur so um die Ohren. »Auf seinen Namen läuft unser Konto. Meine Mutter hat uns finanziell geholfen, ja. Woher sie das Bargeld hatte, weiß ich nicht. Vielleicht hat sie irgendwelche Aktien verkauft oder Geld in der Schweiz gehortet. Keine Ahnung. Jedenfalls ist es mir gar nicht recht, dass Herr Schönwand und Sie sich in die Sache einmischen.«

»Ich habe nur im Auftrag von Herrn Schönwand gehandelt. Dabei ging es nicht um Sie. Von Ihnen wusste ich ja gar nichts.«

»Sie rufen Leute an, von denen Sie nichts wissen? Und das auch noch mitten in der Nacht?«

»Herr Schönwand wusste, dass Ihre Mutter eine Tochter namens Judith hat. Und dass ich Sie kontaktiert habe, zeigt doch, dass ich mich nicht einmischen, sondern Sie einbeziehen wollte. Mein Auftrag ist jetzt ohnehin beendet. Ich verreise heute Mittag. Ich habe am Samstag geheiratet, wie ich Ihnen, glaube ich, schon erzählt habe, und wir gehen auf Hochzeitsreise.«

»Herzlichen Glückwunsch«, sagte sie mechanisch.

»Danke.«

Judith Obersaal schwieg, starrte vor sich hin. Sie schien nachzudenken. »Sie haben ja recht«, meinte sie dann. »Das mit dem Geld geht die Polizei nichts an. Ich werde es ihnen jedenfalls nicht unter die Nase reiben …« Sie sah an mir vorbei. »Wissen Sie eigentlich, dass Sie beobachtet werden? Nein, halt, drehen Sie sich nicht um.«

»Mich beobachtet jemand?«, rief ich überrascht. »Wieso?«

»Wieso, weiß ich auch nicht. Aber als Sie vorhin hier ankamen, sah ich einen Mann hinten an einer dieser komischen Säulen stehen. Und jetzt steht er rund fünfzehn Meter entfernt und tut so, als würde er irgendwas auf seinem Handy lesen, aber er schaut immer wieder zu uns herüber.«

»Beschreiben Sie ihn mir bitte.«

»Etwa Mitte zwanzig, dunkles Haar, unrasiert – also so eine Art Dreitagebart. Schwarze Lederjacke.«

Solche Typen gab es viele. Wäre er älter gewesen, hätte die Beschreibung auf Manni gepasst. »Sind Sie mit dem Alter sicher?«

»Ziemlich. Älter als dreißig ist er auf keinen Fall.«

Ich versuchte, mich möglichst unauffällig umzudrehen und den Typen ins Blickfeld zu bekommen, ohne dass er es bemerkte.

»Nein, bleiben Sie stehen«, sagte sie. »Wir machen das anders. Rufen Sie mich auf meinem Handy an. Sehen Sie aber zu, dass er ihr Telefon nicht sieht. Dann habe ich Ihre Nummer, mache ein Foto und schicke es Ihnen.«

Ich holte mein Smartphone heraus, das diesmal zum Glück voll aufgeladen war, denn es hatte die ganze Nacht am Strom gehangen, und bat Judith Obersaal, mir ihre Nummer zu diktieren. Als ich gewählt hatte, dachte ich, es hätte sich jemand an das Bahnhofsklavier gesetzt, denn eine wunderschöne Klaviermelodie ertönte. Kurz darauf kam irgendwas Elektronisches dazu, dann ein wummerndes Schlagzeug. Nicht dass ich viel davon verstand, aber es klang wie eine gewagte Mischung aus klassischem Klavierkonzert, Punkrock und diesen eigenartigen Klangflächen, die man »House« nannte.

Dieser Geräusche-Mix war Judith Obersaals Klingelton. Sie nahm ihr Telefon heraus und tippte auf das Display, woraufhin die Musik verstummte.

»Das klingt phantastisch«, sagte ich. »Was war das?«

»Mein Mann und ich produzieren diese Stücke. Manches spielen wir live ein, manches fügen wir elektronisch hinzu.« Während sie sprach, hantierte sie mit dem Handy herum. »Nachher haben wir wieder eine Session. Wir haben hier in

Wuppertal einen Probenraum gemietet ... Meine Mutter hatte mit dem Geld, das sie uns schickte, auch einen Teil dieser Miete übernommen.«

»Wieso habe ich den Namen Ihres Ehemannes nicht im Netz gefunden?«, fragte ich. »Musiker sind doch normalerweise sehr präsent im Internet.«

»Wir machen das noch nicht so lange. Und mein Mann macht es auch nur nebenbei. Eigentlich arbeitet er als Hausmeister. So, ich habe Ihnen ein Foto von dem geheimnisvollen Typen geschickt. Kann sein, dass er es gemerkt hat. Er ist jedenfalls weggegangen.«

Ich holte das Bild auf das Display meines Handys. Es war etwas unscharf, aber Judith Obersaal hatte einen Moment erwischt, in dem er gerade hersah. Ich erkannte den Mann deutlich genug, dass ich sicher war, ihn nicht zu kennen.

Was hatte er hier gewollt? War er vielleicht Wonnes Stalker? Was hätte er dann davon, mich zu verfolgen? *Hatte* er mich überhaupt verfolgt?

Der Einbrecher, den ich auf dem Brill verfolgt hatte ... Er hatte eine ähnliche Statur gehabt.

Egal. Ich schob diese Überlegungen vorerst beiseite, bedankte mich bei Judith Obersaal und erklärte, dass der Fall damit für mich erledigt sei.

»Eigentlich schade«, sagte sie. »Ich habe mich über Sie kundig gemacht. Man findet im Netz so einiges, wenn man richtig sucht. Wenn ich jemanden beauftragen würde, den Mord an meiner Mutter aufzuklären, dann wären Sie meine erste Wahl.«

»Nicht die Polizei?«

»Sie haben schon mehrmals Fälle der Polizei gelöst, um es mal so auszudrücken.«

»Wenn ich aus dem Urlaub zurückkomme und der Täter noch nicht gefasst ist, können wir noch mal darüber sprechen.«

Sie erklärte, dass sie sich nun auf den Weg zum Polizeipräsidium machen würde. Als wir die Bahnhofshalle durchquerten, fiel mein Blick auf das Klavier, das verwaist unter dem Schild mit der Aufschrift »Spiel mit mir!« stand.

»Schade, dass niemand spielt«, sagte ich. »Der Anblick ist fast ein bisschen traurig. Wollen Sie nicht doch –«

»Ich sagte Ihnen schon, dass die Zeiten vorbei sind, Herr Rott. Ich habe einmal versucht, eine große Pianistin zu werden, aber es endete in einer großen Enttäuschung. In einer sehr großen sogar. Es war die Enttäuschung meines Lebens.«

Ich schwieg, denn es war klar, dass ich einen Nerv getroffen hatte. Und die Sache ging mich ja auch gar nichts an. Es gab viele Künstlerpersönlichkeiten, die mit irgendetwas plötzlich nicht mehr zurechtkamen. Mit irgendeiner Anforderung, die der Beruf mit sich brachte. Wettbewerbsstress zum Beispiel. Viele machten dann einen Rückzieher, und manche versuchten einen Neuanfang, indem sie ihre Kunst auf eine andere Weise ausübten. Offenbar hatte Judith Obersaal genau das getan. Anstatt vor Publikum in Konzerten zu spielen, produzierte sie ihre Musik in einem Studio, fernab von jeder immanenten Kritik und dem ganzen Konzertrummel mit festlich geschmückten Sälen und eleganter Abendgarderobe.

Nicht jeder talentierte Musiker hatte in seiner Karriere so viel Glück wie der junge Pianist Li Wang, den ich bei Schönwand gehört hatte. Aber vielleicht war dessen beruflicher Erfolg ja auch nur von kurzer Dauer, und er hatte die Enttäuschung seines Lebens noch vor sich.

Wir verabschiedeten uns, und Judith Obersaal ging mit ihrem Rucksack in Richtung Schwebebahn.

In diesem Moment wurde mir klar, dass ich überhaupt nicht auf die Malediven wollte.

Ich wusste noch nicht mal, wo die überhaupt lagen.

Ich hatte keine Ahnung, ob das eine Inselgruppe oder ein Land war, ob es da Städte gab oder etwas, das man gesehen haben musste.

Ich wusste nicht, in welcher Sprache die Menschen dort miteinander redeten, und ich wusste erst recht nicht, was man dort aß.

Alles, was ich mit den Malediven verband, waren Bilder aus einem Prospekt. Diese Bilder von weißen, staubfeinen Stränden, von türkisfarbenem Meer und von schiefen Palmen, die sich fotogen den Wellen zuneigten.

Ich wollte den Mord an Frau Obersaal aufklären. Ich wollte alles über die Frau wissen und am Ende herausfinden, ob es wirklich einen Zusammenhang gab zwischen Wonnes selbst ernanntem Romeo, Juttas Einbrecher und dem Mord. Und nicht zu vergessen dem Unbekannten, der sich heute Nacht vor meinem Büro herumgetrieben hatte.

Alles in mir brannte darauf, das herauszufinden, aber ich musste in einer guten Stunde zum Düsseldorfer Flughafen fahren, um dann eine gefühlte Ewigkeit inmitten einer Werbekulisse eines Reisebüros zu schmoren …

Das Handy brummte in meiner Tasche. Das war sicher Wonne. Der Gedanke an sie brachte mich dazu, mich zusammenzureißen. Ich durfte sie nicht enttäuschen. Sie wollte diese Reise, sie freute sich darauf, für sie musste ich da sein.

Ich sah auf das Telefon. Das Erste, was mir auffiel, war, dass die Batterieladung nur gut sechzig Prozent betrug. Wieso das denn jetzt? Ich hatte das Ding doch heute kaum benutzt.

Und es war nicht Wonne, sondern Manni.

»Was gibt's?«, fragte ich, ohne ihn zu begrüßen.

»Erstens: Ich habe das Handy geknackt, das du mir gegeben hast.«

Ach ja, das Handy. »Super, Manni«, sagte ich. »Aber es ist jetzt schon nach halb zwölf, und ich muss –«

»Zweitens«, unterbrach er mich: »Die App, die ich besorgt habe, hat ein Update bekommen und funktioniert jetzt besser. Diesen Stalker, Rott … Wir können ihn kriegen. Jetzt.«

13

Manni hatte hinzugefügt, dass es am besten wäre, wenn ich sofort bei ihm vorbeikäme, und dann aufgelegt.

Ein paar Sekunden lang stand ich verdattert auf dem Bahnhofsvorplatz herum. Ich sah auf die Uhr: zwanzig vor zwölf. Genug Zeit, um im Laufschritt nach Hause zu rennen, ins Auto zu steigen und mal eben nach Vohwinkel zu fahren. Und rechtzeitig wieder zurück zu sein. Oder sollte ich mir den Heimweg sparen und die Schwebebahn nehmen?

Während ich loslief, entschied ich mich, mit dem Auto zu fahren. Ich schaffte den Weg bis zur Garage in der Bergstraße in zehn Minuten.

Unterwegs machte ich einen genauen Plan. Wir würden den Mistkerl, der sich erdreistet hatte, als »Wonnes Romeo« aufzutreten und uns mit seinen Mails zu nerven, identifizieren. Hoffentlich lieferte Manni dafür ausreichendes Material. Nachher auf dem Flughafen blieb nach der Gepäckkontrolle genug Zeit, um Opladen einen kleinen Bericht zu schreiben und dabei auch auf die anderen Dinge einzugehen, die vorgefallen waren: der Einbruch bei Jutta, der versuchte Einbruch bei mir heute Nacht, der Typ am Bahnhof. All das würde ich zusammen mit dem Foto, das Judith Obersaal von dem Kerl gemacht hatte, an Opladen mailen. Außerdem konnte Jutta nach unserem Abflug einen Anwalt beauftragen, in unserem Namen Strafanzeige gegen unbekannt zu erstatten. Wenn der Stalker-Einbrecher etwas mit Barbara Obersaals Tod zu tun hatte, würde Opladen hoffentlich so clever sein, das auch noch herauszufinden.

Das Ergebnis meines Plans wären gelöste Fälle, die Bestrafung des Täters und für mich mindestens ein paar Pluspunkte bei der Polizei. Mal ganz abgesehen von dem Gefallen, den ich Schönwand damit tat, und dem Geld, das ich dadurch verdiente …

Ach ja, Schönwand musste ich auch noch informieren. Stand auf der Visitenkarte, die er mir gegeben hatte, eigentlich eine Mailadresse? Ich konnte mich nicht erinnern, wollte das Ding jetzt aber auch nicht rauskramen. Hatte ich sie überhaupt dabei? Keine Ahnung. Und es war auch kein Problem. Schönwand konnte ich einfach vom Flughafen aus anrufen.

Als ich bei Manni angekommen war, hetzte ich zum Eingang neben dem verwitterten Schild und hämmerte gegen die Tür. Es kam mir endlos vor, bis sie aufging.

»Na endlich!«, rief ich. »Mensch, Manni, ich hab doch nicht viel Zeit. Wir fliegen –«

»Hey, dich kenn ich doch«, sagte eine Stimme, die auf keinen Fall Manni gehörte.

Vor mir stand eine junge Frau, die mir irgendwo schon mal begegnet war. Schwarzes Haar. Braune Haut. Jetzt trug sie Straßenkleidung. Schlabberpulli, Sneaker, Jeans. Deswegen fiel mir zuerst nicht ein, wo wir uns schon mal über den Weg gelaufen waren. Es war Janine aus der »Erotik-Oase«.

»Wo ist Manni?«, fragte ich und drängte mich an ihr vorbei.

»He, nicht so hektisch. Guten Tag erst mal.«

»Guten Tag«, sagte ich, als hätte ich eine Weiterbildung zum professionellen Echo gemacht. Dass Janine und nicht Manni mir die Tür geöffnet hatte, musste nichts heißen. Aber irgendwie wuchs in mir ein dumpfes Bauchgefühl, das mir gar nicht gefiel. »Ist er etwa nicht da?«, fragte ich.

»Sicher ist er da. Er ist in seinem Keller und arbeitet.«

»Keller? Meinst du diesen Escape Room? Ich denke, er hat für mich was herausgefunden …«

Ich machte mich auf den Weg durch die Räume mit ihren verschiedenen Renovierungsspuren. Dabei kam ich auch an den Computern vorbei. An der Treppe, die in den Keller führte, kam mir Manni entgegen.

»Da bist du ja«, sagte er.

»Was glaubst du denn, wie schnell ich hier sein kann?«, fragte ich. »Also, wer hat Wonne gestalkt? Sag es mir, damit ich wieder verschwinden kann. Und ihr Turteltäubchen eure Ruhe habt.«

Ich blickte zu Janine, die mir gefolgt war und mit mürrischem Gesicht dastand. Ich wusste nicht, was sie erwartete, aber nach meinem Geschmack war es in der »Erotik-Oase« gemütlicher als hier. Nur hatte das Etablissement wahrscheinlich noch nicht geöffnet.

»Gemach, gemach«, sagte Manni und legte mir die Hand auf die Schulter. Er spielte den gelassenen Grandseigneur, wozu seine Kleidung nicht ganz passte. Es war wieder der verdreckte Bademantel. Außerdem ging von meinem Kumpel ein Geruch aus, der verriet, dass eine Dusche jetzt nicht das Schlechteste wäre. »Gehen wir mal rüber zu den Computern.«

Er nickte Janine geheimnisvoll zu, die sich daraufhin auf den Weg nach unten machte. Was sollte das jetzt? Kommunizierten die beiden in Geheimsprache? Vielleicht planten sie ein Schäferstündchen in der nachgebauten Schwebebahn. Und wenn schon, es war mir egal. Hauptsache, Manni kümmerte sich vorher um mein Problem.

Er deutete auf die Monitore, auf denen irgendwelche eigenartigen Rechenprozesse stattfanden. »Ich habe Folgendes rausgekriegt«, sagte er und machte ein paar Schritte, bei denen er auf den dreckigen Boden sah, als müsste er sich auf irgendetwas konzentrieren. Jetzt war er nicht nur Grandseigneur, sondern auch eine Art Sherlock Holmes. Der Meisterdetektiv, der zur Erklärung ansetzte, wie er einen besonders kniffligen Fall gelöst hatte.

»Könntest du dich ein bisschen beeilen?«, bat ich. »Wie oft soll ich noch sagen, dass ich es eilig habe?«

»Erinnerst du dich an unseren kleinen Ausflug nach Dornap?«, fragte Manni.

»Das ist jetzt nicht dein Ernst. Ich leide nicht an Gedächtnisschwund und auch nicht an Demenz.«

»Das Signal könnte vom alten Kiosk kommen«, sagte er, ohne auf meinen Einwand einzugehen. »Du weißt schon. Der da an der Einmündung zur Ladebühner Straße steht. Oder der Internetanschluss ist in einer Wohnung. Oder in einem anderen Haus.«

»Ja, irgendwo halt. Worauf willst du hinaus?«

»Unser unbekannter Mail-Verschicker namens Wonnes Romeo –«

»Nenn ihn nicht so.«

»Er nennt sich doch selbst so. Jedenfalls muss er sich in unmittelbarer Umgebung aufhalten. Vielleicht wohnt er dort in einem der Häuser.«

»Sag mal, spinnst du?«, rief ich. »Das hatten wir doch alles schon.«

»Kennst du wirklich niemanden, der dort wohnt?«, fragte er.

»Nein. Ich bin allerdings einem komischen Typen begegnet, als ich auf Jutta gewartet habe. Siegmund Liebing. Er hielt mich für einen Automatenknacker.«

»Da wohnen noch mehr Leute«, sagte Manni, als wäre das eine völlig neue Erkenntnis. »Und es kann natürlich auch sein, dass der Gesuchte das Netz nur sporadisch nutzt. Nur gelegentlich. Also manchmal. Nicht immer, verstehst du?«

Ich spürte, wie ich innerlich zu kochen begann. Manni ließ sich unterdessen auf einem der alten Sessel nieder, die an der Wand standen und aussahen, als seien sie für den Sperrmüll bestimmt. Routiniert griff er neben sich in ein Durcheinander von Dingen, die sich auf einem abgewetzten Tisch sammelten. Zwischen Papierkram, Büromaterial und einzelnen Fast-Food-Verpackungen holte er ohne hinzusehen einen Tabaksbeutel hervor und begann, sich eine Zigarette zu drehen. »Der Täter könnte auch mit dem Auto hingefahren sein, in Reichweite des Netzes seine Mails von einem Laptop verschickt haben und dann wieder abgehauen sein.«

Er zündete umständlich die Zigarette an. Ein unangenehmer Geruch breitete sich aus. Das war nicht nur Tabak. Das waren angesengte alte Socken. Beziehungsweise der Gestank, wenn man das, was man durch das Trocknen von Kloakenwasser gewann, anzündete. Cannabis. Ich hatte dem noch nie etwas abgewinnen können.

»Ich fahr jetzt nach Hause«, sagte ich. »Warte mit dem Kiffen, bis ich weg bin. Wenn du nicht rauskriegst, wer sich da in irgendeinen Router reingewählt hat, und den Nutzer identifizieren kannst, nützt mir das gar nichts. Du bist wirklich ein Idiot, mich wegen so was herzuholen.«

»Warte«, sagte er. Genüsslich sog er den Kloakengestank ein und pustete ihn in die Luft. Ich ging ein paar Schritte zur Seite, um mich aus dem Dunstbereich zu bringen. Es hatte wenig Zweck. Rauch hatte nun mal die Angewohnheit, sich in einem Raum auszubreiten. In mir vibrierte die Wut. Ich sah auf die Uhr. Fast halb eins. Ich musste los. Spätestens in zehn Minuten. Na ja, in fünfzehn. Das reichte auch noch.

»Du hast keine Ahnung«, stellte Manni fest, und man hörte ihm an, dass er jetzt so richtig tiefenentspannt war. »Aber du hast trotzdem recht. So was soll es ja geben.« Er deutete auf die Monitore. »Ich bin heute Morgen in Dornap gewesen und hab genau das gemacht. Versucht, den Router zu finden.«

»Und?«

»Ich habe so viele wie möglich identifiziert. Und jetzt muss er sich eben melden. Die Meldung fange ich dann hier auf, und dadurch wissen wir, welcher es ist. Einfach ausgedrückt. Für Laien.«

»Wie lange dauert das?«

»Wenn wir Glück haben, geht das schnell.« Manni nahm noch einen Zug.

»Hör mal, ich brauche *jetzt* Informationen!«, rief ich. »Ich bin um eins mit Wonne und Jutta verabredet. Ich kriege einen Riesenärger, wenn ich zu spät komme. Gib mir die Info, und gut ist.«

»Es dauert so lange, wie es dauert«, gab Manni von sich. Der Spruch machte mich nur noch nervöser. »Es hat keinen Sinn, solange hier rumzustehen«, sagte er. »Komm, ich zeig dir, wie weit ich mit meinem Projekt da unten bin.«

Ich atmete tief durch und versuchte gleichzeitig zu vermeiden, etwas von dem stinkenden Qualm abzukriegen, der den Raum füllte. Das war natürlich unmöglich. Zum Glück drückte Manni die Kippe in einem überfüllten Aschenbecher aus, der sich auf dem Tisch gegen den anderen Kram behauptete, und stand auf.

»Janine ist auch unten. Sie ist ganz begeistert von dem Projekt. Wenn es fertig ist, arbeitet sie vielleicht an der Sache mit.«

Mir fiel ein, dass Manni vorgeschlagen hatte, dass ich ihm die Geschichten für die Rätsel liefern sollte, die das Publikum hier unten löste. Und er hatte mir angeboten, Werbung zu machen. Welche Aufgabe Janine übernehmen sollte, konnte ich mir nicht so recht vorstellen.

»Was soll sie denn machen?«, fragte ich. »Männer bei Laune halten, die das Rätsel nicht gelöst kriegen?«

Wir waren unten angekommen und standen vor der Tür mit der Aufschrift »ESCAPE ROOM«.

»Sehr witzig, Remi. Ich glaube, du machst dir falsche Vorstellungen von Janines Fähigkeiten.«

»Können wir nicht wieder raufgehen? Vielleicht ist dein Computer ja endlich zu einem Ergebnis gekommen.« Ein weiterer Blick auf die Uhr. Gleich zwanzig vor.

»Schau dir erst mal das hier an.« Manni öffnete die Tür. Drinnen brannte schon Licht. Janine war da – offenbar damit beschäftigt, sich alles bewundernd anzusehen. Wie beim letzten Mal schlug mir der Geruch nach frischer Farbe entgegen. Aber es hatte sich viel verändert.

»Da staunst du, was?«

Ja, ich staunte. Das Szenario war so gut wie fertig. Da stand tatsächlich ein komplettes Schwebebahnabteil im Raum. Obendrauf hatte Manni das Laufrad festgeschweißt.

»Ich versuche auch noch, so was wie eine Schiene nachzubauen. Ich denke aber, ich nehme keine aus echtem Stahl. Ich versuch das aus Holz nachzubilden und dann anzustreichen. Das müsste auch gehen.«

»Das Beste ist das hier«, sagte Janine. Sie ging zur Seite und deutete auf etwas, das sie zuvor verdeckt hatte. Es war die Schaufensterpuppe, die ich schon gesehen hatte. Jetzt war sie vollständig angezogen, und zwar im Stil eines Geschäftsmanns – mit Anzug, Hemd, Krawatte und Halbschuhen.

Neben ihr lag ein geöffneter Aktenkoffer mit Papieren darin, die herausquollen. Er sollte wohl heruntergefallen sein, als der Mann, den die Puppe darstellte, zu Tode gekommen war. Ein Messer steckte in seinem Rücken.

»Erstochen in der Schwebebahn«, sagte Janine. »Ist das nicht abgefahren?«

»Das Szenario ist, dass jemand die Notbremse gezogen hat, nachdem der Mord passiert ist«, erklärte Manni stolz. »Alle Verdächtigen sind also noch in der Bahn und können auch nicht hinaus. Ihr beide seid auch Fahrgäste, und ihr sollt nun rauskriegen, wer den Herrn ermordet hat. Ihr seid die Ermittler.«

»Nicht schlecht«, sagte ich. »Okay, wir *wären* Gäste, wenn das schon das richtige Spiel *wäre*. Und dann *würden* wir den Fall aufklären oder auch nicht. Ich meine, *wenn* das alles schon fertig *wäre*.«

»Wie soll man das denn rauskriegen?«, fragte Janine stirnrunzelnd. »Ich meine, es kann doch jeder gewesen sein.«

»Es sind außer euch fünf Personen in der Bahn«, sagte Manni. Er griff neben sich und hatte plötzlich einen Stapel Schnellhefter in der Hand. »Eine Person hat es getan. Alle sagen aus, dass sie die Tat selbst nicht gesehen haben. Aber jeder war in der Nähe des Opfers. Alle fünf sind also verdächtig. Hier stehen alle Informationen über die Personen drin, die in der Nähe waren. Ihr müsst euch vorstellen, dass die Polizei ihre Personalien geprüft und sie befragt hat. Was dabei rauskam, steht auch hier drin. Über das Mordopfer allerdings nichts. Die Informationen über den Herrn da müsst ihr euch anhand der Dinge zusammenreimen, die er dabeihat.« Er grinste. »Es soll ja ein bisschen Ratespannung dabei sein.«

Er hielt mir den Stapel hin. Janine nahm ihn und begann sofort, interessiert darin zu blättern. Dabei sah ich, dass Manni richtige Dossiers zu den Figuren angefertigt hatte, sogar mit Fotos, die wahrscheinlich aus dem Internet stammten.

»Gut und schön«, sagte ich. »Manni, du hast dir wirklich viel Mühe gegeben, das alles in der kurzen Zeit fertig zu kriegen. Wenn ich von der Hochzeitsreise zurück bin, können wir eine

Generalprobe machen. Von mir aus gern mit Janine. Vielleicht kann ich auch Wonne oder Jutta mitbringen. Bis dahin muss der gemeuchelte Herr hier noch warten. Ich glaube nicht, dass die Leiche so schnell zu müffeln beginnt.«

»Iiiih!«, rief Janine. »Das ist ja abartig, was du da erzählst!« Sie sah hilfesuchend zu Manni.

»Er meint es nicht so«, sagte er. »Remi ist ein Profidetektiv, der mit allen Wassern gewaschen ist. Ich bin sicher, er kriegt den Fall in zwei Stunden gelöst.«

»Mag sein«, sagte ich. »Vielleicht schneller. Vielleicht langsamer. Das sehen wir dann.«

»Ja, das sehen wir«, sagte Manni. Mit ein paar Schritten war er an der Stahltür. »Schau mal, da oben an der Wand«, rief er mir zu. Nicht nur ich, sondern auch Janine folgte seinem Fingerzeig. Das war wieder etwas, das bei meinem letzten Besuch gefehlt hatte. Eine große Digitaluhr. Darauf war eine Zahl zu lesen.

»Da steht eine Hundertzwanzig«, stellte Janine fest.

Im selben Moment fiel bei mir der Groschen. Ich wollte Manni festhalten, aber er stand zu nah an der Tür, und als ich bei ihm war, stand er schon draußen. Die zwei Quadratmeter Stahl knallten zu, bevor ich es verhindern konnte. Ich versuchte noch, an der Türklinke zu ziehen, doch im selben Moment knirschte ein Schlüssel im Schloss.

14

Erst stand ich wie versteinert da. Dann riss ich mich aus meiner Lähmung und begann, wie verrückt gegen die Tür zu trommeln. »Manni!«, rief ich. »Bist du bescheuert? Lass uns hier raus! Sofort! Ich muss nach Elberfeld! Ich muss unseren Flug kriegen!«

»In Elberfeld gibt's aber doch gar keinen Flughafen«, sagte Janine seelenruhig. Sie stand immer noch da, die Ordner mit den Dossiers in der Hand. Hinter ihr ragten auf dem Boden der Gondel die Beine des angeblichen Mordopfers ins Bild.

Wieder trommelte ich. Ich schrie, trommelte weiter.

Nichts.

Schließlich lehnte ich mich resigniert mit dem Rücken an die Tür.

Mein Handy!

Ich riss es heraus. Ein kurzer Blick auf das Display genügte, um zu erkennen, dass es hier unten keinen Empfang gab.

»Hier unten gibt's keinen Empfang«, sagte Janine wissend. »Ich wollte vorhin eine Freundin anrufen. Hat nicht geklappt.«

Ich sah auf die Displayanzeige an der Wand. Aus der Hundertzwanzig war eine Hundertneunzehn geworden. Eine Minute der zwei Stunden, die uns Manni hier drin festhalten wollte, war vergangen.

Ein technisches Fiepen ertönte, gefolgt von einem Rumpeln und Kratzen. Ich sah mich um. Das Geräusch kam aus einem schwarzen Kasten, der in der Ecke stand.

»Remi, Janine.« Mannis Stimme drang aus dem Kasten, der offenbar ein Lautsprecher war.

»Manni, lass mich sofort hier raus!«, rief ich. »Ich hab dir gesagt, dass ich's eilig habe, ich –«

Doch er sprach einfach weiter. »Erst mal vorab: Ich kann euch nicht hören, ihr aber mich. Ich baue demnächst noch eine Gegensprechanlage ein, dazu bin ich bisher nicht gekommen.«

»Du blödes, verkifftes Arschloch!«, schrie ich so laut, dass es möglichst weit in alle Zimmer seiner verdammten Bruchbude drang. Auch ohne Gegensprechanlage.

»Ich wollte euch bitten, mir einen Gefallen zu tun«, fuhr Manni seelenruhig fort.

»Du hast nicht gebeten!«, schrie ich. »Du hast uns einfach eingesperrt.«

»… sollt das Ganze mal ausprobieren. Ihr seid nun die Leute, die das Rätsel lösen müssen. Wer hat den Herrn in der Schwebebahn ermordet? Wie ihr auf der Uhr seht, habt ihr dafür zwei Stunden Zeit. Es ist ein Test, ich will wissen, ob das in der vorgegebenen Zeit funktioniert oder ob es schneller geht. Streng wissenschaftlich. Wenn ihr den Täter ermittelt habt, könnt ihr raus.« Er räusperte sich. »Ach so, noch was. Ihr könnt mir ja nicht direkt mitteilen, wen ihr für den Täter haltet. Ihr müsst eure Ermittlung begründen, und zwar schriftlich. Schreibmaterial liegt hinten auf einem Tisch … Schreibt auf, was ihr herausgefunden habt, und schiebt den Zettel einfach unter der Tür durch. Viel Spaß. Ach ja, noch ein Hinweis: Der Mord geschah zwischen den Haltestellen Kluse und Landgericht, morgens im Berufsverkehr um kurz nach acht. Und die Bahn war auf dem Weg nach Barmen.«

Wieder rumpelte es. Manni hatte die Verbindung wohl unterbrochen, denn jetzt kam nichts mehr.

Ich saß auf dem Boden am Fuß der Stahltür und betrachtete den grauen Estrich. »Verdammte Scheiße«, sagte ich, jetzt aber leise. Mir war zum Heulen zumute. Ich hatte immer noch das Handy in der Hand. Während ich hier von der Welt abgeschnitten war, versuchte Wonne wahrscheinlich, mich zu erreichen. Sicher prasselten gerade massenhaft Anrufversuche auf mein verdammtes Smartphone ein, dazu eine Menge SMS-Nachrichten, aber das Gerät war taub wie der alte Beethoven … Die Erinnerung an das Hauskonzert bei Schönwand streifte mich nur kurz. Sofort gewann diese verdammte Lage hier in Mannis Keller wieder die Oberhand.

Janine legte die Dossiers weg, kam zu mir herüber, hockte

sich hin und strich mir über den Oberarm. »Wollen wir nicht einfach schnell das Rätsel lösen? Manni hat gesagt, dass du so was beruflich machst. Dann kriegen wir das sicher schnell hin. Weißt du, man muss ihn auch verstehen. Er hat finanzielle Probleme, und er hat schon heute Morgen angefangen, was zu rauchen, und … na ja.«

Ich warf ihr einen bösen Blick zu, sah aber an ihrem Gesichtsausdruck, dass es keinen Sinn hatte, ihr zu erklären, dass man sich mit finanziellen Problemen kaum Stoff besorgen konnte.

Ich biss die Zähne zusammen und erhob mich. »Es ist zu spät«, sagte ich. »Jedenfalls so gut wie. Meine Frau, die ich erst am Samstag geheiratet habe, steht zu Hause und wartet darauf, dass wir nach Düsseldorf zum Flughafen fahren können. In die Flitterwochen auf die Malediven. Wir müssen um eins weg. Und jetzt ist es schon fast fünf vor.«

»Malediven, wow«, staunte Janine. »Ich kenn nur Malle. Also komm. Fünf Minuten, um den Fall zu lösen, das schaffst du.«

Soll ich mich dann vielleicht nach Elberfeld beamen, fragte ich mich. Aber es half ja alles nichts.

Sie nahm die Ordner und begann vorzulesen, wen sich Manni als Tatverdächtige und Zeugen ausgedacht hatte. »Hannelore Schmitz, achtundvierzig Jahre alt, arbeitet in einem Supermarkt in Oberbarmen. Melanie Overrath, sechzehn, Schülerin auf dem Weg zu einem Treffen mit ihrer Freundin Mandy. Michael Müller, einundfünfzig, Büroangestellter. Wohnt in Vohwinkel und arbeitet da auch.« Sie sah mich an. »He, das ist komisch«, sagte sie. »Der Mord soll doch zwischen Kluse und Landgericht passiert sein. Wieso fährt Herr Müller im Berufsverkehr hier herum, wenn er doch in Vohwinkel wohnt und dort arbeitet? Du, das ist ja echt spannend. Schauen wir mal weiter …«

In mir wuchs eine grauschwarze Schattenwelt, kalt und einsam. Mit halbem Ohr hörte ich zu, wie sie die weiteren Personen vorstellte. Aber mich interessierte nur eins. Ich wollte hier raus. Während ich verzweifelt herumlief und genau wie bei meinem letzten Besuch nur feststellen konnte, dass der Raum kein Fenster und auch keine weitere Tür besaß, überschlug ich innerlich, welche Chancen mir überhaupt noch blieben. Wir hatten immer gesagt, dass wir um eins losfahren mussten. Zum Düsseldorfer Flughafen brauchte man von Elberfeld aus etwa eine Dreiviertelstunde.

Wann ging eigentlich der Flug genau?

Ich hatte keine Ahnung! So wie ich mich nicht um die Reise gekümmert hatte, nicht um das Reiseziel, nicht um die Dinge, die uns auf den Malediven erwarteten, hatte ich auch die weiteren Reisedetails überhaupt nicht wahrgenommen.

Also musste ich schätzen. Um ein Uhr losfahren. Gegen zwei da sein. Wie früh musste man vor einer solchen Reise am Flughafen sein? Auch das wusste ich nicht. Ich vermutete, etwa anderthalb Stunden. Der Abflug war also etwa um halb vier. Bis wir hier raus waren, würde es fast drei sein …

Keine Chance.

Was würden Wonne und Jutta machen, wenn ich nicht auftauchte?

Wonne würde sicher nicht allein fliegen. Jutta musste also wieder ihre immense Erfahrung mit Fluggesellschaften und Reiseveranstaltern nutzen und umbuchen.

Wie eine heiße Flamme packte mich die Wut auf Manni. Das würde der Kerl büßen …

Ich hatte den Raum nach Möglichkeiten abgesucht, hier rauszukommen. Als Nächstes suchte ich nach Werkzeug. Vielleicht konnte man die Stahltür irgendwie mit Gewalt öffnen. Aber es gab keins. Und die Tür schien ziemlich massiv zu sein. Ich checkte jeden Winkel mit dem Handy. Vielleicht gab es ja doch eine Ecke, wo man telefonieren konnte. Ich fand keine.

Janine war immer noch mit den Dossiers beschäftigt. Jetzt legte sie die Ordner auf den Boden und nahm sich den Aktenkoffer vor, der neben der als Mordopfer verkleideten Schaufensterpuppe lag. Er war voller Papiere – Briefe, Quittungen, amtliche Schreiben.

Sie griff hinein und hielt ein Kärtchen in die Höhe. Es hatte weitläufige Ähnlichkeit mit einem Personalausweis, war aber nicht aus Kunststoff, sondern aus Pappe. Und was darauf zu lesen war, hatte Manni mit einem Filzstift geschrieben. Das Foto war kein Foto, sondern ein Smiley.

»Dr. Gerold Piepenbrink«, las sie vor. Sie blickte auf das Papierchaos. »Hier ist eine Visitenkarte. Er ist Anwalt.« Sie riss die Augen auf. »Anwalt!«, rief sie aus. »Die Bahn fuhr in Richtung Barmen und steht kurz vor dem Landgericht. Da wollte er sicher hin.«

Inzwischen war es halb zwei. Und wenn wir es schafften, das Rätsel zu lösen? Innerhalb der nächsten Viertelstunde? Ich käme etwa um Viertel vor zwei hier raus. Ich würde oben wieder Netz haben, könnte Wonne und Jutta Bescheid geben und direkt von hier nach Düsseldorf rasen. Ich wäre um halb drei da. Eine Stunde vor Abflug. Das reichte vielleicht.

»Alles klar«, sagte ich. »Lösen wir das Rätsel. Wir haben eine Viertelstunde.« Ich nahm die Dossiers.

»Was?«, rief Janine. »Ich denke, du musst bis eins in Elberfeld sein.« Sie trug keine Armbanduhr, sondern blickte auf ihr Handy. »Du, da bist du aber viel zu spät. Vergiss es.«

»Egal!«, rief ich. Es würde nur unnötig Zeit kosten, ihr meinen Zeitplan vorzurechnen. »Hast du schon einen Verdacht?«

Ich hatte es nicht ernst gemeint, sondern einfach so dahingesagt. Gerade hatte ich mir die erste Mappe vorgenommen und mich in die Welt von Hannelore Schmitz hineingedacht, da beantwortete Janine die Frage.

»Also ehrlich gesagt habe ich einen.«

»Im Ernst?«

»Im Ernst.«

»Worauf wartest du?«

Sie seufzte. »Nun, eigentlich bist du ja hier der Profi, doch ich denke, es könnte dieser Müller gewesen sein. Aber wie gesagt, du weißt das sicher besser. Ich gucke bloß ganz gern Krimiserien im Fernsehen. ›Inspector Barnaby‹ und ›Death in Paradise‹ und so was, und –«

»Ich weiß überhaupt nichts«, unterbrach ich sie. »Ich hab

mir die Sachen doch noch gar nicht angesehen. Ich hab versucht, einen Weg hier raus zu finden.«

»Also gut, dann sagen wir Manni, dass es Müller war, und er lässt uns raus.«

»Er will aber auch wissen, wie wir darauf gekommen sind«, erinnerte ich sie. »Das müssen wir aufschreiben.«

Auf der anderen Seite des Raumes, hinter dem nachgebauten Schwebebahnabteil, gab es eine Ablage mit Stiften und Blöcken. Ich schnappte mir, was ich brauchte, und setzte mich wieder vor die Tür – bereit, unseren fertigen Bericht sofort darunter durchzuschieben, wie Manni es vorgeschrieben hatte. Jede Sekunde war kostbar. Und ich hoffte, dass wir so mindestens drei, vier Sekunden sparten, die ich dann für etwas verwenden konnte, worauf ich geradezu brannte. Nämlich, meine Faust mit Schmackes in Mannis blöde Fresse zu schieben. Und das mindestens mit Schallgeschwindigkeit.

»Also«, begann Janine. »Dieser Rechtsanwalt, der ermordet wurde. Da sind Unterlagen in dem Koffer, die zeigen, dass er auf dem Weg zum Landgericht war. Er vertritt einen jungen Mann, der wegen Drogenhandels vor Gericht steht. Er wurde am Berliner Platz festgenommen.«

Ich nickte und versuchte, meine vibrierende Unruhe niederzudrücken.

»Einer von den fünf Leuten aus der Schwebebahn hatte auch Drogen bei sich«, fuhr Janine fort.

»Heißt er zufällig Manni?«, fragte ich, bereute es aber sofort, denn die Zwischenfrage brachte sie aus dem Konzept.

»Nein, wieso? Er heißt Angelo. Eigentlich ist er Kellner in einer Pizzeria.«

»Und er hat den Anwalt umgebracht, weil er dessen Mandanten schaden will?«, mutmaßte ich. Schon wieder hätte ich mich ohrfeigen können. Janine weiterreden lassen, ermahnte ich mich.

»Das soll wahrscheinlich so aussehen«, sagte sie. »Es ist so was wie eine falsche Fährte … Aber ich glaube das nicht. Es gibt keinen weiteren Beweis dafür.«

»Und wer war es dann?« Ich drückte auf die Rückseite des Kulis, um sofort bereit zu sein.

»Hannelore Schmitz«, verkündete Janine. »Die Supermarktverkäuferin. Und zwar deswegen …« Sie holte die Dinge, die ihren Verdacht untermauerten, aus der Schwebebahn-Attrappe. Dabei bewegte sie sich im Tempo einer Schnecke. »Hier hab ich es.« Sie blätterte gewissenhaft. »Der tote Anwalt hat alles Mögliche in seinem Koffer. Auch ein Buch, das wohl was mit seinem Hobby zu tun hat. Er sammelt nämlich Solinger Klingen. Und in dem Buch ist eine Liste von Geschäften, in denen solche Klingen verkauft werden. Ein Geschäft liegt direkt neben dem Supermarkt, in dem Hannelore Schmitz arbeitet. Und von da stammt das Messer, mit dem der Anwalt ermordet wurde.«

Sie stand auf und ging zu der Puppe, die das Mordopfer darstellte. Dort hob sie etwas auf und zeigte es mir. Es war ein altes Solinger Messer, das Manni mit roter Farbe behandelt hatte.

»Der Anwalt hat eine Zeitung dabei, in der steht, dass vor Kurzem in den Laden eingebrochen wurde. Die Polizei hat in der Akte vermerkt, dass der Sohn von Frau Schmitz schon mehrfach wegen Einbruchs verurteilt wurde.«

»Gut. Und weiter?«

»Man muss doch immer auf diese drei Dinge achten«, sagte sie. »Motiv, Gelegenheit und Mittel. Stimmt doch, oder?«

»Das ist richtig, ja. Jetzt sag schon, wie es weitergeht.«

»Also. Der Sohn besorgt Frau Schmitz das Messer, indem er in den Laden einbricht. Sie weiß, dass der Anwalt mit diesem Drogenprozess zu tun hat. So kann sie davon ausgehen, dass der Verdacht nicht auf sie fällt.«

Ich schrieb. »Gelegenheit und Mittel haben wir«, sagte ich.

»Siehst du?« Sie nickte strahlend. »War doch gar nicht so schwierig.«

»Und das Motiv?«, fragte ich. »Warum sollte sie so was machen?«

Janine kratzte sich am Kopf. »Keine Ahnung.«

Verdammt. Ein Blick zur Uhr. Zwanzig vor zwei.

»Du hast wirklich keine Ahnung? Komm, streng dich an. Dir fällt bestimmt was ein.«

Sie betrachtete mich prüfend und nahm eine der Akten. »Bist du wirklich Detektiv? Wir sollten das alles noch mal durchschauen. Und natürlich die Sachen in dem Koffer.«

»Dafür haben wir aber keine Zeit!«, rief ich. »Du hast das doch alles gelesen. Die Lösung ist in deinem Kopf.« Ich atmete tief durch. »Okay, wir machen es anders. Du sagst mir, was du über die Leute weißt. Und ich lese in den Akten mit. Dann kommen wir vielleicht drauf.«

So ging wieder alles von vorne los. Janine trug mit größter Sorgfalt und sehr langsam ihre Informationen über die fünf Beteiligten und das Mordopfer vor.

Mir schwirrte sofort der Kopf. Der ermordete Anwalt hatte einen Brief von seiner Ex-Frau dabei, in dem sie eine Andeutung machte, dass sie bald etwas in der Hand hätte, um ihm das Leben richtig schwer zu machen. Es war sogar davon die Rede, dass er seine Zulassung als Anwalt verlieren könnte. Die Verdächtige namens Hannelore Schmitz trug zwar einen rheinischen Nachnamen, stammte aber aus Gera, und die erwähnte Mandy, mit der sich die junge Schwebebahnfahrerin Melanie treffen wollte, war Hannelore Schmitz' Tochter. Ein Zeuge hatte ausgesagt, dass Hannelore Schmitz und Melanie nebeneinandergestanden und sich unterhalten hätten. Dass Melanie zur Schulzeit eine Freundin treffen wollte, hatte seinen Grund. Beide hatten die ersten zwei Stunden frei.

Das Kopfschwirren ging in einen massiven Kopfwehanfall über.

»Dass sich Melanie und Frau Schmitz kennen, muss doch was zu bedeuten haben!«, rief Janine. Ich stimmte ihr zu, obwohl ich den Überblick verloren hatte. Ich hatte bisher drei Zeilen geschrieben, und jetzt war es schon nach zwei.

Janine machte sich wieder an dem Koffer zu schaffen, durchsuchte alles und nahm sich dann noch mal die Dossiers von Melanie und Frau Schmitz vor.

»Die Polizei hat auch den Tascheninhalt durchsucht«, sagte

sie. »Hier hinten sind die Listen, die hab ich noch gar nicht angesehen. Außerdem die SMS-Nachrichten.«

Ich nahm ihr die Mappen ab und suchte fieberhaft nach Hinweisen. Mein Herz wummerte. Wie ein von Jägern gehetztes Tier versuchte ich, irgendetwas zu finden, das uns weiterhelfen konnte. Da ich inzwischen aber völlig vergessen hatte, worum es überhaupt ging, war die Mühe zwecklos.

Eine Information stach mir ins Auge. Melanie hatte einen unbenutzten Schwangerschaftstest in der Handtasche. Außerdem eine Packung Antibabypillen.

Sie hatte ihrer Freundin Nachrichten geschrieben.

Ich mache auch den Test. Wenn er auch positiv ist, dann machen wir ihn fertig.

Was hatte sich Manni da für einen Mist ausgedacht? Ich kniff die Augen zusammen und nahm den ersten Gedanken, der sich einstellte.

»Piepenbrink hatte ein Faible für minderjährige Mädchen«, sagte ich. »Er hatte was mit Melanie und Mandy am Laufen. Mandy wurde schwanger, die Mutter hat das rausgekriegt. Mit der Neuigkeit konnte sie ihren Sohn, der ja auch schon älter ist, dazu bringen, das Messer zu besorgen. Tatmotiv Rache. Fertig.«

»Ja genau, klingt super!«, rief Janine voller Begeisterung.

Ich schrieb das Wort »Rache« ganz groß, unterstrich es zweimal, riss den Zettel vom Block und schob ihn unter der Tür durch.

Vierzehn Uhr sieben.

»Rätsel gelöst!«, brüllte ich, so laut ich konnte.

Ich stand auf und wartete darauf, dass Manni die Tür öffnete.

Nichts geschah.

Ich hörte nur mein Herz wummern.

Es geschah immer noch nichts.

Ich rief wieder.

Nichts.

»Mach die Tür auf, verdammt! Wir haben dein Scheißrätsel gelöst.«

Glaubte ich zumindest. Irgendwie kam mir die ganze Geschichte von Frau Schmitz als Mörderin ziemlich unglaubwürdig vor. Aber wer hatte sich denn die Story ausgedacht? Manni. Er konnte nachgewiesenermaßen gut mit Computern umgehen. Von Kriminalstorys hingegen hatte er wenig Ahnung.

Hinter der Tür war immer noch nichts zu hören. Das Haus schien in Stille erstarrt zu sein. War Manni weg? Hatte er uns hier allein gelassen?

»Das darf doch nicht wahr sein«, brachte ich hervor.

Janine runzelte die Stirn. »Er hat doch gesagt, er hat noch keine Gegensprechanlage eingebaut«, sagte sie. »Da kann er uns wahrscheinlich gar nicht hören.«

»Ich muss mal«, sagte Janine, die ein Stück von mir entfernt auf dem Boden hockte.

Mittlerweile war es vierzehn Uhr dreißig. Auf der Uhr stand eine Siebzehn. Es schien jedes Mal eine Ewigkeit zu dauern, bis die Zahlen wechselten. Ich hatte immer wieder gegen die Tür gehämmert, aber Manni schien uns entweder vergessen zu haben, oder er hatte sich vorgenommen, uns die ganzen zwei Stunden hier drinzubehalten. Zwischendurch fragte ich mich, warum er das tat. Was er davon hatte. Aber dann schob ich die Frage wieder zur Seite. Wer Manni kannte, wusste, dass seine Gedanken oft eigenartige Wege gingen. Vor allem in seinem derzeitigen Zustand. Sicher lag er einfach zugedröhnt in einer Ecke.

»Eine gute Viertelstunde musst du noch durchhalten«, sagte ich.

»Und wenn er uns dann immer noch nicht rauslässt?«, fragte sie besorgt.

Den Gedanken hatte ich bisher überhaupt noch nicht aufkommen lassen. Dass das Minutenzählwerk auf null runterging und wir immer noch hier drinsaßen.

»Dann musst du dir irgendwo einen Eimer besorgen oder so was. Oder du pinkelst einfach in das Bahnabteil.«

»Das darf man doch nicht«, sagte sie mit Entrüstung in der Stimme.

»Es ist kein *echtes* Bahnabteil«, erinnerte ich sie. »Es ist ein wenn auch gar nicht mal so schlecht *nachgebautes* Abteil, das Manni gehört. Dem Mann, der uns hier seit knapp zwei Stunden gegen unseren Willen festhält. *Das* darf man nicht, verstehst du?«

Sie nickte nachdenklich. »Stimmt, du hast recht.«

Die letzte Viertelstunde brach an. Die Minuten schienen sich noch zäher hinzuziehen. Vielleicht half ein bisschen Small Talk. »Ist er eigentlich öfter bei euch in der ›Oase‹?«, fragte ich.

»Stammgast«, sagte Janine nur. »Aber dich hab ich da vor neulich noch nie gesehen.«

»Kein Wunder«, sagte ich. »Ich habe seit Jahren eine Freundin. Jetzt ist sie meine Frau.«

»Das heißt überhaupt nichts«, erklärte sie mit professioneller Sachlichkeit. »Andererseits – dein Abgang letztens hat mir schon gezeigt, dass du eher ein Neuling bei so was bist.« Sie lächelte mich an. »Das ist voll romantisch. Und was macht deine Freundin, ich meine, deine Frau so?«

»Sie ist Journalistin. Und hoffen wir mal, dass sie meine Frau bleibt. Ich glaube nicht, dass man viele Punkte sammelt, wenn man seine Ehefrau vor der Hochzeitsreise versetzt.«

»Warum bist du überhaupt zu Manni gefahren und nicht daheimgeblieben? Wolltest du unbedingt den Escape Room sehen?«

»Quatsch. Manni hilft mir in einem Fall. Da brauche ich ein bisschen Unterstützung. Es geht auch um Computerkram. Ich wollte nur ganz kurz vorbeikommen …«

»Was für ein Fall? Hast du nicht gesagt, du hast Urlaub?«

Noch zehn Minuten. Warum sollte ich Janine nicht von dem Fall erzählen? Vielleicht hatte sie einen ganz anderen Blick auf die Dinge, das könnte eventuell nützlich sein. So begann ich von dem Stalker zu berichten, schilderte dann die Planung der Hochzeit und den Abend, an dem Wonne zu ihrem Junggesellinnenabschied aufgebrochen war. Bei dieser Episode leuchteten Janines Augen. Ich sah ihr an, dass sie so was auch mal erleben wollte.

Als ich erzählte, wie Manni mich abgeholt hatte, wir zur Völklinger Straße gefahren waren und auf einmal das Foto aufgetaucht war, unterbrach sie mich.

»Warte mal«, sagte sie. »Du sagst, jemand hat dich und Manni fotografiert, als ihr bei uns auf dem Hof gestanden habt?«

»Ja klar. Hier.« Ich holte mein Handy heraus und zeigte ihr das Bild. Ich stand auf dem Parkplatz, Manni und Janines Chefin Donna am Eingang.

»Den Typ hab ich gesehen.«

»Was? War er bei euch drin? Das kann doch gar nicht sein.«

»Nein, er war nicht drin. Es war so: Wir hatten doch kaum Kundschaft an dem Abend. Mannis Wagen hat so ein typisches Röhren, und als er kam, haben wir es drinnen schon gehört. Ich bin ans Fenster gegangen, um rauszuschauen. Da hab ich gesehen, wie ihr ausgestiegen seid. Und hinten in der Einfahrt stand jemand und schaute rüber.«

»Hast du auch gesehen, wie er fotografiert hat?«, fragte ich.

»Das nicht. Da treiben sich öfter Typen rum, die nur mal schauen wollen, sich aber nicht reintrauen. Ich hab Vivian dazugeholt und ihn ihr gezeigt. Ich dachte, sie kennt ihn vielleicht. Mir kam er jedenfalls überhaupt nicht bekannt vor. Dann war auch schon alles vorbei. Ihr kamt rein, und wir mussten … Na ja, wir hatten dann Dienst.«

Ich wischte durch die Bilder auf meinem Handy und fand die Aufnahme, die Judith Obersaal von dem Mann am Bahnhof gemacht hatte. Ich hielt es Janine hin.

Sie nickte. »Das könnte er sein. Diese dunklen Haare …« Sie legte zwei Finger auf das Display und vergrößerte das Bild. »Klar, das ist er.«

»Und du weißt wirklich nicht, wer er ist?«

Sie schüttelte den Kopf. »Der ist noch nie bei uns gewesen.«

Nein, dachte ich. Er war nur dort, weil ich dort war. Und aus demselben Grund war er am Bahnhof. Wie wahrscheinlich auch in Juttas Wohnung, ehe er mir auf der Kaiserhöhe in dem alten Lokal entwischte …

»Die Zeit ist um«, sagte Janine und deutete auf das Zählwerk. Es zeigte drei Nullen an. Ich sah auf die Uhr. Kurz vor drei.

Janine hatte einen gequälten Gesichtsausdruck. »Manno – jetzt wird's aber wirklich dringend.«

Ich stand auf und begann wieder, gegen die Tür zu schlagen und zu rufen.

Mit demselben Ergebnis wie bisher.

Als ich von der Tür abließ, erklang von dem nachgebauten Schwebebahnabteil her ein sanftes Plätschern.

Ich drehte mich um. Durch eine der Aussparungen, die man für die Fenster der Bahn halten sollte, sah ich ein bisschen von Janines Haar. Schließlich stand sie auf und zog sich die Jeans hoch.

»Puh, das war echt nötig«, sagte sie.

Es war kurz nach vier, als wir endlich Geräusche hinter der Tür hörten. Sie entstanden so plötzlich, dass wir gar nicht darauf gefasst waren, rausgelassen zu werden.

Als Manni die Tür aufschob, saßen wir immer noch an der Wand und starrten ihn an. Leider war damit der Effekt verschenkt, den ich gern gehabt hätte und den ich mir in den vergangenen zwei Stunden eine Million Mal ausgemalt hatte. Ich direkt vor Manni, wenn er hereinkam, und dann sofortiger Angriff.

Stattdessen brauchte ich ein paar Sekunden, bis ich mich erhoben hatte. Mein rechtes Bein war eingeschlafen und kribbelte. Meine Knie schmerzten.

»So, ihr Turteltäubchen!«, rief Manni, offenbar bestens gelaunt und immer noch im Bademantel. Er hielt das Blatt mit unserer Lösung in der Hand. »Frau Schmitz war die Täterin«, sagte er. »Perfekt. Das Team Janine-Rott erhält hundert Punkte.« Er lächelte uns an. »Hat leider ein bisschen länger gedauert. Jetzt was anderes. Remi, ich muss dir was sagen. Was Wichtiges. Ich –«

Weiter kam er nicht. Endlich hatte ich mich in die Senkrechte gebracht, und mit jedem Millimeter, den ich es nach oben geschafft hatte, war meine Wut wiedergekommen.

Mit drei Schritten war ich bei Manni, holte aus und verpasste ihm einen Schlag ins Gesicht, der sich gewaschen hatte. Seine Knochen waren hart, und ein höllischer Schmerz fuhr durch meine rechte Faust, aber das war mir egal. Ich spürte sogar so etwas wie Befreiung. Und die wurde dadurch, dass Manni zu Boden ging, noch gesteigert.

Janine schrie auf. Ein Schwall Blut schoss aus Mannis Nase.

Ich stieg über ihn hinweg. Dabei versuchte er, mich an den Beinen festzuhalten. Ich schüttelte ihn ab wie ein lästiges Tier. »Lass mich bloß in Ruhe!«, schrie ich.

»Remi, hör zu. Ich weiß, ich hab euch lange warten lassen, aber ich brauchte die Zeit … Ich habe was rausgekriegt …«

Er versuchte, sich aufzurappeln. Ich trat auf seinen rechten Arm, und er sackte wieder nach unten. Ich hielt ihn fixiert.

»Also gut. Weißt du, wer der Stalker ist? Ja oder nein?«

»Remi, ich … Es geht doch um was anderes …«

Ich übte mehr Druck aus. »Ja oder nein?«

»Nein … Aber … Aua …«

Ich hob meinen Fuß und gab ihm noch einen Tritt zum Abschied.

»Du tust ihm weh!«, rief Janine hinter mir.

Ich blickte nicht zurück, als ich die Treppe hinaufstürmte, durch den Computerraum und die anderen runtergekommenen Zimmer ins Freie rannte.

Endlich stand ich am Auto. Das Handy hatte Empfang. Nachrichten in Abwesenheit rasselten herein. Sie blitzten auszugsweise auf, und ich konnte einzelne Wörter und Sätze lesen.

Remi, wir haben versucht, dich anzurufen.

Wo bist du?

Jetzt ist Jutta da, wir warten.

Wir müssen los.

Dein Auto ist nicht da. Bist du unterwegs?

Wenn du das liest, komm gleich zum Flughafen.

Wir haben Herrn Schönwand gefragt, ob er was weiß.

Wir fahren jetzt.

Der Flieger geht um 15.50 Uhr. Die Flugnummer ist …

Wo bist du, verdammt? Melde dich.

Dazu haufenweise Anrufe in Abwesenheit. Nur Wonnes und Juttas Handynummern in der Liste. Der letzte Anruf erfolgte um fünfzehn Uhr dreiundvierzig.

Ich tippte bei einem Eintrag von Wonne auf Rückruf. Ihr Handy war ausgeschaltet. Bei Jutta dasselbe. Ich wollte gerade anfangen, eine SMS zu schreiben, da wurde das Display dunkel.

Was war jetzt wieder los?

Schon wieder kein Akku mehr?

Die Zentralverriegelung klackte, ich riss die Tür auf und warf das Handy auf den Beifahrersitz. Nichts wie weg hier. Ich ließ den Motor aufheulen und hatte gerade gewendet, da sah ich im Rückspiegel, wie neben dem verwitterten »Büro«-Schild die Tür aufging und Manni erschien. Das Blut war ihm bis zum Kinn gelaufen. Es kam mir so vor, als ob er mir zum Abschied zuwinkte.

Das stachelte meine Wut noch mehr an, aber anstatt auszusteigen und ihn noch mal zu vermöbeln, gab ich Gas – um wenig später an der Stelle, wo es von der Homannstraße über die ehemalige Bahnlinie ging, eine Vollbremsung hinzulegen.

Mist, Mist, Mist.

Wo wollte ich denn überhaupt hin?

Zum Düsseldorfer Flughafen?

Gab es überhaupt noch eine Chance, den Flieger zu kriegen?

Vielleicht – wenn er massiv Verspätung hatte.

Aber wären Wonne und Jutta dann nicht zu erreichen gewesen?

Irgendwie passte das nicht zusammen. Entweder sie saßen noch am Flughafen. Oder sie waren auf dem Weg nach Hause. Oder sie waren zu Hause. Nichts davon gab ein Szenario ab, in dem beide ihre Telefone abschalteten. Oder wollten sie nicht mehr mit mir reden?

Ich gab wieder Gas und fuhr in Richtung Elberfeld. Unterwegs legte ich mir zurecht, wie ich das alles erklären würde. Wonne war sicher sauer, wenn sie erfuhr, dass alles Mannis Schuld war. Ich musste ihr klarmachen, dass ich nur zu ihm gefahren war, um endlich die Identität des Stalkers herauszufinden.

Als ich ankam, war es dunkel. Ich musste in der Wohnung das Licht einschalten. Niemand war zu Hause. Als Erstes hängte ich mein Handy an das Ladekabel, dann checkte ich den Anrufbeantworter am Festnetz. Keine Anrufe. Ich versuchte noch mal, Wonne und Jutta zu erreichen, aber es meldete sich niemand. Auch nicht auf Juttas Festnetznummer zu Hause.

Endlich war das Smartphone wieder zu sich gekommen. Kaum dass ich den Code eingegeben hatte, um es freizuschalten, rasselten noch mehr Nachrichten herein.

Wenn du nicht kommst, fliegen wir ohne dich. Kein Scherz!

Das hatte Jutta geschrieben.

Und dann Wonne, etwa zwanzig Minuten später:

Remi, es tut mir leid, aber es bleibt uns keine andere Wahl. Entweder die ganze Reise verfällt, oder Jutta bucht deinen Platz auf sich um.

Und noch später:

Alles klar, das mit der Last-Minute-Umbuchung hat geklappt. Wir melden uns, wenn wir da sind. Flugzeit etwa zehn Stunden.

Ich legte das Telefon wieder hin, setzte mich auf die Wohnzimmercouch und starrte auf die schwarze Fläche des abgeschalteten Fernsehers. Alle möglichen Gedanken schwirrten in meinem Kopf herum, aber sie wollten sich nicht zu einem Ganzen formen, das irgendwie Sinn ergab. Da hörte ich den elektronischen Klingelton des Handys.

Sie hatten es sich anders überlegt! Sie waren doch nicht zusammen geflogen! Oder Jutta hatte die Reise allein angetreten, wie schon viele Male. So oft, dass sie jede Stewardess, die auf der Strecke unterwegs war, sicher schon persönlich kannte.

Ich sprang auf, rannte zum Telefon.

Das Display zeigte an, dass es Manni war.

Der konnte mich mal.

Manni ließ nicht locker, das Gedudel brach nicht ab. Ich hatte gerade auf das Symbol gedrückt, mit dem man den Anruf ablehnte, da setzte sich das Konzert woanders fort. Diesmal an der Türklingel.

»Opladen«, sagte die Stimme des Hauptkommissars in der Gegensprechanlage. »Mach auf.«

»Ich hab keine Zeit.«

»Mach auf, Rott. Jetzt.«

In den zwei Minuten, die er auf der Treppe zubrachte, versuchte ich, tief durchzuatmen.

»Danke, dass du mir auf die Nerven gehst«, sagte ich, als er oben war. »Komm rein, und … Na ja, mach eben, was ungebetene Gäste so tun.«

Er betrat die Wohnung und sah sich neugierig um. »Mehr Platz«, stellte er nuschelnd fest.

»Mein Büro ist jetzt drüben«, sagte ich. »Ich wohne ja inzwischen mit Wonne zusammen.«

Was wollte er? Sich über meine Wohnsituation informieren? Wir gingen ins Wohnzimmer. Der Hauptkommissar verzichtete darauf, seine fiese Kunstlederjacke auszuziehen. Umso besser, denn sonst hätte sich sein stechender Schweißgeruch womöglich auf das Sofa übertragen, in das er sich nun fallen ließ.

»Ich war deutlich«, sagte er und sah mich streng von unten an. Ich war stehen geblieben.

»Klar«, sagte ich. »Du hast gesagt, ich hätte mehr Platz.«

»Wegen Frau Obersaal.«

»Ich weiß jetzt wirklich nicht, was du meinst.«

»Keine Alleingänge. Raushalten. Ist das zu schwer?«

»Aber ich habe doch gar nichts gemacht!«, rief ich.

»Judith Obersaal war bei uns. Du hast sie getroffen.«

»Aber doch nur, weil sie das wollte. Opladen, ich ermittle nicht in dem Fall, ich –«

»Hoffermann. Du hast nach ihm gefragt.«

»Kann sein, dass wir auf ihn zu sprechen kamen. Sie hatte da so eine besondere Musik als Klingelton, und da habe ich sie gefragt, was das ist. Da hat sie mir erzählt, sie würde mit ihrem Mann, also mit Hoffermann, zusammen solche Musik produzieren. Mensch, Opladen, was willst du eigentlich?«

Er erhob sich und baute sich vor mir auf. »Rott, verarsch mich nicht. Du hast den Namen gekannt. Du weißt, dass Hoffermann im Knast saß.«

»Was? Ach so … Na und?« Ich versuchte, meine Überraschung so gut es ging zu verbergen. Judiths Ehemann war vorbestraft? Das musste nichts heißen. *Musste* nicht. *Konnte* aber.

»Du hast doch Quellen, Rott. Informanten. Du kennst Leute. Polizisten. Beamte vom Strafvollzug.«

Da hatte er nicht ganz unrecht. Andererseits kamen diese Kontakte, und sie gingen auch wieder. Opladen war selbst früher mal so ein Kontakt gewesen.

»Jetzt übertreibst du aber«, sagte ich und beschloss, ihm auf den Zahn zu fühlen. Was beim Hauptkommissar manchmal funktionierte, war der Reiz zum Widerspruch. »Opladen, wir hatten in der Vergangenheit doch immer wieder mit Leuten zu tun, die in Lütterkusen einsaßen. Erinnerst du dich noch an den Fall Erwin Brambach? Der ausgebrochen ist und den wir gemeinsam gesucht haben?«

»Lütterkusen?«, fuhr er auf. »Quatsch. Nicht Hoffermann. Simonshöfchen. Das weißt du.«

Nein, keine Ahnung. Jedenfalls bisher. Immerhin wusste ich es jetzt. Lütterkusen war der Name, den die Einheimischen dem Knast in Lüttringhausen gegeben hatten, Simonshöfchen stand für die JVA Vohwinkel, die sich auf dem Gelände eines gewissen alten, gleichnamigen Gutes befand. Erste urkundliche Erwähnung 1505. Des Höfchens, nicht der JVA. In Heimatkunde war ich fit. Leider war aber noch völlig unklar, ob es mir was nützen würde. Da kam mir eine andere Idee.

»Opladen, ich verspreche dir, dass ich mich aus dem Fall Obersaal raushalte«, sagte ich. »Ich hab dir schon mal gesagt, dass ich ein ganz anderes Problem habe. Nämlich die Sache mit Wonnes Stalker.«

»Quatsch.«

»Wieso sagst du immer, das sei Quatsch? Er wollte unsere Hochzeit verhindern. Vielleicht ist er ja so weit gegangen, die Standesbeamtin zu ermorden. Dem muss man doch nachgehen. Schau mal hier.« Ich ging zur Steckdose und holte mein Handy. Dann zeigte ich Opladen das Bild, das Judith Obersaal gemacht hatte.

»Wer ist das?«, fragte der Hauptkommissar.

»Der Typ verfolgt mich«, sagte ich. »Keine Ahnung, wer das ist. Weißt du es vielleicht?«

Er nahm mir das Telefon ab und sah sich das Bild sehr genau an. In seinem Gesicht ging etwas Seltsames vor. Es entspannte sich irgendwie. Dann gelang Opladen etwas, das ich an ihm noch nie gesehen hatte. Er schaffte es, seine Lippen über seine Zähne zu kriegen. Was konnte das bedeuten? Doch nur eines: Das Bild löste in ihm irgendetwas aus. Etwas Besonderes. Ich war sicher, dass er den Mann auf dem Foto kannte.

»Kenn ich nicht«, sagte er schroff und hielt mir das Telefon wieder hin. Die Bewegung war so abrupt, dass ein Schwall Schweißgeruch mitkam.

»Wirklich nicht?«

»Wie viel Uhr ist es?«

»Was?«

»Hörst du schlecht? Wie spät?«

Was sollte das jetzt? »Du hättest nur auf das Handy zu schauen brauchen. Kurz nach fünf.«

»Im Präsidium hast du was anderes behauptet.«

»Was meinst du?«

»Hochzeitsreise«, schob er nach.

Und da verstand ich. Ich hatte Opladen gesagt, dass ich ab dreizehn Uhr in Richtung Flughafen unterwegs sein würde.

»Das …«, ich räusperte mich, »das hat sich verschoben.«

»Hast also gelogen.«

»Nein, ich habe nicht gelogen, es ist nur so …« Ich suchte nach einer Erklärung, aber ich fand keine. Die Sache mit Manni würde er mir sowieso nicht glauben.

»Halt dich raus. Allerletzte Warnung. Finger weg von dem Fall.«

»Ja, verdammt, Opladen. Ich lasse meine Finger raus aus dem Fall. Aber eins sag ich dir: Wenn ich diesem Stalker begegne, weiß ich nicht, was ich tue. Dieses Arschloch hat Wonne verängstigt und uns beide terrorisiert. Und letzten Endes ist mir die Hochzeitsreise wegen ihm entgangen.«

Er sah mich noch mal streng an, ohne etwas zu sagen. Dann ging er.

Nachdem seine Schritte im Treppenhaus verhallt waren, saß ich noch eine Weile auf dem Sofa und starrte vor mich hin. Keine Ahnung, wie lange ich insgesamt so dasaß, aber ich bekam am Rande mit, dass das Handy noch ein paarmal klingelte.

Irgendwann stand ich auf und sah auf dem Display, dass es Manni gewesen war.

In mir zog sich alles zusammen. Es fühlte sich an, als würde etwas versteinern. Eine trügerische Ruhe erfasste mich. Ich ging in die Küche und fand im Tiefkühlfach des Kühlschranks tatsächlich noch eine einzige Fertigpizza. Als ich den Backofen zum Vorheizen einschaltete, fühlte ich mich innerlich ganz leer. Früher hatte mich das immer ungeduldig gemacht. Jetzt kam ich mir vor, als hätte ich ein Yogaseminar hinter mir.

Ich setzte mich an den Küchentisch, starrte auf die Lampe für die Temperatur am Backofen und überlegte mir, was ich als Nächstes tun würde.

Irgendwo da oben in Dornap war der Typ unterwegs, der sich »Wonnes Romeo« nannte. Und der mir das Ganze hier eingebrockt hatte. Mir und Wonne. Wir hatten es geschafft zu heiraten. Aber jetzt war es ihm gelungen, unsere Flitterwochen kaputtzumachen.

Das rote Licht ging aus. Der Ofen hatte die notwendige Gradzahl erreicht. Ich legte die tiefgefrorene Scheibe auf den Rost und stellte den Küchenwecker.

Die Zeit, bis die Pizza fertig war, nutzte ich, um ein wenig im Netz zu recherchieren. Dass Opladen meinen unbekannten Verfolger kannte, ließ mir keine Ruhe. Vielleicht fand ich sein Foto ja auf irgendeiner der einschlägigen Polizeiseiten mit gesuchten Personen.

Aber es brachte nichts. Und immer wieder schoben sich aktuelle Nachrichten auf die Suchseiten. In China war eine seltsame Lungenkrankheit ausgebrochen, die ihren Ursprung wahrscheinlich in einer besonderen Variante des Grippevirus hatte. Schlimm, aber was hatte das mit mir zu tun?

In der Küche klingelte der Wecker, und als ich mit meinem Essen am Tisch saß, schien für einen Moment die Luft zu flimmern.

Mister M. erwies mir erneut die Ehre.

»Finde den Mann, der hinter deinem Mädchen her ist.«

Klar, dachte ich. Schließlich habe ich einen hohen Preis dafür bezahlt, dass Manni mit Informationen über ihn rausrückt.

»Das hast du«, sagte Mister M. »Es ist nur noch ein Schritt, und dann hast du ihn.«

Mister M. konnte Gedanken lesen. Eigentlich hätte mich das ängstigen müssen.

Tat es aber nicht.

So langsam dämmerte mir, dass er ein Teil von mir war.

15

Kaum hatte ich den Wagen aus der Garage gefahren, fing es an zu regnen. Und das blieb auch so, bis ich auf der B 7 kurz vor der Auffahrt auf die A 535 in einen kleinen Stau geriet. Alle wollten auf die Autobahn, nur ich nicht. Ich wollte weiter geradeaus, bis zur Bahnunterführung, wo die Straße zu dem Kalkwerk abzweigte. Trotzdem musste ich mit den vielen anderen Autofahrern warten.

Als ich endlich angekommen war, parkte ich direkt neben dem geschlossenen Kiosk. Von dem Regen war nur ein leichtes, unangenehmes Nieseln übrig geblieben.

Was nun?

Manni hatte gesagt, der Stalker habe einen Internetanschluss genutzt, der sich hier in der Nähe befand. Aber er hatte nicht gewusst, wo der Router stand.

Und auch nicht, ob der Stalker sich *immer* hier aufhielt.

Eigentlich war es eine blöde Idee, sich hier hinzustellen und zu glauben, man würde allein dadurch etwas rausfinden.

Aber ich hatte ja sonst nichts zu tun.

Ich schlug meinen Mantelkragen hoch und sah mir den alten Kiosk genauer an. Ich fand nichts, was ich nicht schon beim ersten Besuch gesehen hätte. Das Gitter vor der Scheibe, dahinter das handgeschriebene »Zu verkaufen«-Schild mit zwei Handynummern. Auf der anderen Seite des kleinen Parkplatzes stand der Kondomautomat wie ein stiller Beobachter, der genauestens im Auge behielt, was ich hier machte.

Ich beschloss herumzuspazieren. Größere Kreise zu ziehen. Zwischendurch zischte ein Zug auf der höher gelegenen Bahnlinie vorbei. Auf der Hauptstraße, die in Richtung Mettmann und Wülfrath aus Wuppertal hinausführte, herrschte Feierabendverkehr. Es fuhren mehr Fahrzeuge stadtauswärts als umgekehrt. Ab und zu mischten Busse mit, für die es vor dem dunklen, lang gezogenen Gebäude, das die Straße säumte, eine Haltestelle gab.

Dort wohnte wahrscheinlich dieser Liebing. Oder in dem Haus gegenüber – einem kleinen, zweistöckigen grauen Kasten, neben dem eine schmale Seitenstraße abzweigte.

Sollte ich an allen Wohnungen klingeln, mich als Mitarbeiter der Internetfirma ausgeben und darum bitten, den Mailverkehr überprüfen zu dürfen? Oder am besten gleich nach der Mail-Adresse fragen?

Sind Sie zufällig »Wonnes Romeo«? Nein? Vielen Dank für die Auskunft. Entschuldigen Sie die Störung. Einen schönen Abend noch.

Es war saukalt, und so steckte ich die Hände in die Taschen, als ich die Seitenstraße hinaufspazierte.

Hier lag noch altes Kopfsteinpflaster. Trotzdem wohnten um mich herum Leute, die sicher Internet hatten. Zum Beispiel in dem Block aus Mietwohnungen auf der rechten Seite oder in einem der etwas älteren Häuser links. Zwischen zweien befand sich ein Hof, auf dem einige Fahrzeuge geparkt waren. Unten an der Abzweigung hatte ich schon einen Hinweis auf die Gaststätte »Zur Kantine« gesehen, die sich ein Stück voraus befinden musste. Jetzt wurde mir aber durch ein gelbes Schild mitgeteilt, dass die Straße hier ein Privatweg war.

Ich war kurz stehen geblieben, und als ich weiterging, hörte ich hinter mir, von der Hauptstraße her, Schritte. Ich sah mich um, doch es war niemand zu sehen. Nur der Verkehr rauschte vorbei, noch nicht mal hundert Meter entfernt.

Verfolgte mich jemand?

Falls ja, musste er ziemlich nahe sein, denn sonst hätte der Verkehrslärm das Geräusch seiner Schritte verschluckt.

Ein Stück weiter kamen ein Zaun und ein Schild mit dem Shell-Logo. Anscheinend befand sich dahinter so was wie ein Kraftstofflager. Es war schwer zu erkennen, denn hier oben gab es keine Straßenbeleuchtung mehr. Trotzdem war mir, als gäbe es dort hinten in den Schatten im angrenzenden Unterholz eine Bewegung.

Ich sah die Straße hinauf, wo in einiger Entfernung wieder Lampen leuchteten. Bestimmt gab es dort noch mehr Häuser.

Ich beschloss, denjenigen, der da in der Dunkelheit lauerte, auf die Probe zu stellen.

Die Hände immer noch in den Taschen, wanderte ich weiter. Und tatsächlich: Kaum war ich die zwanzig, dreißig Meter bis zu den nächsten Häusern gegangen, waren die Schritte wieder hinter mir.

Ein kleines Bauwerk, das wie eine Doppelgarage aussah, schien der freiwilligen Feuerwehr zu gehören. Wahrscheinlich bewahrten sie dort ihre Schläuche oder sonstiges Gerät auf. Dahinter kam die Gaststätte. Sie bestand aus einem länglichen gelben Gebäude mit Flachdach, das die Straße säumte. Musik und die üblichen Geräusche der Gäste drangen heraus. Gelbes Licht fiel auf das Pflaster und den Parkplatz gegenüber.

Noch weiter hinten verschwand das Sträßchen in einem finsteren Loch, auf beiden Seiten von Gehölz begrenzt, das sich in den nächtlichen Himmel reckte. Immerhin konnte ich noch erkennen, dass dort ein weiteres Gebäude stand, das mir seine Vorderfront präsentierte. Während sich der Asphalt unter meinen Füßen zu einem Platz ausdehnte, der wie ein riesiger Wendehammer wirkte, kam es mit jedem Schritt näher. Es bestand aus einem einstöckigen Querriegel, der das Erdgeschoss bildete, und einem kleinen, schmalen Aufsatz über der in der Mitte liegenden Eingangstür. Zwei Fenster im oberen Bereich erinnerten an starre Augen, die mich ins Visier genommen hatten. Der ganze Bau hatte etwas Lauerndes. Ich hatte nicht den Eindruck, dass hier noch irgendeine Firma oder sonst wer beheimatet war. Das Gebäude sah verlassen aus.

Links und rechts davon schienen die Wege weiterzugehen. Ich kannte die Gegend einigermaßen aus der Perspektive des Stadtplanlesers und wusste, dass hier ganz in der Nähe einer der großen Seen lag, die rund um Dornap von den ehemaligen Kalkabbaugebieten übrig geblieben waren.

Ich blieb stehen, weil mich etwas irritierte. Von links erreichte ein schwacher Lichtschein das verlassene Gebäude. Wo kam er her?

Nach ein paar Schritten hatte ich meine Perspektive so verändert, dass ich etwas Dunkles, Klotziges erkennen konnte, das sich an den Rand des Wendehammers drängte und sich zum Teil in dem angrenzenden Gestrüpp befand.

Ein Wohnmobil. Die funzelige Innenbeleuchtung der Fahrerkabine brannte.

Es war keins von diesen modernen, schnittigen Dingern, sondern erinnerte mit seinen bräunlichen Streifen eher an die späten Siebziger. Um besser zu sehen, holte ich mein Handy heraus, schaltete es ein und aktivierte die Taschenlampenfunktion.

Prompt kam das Signal von weiteren SMS-Nachrichten.

Ruf mich sofort zurück! Es ist wichtig!

Manni.

Ich kümmerte mich nicht darum. Erstens hatte ich keine Lust, mit ihm zu sprechen, und zweitens würde das Telefon trotz aufgeladener Batterie wahrscheinlich gleich wieder schlappmachen.

Ich ging auf das Fahrzeug zu. Dass die Lampe brannte, musste doch bedeuten, dass da jemand drin war.

Je näher ich kam, desto deutlicher sah ich, dass das Ding alt und ziemlich heruntergekommen war. Es hatte Flecken auf der einst wohl zwischen cremefarben und weiß changierenden Farbe, an einigen Stellen war sie abgeplatzt.

»Hallo?«, rief ich und lauschte. In regelmäßigen Abständen war auf der nahen Bahnstrecke ein Zug vorbeigerauscht, aber jetzt war es ganz still.

Ich leuchtete durch die Scheibe in das Fahrzeug hinein. Der blauweiße Lichtstrahl wanderte in den Bereich hinter den Sitzen der Fahrerkabine. Dort erfasste er etwas, das wie der liegende Körper eines Menschen aussah.

Die Beifahrertür war verschlossen, aber die schmale Lücke auf der Längsseite ging auf. Drinnen schlug mir ein unangenehmer Mief entgegen, eine Mischung aus Feuchtigkeit, Schimmel und dreckiger Wäsche.

Mitten im engen Gang zwischen den Einbauten lag ein Mann. Ich leuchtete ihm ins Gesicht. Er war recht alt, unrasiert und hatte wirres graues Haar. An seiner beigefarbenen Jacke, unter der ein dicker Pulloverkragen hervorschaute, war Schmutz, ebenso auf seiner Hose, einer verblichenen Jeans. Es war ganz klar, dass er tot war. Seine Augen waren aufgerissen, und am Kopf befand sich getrocknetes Blut zwischen seinem Haar und den seitlichen Ausläufern seiner Bartstoppeln.

Neben ihm, ein Stück außer Reichweite der Hände, lag eine Pistole.

Eine Beretta. Neun Millimeter.

Derselbe Waffentyp, der sich in meiner Büroschublade befand.

Ich bückte mich und leuchtete sie genau an. Sie lag so, dass ich die Aufschrift auf dem Lauf sehen konnte. Oben war der Name des Herstellers eingraviert, darunter, etwas kleiner, die Seriennummer.

»R 196205«.

Mir brach der Schweiß aus.

Ich weiß nicht, ob alle Waffenbesitzer die Seriennummern ihres Exemplars kennen. Ich schon. Und das lag daran, dass sie durch einen seltsamen Zufall einen Teil meines Geburtsdatums beinhaltete. Dazu den Anfangsbuchstaben meines Namens.

Geboren wurde ich im Mai 1962.

Aus einem Reflex heraus nahm ich die Waffe an mich und checkte das Magazin. Eine Kugel fehlte. Ich ging jede Wette ein, dass es die war, die in seinem Kopf steckte.

Raus hier, rief eine innere Stimme. Mach, dass du wegkommst.

Ich kämpfte den Fluchtgedanken nieder. Denn vorher wollte ich noch wissen, wen ich angeblich erschossen hatte.

Ich musste eine Weile suchen, bevor ich in meinen Taschen ein Papiertaschentuch fand, mit dem ich, ohne Fingerabdrücke zu hinterlassen, die Schränke öffnen konnte.

Es wird dir nichts bringen, redete die innere Stimme weiter. Schon während du hier stehst, hinterlässt du ununterbrochen

Spuren. Zum Beispiel fallen ständig Haare auf den Boden, dein Mantel verliert Faser um Faser. Und du sammelst deinerseits alles Mögliche aus diesem Dreckloch hier ein, das sich dann in deinen Kleidern und deinen Schuhen festsetzt.

Es war mir egal. Hier lief irgendwas ganz, ganz Schlimmes, und ich musste sehen, wie ich da unbeschadet rauskam. Dazu brauchte ich Informationen. Mit der vom Taschentuch geschützten Hand riss ich die Schränke auf, die vollgestopft waren, als hätte jemand seinen ganzen Hausstand in das Wohnmobil verfrachtet. Ich fand Klamotten, Geschirr, eine kleine Kaffeemaschine, Bettzeug und Papierkram. Es war sogar ein Ordner Briefe dabei, die ganz ordentlich darin abgeheftet waren.

Mich interessierte nur der Adressat, und der war immer gleich.

Thomas Anrath.

Eine Adresse in Leichlingen.

Die Briefe waren ein paar Jahre alt. Sie kamen von Behörden, Banken und einem Unternehmen in Troisdorf. Seltsam, dass in diesem Durcheinander ein einzelner Ordner so penibel geführt und aufbewahrt worden war. Als sei er ein Relikt aus einer anderen Zeit. Einer anderen Phase im Leben dieses Mannes namens Thomas Anrath? Als er noch nicht in einem Wohnmobil hauste. Als er an dieser Leichlinger Adresse noch ein Zuhause gehabt hatte.

Ich leuchtete weiter und suchte nach Spuren. Vielleicht hatte der Täter auch noch eine Karte hinterlassen, auf die er erklärende Worte geschrieben hatte, wie zum Beispiel »Remigius Rott bedankt sich für die nette Einladung« – damit alles möglichst so aussah, als hätte ich den Mann erschossen.

Ich ging in dem engen Fahrzeug umher, wobei ich mit Sicherheit noch mehr Spuren hinterließ, und versuchte, mich in dem Chaos zurechtzufinden. Denn ein Chaos war das hier, und es fiel mir erst jetzt richtig auf. Auf den Sitzgelegenheiten ebenso wie auf dem kurzen Bett mit dem stinkenden Bettzeug und sämtlichen Stellen dazwischen, überall drängten sich

Kartons mit verschiedenstem Kram wie Essensverpackungen, weiteren Klamotten oder Decken.

Im Winter in einem alten, wahrscheinlich undichten Wohnmobil zu leben, war weit weniger romantisch, als es sich die Fans solcher Behausungen möglicherweise vorstellten.

Mitten auf dem durchgewetzten Polster einer Seitenbank lag ein Laptop.

Ziemlich abgeschabt, mit Kratzern und alt, aber als ich ihn aufklappte, wurde das Display hell und offenbarte mir alles, was das Gerät in sich trug. Und das ohne Passwortabfrage.

Ich brauchte nur auf das Symbol für das Mailprogramm zu klicken und bekam die ganze schöne Geschichte präsentiert, die mich seit Wochen beschäftigte.

Sie lieben nur mich. Mich allein. Seien Sie sich dessen bewusst. Ihre Hochzeit ist ein großer Fehler.

Die Mails von »Wonnes Romeo« waren von diesem Laptop aus verschickt worden.

Thomas Anrath war also »Wonnes Romeo«?

Schon die ganze Zeit, seit ich den Namen in den Briefen gelesen hatte, wollte irgendetwas in mir klingeln, aber es gelang mir nicht, an die Erinnerung zum Namen »Thomas Anrath« heranzukommen.

Egal, das hatte Zeit.

Ich musste jetzt erst mal hier weg.

In diesem Moment ging die Seitentür auf.

»Was machen Sie hier?«, rief eine Stimme, die ich kannte, denn sie hatte mich vor gar nicht langer Zeit ebenso entrüstet auf ähnliche Weise angefahren.

Ich fuhr herum, und da stand Liebing. Wieder in Strickjacke und grauer Hose. Diesmal war der bunte Schirm aufgespannt. Es hatte wohl wieder zu regnen begonnen.

Anders als beim letzten Mal war es mit seiner Entrüstung sofort vorbei. Er starrte auf die Waffe in meiner Hand. Dann ging er ein paar Schritte zurück und riss die Arme hoch – den rechten samt Regenschirm, was ziemlich lächerlich aussah.

»Hilfe, tun Sie mir nichts!«, schrie er. »Nicht schießen!«

»Bleiben Sie ruhig«, sagte ich. »Sehen Sie? Ich ziele gar nicht auf Sie.«

Langsam ließ er die Arme sinken. »Was haben Sie hier zu suchen?«, fragte er. Sofort zog er wieder das Blockwart-Register. »Ich habe Sie neulich schon bei der Polizei gemeldet. Sie sind gar kein Polizist, stimmt's?«

Ich ging auf ihn zu, um ihn aus dem Dunstkreis des Wohnmobils zu lotsen. Das brachte ihn dazu, langsam vor mir zurückzuweichen. »Nein, bin ich nicht«, sagte ich.

»Und wieso haben Sie dann eine Pistole? Was haben Sie denn da drin gemacht? Das Wohnmobil gehört doch nicht Ihnen? Es ist vor ein paar Tagen hier aufgetaucht und hat vorher auch schon mal eine Weile neben dem Kiosk gestanden. Aber das hier ist ein Privatweg.« Der Blockwart gewann wieder Oberhand. Plötzlich hatte er seine ganze Scheu verloren und ging zum Angriff über. Er drängte sich an mir vorbei, stieß mich sogar brüsk zur Seite und schaute in das Innere des Fahrzeugs. »Da liegt ein Toter. Sie haben ihn erschossen. Bleiben Sie stehen. Sie haben keine Chance. Ich habe meiner Frau gesagt, dass ich hier raufgehe und nach dem Rechten schaue. Sie weiß, dass ich hier bin. Ich rufe jetzt die Polizei.«

Ich versuchte es mit beruhigender Stimme und mit Logik. »Ich habe niemanden erschossen. Oder haben Sie einen Knall gehört?«

Er hatte das Handy schon in der Hand. »Sie können mir viel erzählen. Es gibt ja Schalldämpfer und so was. Das kennt man doch alles aus dem Fernsehen.« Das Telefon am Ohr, ging er ins Innere. »Mein Gott, ist der Mann wirklich tot?«, rief er erregt und ergänzte dann, nach einer kurzen Pause: »Hallo, ist da die Polizei?«

Es war zwecklos. Ich drehte mich um und rannte. Zum Glück bekam er es nicht mit, denn er war ja bei dem toten Anrath. Und der Beamte, den er an der bei Handys nicht mehr vorhandenen Strippe hatte, hielt ihn sicherlich noch eine Weile mit Abfragen nach Details auf.

So gewann ich wertvolle Zeit für meinen Sprint – vorbei an der Gaststätte »Zur Kantine«, wo jetzt plötzlich Leute vor dem Eingang standen.

»He, der hat's aber eilig!«, rief mir jemand hinterher, nachdem ich mit einem Haken dem kleinen Grüppchen ausgewichen war. Gelächter ertönte und verklang hinter mir.

Obwohl ich alles gab, schien es eine Ewigkeit zu dauern, bis ich unten an der Düsseldorfer Straße war. Zum Glück hatte der Verkehr schon nachgelassen, sodass ich ohne zu zögern hinüberrennen konnte.

Dann kam ich endlich an meinem Golf an. Sekunden später saß ich in meinem Wagen, warf meine Waffe und Anraths Laptop auf den Beifahrersitz und fuhr los.

16

Liebing war mir sicher schon eine Weile gefolgt.

Wahrscheinlich war er es gewesen, dessen Schritte ich gehört hatte.

Wusste er auch, dass das Auto, das neben dem alten Kiosk stand, meins war? In diesem Fall dürfte der Dornaper Blockwart mit Anwartschaft auf das Belohnungsgeld für die Ergreifung von Kondomautomat-Aufbrechern mein Kennzeichen aufgeschrieben haben.

Nach Hause zu fahren war zu riskant. Wenn Liebing wirklich gründlich war, würde Opladen dort schon warten und mich in Empfang nehmen. Ich musste woandershin. Und um ganz sicherzugehen, musste ich das Handy ausschalten. Denn das konnte man ja orten.

So verwarf ich jeden Gedanken, nach Elberfeld zurückzukehren. Stattdessen folgte ich weiter der B 7 und nahm dann die A 3 in Richtung Köln.

Vielleicht konnte ich mich in Wonnes Wohnung verstecken. Sie hatte sich zwar mit den Nachmietern getroffen, aber der Mietvertrag lief erst Ende des Monats aus. Sie stand also leer.

Auch auf der Autobahn hatte der Verkehr nachgelassen, aber ich wusste, dass mir bis zu meinem Ziel in der Mülheimer Straße in Bergisch Gladbach dennoch fast eine Dreiviertelstunde Zeit zum Nachdenken blieb. Doch sosehr ich auch herumüberlegte: Ich kam nicht drauf, was mir der Name Anrath sagen sollte.

Endlich kam ich an. Ich parkte den Golf hinter dem kleinen Mietblock. Die Pistole steckte ich in die Manteltasche und nahm den Laptop unter den Arm. Als ich vor der Glastür zum Treppenhaus stand, fiel mir ein, dass ich gar keinen Schlüssel hatte.

Ich drückte den Klingelknopf von Wonnes Wohnungsnachbarin. Frau Löffelsender. Eigentlich war sie immer zu Hause, außer wenn sie einkaufte oder ihren kleinen Pudel ausführte. Wenn Wonne länger unterwegs gewesen war, hatte sie immer die Blumen für sie gegossen.

Nach einer halben Minute meldete sich Frau Löffelsender über die Gegensprechanlage.

»Wer ist denn da bitte?«, klang es mir entgegen – wie immer in einem Tonfall, der besagte: Wenn Sie einen Überfall auf eine hilflose alleinstehende Dame planen, sagen Sie es bitte gleich, denn dann mache ich nicht auf.

»Guten Abend, hier ist Rott, bitte entschuldigen Sie die Störung –« Weiter kam ich nicht.

»Ach, Herr Rott, welche Überraschung. Das ist aber schön, dass Sie noch mal vorbeischauen. Kommen Sie doch bitte rauf.«

Der Öffner summte. Ich ging hinauf, und oben stand Frau Löffelsender lächelnd in ihrer Wohnungstür. Sie war eine kleine ältere Dame mit schwarz gefärbtem Haar. Der Pudel, dessen Namen ich mir nicht merken konnte, hockte neben ihr. Bevor ich zur Sache kommen und sie nach dem Schlüssel fragen konnte, hob sie die Arme, umfing damit meinen Oberkörper und drückte mich an sich. »Alles, alles Gute noch nachträglich, lieber Herr Rott. Ich habe ja schon Ihrer Frau gratuliert, als sie heute Morgen hier war.«

Es gelang mir, mich von ihr zu lösen, aber sie hielt mich an den Oberarmen fest. »Ist alles in Ordnung?«, fragte sie. »Ich dachte, Sie sind auf Reisen?«

»Der Flug wurde auf morgen verschoben«, behauptete ich einfach. »Da wollte ich die Zeit nutzen, um noch ein paar Sachen mitzunehmen. Und stellen Sie sich vor, ich habe den Schlüssel in Wuppertal vergessen.«

»Ach, da kann ich Ihnen doch helfen. Ihre Frau hat ihren bei mir gelassen – für die Rheindorfs, die ja dann hier einziehen. Reizende Leute übrigens. Sie wollen morgen oder übermorgen mit dem Renovieren anfangen.«

Sie holte den Schlüssel und gab ihn mir. Ich versprach, ihn in ihren Briefkasten zu werfen, wenn ich ging.

Minuten später schloss ich die Wohnung auf und stand in

fast kompletter Leere. Das Einzige, was von Wonnes Leben hier übrig geblieben war, waren zwei alte Matratzen, die Einbauküche, ein Sessel und ein paar Stühle.

Als ich hineinging, hallten meine Schritte auf dem nackten Boden. Es war saukalt. Bevor ich irgendetwas anderes tat, drehte ich die Heizkörper auf – im Schlafzimmer, wo die Matratzen lagen, und im Wohnzimmer, wo der Sessel stand.

Ich wartete nicht, bis es warm wurde, sondern setzte mich im Mantel hinein und checkte das Notebook. Zum Glück hatte es noch über dreißig Prozent Saft. Ein Ladekabel hatte ich nicht.

Es dauerte keine zehn Minuten, und ich kannte die ganze Wahrheit. Zumindest was den unbekannten Stalker betraf.

Im Mailprogramm überflog ich die Nachrichten, mit denen uns »Wonnes Romeo« so lange auf den Keks gegangen war. Und nach und nach realisierte ich auch, woher ich Anraths Namen kannte. Die endgültige Gewissheit erhielt ich, als ich mir ansah, welche Webseiten der Einsiedler in seinem Wohnmobil mit Hilfe eines fremden, irgendwie angezapften Internetzugangs besucht hatte. Ganz oben auf der Liste ein Artikel von Wonne, geschrieben vor zwei Monaten für eine große Kölner Tageszeitung.

Immobilienspekulationen im Bergischen Land.
Wie der Rentner Thomas A. um sein Haus gebracht wurde.

Wir hatten über die Geschichte gesprochen, aber ich hatte mir nicht alle Details gemerkt.

Anrath war Opfer einer rücksichtslosen Immobilienspekulation geworden. Er hatte ein Häuschen im Grünen in der Nähe von Leichlingen besessen. Sicherlich unter der Adresse, die ich in den Briefen gesehen hatte. Eines Tages hatte er Post von einer Behörde bekommen, in der man ihn bat, die Baugenehmigung für sein Haus vorzulegen. Leider besaß Anrath die Genehmigung nicht, denn das Haus stammte aus den frühen dreißiger Jahren. Er hatte es kurz vor der Rente gekauft und alles hineingesteckt, was er an Ersparnissen hatte. Der Verkäufer war schon der dritte Besitzer gewesen, und an die Baugenehmigung aus Vorkriegszeiten hatte niemand gedacht.

Das Haus, eigentlich ein schönes Fachwerkgebäude, war somit ein Schwarzbau. Anrath wurde dazu verdonnert, das Haus abreißen zu lassen, und zwar auf eigene Kosten.

Der Rentner klagte verzweifelt vor Gericht, verlor. Nicht nur den Prozess, sondern auch eine Menge Geld.

In dieser Situation trat ein »Retter« auf den Plan, und zwar in Gestalt einer Immobilienholding aus Troisdorf. Sie kaufte Anrath alles für ein Butterbrot ab und war sogar so großzügig, die Abrisskosten zu übernehmen. Von dem Geld, das er von der Holding bekommen hatte, kaufte sich Anrath ein altes Wohnmobil, um ein wenig damit herumzureisen. Doch bald zeigte sich, dass ihm das Geld ausging und dass er mit seiner kleinen Rente keine Wohnung fand.

Und das war immer noch nicht alles. Ein Jahr nach dem Kauf änderte sich überraschend der Flächennutzungsplan des Grundstücks, das Anrath so billig hergegeben hatte. Jetzt durfte, oh Wunder, das Gelände auf einmal wieder bebaut werden und war auch noch wunderbarerweise perfekt für ein neues Industriegebiet geeignet.

Und wer machte mit den Grundstücken dafür die Geschäfte? Wer übernahm die Erschließung, wer baute die Straßen, die Kanäle und machte auch sonst alles, womit man in der Sache Geld verdienen konnte?

Richtig: die besagte Troisdorfer Holding.

Eine Firma, die sich im Bergischen Land in allerlei Projekten engagierte und deren Treiben in dem Artikel als »Bergisches Roulette« bezeichnet wurde. Wobei die Firma natürlich nicht die Rolle des Spielers übernahm, sondern die des Kasinos. Und das Kasino gewinnt immer.

So hatte Wonne es auch ausgedrückt.

Sie hatte Anrath besucht und interviewt. Im Anschluss daran hatte sie mir erzählt, dass er ziemlich verzweifelt war. Trotzdem habe er sich alles endlich einmal von der Seele reden können. Und Wonne als rettenden Engel glorifiziert.

Und so hatte der einsame alte Mann in seinem kaputten Wohnmobil gesessen. Hatte sich eingebildet, »Wonnes Romeo« zu sein. Und von ihr geträumt. Von ihr und von seinem Haus. Und dem Grundstück im Grünen, auf dem sein Haus gestanden hatte. Wo heute nur noch Beton und Asphalt zu sehen waren.

Ich fand sogar ein Foto von dem Haus. Ein nettes kleines Fachwerkgebäude inmitten einer ländlichen Idylle, umgeben von Obstbäumen. Es hatte die für das Bergische typischen grünen Fensterläden.

Ich sah es eine Weile versonnen an. Anrath musste vollkommen verzweifelt gewesen sein. Er hätte Grund gehabt, sich umzubringen. Hatte er sich selbst erschossen? Mit meiner Waffe, um sich gleichzeitig an mir zu rächen und den Mordverdacht auf mich zu lenken? Nein. Die Waffe hatte ganz klar außerhalb seiner Reichweite gelegen. Und selbst wenn … Das konnte ja sowieso nicht die ganze Wahrheit sein.

»Wonnes Romeo« hatte mich doch vor der »Erotik-Oase« fotografiert. Das Foto war auf dem Laptop aber nicht zu finden, und die dazugehörige Mail auch nicht. Ebenso wenig wie die Nachrichten, die am Tag der Hochzeit und danach gekommen waren.

Hatte Anrath noch ein anderes Gerät benutzt? Ein Handy vielleicht, mit dem er auch fotografiert hatte?

Irgendetwas sagte mir, dass er nicht derjenige war, der das Foto in der Völklinger Straße gemacht hatte. Er war sicher nicht mit seinem alten Wohnmobil dorthin gefahren.

Jemand anders musste an dem Abend in seine Rolle geschlüpft sein. Und das war der Logik nach derjenige, der Anrath ermordet hatte.

Und vielleicht auch Barbara Obersaal.

Ich sah auf die Uhr. Zehn Stunden betrug die Flugzeit zu den Malediven. Es würde also bis heute Nacht um zwei dauern, bis Wonne wieder telefonieren konnte. Jetzt war es gerade mal halb acht.

Ich klappte das Notebook zu, legte es auf einen der Stühle und verließ die Wohnung.

Die Mülheimer Straße ist die verkehrstechnische Einflugschneise nach Bergisch Gladbach. Im Volksmund nennt man die Gegend auch »Automeile«, weil sich hier Niederlassungen verschiedener Kraftfahrzeughersteller aneinanderreihen. Was die Strecke nicht gerade zu einem städtebaulichen Schmuckstück machte. Zumal natürlich auch die passende Infrastruktur – von der Tankstelle bis hin zur Autowaschanlage – nicht fehlen durfte. Dazu gab es gleich mehrere Supermärkte. Die wenigen Wohnhäuser, die sich hier und da noch fanden, fielen gar nicht auf. Mit Ausnahme einer kleinen Ansammlung von Hochhäusern, die sich ästhetisch der allgemeinen Hässlichkeit anpasste.

In dieser Gegend hatte man, wie ich von Wonne wusste, konsequent alles entfernt, was an die alten Bergischen Traditionen erinnerte. Vor einigen Jahren zum Beispiel ein Fachwerkhaus, das einmal ein Ausflugslokal gewesen war, der sogenannte »Kradepohl«. Heute machte niemand mehr Ausflüge hierher. Hier hielt man sich nicht auf. Hier fuhr man durch, tankte, wusch sein Auto oder kaufte ein, um dann sofort wieder zu verschwinden.

Ich beschloss, den Wagen stehen zu lassen, und ging zu Fuß in Richtung Innenstadt. Der Weg führte mich nach einem knappen Kilometer an einer gefährlichen Stelle vorbei. Ein Stück oberhalb der Straße thronte das Gebäude der Kreispolizeibehörde. Die Polizisten in Wuppertal kannten mich. Mit den Kollegen in Bergisch Gladbach hatte ich aber auch schon mal zu tun gehabt, und ich hoffte, dass sie nicht mitbekamen, dass ich unterhalb ihrer Wache vorbeispazierte.

Ein Stück weiter ging es rechts in ein anderes Gebiet von erlesener Hässlichkeit, das ein bisschen an eine amerikanische Vorstadt erinnerte – mit Kaufland, Elektronikmarkt und einer McDonald's-Filiale.

Hier wollte ich hin.

Ich erstand ein Menü und ließ mich damit an einem der Plätze weit hinten in einer Ecke nieder. Während ich aß, wagte ich es, mein Handy einzuschalten. Sofort blitzte wieder eine ganze Reihe von Nachrichten auf.

Als Erstes stach mir eine Meldung von Opladen ins Auge. Liebing hatte ganze Arbeit geleistet. Nun bat der Hauptkommissar ausnehmend höflich darum, dass ich mich bei ihm meldete.

Anrath wurde mit deiner Waffe erschossen.
Es hat keinen Zweck, abzuhauen.
Fahndung läuft.
Mach dich auf was gefasst!
Stell dich, du Blödmann.

Ich lehnte die Einladung ab, indem ich die Nachricht einfach löschte.

Es war sicher besser, die Handyzeit kurz zu halten. Deswegen überflog ich die übrigen Mitteilungen nur. Schönwand hatte versucht, mich anzurufen. Wahrscheinlich schwante ihm, dass irgendetwas nicht stimmte. Wonne und Jutta hatten ja bei ihm nach mir gesucht. Dann eine SMS von Manni. Was er mir mitteilte, war äußerst rätselhaft.

Schreib mir die Handynummern von Wonne und von deiner Tante.
Melde dich dann. Aber nicht von deinem Handy. Unbedingt.

Ein anderes Handy zu benutzen war gar keine schlechte Idee. Genau genommen brauchte ich nur eine andere SIM-Karte, am besten so ein Prepaid-Ding. Dann konnte man mich nicht mehr orten. Oder doch? Mir dämmerte etwas, das ich gelesen hatte. Seit ein paar Jahren gab es keine anonymen Handys mehr.

Wieso wies mich Manni eigentlich jetzt darauf hin?

Es gab nur eine Erklärung: Er wusste, dass ich gesucht wurde. Die Polizei musste bei ihm gewesen sein.

Sie klapperten also alle meine Kontakte ab!

Es wäre für Opladen ein Kinderspiel, herauszufinden, dass Wonne noch die Wohnung in Bergisch Gladbach hatte …

Ich konnte dort nicht bleiben, so viel war klar.

Unwillkürlich sah ich mich um und hinaus in Richtung Polizeibehörde. Aber es kamen keine Beamten angelaufen, die mich hier geortet hatten und mich festnehmen wollten. Draußen rollte der typische Stadtverkehr vorbei. An der Theke drängte sich das übliche, meist jüngere Publikum.

Ich traute mich noch, kurz im Internet nach der Firma zu suchen, die Anrath gelinkt hatte. Aber ich fand nur den üblichen repräsentativen Webauftritt, der auf dem kleinen Display meines Telefons natürlich ziemlich zwergenhaft daherkam.

Konnte es sein, dass diese Firma oder irgendjemand aus dieser Firma hinter Anraths Ermordung steckte?

Aber sie hatten doch, was sie wollten. Aus Wonnes Artikel war klar hervorgegangen, dass ihr Vorgehen juristisch wasserdicht war.

Ich schaltete das Handy aus und mümmelte weiter mein Menü. Den Burger hatte ich schon verputzt, jetzt waren nur noch ein paar Fritten und der halbe Becher Cola übrig. Ich hatte natürlich vor Aufregung wieder viel zu schnell gegessen und spürte in der Magengegend einen dumpfen, steinigen Druck. Ich trank einen Schluck Cola, und auf einmal löste sich das Gefühl im Bauch. Etwas Saures schoss mir die Speiseröhre hoch. Ich wischte mir den Mund mit der Serviette ab, brachte das Tablett zurück und machte mich auf den Weg zu Wonnes Wohnung.

Je näher ich kam, desto vorsichtiger wurde ich. Schließlich kam das Haus in Sicht. Keine Polizei zu sehen. Ich ging trotzdem kein Risiko ein. Am besten war es, die Wohnung gar nicht mehr zu betreten. Anraths Laptop konnte dort oben bleiben.

So warf ich den Schlüssel wie vereinbart in Frau Löffelsenders Briefkasten. Mein Golf stand einsam auf dem hinteren Hof. Als ich mit ihm in die Mülheimer Straße einbog, kam mir eine Idee. Bei nächster Gelegenheit bog ich in Richtung Norden ab. Die Straße führte an einer Waschstraße vorbei.

Dann ging es unter der S-Bahn-Linie hindurch, und es kam eine Abzweigung auf einen Park-and-ride-Platz. Er gehörte zur Bahnstation Duckterath, die sich oberhalb des Straßenniveaus an den Gleisen befand.

Nur der vordere Bereich an der kleinen Durchfahrtstraße unter dem Bahndamm war beleuchtet. Nach hinten hin wurde der Platz nach und nach erweitert, um ein Gelände, das früher mal ein Sportplatz gewesen war. Von der Anlage war nichts mehr übrig, die Fläche nur noch ein Stück geteertes Brachland. Dort gab es keine Straßenbeleuchtung. Der Golf würde in völliger Dunkelheit stehen.

Ich suchte mir einen Platz möglichst weit weg von der Straße. Dann schaltete ich das Licht aus und blieb in der Dunkelheit sitzen.

Irgendwann wurde es kalt.

Und dann wurde es noch kälter.

Als ich die Tür öffnete, weil ich pinkeln musste, wehte mir eisiger Wind entgegen. Ich erledigte, was zu erledigen war. Später, im Wagen, kam es mir direkt warm und gemütlich vor. Aber das hielt nicht lange an. Ich versuchte, mich vor der Kälte zu schützen, indem ich den Mantel enger um den Körper zog. Dann kam ich auf die Idee, ein paar Schritte zu gehen. Weit hinten, etwa fünfzig Meter entfernt, sah ich die Bahnen kommen und gehen. Fahrgäste standen im Licht des Bahnsteigs und warteten.

Vielleicht sollte ich ein paar Stationen mit der Bahn fahren, dachte ich, verwarf den Gedanken aber sofort wieder. Als hätte ich es geahnt, ertönte an der Mülheimer Straße jenseits der Bahnlinie eine Polizeisirene.

Du bleibst hier, sagte ich mir. Hier suchen sie dich bestimmt nicht.

So verging die Zeit. Und wie immer, wenn man sich darauf konzentriert, verging sie fast unmerklich.

Sekunde für Sekunde. In jeder Minute Tausende Gedanken. Sonst geschah nichts. Noch nicht einmal Mister M. besuchte mich. Ich war ganz allein.

Und so wurde es zwei Uhr.

Ich wartete noch eine halbe Stunde, bevor ich das Handy einschaltete. Es war besser, der Polizei so wenige Gelegenheiten wie möglich zu geben, mich zu orten.

Wieder unternahm ich einen kleinen Spaziergang durch die Dunkelheit. Mittlerweile hatte ich mich an die Kälte gewöhnt. Das Smartphone war eingeschaltet, und ich trug es in der rechten Tasche meines Mantels. In der linken befand sich die Beretta.

Ich hatte das Handy leise gestellt. Wenn jemand anrief, würde es vibrieren.

Gerade wollte ich zum Auto zurück, da begann es in meiner Manteltasche zu brummen.

Ich zog es heraus. Das Display leuchtete hell. Und ein Name war zu lesen: »Wonne«.

17

Ich hatte mich mit einem einfachen »Hallo« gemeldet und wollte gerade ansetzen, Wonne alles zu berichten. Aber da hatte sie mich schon unterbrochen. Sie fragte allerdings nicht, was mich abgehalten hatte, pünktlich um eins zu Hause zu sein. Sie wollte überhaupt keine Erklärung haben. Sie sagte nach meinem »Hallo« nur einen einzigen Satz.

»Remi, es tut mir so leid …«

»Es ist schon gut. Ich muss –«

»Nein, es ist *nicht* gut, Remi.« Sie schniefte, und mir wurde klar, dass sie weinte.

In mir entstand ein bizarres Bild. Die Werbeansichten von den Malediven mit dem türkisblauen Meer, dem weißen Strand und den sich zum Wasser hinneigenden Palmen. Wonne stand mit dem Telefon in der Hand da und blickte mit Tränen in den Augen verzweifelt vor sich hin.

»Ich hätte nicht fahren sollen, bevor wir gesprochen haben. Aber Jutta hat mich überredet. Sie war richtig sauer, dass du noch an dem Fall gearbeitet hast, und ich hab mich von ihr verleiten lassen. Weil es mir so leidtat, dass man ihr erst das Geld geklaut hat und es dann auch noch so aussah, als würde diese Reise jetzt auch ins Wasser fallen. Weißt du, das konnte ich Jutta nicht antun. Aber …« Sie brach ab und schniefte wieder.

»Bitte hör mir zu, Wonne«, sagte ich. »Es ist wichtig. Es ist sogar *sehr* wichtig. Und ich habe nicht viel Zeit. Ich kann das Handy nicht lange benutzen. Ich muss mich kurzfassen. Ich werde gesucht. Von der Polizei.«

Es kam ein Geräusch über die Tausende Kilometer, die uns trennten, als würde sie sich die Nase putzen. Es klang seltsam, denn die Verbindung hatte hin und wieder Aussetzer.

»Was hast du gesagt?«, fragte sie.

»Ich habe den Stalker gefunden. Er ist tot. Erschossen. Mit meiner Waffe, die neben ihm lag. Irgendjemand hat sie mir gestohlen. Es ist dieser Anrath. Der Mann, den du wegen der Troisdorf-Story interviewt hast.«

»Anrath. *Der* Typ? Oh Mann, ich hätte nie gedacht, dass er die Mails schreibt. Remi, du hast ihn doch nicht getötet. Geh zur Polizei, dann klärt sich alles auf.«

»Das glaube ich nicht. Jemand will mir das in die Schuhe schieben. Irgendjemand, der weiß, dass ich einen Hass auf den Stalker habe. Leider weiß Opladen das auch. Er ist vorhin noch bei mir gewesen, kurz bevor ich zu Anrath aufgebrochen bin, und hat mir zum tausendsten Mal eingetrichtert, dass ich mich da raushalten soll.«

»So ein Mist, dass ich jetzt hier festhänge, Remi. Ich würde dir so gern helfen.«

»Ist es denn schön?«, fragte ich.

»Schön? Wieso?«

»Na, der weiße Strand, die schiefen Palmen, das türkisfarbene Meer. Sieht es aus wie in den Urlaubsprospekten?«

»Bis jetzt habe ich noch nicht allzu viel gesehen. Wir sind ja sehr spät in der Nacht angekommen, inzwischen ist hier schon fast wieder Morgen. Jutta hat sich gleich hingelegt. Sie ist immer noch sauer, dass du den Fall nicht einfach links liegen gelassen hast.«

»Und du? Bist du nicht sauer?«

»Nein. Ich verstehe das. Ich hab dich doch selbst dazu getrieben. Und müsste dir jetzt eigentlich zur Seite stehen.«

»Du bleibst, wo du bist«, sagte ich streng. Hier ging jemand um, der Leute erschoss. Barbara Obersaal. Thomas Anrath. Wer sagte, dass nicht als Nächstes Wonne auf seiner Liste stand? »Hilf mir, indem du mir jetzt ein paar Fragen beantwortest. Erstens: Anrath hat die gerichtlichen Auseinandersetzungen mit dieser Holding in Troisdorf doch verloren, oder nicht? Kann es sein, dass er noch irgendwas in der Hinterhand hatte, weswegen die ihn getötet haben?«

Ich konnte durch die Leitung spüren, wie sich Wonne konzentrierte. Ich sah ihr feines Stirnrunzeln, das sie immer zeigte, wenn sie intensiv nachdachte.

»Soweit ich weiß, gab es da nichts mehr«, sagte sie. »Das Ganze liegt ja auch schon eine Weile zurück. Und das Areal, auf dem Herrn Anraths Häuschen stand, ist längst zur Bebauung freigegeben. Wahrscheinlich haben sie sogar schon angefangen. Ich kann mir nicht vorstellen, dass sein Tod jemandem von dieser Firma nützt. Wie sie ihn übervorteilt haben, ist schlimm, keine Frage. Und diesen Kampf um Bebauungspläne gibt es in mehreren Städten. Ganz besonders übrigens in Bergisch Gladbach. Da gibt es eine ganze Gruppe von Bürgerinitiativen, die dagegen vorgehen wollen. Obwohl es rechtlich natürlich schwierig ist. Das ist sicher juristisch alles perfekt abgesichert.«

»Gut«, warf ich ein. »Dann die nächste Frage. Kannst du dir vorstellen, dass Anrath so weit ging, Frau Obersaal zu erschießen, um unsere Hochzeit zu verhindern?«

»Quatsch, der war nicht gewalttätig. Nein, das kann ich mir nicht vorstellen.«

»Aber das hat man schon von vielen nicht gedacht. Und dann brodelte in ihnen so lange die Verzweiflung, bis sie schließlich doch gewaltsam ausgebrochen ist.«

»Okay, dann mal logisch überlegt. Hatte er denn überhaupt eine Waffe? Ist Frau Obersaal auch mit deiner Pistole getötet worden?«

»Ob er eine Waffe hatte, weiß ich nicht. Die zweite Frage kann ich auch nicht beantworten. In der Beretta fehlt jedenfalls nur eine Kugel. Nehmen wir an, Anrath hätte sich von irgendwoher eine Waffe besorgt. Überleg mal. Könnte er nicht doch der Mörder sein?«

»Ehrlich gesagt, als ich bei ihm war, kam er mir schon etwas verrückt vor. Aber auf die ungefährliche Art. Eher so der Typ Schwerenöter. Er hat mir die ganze Zeit Komplimente gemacht, aber andauernd meinen Namen vergessen. Er war auch so ein bisschen tüdelig. Na ja, ich habe ihm dann erzählt, dass du Privatdetektiv bist. Das hat ziemlich Eindruck auf ihn gemacht, aber auch das hat er im Laufe des Gesprächs wieder vergessen. Ich war froh, dass ich die Infos für meine Geschichte bekam. Also, dass er mir die ganzen Unterlagen gezeigt hat.«

»Hast du ihm gesagt, dass du heiraten würdest?«

»Ja, das habe ich. Ich glaube, das Datum kannte er auch.«

Es passte also alles zusammen. Bis auf die allerletzten Mails. Das Foto vor der »Erotik-Oase«, das war nicht Anrath gewesen, da war ich ganz sicher. Aber ich wollte das jetzt nicht zur Sprache bringen. Unser Gespräch dauerte schon viel zu lange. Trotzdem genoss ich es, Wonnes Stimme zu hören.

»Schwerenöter und altersverwirrt«, sagte ich. »Tolle Mischung.«

»Bist du dir wirklich sicher, dass er die Mails geschrieben hat? Und nicht irgendein anderer, der sich für ihn ausgab oder so was? Ich hab bei ihm noch nicht mal ein Handy oder einen Computer gesehen.«

»Wie hast du denn überhaupt das erste Mal Kontakt zu ihm aufnehmen können?«

»Über seinen Anwalt. Den Namen hatte ich aus den Gerichtsakten.«

Eine Pause entstand. Das Bild von Wonne vor meinem geistigen Auge verblasste. Mir wurde kalt, und ich begriff, dass ich draußen in der Dunkelheit stand.

»Lass uns das Gespräch jetzt beenden.« Als ich das sagte, stach mir etwas in die Brust.

»Glaubst du, die Polizei versucht, dein Handy zu orten?«

»Kann doch sein.«

Unwillkürlich schaute ich in Richtung der Haltestelle Duckterath. Niemand war zu sehen. Noch nicht mal das sonst übliche Rauschen des Verkehrs drang von der jenseits der Bahn liegenden Mülheimer Straße zu mir herüber. Auch Bergisch Gladbach schien irgendwann mal zur Ruhe zu kommen.

»Was glaubst du denn, wie das alles zusammenhängt?«, fragte sie. »Haben die beiden Morde überhaupt etwas miteinander zu tun?«

Ich wandte den Blick von den fernen Lichtern ab und hatte nun wieder die dunklen Ausläufer des ehemaligen Fußballplatzes vor mir. Und in diesem Nichts, in dem nächtliche Schwärze herrschte, formte sich ein Gedanke.

»Jemand wollte Barbara Obersaal töten«, sagte ich. »Und es sollte so aussehen, als ob Thomas Anrath es getan hat, weil er unsere Hochzeit verhindern wollte und vielleicht verrückt genug war zu glauben, das durch den Tod der Standesbeamtin hinzukriegen. Dann hat derjenige meine Pistole gestohlen und Anrath erschossen – und zwar so, dass es aussieht, als wäre ich es gewesen. Letztlich ging es aber nur darum, dass Frau Obersaal sterben sollte.«

»Dann muss derjenige aber sehr viel über uns wissen«, sagte Wonne. »Er muss uns auf Schritt und Tritt überwacht haben. Dich und mich, vielleicht sogar Jutta. Und Frau Obersaal auch. Wobei man sich fragen muss, welches Motiv dahintersteckt.«

Und da formte sich ein weiterer Gedanke. Es hatte etwas mit Manni zu tun. Mit seiner Frage nach den Handynummern. Damit, dass er immer noch Barbara Obersaals Telefon hatte. Und damit, dass er versucht hatte, mich zu erreichen. Und nicht zuletzt damit, dass sich mein Telefon in letzter Zeit immer so seltsam verhielt. Dass der Akku so schnell leer war.

Seine letzten Worte kamen mir ins Gedächtnis.

Remi, ich muss dir was sagen. Was Wichtiges.

Die letzten Worte, die er hatte sagen können, bevor ich ihm eine reingehauen hatte.

»Was willst du jetzt machen?«, fragte Wonne.

»Ich habe ein paar Hinweise, denen ich nachgehen kann. Vielleicht kann ich mich später noch mal melden. Ich besorge mir ein anderes Handy. Und ein Auto. Mir ist da gerade eine Idee gekommen.«

Ich kannte jemanden, der mir zu einem anderen Wagen verhelfen konnte, aber ich würde Geld brauchen. Und das bekam ich mit etwas Glück von Schönwand. Er hatte mich engagiert, Barbara Obersaals Ermordung aufzuklären. Ich hoffte, das Engagement bestand noch.

»Bitte melde dich, Remi. Schick mir die neue Nummer, wenn du ein anderes Handy hast. Und melde dich regelmäßig, ja?«

Ich versprach es. Wir gönnten uns noch ein paar Minuten

der Verabschiedung, die wir eigentlich gar nicht wollten. Ich machte Wonne klar, dass sie das Beste aus der Situation machen und mit Jutta den Urlaub genießen sollte. Dann schafften wir es endlich, die Verbindung zu unterbrechen.

Eine Weile starrte ich das Handy noch an. Es wurde wohl nicht geortet, jedenfalls nicht im Moment. Müdigkeit packte mich. Ich überlegte, ob ich nicht einfach Opladen anrufen und ihm meine Sicht der Dinge erklären sollte. Er würde um diese Zeit nicht rangehen, und ich könnte ihm den Anrufbeantworter vollquatschen.

Aber ich ließ es.

Gerade wollte ich das Telefon ausmachen, da kam eine Nachricht von Wonne.

Es war ein Selfie. Meine frisch angetraute Frau stand vor einer Sinfonie aus explodierenden Farben von Blau über Violett, Orange und Rot. Sie selbst war fast nur ein Schatten, genau wie die schräge Palme, die sich als Silhouette über das Wasser zu beugen schien, in dem sich die bunten Schlieren spiegelten.

Wonne hatte nur einen einzigen Satz dazu geschrieben:

Die Malediven bei Sonnenaufgang.

Es war riskant, aber ich verbrachte noch ein paar zusätzliche Minuten damit, im Internet zu surfen, um weitere Informationen über die Themen zu suchen, von denen Wonne mir erzählt hatte. Ich fand Artikel über die Bergisch Gladbacher Bürgerinitiativen gegen den Flächennutzungsplan in einigen Artikeln des Kölner Stadt-Anzeigers, aber auch in der Onlinezeitung »IN-GL«, dem sogenannten »Bürgerportal«.

Dann ließ ich es gut sein und schaltete das Telefon ab. Nicht nur wegen der Gefahr, dass mich die Polizei elektronisch aufspüren könnte, sondern auch, weil ein einsames Handylicht am hinteren Ende des Park-and-ride-Platzes auf manche Menschen vielleicht verdächtig wirkte.

Den Rest der Nacht verbrachte ich im Wagen. Ich schlief ein bisschen, bis mich die Kälte weckte, dann lief ich draußen herum, um mich warm zu halten. Schließlich gab es den ersten hellen Fleck im Osten. Zu dem Zeitpunkt war ich so müde, dass ich mich wieder ins Auto setzte und einschlief.

Jemand klopfte an die Scheibe. Ich schreckte auf, von wirren Träumen von dem alten Wohnmobil, Liebing und Anraths Leiche geschüttelt. Polizei? Nein, da stand nur ein grinsender Mann mit Aktentasche und sah mich an. Sicher einer der Pendler, die von der Haltestelle aus zur Arbeit aufbrachen.

»He, nicht wieder einschlafen«, sagte er. »Sonst verpassen Sie noch Ihre Bahn.«

»Danke«, sagte ich und machte die Tür auf. »Sehr aufmerksam. Bin ein bisschen zu früh hier gewesen und wollte bloß noch mal kurz die Augen zumachen.«

»Kenn ich«, sagte der Mann. »Keine Ursache.«

Im grauen Licht des frühen Tages sah ich, dass auf dem Parkplatz munteres Treiben herrschte. Um nicht aufzufallen, beschloss ich, den Golf hier stehen zu lassen.

Es war kurz vor halb acht. In der Bäckerei Kamps gegenüber der VW-Niederlassung herrschte schon reger Publikumsverkehr. Ich versorgte mich mit Kaffee und zwei Brötchen. Als ich sie aufgegessen hatte, stellte ich mich an die nächste Bushaltestelle, um in die Innenstadt zu fahren.

In Zeiten, in denen jeder ein Handy mit sich herumtrug, waren öffentliche Telefone selten. Wenn man eins suchte, war es sicher nicht verkehrt, sich dort umzusehen, wo sich die meisten Menschen aufhielten. Der S-Bahnhof in Bergisch Gladbach wäre demnach eine gute Wahl.

Auf dem Weg dorthin kam der Bus an einer Sehenswürdigkeit vorbei, die angeblich Touristen aus aller Welt anzog und sogar auf YouTube gewaltige Klickzahlen erreichte. Der Kreisel am Driescher Kreuz, der den Verkehr nicht nur auf mehrere Straßen verteilte, die sternförmig davon abzweigten, sondern auch noch von einer Bahnlinie durchschnitten wurde. Die Folge war ein beeindruckendes System aus vierzehn Schranken und zweiundzwanzig Ampeln und akustischen Signalanlagen, mit denen man den Knotenpunkt in den Griff bekam. Angeblich gab es so etwas auf der Welt so selten, dass der »Kirmeskreisel«, wie er im Volksmund genannt wurde, sogar Fans der Verkehrstechnik in Übersee begeisterte.

Bevor wir das legendäre Straßenbauwerk erreichten, gab es Stau, und ich konnte von meinem Fensterplatz aus beobachten, wie sich ein anderer Pionier in Sachen Straßenverkehr auf seinen Tag vorbereitete. Es war ein hochgewachsener Mann mit stolzem Schnauzbart, der gerade dabei war, einen kleinen Fuhrpark von Segways vor einem Schaufenster in Stellung zu bringen. Udo Gottschling von »GL-GoTours«. Wonne und ich hatten mal eine der Touren gemacht und die interessante Kombination von Stehen und Fahren mit den zweirädrigen Elektromobilen erlebt. Ich wusste gar nicht, dass er auch im Winter Fahrten anbot. Immerhin hatte er Glück mit dem Wetter.

Ich fand ein Telefon direkt am Bahnsteig der S-Bahn-Endstation. Um mich herum hielten sich die Menschen ihre kleinen, flachen Scheiben vors Gesicht, sprachen hinein, lasen etwas ab oder drückten darauf herum. Wenige Meter entfernt rollte der Verkehr über die Stationsstraße. Und ich stand wie ein Zeitreisender mit einem altmodischen Hörer in der Hand einem Fels in der Brandung gleich mitten im Pendlerverkehr. Es hatte schon seinen Sinn gehabt, dass öffentliche Telefone früher in winzigen Gebäuden untergebracht waren. Die Wände schützten vor Lärm. Und die Umstehenden bekamen nicht unbedingt mit, was man sagte.

Mitten im Gedonner eines beschleunigenden Busmotors ging der Ruf bei Manni ein. Ich hielt mir das hörerlose Ohr zu. So ging es einigermaßen.

Es klingelte lange.

Fast hätte ich wieder aufgelegt, da ging er endlich ran. »Hecking Computersupport«, krächzte er. Ich hatte ihn natürlich geweckt. Mannis Zeit begann niemals vor halb zehn.

»Du Arschloch«, sagte ich.

»Remi? Verdammt, wo bist du?«

»Jedenfalls nicht mehr in deinem scheiß Escape Room.«

»Mann, das war doch ein Versehen, ich meine –«

»Ein Versehen? Du wusstest genau, dass ich es verdammt eilig hatte. Ich habe den Flieger in meine Flitterwochen verpasst. Auf die Malediven. Weißt du, was das bedeutet?«

»Dann fliegt ihr eben ein andermal. Mensch, Rott, da gibt's was Wichtiges, das ich dir sagen muss.«

Jetzt klang er richtig aufgeregt. Nicht einfach nur nervös, sondern fast panisch. Ich verzichtete darauf, ihn darüber in Kenntnis zu setzen, dass seinetwegen Wonne und Jutta allein geflogen waren.

»Du rufst von einem anderen Handy an«, sagte er. »Das ist schon mal gut.« Klar, sonst sah er meine Nummer, wenn ich mich bei ihm meldete.

»Nicht vom Handy«, berichtigte ich ihn, »sondern von etwas, was man früher Telefonzelle nannte. Von einer Zelle kann aber keine Rede mehr sein. Mein Handy wird ja wohl überwacht, oder nicht?«,

»Du weißt darüber Bescheid?«

»Ich habe eins und eins zusammengezählt. Mein Handy geht dauernd aus. Jemand weiß sehr, sehr viel über das, was ich so tue. Und er schickt mir Mails, die angeblich von einem anderen kommen.«

»Du hast es kapiert. Sehr gut. Setz dein Telefon auf den Werkszustand zurück, schalte es aus und lass es so. Du hast eine sogenannte Spy-App drauf. Eine von der wirklich gefährlichen Sorte. Du hattest doch das Handy von der ermordeten Frau hiergelassen. Das habe ich entsperren können und untersucht. So bin ich drauf gekommen.«

»Du meinst, Frau Obersaals Handy hatte diese App? Nicht meins?«

»Deins *und* das Handy dieser Frau. Und vielleicht auch das von deiner Tante und Wonne …«

»Yvonne«, korrigierte ich ihn unwillkürlich. »Für dich ›Yvonne‹.«

»Ja, ist ja schon gut. Verdammt noch mal, Rott, hier ist einer am Werk, der es wirklich draufhat. Während du und Janine in dem Escape Room wart, habe ich die Zeit genutzt und an dem Handy von Frau …«

»Frau Obersaal.«

»Genau, Frau Obersaal, an ihrem Handy habe ich rumgebastelt. Und da bin ich der Sache auf die Spur gekommen.«

»Also gut, machen wir's kurz. Da ist also eine Spionier-App auf unseren Handys …«

»Bei Wonne, ich meine Yvonne, und deiner Tante weiß ich es nicht genau.«

»Aber gehen wir mal vom Schlimmsten aus. Was kann diese App?«

Er sog hörbar Luft ein – so ähnlich wie Jogi Löw, wenn er einen Gedanken fasste. Es musste ziemlich laut sein, denn sonst hätte ich es in der Geräuschkulisse hier am Bergisch Gladbacher Bahnhof gar nicht gehört. Bei Manni bedeutete das immer, dass es Probleme gab.

»Ziemlich viel, fürchte ich. Das Ding ist vor allem beim organisierten Verbrechen verbreitet, und man kann eine Menge damit machen.«

Manni neigte leider in vielen Dingen zu Übertreibungen. Vor allem, wenn es um die Einschätzung seiner in den eigenen Augen großartigen geschäftlichen Fähigkeiten ging. Und wenn er die Tragweite von Computerzeugs beurteilen sollte.

»Klar«, sagte ich daher abschätzig. »Die Mafia hat mein Handy gehackt, um im Namen eines anderen E-Mails an Wonne zu schicken und all so was. Das glaubst du doch selbst nicht.«

»Jetzt hör mal zu«, sagte Manni. »Du hast mich krankenhausreif geschlagen, und eigentlich sollte ich gar nicht mit dir sprechen, aber ich tue es trotzdem, weil das wirklich eine Riesensache ist.«

»Krankenhausreif?«, rief ich, und mir wurde wieder bewusst, dass ich ja an einem belebten Bahnhof stand. Mein Ausruf brachte ein paar Jugendliche in meiner Nähe dazu, den Blick von ihren Handys zu lösen und mich verdutzt anzuschauen. »Das ist absolut übertrieben«, fügte ich leiser hinzu. »Außerdem hatte ich meine Gründe.«

»Wer dieses Programm auf seinem Smartphone hat, dem kann man auf Schritt und Tritt folgen, man kann Nachrichten mitlesen und unter dessen Identität welche schreiben. Lauter so ein Zeug. Ich sag's dir kein zweites Mal. Und ich hoffe, du hast das kapiert. Jetzt sind wir quitt.«

Auf einmal wurde mir etwas klar. Ich hatte mich doch gefragt, woher der Täter, der bei Jutta das Geld gestohlen hatte, gewusst haben könnte, dass bei ihr zu Hause so viel Kohle zu holen war. Jutta schrieb öfter Nachrichten an ihre Banker. Und wahrscheinlich hatte sie auf diese Weise auch angekündigt, das Bargeld abheben zu wollen. Der Täter hatte demnach mitgekriegt, wann und wo sie das Geld in Besitz nehmen würde. Und somit gewusst, dass sie viel Bargeld zu Hause hatte.

»Deswegen solltest du mir die Nummern von Yvonne und Jutta geben«, sagte Manni.

»Kannst du dieses Programm, diese App, denn beseitigen?«

»Ich kann es versuchen.«

Ich gab ihm die Nummern und erklärte, dass beide im Ausland seien. Erst jetzt schien Manni zu kapieren, dass sie zusammen auf genau der Reise waren, die ich durch seine Aktion im Escape Room verpasst hatte.

»Das ist ja eine Riesenscheiße«, sagte er. »Das tut mir jetzt echt leid. An deiner Stelle hätte ich mir auch eins in die Fresse gegeben.«

»Schön, dass das geklärt ist. Ich hoffe, du kannst das wieder in Ordnung bringen.«

»Ich werde dich kaum auf die Malediven geflogen kriegen.«

Als er das sagte, packte mich ein seltsames Gefühl. Konnte ich nicht irgendwie Geld auftreiben und Jutta und Wonne hinterherfliegen? Das würde Wonne überraschen. Schönwand wäre bestimmt in der Lage, mir die nötige Summe zu leihen. Wenn ich ihm schilderte, was passiert war, ließ er sich vielleicht erweichen ...

Nein. Die leichte Müdigkeit, mit der ich kämpfte, hatte mir einen Streich gespielt. Der Traum zerbarst sofort. Was hatte ich mir dabei gedacht? Ich würde nicht mal durch die Passkontrolle kommen. Ich wurde gesucht. Da durfte man nicht einfach mal eben um die halbe Welt fliegen. Das wäre ja noch schöner.

»Es reicht mir, wenn du diese Scheißsoftware löschst«, sagte ich. »Oder noch besser: wenn du rauskriegst, wer sie uns auf die Handys geladen hat.«

Manni versprach es.

18

Die nächste Busfahrt brachte mich mitten durch die Stadt und auf der anderen Seite fast wieder aus ihr raus. Dort, wo die Straße im Wald in Richtung Herrenstrunden verschwand, zweigte links eine Einfahrt ab. Sie führte in ein winziges Gewerbegebiet, in dem sich das Reich von Stefan Melchert befand, der zusammen mit seinem Bruder Frank eine Autowerkstatt betrieb.

Die Melcherts reparierten alles, was auf vier Rädern fuhr – vom modernen Pkw bis zum Oldtimer. Wonne ließ hier regelmäßig ihren Fiat 500 inspizieren.

Schon auf dem Parkplatz vor dem Werkstattgebäude gab es für Autofreaks viel zu sehen. Hier tummelten sich zwischen den eher gewöhnlichen Fahrzeugen sogenannte Enten, Exemplare des alten Renault 4 und vieles mehr.

»Rott!«, rief Stefan Melchert überrascht, als ich in die Wärme des kleinen Büros neben der Werkstatt eintauchte. »Hast du dich entschlossen, uns endlich mal deinen Golf anzuvertrauen?« Er war gerade damit beschäftigt, etwas in den Computer zu tippen. »Ach nee«, sagte er, während er weiter auf den Bildschirm sah, »du willst ja mit deiner Holden nach Wuppertal ziehen, oder wie war das?«

Bei dem Städtenamen verzog er leicht den Mund, als hätte er auf etwas Unappetitliches gebissen. Kein Wunder – die dortigen Werkstätten waren für uns nun näher gelegen. Er löste die Finger, mit denen er nicht nur Autos reparieren und tippen, sondern auch Gitarre spielen konnte, von der Tastatur. Mit seinem Bruder Frank spielte Melchert seit Jahren in der Band »MelSchewsky«, die eine wahre Musiklegende im Großraum Bergisch Gladbach war.

»Haben wir vor«, sagte ich und nahm auf einem der Besucherstühle Platz, die sich vor dem Schreibtisch drängten. Mein Blick schweifte über die vielen Dinge, die man hier betrachten konnte, während man darauf wartete, die Rechnung ausgedruckt zu bekommen. Französische 2CVs als Modellautos auf einem kleinen Aktenschrank in der Ecke und an der tiefroten Wand auf einem Foto vor dem Eiffelturm. Andere Modelle von amerikanischen Wagen, die ich auf den ersten Blick nicht erkannte, auf den Fensterbänken. Dazu stapelten sich Prospekte, es gab einen kleinen bunten Kaubonbonautomaten und eine Kaffeemaschine. Ein Büro, das sich wunderbar für ein Schwätzchen eignete, und ohne eine kleine Klönerei kam man hier auch selten heraus.

»Da gratuliere ich aber«, sagte Melchert und sah mich an. Er hatte den Ring an meinem Finger entdeckt. »Dass sie es endlich geschafft hat, dich von der Straße zu holen.«

Natürlich hatten wir über die geplante Hochzeit gesprochen, als wir das letzte Mal den Fiat abgeholt hatten.

Er lächelte mich an, aber dann wurde sein Blick ernst. »Sag mal, ist was? Sei mir nicht böse, aber du siehst aus, als hättest du im Auto übernachtet.«

Ich holte Luft. »Ich muss mit dir reden«, sagte ich.

»Okay, ich höre.«

Ich fasste alles so kurz zusammen, wie es ging. Natürlich konnte ich nicht verschweigen, dass ich von der Polizei gesucht wurde.

»Ich habe niemanden erschossen«, sagte ich. »Und ich will das beweisen. Dafür brauche ich aber einen Wagen.«

Melchert machte gern Witze, aber er verstand auch, wenn es ernst wurde. »Hm … schlimme Sache. Andererseits … Mir hat keiner gesagt, dass du gesucht wirst, Rott. Nur du selbst gerade. Und wenn ich ehrlich sein soll, nehme ich dir die Geschichte nicht ab. Du und gesucht? Von der Polizei?« Er schüttelte in gespieltem Unglauben den Kopf. »So ein Quatsch. Sag mal, was machst du noch gleich beruflich? Ich hab das völlig vergessen. Ich kann mir ja nicht alles merken. Und das eben habe ich gar nicht mitbekommen. Ich habe nur verstanden, dass du einen Leihwagen willst.«

Ich konnte nur ein verlegenes »Danke« stammeln und räusperte mich. »Die Spesen übernimmt mein Auftraggeber«, fügte ich hinzu. »Sobald ich von ihm die Kohle kriege.«

»Keine Sorge, ich komme schon an mein Geld.« Melchert grinste. »Ich hab den Eindruck, du brauchst den Wagen dringend. Komm mit.«

Gemeinsam verließen wir das Büro. Jetzt im Winter waren die vorderen Tore des Werkstattbereichs geschlossen. Von den Kollegen, die drinnen arbeiteten, sah uns niemand. Melchert steuerte den Parkplatz an.

»Aber bitte was Unauffälliges«, sagte ich. »Nicht einen von deinen Oldtimern.« Ich ließ meinen Blick schweifen, sah aber kein einziges Fahrzeug, das geeignet war. Ein alter Cadillac. Eine schwarze Citroën DS, die geradewegs aus einem französischen Gangsterfilm der Sechziger gekommen zu sein schien. Ein gelber Käfer. Ein rot-schwarzer Pick-up, den ich nicht richtig zuordnen konnte, bis ich die Herstellerbezeichnung las. Es war ein Dodge Ram.

»Die kommen sowieso alle nicht in Frage«, sagte Melchert, der meinen Blick bemerkt hatte. Wir erreichten die Reihe der Garagen, die den Platz auf der anderen Seite begrenzten und über denen an einem Mast eine Frankreich-Fahne hing. Melchert zog einen Schlüssel heraus. »Ich hab hier genau das Richtige«, sagte er und bückte sich, um das Tor zu öffnen. »Ein weißer Renault Clio. Baujahr 1995. Ich hab ihn selbst noch gar nicht gesehen, aber er ist voll in Ordnung und hat noch vier Monate TÜV … Scheiße!«

Er hatte die Garage geöffnet, in der rückwärts eingeparkt der Wagen stand. Der weiße Kühler reckte sich uns entgegen. Die Farbe leuchtete in perfekter Strahlkraft, mit der man – wenn es ein Bettlaken gewesen wäre – Waschmittelwerbung hätte machen können.

»Was soll das denn hier?«, rief Melchert verärgert. Auf der rechten Seite hatte sich ein gewaltiger knallroter Blutfleck ausgebreitet. Als hätte jemand mit diesem Auto einen schweren Personenschaden verursacht. »Das hab ich nicht gewusst, Rott.«

»Was ist denn mit dem Auto passiert?«, fragte ich verdattert.

»Kennst du das nicht?« Er klopfte auf den Kühler, genau an der Stelle, an der er rot gefärbt war. »Das ist ein Aufkleber. Der neueste Gag unter den Autodekorationen. Sehr witzig, haha … Ein makabrer Schwachsinn. Es gibt auch welche, die haben Blutstropfen unter der Kofferraumklappe. Als hätten sie da drin eine Leiche versteckt … Als würde was auslaufen.« Er seufzte schwer. »Absoluter Kinderkram, der nur Arbeit macht. Geh mal zur Seite, ich fahr den Renault raus.«

Als das Fahrzeug draußen stand, konnten wir um das Auto herumgehen und sahen, dass der Vorbesitzer nicht nur auf Frontalcrashs stand, sondern auch ein Fan des gefakten Leichentransports im Kofferraum war. Es sah so aus, als würde literweise Blut aus der Öffnung rinnen.

Entgeistert starrten wir auf das schreiende Rot.

Mit diesem Auto konnte ich nicht auf Ermittlungstour gehen.

»Wir machen kurzen Prozess«, verkündete Melchert schließlich. »Warte hier.«

Er ging zur Werkstatt und kam mit einer Spraydose zurück, mit der er den Wagen bearbeitete, bis das Rot kaum noch zu sehen war. »Wir haben keine Zeit, die Folierung abzupiddeln. Das muss jetzt erst mal reichen.«

Es war sicher die beste Lösung. Nur wenn man nah davorstand, konnte man noch etwas blass Rötliches unter der hellen Farbwolke auf dem Lack erkennen. So wie der Wagen jetzt aussah, würde er in der Masse der schlecht gepflegten Fahrzeuge, die man zu Tausenden zwischen Bergisch Gladbach und dem Städtedreieck Wuppertal-Remscheid-Solingen zu sehen bekam, nicht auffallen.

Wir gingen ins Büro und erledigten den Papierkram.

»Willst du deinen Golf eigentlich auf dem Park-and-ride-Platz in Duckterath stehen lassen?«, fragte Melchert.

»Ich hab wohl keine andere Wahl.«

»Klar hast du die. Streng genommen darf der Wagen da gar nicht stehen. Der Parkplatz ist nur für S-Bahn-Pendler. Ich mach dir einen Vorschlag. Du lässt den Schlüssel hier. Ich hole den Wagen her und nehme ihn mir gleich mal vor. Der hat's bestimmt sowieso nötig.«

»Und wenn die Polizei dich erwischt?«

Wieder diese gespielte Ungläubigkeit. »Darf man nicht in deinem Wagen rumfahren? Du bist zu mir gekommen, Rott, und hast gesagt, das Auto würde komische Geräusche machen. Da habe ich dir ganz im harmonischen Einklang mit der legendären Kundenfreundlichkeit dieser Werkstatt angeboten, deinen Wagen zu holen. Was ist schon dabei? Und ich stelle den Golf natürlich in die freie Garage, die ich dann zumache. Es geht ja keinen was an, dass er hier steht.«

Ich bedankte mich noch mal, nahm die Papiere und den Schlüssel des Clio in Empfang und machte mich auf den Weg. Bevor ich in der Ausfahrt auf die Hauptstraße einbog, verbrachte ich noch ein paar Minuten damit, WDR4 einzustellen. Gerade begannen die Nachrichten. Es war wieder von dieser eigenartigen Virusepidemie die Rede, die in China ausgebrochen war. Niemand sprach von einem gesuchten Privatdetektiv, und mein Name kam auch nicht vor.

Also los.

Gerade war ich wieder zurück in der Stadt und in die Odenthaler Straße abgebogen, da sah ich links am Rosengarten etwas Vertrautes. Ein kleiner Auflauf der immer wieder irgendwie fröhlich wirkenden Segwayfahrer hatte sich dort versammelt. An der Spitze der Truppe Udo Gottschling.

Als ich vorbei war, sah ich im Rückspiegel, wie die Reihe der stehend zu bedienenden Zweiräder im Entenmarsch die Straße überquerte, wohl auf dem Weg zur Strundequelle.

Es dauerte über eine Stunde, bis ich in der Gartenstraße in Wuppertal ankam. Nirgendwo war eine Lücke frei. So kurvte ich bis hinauf auf die Hardt, stellte den Franzosen auf dem Besucherparkplatz ab und ging zu Fuß zurück.

Zum Glück war Schönwand zu Hause.

»Herr Rott?«, rief er überrascht in die Gegensprechanlage.

Es summte, und ich konnte das Haus betreten. Wie immer war er perfekt gekleidet, mit Anzug, Weste, Fliege und Manschettenknöpfen. Hinter ihm drang klassische Klaviermusik aus der Wohnung. Spielte da jemand auf dem Flügel? »Ich wähnte Sie auf Hochzeitsreise. Ich habe natürlich erfahren, dass man gestern nach Ihnen suchte. Aber ich dachte, Sie seien dann doch noch glücklich abgereist. Und nun sind Sie hier …«

»Es hat sich alles etwas anders entwickelt«, sagte ich.

Er bat mich herein. Ich zog meinen Mantel aus und hängte ihn an die Garderobe. Dann gingen wir ins Wohnzimmer, wo der Flügel verlassen dastand. Die Musik kam aus Lautsprechern. Auf einem Tischchen neben einem Sessel stapelten sich CDs. Bei einer hatte Schönwand das Booklet herausgeholt, es lag aufgeschlagen auf dem Tisch, gleich neben einer Zeitschrift, in der er wohl gerade gelesen hatte.

»Ich war eben dabei, in ein paar aktuelle CD-Veröffentlichungen hineinzuhören«, erklärte Schönwand. Er ging zu der Anlage und stellte die Klavierklänge ab.

»Ich hoffe, ich störe Sie nicht allzu sehr«, sagte ich, während ich überlegte, wie ich ihm das, was geschehen war, beibringen sollte. Ich wurde von der Polizei gesucht, daran war nicht zu rütteln. Wie würde er darauf reagieren?

»Ich kann später weitermachen«, sagte er. »Bitte setzen Sie sich. Ich bin gespannt zu erfahren, was Sie zu berichten haben. Oder darf ich Ihnen vielleicht erst etwas anbieten? Etwas zu trinken? Etwas Kaltes? Ich kann auch einen Kaffee machen.«

Warten wir mal ab, ob du nach dem, was ich erzähle, noch mit mir Kaffee trinken willst, dachte ich und lehnte höflich ab. Dann suchte ich nach Worten, und während ich so zu Boden sah und den edlen Teppich in Schönwands Wohnzimmer musterte, war mir, als wäre da wieder dieses Zittern in der Luft. Tauchte Mister M. jetzt auch in der Gegenwart anderer Leute auf? Soweit ich mich erinnern konnte, hatte er das noch nie getan.

Aber er erschien nicht. Stattdessen fiel mir ein, wie ich Schönwand dazu bringen konnte, mein Klient zu bleiben. Ich brauchte sein Geld und seine Hilfe. Nur so konnte ich den Fall lösen und meine Unschuld beweisen.

Ich räusperte mich. »Zunächst mal: Wie Sie ja wissen, habe ich gestern mit Judith sprechen können, also mit Frau Obersaals Tochter. Durch sie habe ich herausgefunden, an wen das Geld ging, das Frau Obersaal regelmäßig überwiesen hat.«

»Sie hatten da einen Namen erwähnt ...«

»Mark Hoffermann. Er ist Judith Obersaals Ehemann. Frau Obersaal hat mit dem Geld also tatsächlich ihre Tochter unterstützt, nur eben über das gemeinsame Konto mit deren Mann, das auf seinen Namen läuft. Deswegen sind wir nicht so schnell darauf gekommen.«

Schönwand nickte nachdenklich. »Sehr gut, wie Sie das so schnell herausgefunden haben. Aber es bleiben natürlich noch andere Fragen.«

Das war mein Stichwort. »So ist es, Herr Schönwand. Wir wissen immer noch nicht, wo das Geld herkam. Sie hatten ja die Befürchtung, dass es aus irgendwelchen illegalen Quellen stammen und dem Andenken Ihrer Freundin schaden könnte.«

»Das ist auch immer noch so, Herr Rott.«

»Sehen Sie, und deswegen habe ich nach dem Treffen mit Judith Obersaal gleich weiterermittelt. Ich hatte zuvor bereits einen angesehenen Computerexperten beauftragt, das Handy von Frau Obersaal zu untersuchen. Nach dem Treffen mit Judith hat er mich angerufen, und ich bin in seine Firma nach Vohwinkel gefahren.«

»Computerexperte?«, hakte Schönwand leicht erschrocken nach. »Ist das nicht furchtbar teuer? Wir haben doch vereinbart, dass ich auch Ihre Spesen übernehme, und dieser Posten gehört doch sicher dazu.«

»Machen Sie sich keine Sorgen. Der Mann, mit dem ich zusammenarbeite, ist mir einige Gefallen schuldig.« Ich spürte innerlich, wie sich in meiner Brust etwas weitete. Schönwand war auf meiner Linie. Er sah sich immer noch als mein Kunde. Sehr gut! »Nun ist aber leider etwas sehr Trauriges passiert«, sagte ich.

Damit begann der zweite Teil meiner Strategie. Der erste war gewesen, vorzufühlen, wie Schönwand zu seinem Auftrag an mich stand. Der zweite bestand darin, ihm ein schlechtes Gewissen zu machen.

»Ich konnte bei dem Experten, von dem ich sprach, mein Handy nicht benutzen«, behauptete ich einfach. »Es hat irgendetwas mit Abschirmung zu tun«, fügte ich hinzu, und Schönwand nickte, als könnte er mir folgen. Dabei war sonnenklar, dass das nicht der Fall war. Ich hatte ja selbst keine Ahnung, was ich da redete. »Und die Untersuchung von Frau Obersaals Handy dauerte leider so lange, dass ich darüber meinen Flieger in die Flitterwochen verpasst habe.«

Schönwand sah mich erschrocken an. »Wie bitte? Verpasst? Wo sollte die Reise noch mal hingehen?«

»Auf die Malediven«, sagte ich so dahin. »Das Ergebnis ist, dass meine frisch angetraute Frau nun allein gefahren ist. Das heißt, nicht ganz allein. Sie hat meine Tante mitgenommen, die uns die Reise geschenkt hat. Na ja, und derweil sitze ich hier mit meinem Auftrag.« Ich lächelte gequält. »Der erste Ehekrach hat auch schon stattgefunden. Ich habe mit meiner Frau telefoniert, nachdem sie angekommen ist.« Das war etwas übertrieben. Aber ich brauchte den Effekt.

Einen Moment lang befürchtete ich, Schönwand würde auf der seltsamen Sache mit der Abschirmung oder auf anderen technischen Details herumreiten, die es vermeintlich unmöglich gemacht hatten, dass mich meine Frau an den Abreisetermin erinnern konnte. Aber das hatte er wohl schon wieder vergessen.

»Das ist ja grauenhaft«, flüsterte er. »Herr Rott, da hat Ihnen ja mein Auftrag die ganze Hochzeit verdorben. Ich bin untröstlich, ich …« Er suchte nach Worten. Während er das tat, redete ich weiter.

»Na ja, die ganze Hochzeit ja nun nicht, Herr Schönwand. Nur eben die Reise.«

Sein Gesicht war ganz grau geworden. Er holte wieder das Tuch heraus, mit dem er sich die Stirn abwischte. »Wissen Sie, ich bin ja selbst lange Standesbeamter gewesen. Aber so etwas … So etwas habe ich noch nie …«

Ich beschloss, ihm ein wenig entgegenzukommen. »Vielleicht war es zum Teil auch meine Schuld«, sagte ich. »Wenn ich mal an einem Fall arbeite, gehe ich vollkommen darin auf … Wissen Sie, es ist wie bei den Musikern. Mein Beruf ist auch ein bisschen eine Kunst, wenn man so will.«

Ich hatte bei meiner Erklärung auf die CDs und die Zeitschrift auf dem Tischchen gezeigt. Und jetzt fiel mir auf, dass in dem aufgeschlagenen Magazin ein Foto zu sehen war, das jemanden zeigte, den ich kannte. Dr. Heilmar Kaltenborn, Autor des Buches über die Kunst des Hörens. Der Mann mit dem Miniklavier aus Metall am Revers.

Neben dem Bild gab es einen kleinen Artikel über ihn. Die Überschrift besagte, dass Kaltenborn als neuer Präsident der Internationalen Gesellschaft für Klaviermusik vorgesehen war. Kein Wunder, dass das Magazin darüber berichtete. Es hieß »PianoNews« und war auf das Thema Klavier spezialisiert.

»Das haben Sie schön gesagt, Herr Rott«, erklärte Schönwand fast ein wenig gerührt. »Aber dass Sie an den verdorbenen Flitterwochen selbst schuld sind, möchte ich nicht so stehen lassen. Ich war es doch, der Sie gedrängt hat, jede Minute bis zu Ihrer Abreise für Ermittlungen zu nutzen. Und Sie als Profi sind natürlich darauf eingegangen, haben Ihr Bestes gegeben.«

»Herr Schönwand …«, warf ich ein, wohl wissend, dass er weiterreden würde und ich ihn dann um alles bitten konnte, was ich wollte.

»Nein, darauf bestehe ich, Herr Rott. Selbstverständlich kann ich Ihnen die entgangenen Reisefreuden nicht ersetzen, aber Sie können sich auf ein besonders hohes Honorar freuen. Und natürlich hoffe ich, dass Sie weiter an dem Fall arbeiten. Ich sagte Ihnen ja schon, was ich von dem Hauptkommissar halte, der die Ermittlungen führt. Und wissen Sie was? Ich mache uns jetzt doch einen Kaffee. Ich für meinen Teil kann jedenfalls einen gebrauchen. Oder möchten Sie etwas anderes?«

Ich war mit Kaffee einverstanden. Mir steckte ja immer noch die Nacht im Auto in den Knochen.

Während sich Schönwand in der Küche zu schaffen machte, blätterte ich ein wenig in der »PianoNews«-Ausgabe. Die Karriere des Dr. Kaltenborn, der mir grimmig aus dem Heft entgegenblickte, interessierte mich wenig. Ich überflog CD-Rezensionen, Interviews und Artikel über Neuerungen auf dem Gebiet des Klavierbaus und blieb schließlich an einem Artikel hängen, der »Jazzworkshop« hieß. Es gab eine Seite mit Noten, dazu Erklärungen, wie man sie übte oder spielte. Wieder einmal bedauerte ich, dass ich nie ein Instrument gelernt hatte.

Mein Vater war Tubaspieler in einer Blaskapelle gewesen. Jutta hatte in einer ihrer Launen mal einen Flügel gekauft und Klavierunterricht genommen. Aber ich hegte den Verdacht, dass es ihr dabei nur um einen Vorwand gegangen war, sich einen jungen Klavierstudenten ins Haus zu holen, der seinen Lebensunterhalt nicht nur mit besagten Unterrichtsstunden, sondern hauptsächlich als Dressman verdiente.

»Wir müssen uns eine Strategie überlegen, wie wir weitermachen«, sagte Schönwand, als er mit einem Tablett zurückkam, auf dem weiße Porzellantassen, eine passende Zuckerdose und ein Milchkännchen standen. »Der Kaffee ist gleich so weit«, fügte er hinzu.

Er setzte sich und sah mich an. »Was wollen Sie als Nächstes unternehmen?«, fragte er.

Mir war natürlich klar gewesen, dass er, als er »wir« sagte, eigentlich mich gemeint hatte. Jetzt war der Moment gekommen, die Katze aus dem Sack zu lassen.

»Schritt Nummer eins wird sein, Judith Obersaal noch einmal anzurufen«, sagte ich. »Sie hat ein Foto mit ihrem Handy gemacht, dass sie mir schicken muss.«

»Was für ein Foto?«

»Die Aufnahme eines Verdächtigen. Sie haben doch einen E-Mail-Account?«

»Ich denke schon. Aber wieso interessiert Sie das?«

Die Antwort klang nicht gerade verheißungsvoll.

»Haben Sie einen Computer?«, fragte ich etwas allgemeiner.

»Einen Moment, ich hole den Kaffee«, sagte Schönwand und stand auf.

Wieder vergingen ein paar Minuten, bis er zurückkam. Ich hatte mir überlegt, ihm alles scheibchenweise darzulegen. Von dem Foto über die Ermittlungen wegen des Stalkers bis hin zu Anraths Ermordung, um dann auch die Sache mit der Handysoftware zu erwähnen, die ja dazu führte, dass ich nicht mehr in der Lage war, mit meinem Handy zu telefonieren oder ein darauf gespeichertes Foto anzuschauen. Dann könnte ich vielleicht wie nebenbei darauf kommen, dass es da ein gewisses Problem mit Hauptkommissar Opladen gab. Und mit der Polizei im Allgemeinen.

Schönwand hielt in der einen Hand eine weiße Porzellankanne, die ebenfalls zu dem Geschirr passte. In der anderen ein Schälchen mit Keksen, die nicht so aussahen, als kämen sie aus dem Supermarkt.

»Ich benutze meinen Computer kaum, wissen Sie«, sagte er, während der Kaffee in einem wohlgeformten, irgendwie appetitlich wirkenden Strahl in meine Tasse floss. »Wofür brauchen Sie ihn denn?«

In diesem Moment beschloss ich, meine Strategie radikal zu ändern.

»Es ist so«, sagte ich. »Ich werde von der Polizei gesucht. Hauptkommissar Opladen glaubt, ich hätte einen Mord begangen.«

Der Kaffee lief über den Rand der Tasse und begann sich in der Untertasse zu sammeln. Im letzten Moment, bevor er beinahe auf die Tischplatte gelaufen wäre, hatte Schönwand die Sache wieder im Griff und stellte die Kanne hin.

»Wie bitte? Man glaubt, *Sie* hätten Barbara umgebracht?«, fragte er entsetzt.

Ich beugte mich vor, trank einen Schluck von der randvollen Tasse ab und schüttete das, was sich in der Untertasse befand, hinein. Dann stellte ich alles wieder hin. Das war nicht gerade die feine Art bei Tisch, aber Schönwand war viel zu geschockt über das, was ich gesagt hatte, als dass er sich daran gestört hätte.

»Nicht Frau Obersaal«, sagte ich. »Es hat noch einen Toten gegeben. Er kam durch meine Pistole um, die man mir zuvor gestohlen hatte. Und Herr Opladen glaubt, ich hätte ein Motiv für den Mord.«

Schönwand schwieg. Er stand wieder auf und ging hinaus. Das gefiel mir nicht. Rief er die Polizei? Schloss er die Wohnung ab, damit ich nicht flüchten konnte?

Vielleicht holte er nur etwas, um das Fußbad in meiner Untertasse aufzuwischen. Aber ich hatte nicht den Eindruck, dass er in der Küche war.

Als er wieder in der Tür erschien, hatte er etwas Dunkles in der Hand. Keinen Lappen, sondern etwas Kantiges aus Metall.

Meine Pistole.

»Herr Schönwand!«, rief ich. »Was haben Sie vor?« Ich wollte aufspringen, aber ich war wie gelähmt.

Schönwand kam heran und legte die Waffe, die er offensichtlich aus meiner Manteltasche genommen hatte, auf den Tisch.

»Mit dieser Pistole?«, fragte er mit einem harten Ton in der Stimme, den ich noch nie bei ihm gehört hatte. »Mit dieser Pistole sollen Sie einen Mord begangen haben? Entschuldigen Sie, dass ich Ihre Tasche untersucht habe –«

»Ich habe niemanden erschossen«, beteuerte ich. »Aber bis ich das bewiesen habe, muss ich der Polizei aus dem Weg gehen.«

Er deutete auf die Waffe. »Ich bitte Sie, mich vollständig ins Bild zu setzen«, sagte er. »Dann werde ich genau darüber nachdenken, was ich davon zu halten habe. Sollte mir irgendetwas an Ihrer Geschichte seltsam vorkommen …« Er räusperte sich, bevor er weitersprach. »… so muss ich mir leider überlegen, ob ich nicht doch die Behörden informiere.«

19

Die Waffe lag zwischen uns wie eine Mahnung. Dunkel und schwer bot sie einen derben Kontrast zu den verspielten Mustern auf dem Kaffeegeschirr. Der Lauf zeigte weder auf mich noch auf Schönwand, sondern in Richtung des Sessels mit dem Tischchen, auf dem die CDs und das Klaviermagazin lagen.

Ich löste meinen Blick nicht von der Pistole, während ich berichtete. Und zwar alles. Am Ende sah Schönwand so nachdenklich aus, wie ich ihn noch nie erlebt hatte.

»Also gut«, sagte er und nickte, als wollte er sich selbst von einem Gedanken überzeugen, der ihm gerade gekommen war. Dann folgte ein Seufzen. »Wissen Sie, Standesbeamter ist auf den ersten Blick nicht gerade ein Beruf wie Pfarrer oder Arzt – von denen man annimmt, dass sie bei dessen Ausübung sehr viel über die Menschen lernen. Aber das täuscht. Auch bei der Profession der Eheschließung führen Sie intensive Gespräche, und Sie kommen mit den unterschiedlichsten Menschen zusammen. Sie lernen etwas.«

Meine Güte, dachte ich. Worauf will er nun hinaus? Aber ich hörte ihm zu. Es war gar nicht so schwer, die Geduld aufzubringen, denn solange er nicht zum Telefon griff und Opladen anrief, war ja alles in Ordnung. Irgendwie fühlte es sich so an, als würde die Zeit für mich arbeiten. Jedenfalls glaubte ich nicht, dass er so eine Ansprache halten würde, wenn er sowieso vorhatte, mich zu verpfeifen.

»Ich kenne Sie nun persönlich nicht besonders gut«, fuhr er fort. »Oder anders gesagt, ich kenne Sie noch nicht sehr lange. Aber diese kurze Zeit hat mir doch einiges über Sie offenbart, und zwar aufgrund der Fähigkeit, die mir mein Beruf mitgegeben hat. Ich bin mir ziemlich sicher, dass Sie niemanden umgebracht haben. Ich bin mir sogar sehr sicher.«

»Vielen Dank«, entfuhr es mir.

»Ich danke *Ihnen*. Und zwar für Ihre Ehrlichkeit. Sie hätten mich auch anlügen können. Sie hätten sich verstecken können. Aber Sie sind hergekommen, weil Sie den Fall lösen wollen. Für mich passt das nicht zu dem Verdacht, dass Sie diesen Herrn Anrath erschossen haben.«

Das konnte man freilich auch ganz anders sehen. Und zum Beispiel behaupten, dass ich eben alles in Bewegung setzte, um noch mehr Spuren zu verwischen. So hätte es Opladen betrachtet.

»Ich glaube Ihnen also«, sagte Schönwand. »Und außerdem können wir uns in offizieller Hinsicht ja darauf einigen, dass ich Sie engagiert habe und Sie nun zu mir gekommen sind, um mir zu berichten, was Sie herausgefunden haben. Barbaras Tochter betreffend, zum Beispiel. Woher soll ich denn wissen, dass die Polizei Sie sucht? Bei mir hat sich niemand gemeldet. Niemand hat mir das mitgeteilt. Belassen wir es also erst einmal dabei.« Er lächelte. »Und nun würde ich gern wissen, was Sie weiter unternehmen wollen.«

Ich seufzte innerlich vor Erleichterung. »Also gut ... Das Foto, das Judith Obersaal von dem Mann am Bahnhof gemacht hat, könnte der Schlüssel sein. Der gleiche Kerl war auch in der Nähe, als ich in der ›Erotik-Oase‹ war. Diese Janine hat ihn eindeutig erkannt. Ich kann nur leider mein Handy nicht benutzen, um es irgendwem zu zeigen. Judith Obersaal muss es noch mal herschicken. Am besten an Ihre Mailadresse. Es wäre gut, wenn ich es dann auch gleich auf einen Datenstick speichern könnte. Ich habe einen am Schlüsselbund.«

Schönwand runzelte die Stirn und biss sich auf die Lippen. »E-Mail-Adresse, Datenstick ... Dieses moderne Zeug. Wissen Sie, das ist so gar nicht meine Welt.«

»Aber sie sagten, Sie hätten einen Computer.«

»Ja, einen Laptop, den mir mal jemand gebracht hat. Er hat ihn auch eingerichtet. Man kann damit ins Internet, aber ich nutze ihn recht selten. Wenn ich ehrlich sein soll, nie.«

»Zeigen Sie ihn mir.«

Wir gingen in das kleine Nebenzimmer, aus dem er bei

meinem ersten Besuch das Foto von Barbara Obersaal geholt hatte. Dort stand ein kleiner Schreibtisch. Schönwand öffnete die Schublade unter der Platte. Darin lag ein Notebook, das gerade so hineinpasste.

»Darf ich?«, fragte ich.

»Sicher. Tun Sie, was für Ihre Arbeit nötig ist.«

Ich holte es heraus, klappte es auf und schaltete es ein. Nichts tat sich. Nach ein paar Sekunden leuchtete ein Batteriesymbol auf.

»Wir brauchen das Ladegerät dazu«, sagte ich.

Schönwand ging zu einem Regal und zog ganz unten eine Holzkiste heraus, in der sich ein Sammelsurium an Elektronikteilen befand. Kabel, Installations-CDs, Handbücher, Stecker.

»Hier ist es!«, rief er triumphierend.

Nachdem ich den Computer an den Strom angeschlossen hatte, ließ sich das Gerät hochfahren. Sofort ploppten haufenweise Hinweise für Updates auf. Schönwand stand neben mir und schaute mir über die Schulter.

»Wie lange haben Sie das Gerät nicht mehr benutzt?«, fragte ich.

»Ich weiß nicht genau.«

Oben rechts leuchtete das WLAN-Symbol auf. Es gab also eine Verbindung. »Wofür brauchen Sie das Internet, wenn Sie den Computer kaum benutzen?«, fragte ich. »Fürs Fernsehen? Die Mediatheken und so?«

»Ich besitze keinen Fernseher. Aber ich höre Internetradio. Ein Freund hat es mir eingerichtet.«

Auf dem Rechner war kein E-Mail-Account zu finden. Ich machte es kurz und loggte mich über den Browser in einen meiner Accounts ein, die ich für anonyme Anmeldungen benutzte. Schließlich wiederholte ich meine Suche nach Judith Obersaals Telefonnummer.

»Jetzt müsste ich mal telefonieren«, sagte ich.

Schönwand führte mich zu einem Festnetzapparat, der im Wohnzimmer in einer Ladeschale steckte. Zum Glück ging Judith Obersaal direkt dran.

»Herr Rott?«, fragte sie erstaunt, nachdem ich mich gemeldet hatte. »Sind Sie schon aus dem Urlaub zurück?«

»Ich bin gar nicht gefahren. Wieso fragen Sie?«

»Sie haben gesagt, Sie würden nach dem Mörder meiner Mutter fahnden, wenn er nach dem Urlaub noch nicht gefasst ist.«

Stimmt, das hatte ich gesagt.

»Die Dinge haben sich etwas anders entwickelt.« Es war besser, vage zu bleiben. Opladen hatte Judith Obersaal vielleicht vor mir gewarnt. »Es geht jetzt um den Mann, der mich verfolgt hat.«

»Nicht um den Mörder meiner Mutter?« Es klang direkt bedauernd.

»Könnten Sie mir das Foto, das Sie mit Ihrem Handy in der Bahnhofshalle gemacht haben, noch mal schicken?«

»Haben Sie es verloren?«

»Nein, das nicht, aber es gab Probleme mit meinem Handy. Es wäre am besten, wenn Sie es mir mailen. Ich gebe Ihnen die Adresse.«

Im Hintergrund hatte ich schon die ganze Zeit undefinierbare Geräusche gehört. Jetzt wurden sie lauter und entpuppten sich als Klavierklänge, vermischt mit irgendetwas Elektronischem.

»Kein Problem«, sagte sie. »Es dauert aber ein paar Minuten. Ich bin hier gerade in einer Probe. In einer Viertelstunde machen wir Pause.«

Ich erklärte, dass es reichte, wenn ich das Bild in der nächsten Stunde bekäme, bedankte mich und legte auf.

»Und nun?«, fragte Schönwand.

»Das Bild kommt. Bis es da ist, werde ich die Zeit nutzen.«

»Wofür denn?«

»Manchmal ist es bei Ermittlungen notwendig, noch mal ganz von vorne anzufangen. Haben Sie noch den Schlüssel zu Frau Obersaals Wohnung?«

Kein Siegel hinderte uns. Die Wohnung war kein Tatort. Aber die Polizei hatte sie durchsucht. Ziemlich oberflächlich, wie ich feststellte.

Auf den ersten Blick hatte sich nichts verändert. Da stand immer noch das knallrote Sofa vor dem Fernseher. Hatte in den Werbeprospekten und den Zeitschriften auf dem Glastisch jemand auch nur geblättert? Das benutzte Geschirr in der Küche war verschwunden.

»Hier hat jemand gespült«, sagte ich verwundert.

Schönwand nickte. »Das habe ich gemacht.«

In dem kleinen Arbeitszimmer gab es immer noch den Haufen Papierkram, den ich beim Eintreffen der Polizei durchsucht hatte.

Aber dann fiel mir doch ein Unterschied auf. Der Laptop fehlte. Den ließ Opladen jetzt wohl gerade untersuchen.

Ich setzte mich an den Schreibtisch, direkt neben die Wand mit den festgepinnten Fotos.

»Das ist ja interessant«, sagte Schönwand und zeigte auf den leicht verwackelten Schnappschuss von Frau Obersaal, der wohl auf einer Hochzeit entstanden war.

»Was meinen Sie?«, fragte ich.

»Hier, schauen Sie. Das ist Dr. Haase. Sie haben ihn bei unserem Hauskonzert gesehen. Es war der Herr, der als Erster ›Bravo‹ gerufen hat – mitten in die schöne Stille nach dem letzten Moment der Sonate hinein. Unverzeihlich so etwas.« Er schüttelte missbilligend den Kopf, als würde ihn die Erinnerung immer noch schmerzen.

»Frau Obersaal war auf Dr. Haases Hochzeit?«, fragte ich. »Welche Verbindung hatte sie denn eigentlich zu den Gästen Ihrer Hauskonzerte? War sie bei solchen Veranstaltungen auch dabei?«

»Oft, aber nicht immer. Das hier ist allerdings nicht die Hochzeit von Dr. Haase. Es ist die seines Sohnes. Das ist noch gar nicht so lange her. Drei, vier Monate vielleicht.« Er sah zur Zimmerdecke und überlegte. »Ja, ich erinnere mich. Sie hat die Trauung vorgenommen. Ich glaube, sie war mit der Braut persönlich befreundet. Deswegen war sie auch eingeladen.«

Ich sah das Foto an. Warum hing ausgerechnet dieses Bild hier? Würde es etwas nützen, mit den Brautleuten zu sprechen?

Ich begann, die Reißzwecken vorsichtig aus der Wand zu ziehen.

»Was machen Sie da?«, fragte Schönwand. »Seien Sie vorsichtig. Sie machen es ja kaputt.«

»Ich bin sehr vorsichtig«, versicherte ich ihm, und es gelang mir, das Bild ohne größere Schäden von der Wand zu bekommen. Als ich es geschafft hatte, drehte ich es um. Auf der Rückseite stand ein Datum, wie es manchmal der Fall ist, wenn man Bilder zum Ausdrucken weggibt. 29. August 2019. Wann es genau entstanden war, wusste ich natürlich nicht. Vorsichtig brachte ich es wieder an der Wand an.

»Wofür Sie sich so interessieren …«, sagte Schönwand verwundert. »Wissen Sie was? Ich gehe wieder hinauf. Bitte schließen Sie ordentlich ab, wenn Sie gehen.«

Als er die Wohnung verlassen hatte, war es still um mich herum. Es war mir nur recht, dass er gegangen war. Nun konnte ich mich besser konzentrieren.

Nach einem weiteren Rundgang durch die Wohnung machte ich mich wieder über die Papiere auf dem kleinen Schreibtisch her. Es gab eine Frage, die mich just in dem Moment beschäftigt hatte, als bei meinem letzten Besuch die Polizei aufgekreuzt war.

Barbara Obersaal hatte immer etwa am Zehnten eines Monats zweitausend Euro auf ihr Konto eingezahlt und das Geld kurz darauf an den Ehemann ihrer Tochter überwiesen.

Aber wann genau hatte das alles begonnen?

Für eine Beamtin war Frau Obersaal nicht gerade sehr ordentlich gewesen. Ich musste ein bisschen suchen, bis ich alle Auszüge, die noch hier waren, zusammenhatte. Schließlich fand ich heraus, dass es im letzten Jahr eine erste große Einzahlung gegeben hatte. Keine zweitausend, sondern fünftausend Euro. Auch sie waren direkt an Hoffermann gegangen. Im Monat darauf hatte dann das mit den Zweitausender-Zahlungen begonnen.

Ich sah auf die Daten. Die fünftausend waren am 1. September 2019 auf dem Konto verbucht worden. Schon am 10. war es dann mit den ersten zweitausend weitergegangen, und der Rhythmus, den ich schon ermittelt hatte, setzte ein.

Wenn die Hochzeit im August stattgefunden hatte, dann war die Sache kurz danach losgegangen.

Ich starrte das Bild an, als könnte es mir eine Antwort auf die Frage geben, die plötzlich in meinem Kopf rumorte. Bestand zwischen den Zahlungen und der Hochzeit auf dem Bild an Frau Obersaals Wand ein Zusammenhang? War das der Grund, warum sie es aufgehängt hatte, obwohl es so gar nicht zu den anderen Fotos passen wollte?

Du siehst Gespenster, Rott, sagte ich mir. Was soll es denn da für einen Zusammenhang geben? Die Frau war dort einfach nur Gast. Und Hochzeiten waren ihr Job. Sie hat Tag für Tag Ehen geschlossen. Du könntest genauso gut nach einem Kalender suchen, der dir sagt, wen sie am Tag des Zahlungsbeginns getraut hat. Und dann würdest du immer noch keinen Zusammenhang finden. Wie soll der denn aussehen?

Ein Brautpaar könnte die Standesbeamtin bestochen haben, weil mit der Ehe irgendwas nicht stimmte. Und Frau Obersaal musste beide Augen zudrücken.

Was gab es denn für krumme Dinger, bei denen so was erforderlich war?

Wenn einer der Brautleute schon verheiratet war.

Bigamie.

Um sie zu vertuschen, hatte man der Standesbeamtin ein Schweigegeld gezahlt.

Aber wie sollte ich das beweisen?

Sollte ich alle Paare, die Frau Obersaal getraut hatte, auf Unregelmäßigkeiten im Lebenslauf überprüfen?

War so was überhaupt möglich?

Ich hörte Schritte im Nebenzimmer. Schönwand war zurückgekommen.

»Ah«, sagte ich. »Das trifft sich gut. Ich hätte eine Frage an Sie.« Ich deutete auf das Bild. »Was ist aus den Leuten, die hier geheiratet haben, geworden? Ich meine, wo leben sie? Oder wo kann ich Dr. Haase erreichen?«

Schönwand machte ein erstauntes Gesicht. »Die Anschrift und die Telefonnummer von Herrn Dr. Haase kann ich Ihnen geben. Er wohnt in Hückeswagen … Aber der Sohn … Ich weiß nicht. Er ist auch Arzt, allerdings im Ausland. Ich glaube, er ist an einer Klinik in den USA. Ist das wichtig?«

»Vielleicht.« Ich hoffte, dass er keine weiteren Fragen stellen würde. Meine Ermittlungsergebnisse waren nicht gerade überwältigend. Ich brauchte mehr Zeit. Mehr Zeit, um Barbara Obersaals Wohnung zu durchsuchen. Ich hatte so eine Ahnung, dass hier irgendwo der entscheidende Hinweis zu finden sein musste. Der Hinweis, der –

»Es tut mir leid, falls ich Sie gestört habe«, sagte Schönwand. »Frau Obersaal, ich meine, Judith Obersaal rief an. Sie hat das Foto geschickt.«

»Das ist ja wunderbar«, sagte ich und versuchte, meine schlechte Stimmung durch gespielte Begeisterung ein wenig aufzuhellen. »Das hätten Sie mir aber auch nachher sagen können, wenn ich wieder raufgekommen wäre.«

Schönwand nickte. »Ja, natürlich. Es ist nur so, dass mich Frau Obersaal, ich meine, Judith Obersaal danach gleich noch einmal anrief. Sie sollten mit ihr sprechen. Oder vielmehr mit ihrem Mann.«

»Warum?«

»Er hat zufällig gesehen, wie sie das Bild an Sie verschickt hat. Und dabei ist etwas passiert.«

Meine Güte, musste er sich so umständlich ausdrücken?

»Was soll denn dabei passiert sein?«

»Nun … Er hat das Bild gesehen. Und den Mann auf dem Foto erkannt.«

20

Während wir die Treppe hinaufgingen, fügte ich in meinem Kopf zusammen, was ich über Hoffermann wusste.

Opladen hatte gesagt, der Mann hätte gesessen, und zwar in der JVA Vohwinkel. Hatte er mir auch gesagt, weswegen? Ich konnte mich nicht erinnern, aber ich war mir sicher, dass ich mir das gemerkt hätte.

Und als ich ihm das Bild zeigte, hatte Opladen so komisch geguckt.

In der Wohnung nahm ich Schönwands Telefon und rief noch einmal bei Judith Obersaal an.

»Hallo?« Im Hintergrund quietschte eine Gitarre.

»Frau Obersaal, hier ist Rott, ich sollte zurückrufen. Kann ich Ihren Mann sprechen?«

Das Gequietsche wurde leiser. Sie hatte sich wohl von der Geräuschquelle wegbewegt.

»Ich glaube, das ist keine gute Idee«, sagte sie.

»Aber Herr Schönwand hat mir gerade ganz klar gesagt, dass –«

Sie fiel mir ins Wort. »Wissen Sie ...« Sie druckste ein bisschen herum. »Mein Mann ... Er hat eine nicht ganz astreine Vergangenheit. Und er hat damit abgeschlossen. Wir machen jetzt unsere Musik, und das allein ist wichtig. Nichts soll das gefährden.«

»Frau Obersaal, ich weiß das doch alles. Ich weiß, dass Ihr Mann in der JVA in Vohwinkel eingesessen hat. Und ich bin sicher, dass er nicht Gefahr läuft, da erneut hinzumüssen, nur weil er mir hilft.«

»Das wissen Sie?«

»Ich bin Privatdetektiv. Es ist mein Job, Sachen zu wissen.« So ein Quatsch, wenn das mein Job wäre, stünde ich nicht hier, dachte ich. Es ist mein Job, Sachen herauszufinden, die ich eben *nicht* weiß. Und das sind leider sehr, sehr viele.

Als Judith Obersaal weitersprach, verfiel sie ins Flüstern. »Das ist auch nicht alles, Herr Rott. Es geht nicht nur darum, dass er Angst hat, wieder wegen irgendwas festgenommen zu werden. Es hat mit dem Mann zu tun. Mit dem Mann auf dem Foto.«

»Frau Obersaal, wo sind Sie gerade?«

»Was? Wieso?«

»Kann ich nicht vorbeikommen und persönlich mit Ihrem Mann sprechen? Es wird niemand erfahren, dass er mir weitergeholfen hat. Garantiert.«

»Ich weiß nicht ... Wir haben hier zu tun, und –«

»Es geht darum, den Mörder Ihrer Mutter zu finden, Frau Obersaal.«

Sie schwieg einen Moment. »Sekunde, was haben Sie gesagt? Ich dachte, das wäre eine Sache zwischen diesem Mann und Ihnen? Er hat Sie verfolgt. Am Bahnhof.«

»Aber dieser Mann könnte der Mörder Ihrer Mutter sein, Frau Obersaal.«

»Sie meinen, er weiß, dass Sie gegen ihn ermitteln?«, rief sie. Das Flüstern hatte sie aufgegeben. »Na, sicher weiß er das, sonst hätte er Sie ja nicht verfolgt. Herr Rott, das kann ich Mark gar nicht sagen. Es bedeutet ja, dass der Typ auch hier auftauchen könnte. Was hat er denn überhaupt vor?«

»Das will ich eben herausfinden. Wenn Ihr Mann ihn kennt und lieber nicht wiedersehen möchte, ist es vermutlich jemand, der was mit seiner kriminellen Vergangenheit zu tun hat. Das Geld, das Ihre Mutter Ihnen regelmäßig überwiesen hat, wurde vorher stets in bar auf das Konto Ihrer Mutter eingezahlt. Woher es stammt, weiß ich nicht. Aber ich kann es herausfinden, wenn ich einen Hinweis erhalte, wer dieser Mann ist. Nur dann haben wir eine Chance. Ihr Mann muss mit mir sprechen.«

»Mit Ihnen oder mit der Polizei?«

»Mir ist es bisher nicht gelungen, Herrn Hauptkommissar Opladen davon zu überzeugen, dass der Mann auf dem Foto etwas mit dem Tod Ihrer Mutter zu tun hat. Daher wird er sich für ein solches Gespräch kaum interessieren. Also mit mir.«

Ich sah Schönwand, der in dem Sessel Platz genommen hatte, in dem er wohl immer Musik hörte. Er hatte das ganze Telefonat interessiert verfolgt und nickte bedächtig.

»Uns, also Herrn Schönwand und mir, geht es im Moment vorrangig darum herauszufinden, woher das Geld stammt«, fuhr ich mit einem Blick auf meinen Auftraggeber fort. »Und es ist anzunehmen, dass dieser Unbekannte etwas damit zu tun hat.«

Judith Obersaal schwieg eine ganze Weile. Wären nicht die Geräusche von Musikinstrumenten im Hintergrund zu hören gewesen, hätte man glauben können, die Leitung sei zusammengebrochen.

»Also gut«, sagte sie dann. »Ich will auch, dass Sie mit Mark sprechen. Ich werde ihn schon davon überzeugen, dass das wichtig ist. Kennen Sie das Oxtor? In der Mohrenstraße?«

»Ja, das kenne ich.«

»Wir sind in Raum neun. Wir proben noch den ganzen Tag, aber in einer Stunde machen wir eine längere Pause. Das wäre vielleicht die richtige Gelegenheit.«

Vor ein, zwei Jahren hatte Jutta mal ein Techtelmechtel mit einem Musiker gehabt. Er war Schlagzeuger in einer Band, die zwar aus Köln kam, aber regelmäßig in Wuppertal probte. Der Mann hatte eine sehr eifersüchtige Ex-Frau, die leider nicht verstand, dass die Beziehung zu Ende war. Sie folgte dem Musiker auf Schritt und Tritt. Es gab zwar längst eine Verfügung, dass sie das zu unterlassen hatte, aber sie hielt sich nicht dran – und die Überprüfung, ob sie sich nicht doch gerade irgendwo in der Nähe aufhielt, wenn der Schlagzeuger sich mal ausnahmsweise nicht seinem Instrument, sondern meiner Tante widmete, wurde mir übertragen.

So war ich der Verfolgerin gefolgt – unter anderem auch zum Oxtor.

In Heckinghausen, dort wo der Stadtteil an die Wupper stieß, hinter dem alten Gaskessel, hatte der Musiker Rüdiger Braune eine ehemalige Schlachterei zu einer heißen Adresse für

Leute gemacht, die gute Proberäume suchten. Hinter den alten Fassaden gab es gleich sechzig Stück davon – in verschiedenen Größen, schallisoliert und damit rund um die Uhr für jede Art der Geräuschentwicklung nutzbar.

Ich schaffte die Fahrt bis in den Wuppertaler Osten in gut zwanzig Minuten. Als ich in den Hof einbog und das Kopfsteinpflaster unter den Reifen pladderte, sah ich vor der Stahltür an der Rampe, wo es ins Innere des Gebäudes ging, ein paar Gestalten herumstehen, die mir neugierig entgegensahen und an ihren Zigaretten zogen.

Durch meine Ermittlungsarbeit für Juttas Verhältnis kannte ich mich hier ein bisschen aus. Die Räume waren mit schwarzen Ziffern an den Wänden ordentlich nummeriert. Die Nummer neun befand sich im Keller. Um dorthin zu gelangen, musste ich im Erdgeschoss erst ein Stück den Gang entlanggehen, vorbei an einer Unmenge von aufgeklebten Konzertplakaten und Kontaktanzeigen von Bands, die neue Musiker, Songwriter oder andere Unterstützung suchten – und umgekehrt. Man bekam hier sozusagen im Vorbeigehen die ganze Vielfalt der Wuppertaler Musikszene geboten – ausgenommen natürlich die Musikwelt von Leuten wie Schönwand oder Kaltenborn.

Meine Schritte erzeugten einen Widerhall. Weiße Kacheln an den Wänden erinnerten an die Vergangenheit des Gebäudes. Über eine schmale Wendeltreppe gelangte ich nach unten. Es gab auch einen Aufzug, mit dem man aber nur Equipment transportieren konnte.

Als ich mich dem Raum Nummer neun näherte, hörte ich, wie sich drinnen zwei Personen unterhielten. Ein Mann und eine Frau. Die Stimme der Frau gehörte eindeutig Judith Obersaal.

Die Tür stand einen Spaltbreit offen. Wenn man gerade keine Musik machte, war das angenehmer, weil die Räume keine Fenster hatten. Ich blieb stehen, weil mir klar geworden war, dass dort ein Streit vor sich ging.

»Es geht um meine Mutter«, sagte Judith Obersaal gerade.

»Es ist doch schrecklich, was da passiert ist. Kannst du das denn gar nicht verstehen?«

»Aber wir haben nichts damit zu tun.« Das war die Männerstimme, die wohl Mark Hoffermann gehörte. Sie klang überraschend weich, fast ängstlich.

»Nichts zu tun?«, rief Judith Obersaal erregt. »Es ist meine Mutter, verdammt.«

»Das meine ich nicht, Judith, und das weißt du auch. Natürlich soll der Täter gefasst werden. Aber –«

»Ach, lass mich doch in Ruhe.«

Die Tür wurde auf einmal ganz aufgestoßen. Ich stand schon so nah, dass ich kaum mehr zur Seite springen konnte, bevor mich Judith Obersaal anrempelte. Sie schien nicht überrascht zu sein, als sie mich sah.

»Ich habe es versucht«, sagte sie. »Aber jetzt reicht's mir.«

Sie ging in Richtung Treppenhaus davon und zog dabei eine Schachtel Zigaretten heraus. Sekunden später waren ihre Schritte verklungen.

Aus dem Probenraum kamen leise Klavierklänge. Ich blickte um die Ecke und sah Hoffermann, der in einem Durcheinander von Gerätschaften stand, die man heute fürs Musikmachen brauchte. Außer man war ein klassischer Pianist und setzte sich einfach an einen Flügel.

Hier jedoch lehnte eine Elektrogitarre an einem Stuhl, in der Ecke stand ein Schlagzeug, daneben ein Ständer mit allen möglichen Perkussionsinstrumenten vom Tamburin bis zu irgendwelchen Rasseln. Es gab Mikrofone und den dazugehörigen Salat an Elektrokabeln, die alles mit Verstärkern verbanden. Neben einem Mischpult stand ein aufgeklapptes Notebook.

Im Zentrum des Ganzen erhob sich ein Keyboard, an dem Hoffermann stand – ein großer, schlanker Mann mit einem blonden Haarschopf, den er zu einem Pferdeschwanz zusammengebunden hatte. Versonnen improvisierte er an den Tasten eine kleine romantische Melodie, die fast ein bisschen klassisch klang. Ich fragte mich, was Schönwand oder dieser

Klavierexperte Kaltenborn davon halten würden. Mir gefiel sie jedenfalls. Sie erfüllte den kleinen Raum von vielleicht zehn Quadratmetern mit einem ganz eigenen Flair.

»Herr Hoffermann?«

Er hörte auf zu spielen und sah mich mit sehr hellen Augen an.

»Ich kann Ihnen nicht helfen«, sagte er.

Gegenseitige Vorstellung unnötig. Er wusste, wer ich war.

»Haben Sie den Mann in Vohwinkel kennengelernt?«, fragte ich.

Er schüttelte den Kopf. Dann fing er wieder an, die Tasten zu bearbeiten. Ich sah, dass er an den Händen tätowiert war.

»Herr Hoffermann«, startete ich einen neuen Versuch. »Niemand weiß, dass ich hier bin. Sie haben den Mann doch erkannt. Sagen Sie mir bitte, was Sie über ihn wissen.« Am liebsten hätte ich hinzugefügt, dass er es auch um seiner Frau willen tun sollte, aber ich schwieg und sah ihm nur zu, wie er weiter seine schöne kleine Musik machte. Das ging ein, zwei Minuten so, dann hörte er abrupt auf.

»Es ist eine Riesenscheiße, dass uns das jetzt einholt«, sagte er. »Ich will davon weg, verstehen Sie? Ich will mit Judith Musik machen. Ihre Mutter hat uns dabei geholfen. Mit dem Geld. Wir können davon diesen Raum bezahlen, können ordentlich proben und haben ab und zu mal einen Gig. Demnächst wollen wir unser erstes Album machen.«

»Das bleibt Ihnen doch unbenommen«, sagte ich.

»Judith hat es auch schwer gehabt«, redete er weiter. »Nicht nur ich. Ich habe eine Zeit lang Scheiße gebaut und dafür gesessen. Judith hat man einfach nur fertiggemacht. Sie hat den Musikbetrieb nicht verkraftet. Fast hätte sie aufgegeben. Aber eben nur fast.«

»Weswegen haben Sie gesessen?«, fragte ich.

»Einbruch, Diebstahl, Raub«, sagte er, als hätte er das schon oft aufgezählt. »Es ging hauptsächlich um Elektronik. Auch Musikinstrumente und Zubehör. Bei einem Einbruch habe ich jemanden angeschossen.«

»Und der Mann auf dem Foto? Haben Sie mit ihm zusammengearbeitet? Ist es jemand aus Ihrer Vergangenheit? Ein Komplize oder ein Hehler?«

Hoffermann starrte vor sich hin. Er blickte die Tasten des Keyboards an, als überlegte er, ob er sich wieder in seine kleine Melodie flüchten sollte. Doch dann schien er sich einen Ruck zu geben und sah mich wieder an.

»Ich mache es kurz. Was ich sage, wissen Sie nicht von mir, klar?«

»Klar.«

»Der Mann war in Vohwinkel.«

»Aber eben haben Sie gesagt –«

»Sie haben gefragt, ob ich ihn dort *kennengelernt* hätte. Das habe ich nicht. Aber ich habe ihn dort gesehen. Er war zur selben Zeit da wie ich. Vor einem guten Jahr. Ich wurde entlassen, er hatte noch was abzusitzen. Er muss vor recht kurzer Zeit rausgekommen sein.«

»Und der Name?«

»Weiß ich nicht. Wie gesagt, ich habe ihn nur gesehen. Und ich weiß, was man sich im Knast über ihn erzählt hat.«

»Und was war das?« Das mit dem Namen glaubte ich ihm nicht. Wussten denn Sträflinge nicht, wie ihre Mitgefangenen hießen? Anderseits hatte die JVA über fünfhundert Haftplätze.

»Alle hatten Angst vor ihm«, sagte Hoffermann. »Ab und zu bekam er Besuch von irgendwelchen Leuten. Angeblich aus dem Ruhrgebiet.«

»Stammte er von da?«

»Weiß ich nicht. Es hieß, die Besucher kämen von einer bestimmten Familie.«

»Ist doch naheliegend, dass seine Familie ihn besucht.« Klar, warum auch nicht? Wenn man im Knast saß, besuchte einen die Familie. Wer auch sonst? Freunde vielleicht.

»*Eine* Familie«, korrigierte Hoffermann. »Für die er gearbeitet hat. Und vielleicht auch jetzt wieder arbeitet. Leute, mit denen man absolut nichts zu tun haben will, glauben Sie mir.«

Endlich fiel bei mir der Groschen. »Sie meinen, der Mann gehört zu einem Clan?«

Hoffermann sagte nichts.

»Wissen Sie, weshalb er im Gefängnis war?«

»Mehr weiß ich nicht. Und mehr sage ich nicht.«

Wie um das zu bekräftigen, fing er wieder an, mit seinen tätowierten Fingern die Tasten seines Keyboards zu bearbeiten. Die Melodie klang jetzt gar nicht mehr so verhuscht wie eben. Sie besaß nun eine klare Richtung und wirkte deutlich entschlossener. Sie schien eine unmissverständliche Botschaft auszudrücken: Wir wechseln keine Worte mehr. Es ist alles gesagt. Es gibt nur noch die Musik. Und die kann zwar eine Menge beschreiben, aber keine Details über einen Straftäter vermitteln. Außer man packte die Informationen in einen Gesangstext.

Ich hörte noch eine Weile zu. Dann nickte ich kurz in Hoffermanns Richtung. Er war jedoch zu versunken in sein Spiel, um es zu bemerken.

Oben am Ausgang hinter der Stahltür stand Judith Obersaal ein Stück von den anderen Rauchern entfernt an der Mauer auf der Rampe und zog an einer Zigarette.

»Hat er mit Ihnen gesprochen?«, fragte sie.

»Hat er.«

»Und glauben Sie, dass der Mann etwas mit dem Tod meiner Mutter zu tun hat?

»Keine Ahnung.«

Ich hatte sehr gut verstanden, was Hoffermann mir gesagt hatte. Wenn es stimmte, und es gab keinen Grund, daran zu zweifeln, bekam der Fall eine ganz neue Wendung. Eine, die mir überhaupt nicht gefiel.

Als ich Melcherts Renault erreicht hatte und mich noch mal zu der Tür neben der Rampe umsah, waren die Blicke von einigen der Gestalten, die dort herumstanden, auf mich gerichtet. Judith Obersaal war nicht mehr zu sehen. Wahrscheinlich war sie wieder ins Haus gegangen.

Langsam, aber unerbittlich begann sich ein seltsames Kribbeln über meinen Rücken auszubreiten, es wanderte hinauf zum Nacken und schien meine Kopfhaut zusammenzuziehen, als wäre ich in einen Eisregen geraten. Das grausige Gefühl kam mit einer Verzögerung von ein paar Minuten, war aber umso intensiver. Und es verband sich mit einem eigenartigen, flauen Gefühl in meinem Magen.

Auf dem Weg zum Oxtor hatte ich mir vorgenommen, nach dem Treffen mit Judith Obersaal irgendwo etwas zu essen, vielleicht im Heckinghauser Grill. Aber jetzt war mir der Appetit vergangen.

Ich startete den Motor. WDR4 quäkte mir Wonnes »Dancing Queen« entgegen, aber jetzt konnte ich das nicht gebrauchen und schaltete das Radio aus. Ich fuhr vom Hof, ließ dabei wieder die Reifen über das Pflaster pladdern und bog in die Straße ein.

Ich fuhr nicht zu langsam und nicht zu schnell. So gemütlich, dass ich überprüfen konnte, ob mir jemand folgte. Manni hatte zwar dafür gesorgt, dass mein Handy als Spionageinstrument ausfiel. Aber man konnte ja auch auf die gute alte Weise überwacht werden.

Im Moment war in meinem Rückspiegel nichts Auffälliges zu entdecken. So fuhr ich weiter in Richtung Elberfeld, hielt die Augen offen und dachte nach. Es dauerte nicht lange, da hatte ich mir eine Theorie zusammengebastelt.

Barbara Obersaal hatte aus irgendwelchen Quellen Geld bezogen. Nicht bewiesen, aber auch nicht ausgeschlossen und vielleicht sogar naheliegend war die Annahme, dass es sich um Geld handelte, das mit den kriminellen Machenschaften der Clans aus dem Ruhrgebiet in Zusammenhang gebracht werden konnte.

Irgendwem war das ein Dorn im Auge gewesen.

Der Clan beziehungsweise ein Clanmitglied, das mit den Geldzahlungen nicht einverstanden war, könnte jemanden beauftragt haben, das finanzielle Leck zu stopfen. Und dieser Jemand wiederum war wohl gerade aus dem Knast gekommen und hatte als erste Aufgabe einen Job übernommen, der ihn schnurstracks wieder dorthin zurückbringen würde – sollte man ihn schnappen.

Sein Plan hatte nämlich darin bestanden, die Empfängerin des Geldes umzubringen.

Dass er dafür zur Rechenschaft gezogen wurde, suchte er mit großer Raffinesse zu verhindern. Offenbar war der Typ ziemlich versiert in Sachen Computerkram, wusste, wie man Handys hackte und Spy-Apps installierte und all das.

So hatte er zunächst alles ausgekundschaftet, was sein Mordopfer betraf. Er bekam heraus, dass Barbara Obersaal gern auf der Nordbahntrasse Fahrrad fuhr und dass sie demnächst einen gewissen Privatdetektiv namens Rott samt dessen Freundin in den Stand der Ehe befördern würde.

Bei der Personalie Remigius Rott mussten dem Kerl die Ohren geklingelt haben. Der hatte doch schon ziemlich oft Ärger mit der Polizei gehabt! Am besten, man schaute sich dessen Handydaten mal ein bisschen genauer an. Und dazu noch die von dessen Tante Jutta, dieser ziemlich reichen Frau, wie sich schnell zeigte.

Und siehe da – der Privatschnüffler aus der Bergstraße wurde gerade von einem Stalker belästigt und hatte einen ziemlichen Hals auf den Typen, der seine Braut mit Nachrichten bombardierte.

So übernahm man also den Account des Stalkers, stachelte die Wut des Privatdetektivs mit ein paar Spezialnachrichten und einem Foto vor dem Puff noch mehr an, bis der so richtig sauer wurde.

Jetzt griffen die Dinge wunderbar ineinander. Barbara Obersaal wurde tot aufgefunden. Allem Anschein nach steckte der Stalker Thomas Anrath dahinter, der ja die Hochzeit verhindern wollte und vielleicht doch so dement war, dass er dachte, man könnte das außer mit Mails auch noch durch den Tod der Standesbeamtin erreichen.

Um die falsche Spur wasserdicht zu machen, klaute man dem Sündenbock Rott bloß noch dessen Waffe, brachte damit

Anrath um und legte alles so zurecht, dass der Privatdetektiv als Mörder dastand.

Ach ja, und so ganz nebenbei nahm man auch noch zwanzigtausend Euro aus Juttas Wohnung mit. Als Beifang, wie die Fischer sagten. Denn man hatte ja bei der Überwachung der Handys mitbekommen, dass die reiche Dame so viel Geld in bar von der Bank geholt hatte. Warum sollte man sich das entgehen lassen?

Halb unbewusst hatte ich den Wagen durch Wuppertal gelenkt. Jetzt fand ich mich am Linksabbieger Fischertal wieder, vor mir die Stahlkonstruktion der Schwebebahn, hinter der sich der Backsteinturm der Antonius-Kirche hochreckte. Die Ampel war rot. Wenn sie grün wurde, ging es weiter auf die Friedrich-Engels-Allee, die mich schließlich am Polizeipräsidium vorbeiführen würde.

Ruhrgebiet-Clans!

Das war eine Nummer zu groß für mich.

Sollte ich auf dem Weg bei Opladen anhalten, mich stellen und ihm meine Theorie vortragen?

Es wurde grün, ich bog ab und ließ den Renault weiterrollen.

Selbst wenn meine Theorie stimmte, gab es noch offene Fragen.

Mit welcher Waffe war Barbara Obersaal erschossen worden? Wenn Anrath als Täter hingestellt werden sollte, war sie wahrscheinlich in seinem Wohnmobil gewesen. Oder irgendein Hinweis darauf. Im Gegensatz zu meiner Beretta versteckt, aber ebenfalls perfekt vom Täter platziert, damit alles passte.

Warum hatte der Täter das finanzielle Leck eigentlich mit einem Mord an der Empfängerin gestopft? Mir fiel nur eine Antwort ein: Weil Barbara Obersaal etwas gewusst hatte. Etwas, das sie überhaupt erst dazu gebracht hatte, regelmäßig Geld zu erhalten.

War Barbara Obersaal eine Erpresserin?

Aber wer, wenn er einigermaßen klar im Kopf war, erpresste einen Ruhrgebiet-Clan?

Vielleicht war Barbara Obersaal gar nicht bewusst gewesen, welche Verbindungen ihr Erpressungsopfer hatte.

Mir kamen die Fotos in den Sinn, die neben ihrem Schreibtisch an der Wand hingen. Die Standesbeamtin war eine selbstbewusste, starke Frau gewesen. Und sie hatte allerlei Leute gekannt. Bei dem Sohn von Dr. Haase war sie privat auf der Hochzeitsfeier gewesen. Und auf solchen Feiern bekam man womöglich etwas mit. Etwas, das man mit ein bisschen Glück für eine Erpressung nutzen konnte.

Verdammt, das klang alles viel zu vage.

Mit wem hatte Barbara Obersaal noch zu tun gehabt? Hatte sie jemandem vertraut, der mit den Clans in Verbindung stand? Konnte mir Schönwand helfen, das herauszufinden? Hatte er die Möglichkeit, ihre Termine durchzusehen?

Rechts tauchte Augenoptik Riedesel auf, dann die Aral-Tankstelle. Links näherte sich der lang gestreckte graue Kasten des Präsidiums.

Ich fuhr vorbei.

Was ich mir da ausgedacht hatte, wirkte auf mich wie ein Kartenhaus, das beim kleinsten Lufthauch einstürzen würde. So konnte ich dem Hauptkommissar meine Theorie nicht erklären. Zumal Opladen gerade auf dem Oberschlaumeier-Trip war und Punkt für Punkt einsammelte. Und mir irgendetwas voraushatte.

Opladen hatte den Mann auf dem Foto erkannt, da war ich jetzt absolut sicher.

Wenn ich dem Hauptkommissar meine Theorie erklären wollte, brauchte ich noch ein weiteres Detail. Ich brauchte den Namen des Mannes, um den es ging. Musste herausfinden, wen Hoffermann da erkannt hatte. Wer mich verfolgte.

Und ich hatte auch schon eine Idee, wie ich das herausbekam.

21

Die L 74 brachte mich ins Grüne. Leider war das Grün jetzt, im Januar, eher ein Braun, und auch der schwere graue Himmel, der über allem hing, ließ kaum erahnen, wie schön es hier, südlich von Wuppertal, im Sommer war. Ich konnte die Leute verstehen, die das fiese Halbjahr irgendwo auf einer Insel verbrachten. Andererseits hieß es ja immer, dass die echten Bergischen Menschen wüssten, was Wetter ist. Und wer etwas auf sich hielt, ließ sich davon nicht beeindrucken.

Tatsächlich sah ich einige dieser Wettertrotzer am Müngstener Brückenpark, wo ich nach Remscheid abbog. Zwischen den laublosen Gehölzen bewegte sich etwas in Rot, Gelb und Blau. Wanderer in knallbunten Regenjacken.

Der Remscheider Stadtteil Kremenholl liegt auf einem Berg oberhalb des Lohbachtals. Die Höhe ragt wie eine ovale Halbinsel aus dem Stadtgebiet heraus. An den Rändern säumen Einfamilienhäuser die Erhebung, mehr zur Mitte hin ragen weiße Kästen auf. Die Mietwohnungen dort bieten einen wunderbaren Blick über die Landschaft. Mit einem großen Pluspunkt, den man bei der Nachmietersuche wunderbar bewerben könnte: Sie sind die einzigen Orte in der Umgebung, an denen man die weißen Hochhäuser nicht sehen kann.

In einer dieser Wohnungen in der Augustinusstraße wohnte Elfie Lindenthal, eine alleinerziehende Mutter. Ihr halbwüchsiger Sohn Timo hatte vor einigen Jahren mal Ärger wegen Drogen gehabt. Klassenkameraden hatten ihm was in die Schultasche gesteckt, und Timo wäre fast von der Schule verwiesen worden. Ich hatte dabei geholfen, die Sache geradezubiegen.

In gewisser Weise schuldete mir Frau Lindenthal also einen Gefallen. Und den wollte ich jetzt einfordern.

Sie war nämlich Justizvollzugsbeamtin in der JVA Vohwinkel.

Ich stellte den Wagen ein paar Straßen weiter ab. Wahrscheinlich war das übertrieben, denn niemand wusste ja, dass ich jetzt diesen Franzosen fuhr. Trotzdem ging ich sicherheitshalber zu Fuß zu den Mietblöcken hinüber. Leider erinnerte ich mich nicht mehr an die Hausnummer, und so dauerte es eine Weile, bis ich die richtige Adresse fand.

Eine Klingel. Daneben der Name »Lindenthal«.

Ich drückte, und kurz darauf meldete sich eine männliche Stimme.

»Hallo?«

War das Timo? Oder war sie wieder mit jemandem zusammen?

»Rott hier«, sagte ich. »Ist Frau Lindenthal zu Hause?«

»Herr Rott?«, kam es verwundert aus dem Lautsprecher.

»Eben der«, gab ich zurück und war nun ganz sicher, dass ich mit dem Sohn sprach, der mich ja kannte. Ich sah mich um. Niemand war in der Nähe. Der Summer ertönte.

Timo stand in der Tür im dritten Stock.

»Sie sind der Detektiv«, sagte er. Der Junge wirkte deutlich erwachsener als damals. Bei Teenagern machten zwei, drei Jahre eine Menge aus. Er war gewachsen, hatte längere Haare, die hinten zu einem dieser seltsamen Männerdutts zusammengebunden waren, und er kämpfte auf den Wangen mit einer fiesen Akne.

»Hallo, Timo«, sagte ich. »Oder muss ich dich jetzt siezen?«

Er lachte. »Nee … alles cool. Meine Mutter ist aber nicht da. Ist irgendwas? Ich meine, Ärger oder so? Wegen damals? Das ist doch alles vorbei, oder nicht?«

Ich winkte ab. »Ich brauche nur eine kleine Auskunft in einer anderen Sache. Wo ist sie denn? Ich meine, wann kommt sie zurück?«

»Na, sie arbeitet«, sagte er. »Um fünf müsste sie zurück sein. Spätestens um halb sechs.«

Klar, darauf hätte auch selbst kommen können.

Ich sah auf die Uhr. Es war kurz nach halb vier.

»Ich muss leider in ein paar Minuten weg.« Timo deutete

auf eine Sporttasche, die im Korridor neben der Wohnungstür stand. »Handballtraining.«

»Alles klar«, sagte ich. »Ich komm dann einfach später wieder.«

»Soll ich Ihnen ihre Handynummer geben?«, schlug Timo vor. »Ich kann ihr auch eine WhatsApp schicken, dass Sie auf sie warten.«

»Besser keine WhatsApp«, sagte ich. »Aber die Nummer schreibe ich gern auf.«

Sofort hatte er sein Smartphone in der Hand. Ich hatte ihn kaum in eine Tasche greifen sehen. Wahrscheinlich waren Vertreter der Generation Z, zu denen Timo ja gehörte, schon mit irgendeiner körperlichen Vorrichtung geboren worden, die sie die Dinger versteckt in der Hand transportieren ließ. Und mit dem Rundrücken, der beim Starren-beim-Gehen entsteht. Die nächste Stufe wäre dann, dass ein weiteres Augenpaar auf der Stirn erschien. Daran arbeitete die Natur aber noch. Bevor es dazu kam, würden die Telefonhersteller es schaffen, ihre Produkte gleich in die Hirne zu pflanzen.

»Ich kann Ihnen die Nummer doch aufs Handy schicken«, sagte Timo leicht verunsichert, als ich Papier und Stift aus meinen Taschen kramte.

»Nein, danke. Ich arbeite lieber mit den Methoden des letzten Jahrtausends.«

»Alles cool?«, fragte er, ehrlich besorgt. »Und ich soll ihr wirklich nicht Bescheid geben?«

»Danke, alles cool«, gab ich zurück und betonte das neudeutsche Wort vielleicht eine Spur zu sehr.

»Wenn Sie das sagen, klingt es komisch«, sagte er.

»Finde ich auch. Also – jeder bleibt bei seinen Methoden und bei seiner Art, sich auszudrücken. Wie ist denn nun die Nummer?«

Er gab sie mir, ich schrieb sie auf, und dann verließen wir gemeinsam das Haus.

Timo verabschiedete sich, eilte die Straße entlang und war bald in Richtung der nächsten Bushaltstelle verschwunden.

Ich ließ mir Zeit und schlenderte langsam zum Wagen zurück, setzte mich aber nicht hinein.

Auf der Straße stehen bleiben konnte ich allerdings auch nicht. Beides hätte mich in den Augen mancher vielleicht verdächtig gemacht, und ich hatte keine Ahnung, ob die Fahndung nach mir auch öffentlich in den Medien verbreitet wurde, samt Personenbeschreibung und Namensnennung. Ich hätte Timo danach fragen können. Die jungen Leute kriegten ja über ihre sozialen Netzwerke immer alles Mögliche mit. Aber ich wollte den Jungen da nicht mit hineinziehen.

So kam ich auf die Idee, einen kleinen Spaziergang zu machen. Ich hatte zwar keine bunte Regenjacke, keine Wanderschuhe und erst recht keinen Rucksack. Aber als normaler Spaziergänger, der sich ein bisschen im Lohbachtal die Beine vertrat, ging ich durch. Besser wäre es gewesen, wenn ich noch einen Hund hätte vorweisen können. Aber man kann nicht alles haben.

Zwischen den Häusern führte eine kleine Stichstraße hindurch, die in einen steil abwärts führenden Fußweg überging. In weiten Serpentinen folgte ich ihm durch den Wald bis zur Talsohle, wo der Lohbach plätscherte. Ein Stück entfernt stieß ich auf ein Fachwerkhäuschen, das sich an den Steilhang drängte, als habe es Angst, den vielen Wanderern, die hier gelegentlich vorbeikamen, den Weg zu versperren. Jetzt war ich allerdings der Einzige, der sich hier herumtrieb. Noch nicht mal eine einzige bunte Regenjacke war in Sicht.

Im Sommer sah das sicher anders aus. Da waren viele Ausflügler begierig, die Gegend zu erkunden. Das Hammertal, das seinen Namen den sogenannten »Hämmern« oder »Kotten« verdankte. Frühen Industriebetrieben, deren Geschichte zum Teil Jahrhunderte zurückreicht.

Einer davon erwartete mich fünfzig Schritte weiter. Es war der Diederichskotten, an dessen industrielle Vergangenheit neben den blauen Hinweisschildern für Wanderer nur noch die eigenartige Architektur erinnerte. Neben dem Haupthaus aus Fachwerk schloss sich so etwas wie eine kleine Fabrikhalle an –

mit hochgezogenen, oben abgerundeten Fenstern. Natürlich wurde hier heute nichts mehr mit Wasserkraft geschliffen oder sonst wie bearbeitet. Der Bach floss inzwischen völlig nutzlos durch das Tal und nahm die Energie, die viele Generationen lang genutzt worden war, gleich mit. Alle redeten heute von Nachhaltigkeit. Die Vorfahren im Bergischen hatten das Wort nicht gekannt, und das Prinzip war bei ihnen trotzdem Alltag gewesen.

Rechts, vor den Gebäuden des Kottens, begrenzte ein Geländer den Weg. Ich blieb eine Weile stehen, lauschte in den winterlichen, stillen Wald hinein und dachte nach. Eigentlich hätte mich mein Fall beschäftigen sollen. Und die Frage, ob mir Frau Lindenthal wirklich würde weiterhelfen können oder ob ich nur meine Zeit vertat. Stattdessen stand ich da, lauschte dem Wassergeplätscher und versuchte mir vorzustellen, was Wonne wohl gerade machte. Ob sie sich mit Jutta amüsierte? Oder ob die beiden meinetwegen in Streit geraten waren und sich den Aufenthalt in dem Inselparadies gehörig verdarben?

Ich kam nicht weit mit meinen Gedanken. Ein Flirren, eine eigenartige Luftbewegung schien sich zwischen mich und den stumm dastehenden Wald zu schieben.

Mister M. war wieder da.

»Mit Leuten vom Gefängnis zu reden ist gefährlich«, sagte er, ohne mich anzusehen. Er stand neben mir am Geländer und sah wie ich zu den Gebäuden hinüber. Oder reichte sein Blick weiter, den Berg hinauf nach Kremenholl in die Augustinusstraße? Zu Frau Lindenthals Wohnung? »Sie bringen sich nämlich in Schwierigkeiten, wenn sie dir helfen«, fügte er hinzu.

Ich hatte keine Ahnung, ob er eine Antwort erwartete. Was er mir sagen wollte, wusste ich natürlich. Aber was sollte ich denn sonst machen? Wie sollte ich herausfinden, wer der Typ war, mit dem Hoffermann gesessen hatte?

»Der Cop weiß, wer er ist«, sagte Mister M.

Der Cop?, dachte ich und brauchte es nicht auszusprechen.

»Opladen. Er weiß, wer das ist. Und er ist hinter ihm her.«

»Was?«, rief ich in das Geplätscher des Baches hinein.

»Wieso sollte er hinter ihm her sein? Geht er etwa doch nicht davon aus, dass ich Anrath erschossen habe? Oder weiß er, dass der Typ wahrscheinlich Frau Obersaal auf dem Gewissen hat?«

»Er sucht ihn wegen etwas anderem«, kam es von Mister M.

»Ach, und kann mir der Herr vielleicht auch sagen, warum? Der Typ ist doch gerade aus dem Knast gekommen. Er hat seine Strafe abgesessen. Warum sollte Opladen also hinter ihm her sein?«

Das Gesagte hallte von den Steinen am Bach und den Bäumen wider. Ich hatte laut gerufen, und das fiel mir jetzt erst auf.

Mister M. stand nur da. Er blickte mich immer noch nicht an, sondern das Haus dort hinten auf der anderen Bachseite, und seine Erscheinung wurde plötzlich instabil. Er ähnelte diesen flimmernden Hologrammen, die man manchmal in Science-Fiction-Filmen sieht.

Mister M. schwieg.

»Das wüsste ich nun aber wirklich gern, Mister Oberschlau.« In mir wuchs wieder diese Flamme aus Zorn, die aus meinem Magen direkt nach oben zu schießen schien. Sie hatte sich schon eine ganze Weile nicht mehr gemeldet. Das letzte Mal, kurz bevor ich Manni eine reingehauen hatte.

Mister M. schwieg immer noch.

»Jetzt reden Sie schon!«, rief ich. »Welchen Sinn hat es denn, dass Sie mir erscheinen, wenn Sie mir nicht helfen können?«

Jetzt kam es mir so vor, als würde Mister M. im Schatten seines Hutes den Mund bewegen, aber er biss sich wohl nur auf die Lippe. Dann griff er in die Innentasche seines Anzug-Jacketts und holte eine Schachtel Zigaretten heraus. Mit dem geübten Griff seiner rechten Hand drückte er einen dieser Sargnägel heraus, steckte ihn sich zwischen die Lippen, schob die Schachtel zurück und hielt im nächsten Moment ein brennendes Streichholz in der Hand, dessen Flamme er mit der hohlen Hand schützte.

Für Personen, die es nur in der Einbildung gab, waren Zigaretten sicher keine Sargnägel. Und das Rauchverbot im Wald galt für sie wohl auch nicht. Mister M. wedelte die Flamme aus, warf das Streichholz weg und qualmte.

»Also!«, rief ich. »Zum letzten Mal. Woher wissen Sie, was Opladen denkt?«

Da hörte ich hinter mir ein Geräusch. Ich wandte mich um und sah zwei ältere Herrschaften, die keine drei Meter von mir entfernt stehen geblieben waren und mich anstarrten. Ein Ehepaar. Rote Regenjacken im Partnerlook. Wanderschuhe derselben Marke. Die Augen aufgerissen. Sie trauten sich an dem Irren, der hier herumstand und lautstark mit sich selbst sprach, offenbar nicht vorbei.

»Schönen guten Tag«, sagte ich freundlich, drängte mich näher an das Geländer und lächelte die Wanderer an. »Ich telefoniere nur«, behauptete ich und zog demonstrativ mein Handy heraus. »Die Freisprecheinrichtung bei diesem neuen Modell ist einfach phänomenal. Man braucht gar keine Ohrstecker mehr, ein Mikro ebenfalls nicht.«

Und eigentlich braucht man das Telefon auch gar nicht mehr einzuschalten, fügte ich innerlich hinzu.

Erleichterung zeigte sich auf den Gesichtern, und die beiden marschierten an mir vorbei.

Ich sah ihnen nach. Bald konnte ich sie nur noch als rote Flecken wahrnehmen, die sich durch den Wald bewegten. Wie durch das Wintergrau schwebende Blutspritzer.

Eigentlich hätte ich erwartet, dass Mister M., der sich neben mir in Luft aufgelöst hatte, nun verschwunden blieb. So stellte ich mich darauf ein, wieder an Wonne zu denken. Doch dann stand er wieder da. Ohne Flimmern. Ohne Vibration in der Luft.

»Ich habe es in den Augen des Cops gesehen«, sagte Mister M. »Du darfst jetzt keinen Fehler machen.«

Um kurz vor fünf lief ich wieder zu dem Wohnblock hinüber. Die Straßenlampen gingen an. Und dann dauerte es immer noch fast eine halbe Stunde, bis Frau Lindenthal um die Ecke bog.

»Herr Rott«, sagte sie. »Sie sind tatsächlich da.«

»Hat Timo Sie vorgewarnt?«

»Hat er.«

Sie trug eine prall gefüllte Plastiktüte in der Hand. Während sie mit der anderen nach irgendetwas in ihrer Manteltasche wühlte, sah sie sich aufmerksam um. »Sie werden gesucht«, sagte sie. »Timo hat die Meldung irgendwo im Netz gefunden. Und meine Kollegen wissen das auch. Ich habe mich ganz vorsichtig bei ein paar von ihnen umgehört. Sie wissen ja, dass wir uns kennen …«

Die Nachricht, dass ich gesucht wurde, war also wirklich an die Öffentlichkeit gegangen. Spätestens morgen hatten die Leute sie in den Printausgaben der Zeitungen auf den Frühstückstischen liegen.

Sie hatte den Haustürschlüssel gefunden und öffnete die Tür.

»Hier ist keiner, der uns beobachtet«, sagte ich. »Sie können beruhigt sein. Es ist mir auch niemand gefolgt.«

Sie ging hinein, ich hinterher.

»Eigentlich dürfte ich gar nicht mit Ihnen sprechen. Ich müsste sogar die Polizei holen.«

Jetzt standen wir im Flur.

»Ich habe nur eine Frage«, sagte ich. »Es dauert nicht lange.«

Jedes Wort wurde durch den Hall des Treppenhauses verstärkt.

»Also gut«, sagte sie. »Ganz kurz. Gehen wir rauf.«

Zwei Minuten später waren wir in der Wohnung. Elfie Lindenthal stellte ihre Einkäufe in die kleine Küche. Dann zog sie den Mantel aus und setzte die Wollmütze ab. So kam eine knapp fünfzigjährige, schlanke Frau mit kurzem grauem Haar zum Vorschein, die noch ihre dunkelblaue Dienstkleidung mit dem weißen Schriftzug »JUSTIZ« und dem Landeswappen auf dem Ärmel trug.

»Sie haben uns damals sehr geholfen«, sagte sie. »Aber … Sie wissen schon. Ich könnte deswegen richtig Ärger bekommen. Das kann ich mir nicht leisten. Machen wir es also kurz. Worum geht es denn?«

»Ein Hauptkommissar aus Wuppertal denkt, ich hätte jemanden erschossen«, sagte ich. »Glauben Sie mir, er liegt falsch. Ich versuche herauszufinden, was dahintersteckt, und ich habe eine Spur, aus der ich aber nicht ganz schlau werde.«

»Dass es um einen Mordfall geht, hat mir Timo schon erzählt. Und Sie sollen der Mörder sein? Das kann ich mir nicht vorstellen.«

Ich erklärte, dass ich das Foto eines Verdächtigen auf meinem Datenstick hatte. »Soweit ich weiß, hat er in Vohwinkel eingesessen und wurde vor Kurzem entlassen. Ich muss wissen, wie er heißt. Und was es noch so über ihn zu sagen gibt.«

»Herr Rott, wissen Sie, wie viele Gefangene in Vohwinkel einsitzen? Und Ihnen ist doch klar, dass ich solche Informationen nicht weitergeben darf – selbst, wenn ich sie hätte.«

»Es ist wirklich wichtig, Frau Lindenthal. Und es weiß absolut niemand, dass ich hier bin. Ich habe es keinem gesagt. Die Wartezeit eben habe ich unten im Hammertal mit Spazierengehen verbracht, und dann habe ich noch eine Weile im Auto gesessen. Mein Handy ist aus, man kann es nicht orten.«

»Und Ihr Auto? Der rote Golf mit Ihrem Wunschkennzeichen W-RR? Den kennt jeder Streifenwagen.«

»Ich bin mit einem anderen Fahrzeug unterwegs. GL-Kennzeichen. Es ist ein völlig anderer Wagen. Von einem Bekannten geliehen.«

Sie rang noch ein paar Sekunden mit sich. »Geben Sie mir den Stick«, sagte sie dann.

Ich reichte ihr meinen Schlüsselbund. Dann gingen wir ins Schlafzimmer, wo sich Frau Lindenthal einen Computerarbeitsplatz eingerichtet hatte. Neben dem Monitor stand ein Drucker. Einige Blätter, die darin lagen, zeigten Reiseangebote nach Mallorca.

»Haben Sie bald Urlaub?«, fragte ich, während der Computer hochfuhr.

»Ich will mit Timo in den Osterferien noch mal weg. Es wird wohl das letzte Mal sein, dass er mit seiner alten Mutter in den Urlaub fährt. Er wird bald achtzehn, Herr Rott. Können Sie sich das vorstellen? Nach dem Abi will er auf eine Verwaltungsfachschule.«

Der Computer war bereit. Sie steckte den Stick in einen USB-Anschluss. Kurz darauf wurde das Bild vom Bahnhof auf dem Monitor angezeigt. Sie riss die Augen auf. »Das ist der Verdächtige?«

»Ja, wie gesagt …«

Sie seufzte, schloss das Fenster und gab dem Computer die Anweisung, den Stick wieder auszuwerfen.

»Ich hatte es eben nicht erwähnt«, fuhr ich fort. »Aber ich weiß, dass er mit irgendwelchen Clans zu tun hat. So weit bin ich schon.«

»Na, immerhin …«

»Kennen Sie seinen Namen?«

»Ja, den kenne ich. Er heißt Ingo Süchteln.«

»Wirklich?«, fragte ich erstaunt.

»Ja, sicher. Vorname Ingo. Nachname Süchteln.«

»Aber heißen diese Leute aus den Clans nicht anders? Haben die nicht arabische Namen oder so? Keiner von denen heißt Süchteln!«

»Soweit ich weiß, ist er auch kein Mitglied eines Clans. Er hat aber für einen Clan gearbeitet. Für welchen, weiß ich nicht. Süchteln hat eine Ausbildung zum Computerfachmann. Und in dem Bereich hat er auch die Straftaten begangen, die ihn ins Gefängnis brachten. Er hat versucht, in Datennetze von Ermittlungsbehörden einzudringen, und da irgendwas angerichtet, von dem ich aber auch nichts weiß. Und ehrlich gesagt auch nicht viel verstehe.«

Ich nickte. Das passte. Genau so ein Typ konnte all die Dinge tun, vor denen Manni mich gewarnt hatte. Konnte Handys hacken und all das.

»Hilft Ihnen das jetzt weiter?«, fragte sie.

Ich zögerte, weil ich noch nachdachte.

»Könnten Sie dem Hauptkommissar, der Sie verdächtigt, nicht das Foto zeigen?«, fuhr sie fort. »Ich weiß ja nicht genau, worum es geht, aber …«

Ich erklärte ihr, dass ich das längst getan hatte. »Der Hauptkommissar scheint mir nicht zu glauben. Dabei bin ich sicher, dass er den Mann kennt. Und ich glaube, dass dieser Süchteln die Kripo immer noch beschäftigt. Obwohl er entlassen wurde und seine Strafe abgesessen hat. Wie lange ist er eigentlich schon draußen?«

»Ganz kurz. Höchstens eine Woche oder so.«

Ich zog die Augenbrauen hoch. Schau an, dachte ich. Es passt sogar noch besser. »Haben Sie eine Ahnung, wieso er für die Kripo immer noch interessant ist?«

Sie schüttelte den Kopf. »Ich bin keine Polizistin, Herr Rott. Und wir kriegen die Akten nicht zu Gesicht. Ich kann mir da nicht mehr zusammenreimen als Sie, im Gegenteil. Möglichkeiten gibt es natürlich etliche. Die Unterweltkarriere solcher Leute ist mit der abgesessenen Strafe oft nicht vorbei. Der Clan, für den er tätig war, arbeitet ja weiter. Und Süchteln wird eine Menge Dinge wissen. Er wird vielleicht sofort wieder in die Dienste dieser Leute treten. Womöglich gibt's auch eine offene Rechnung.«

»Der Mann, durch den ich überhaupt nur auf ihn gekommen bin, hat mir gesagt, dass Süchteln gelegentlich von Clanmitgliedern aus dem Ruhrgebiet besucht wurde. Oder jedenfalls hielten die anderen Insassen sie dafür.«

Sie dachte kurz nach und nickte. »Solche Besuche gab es wohl. Es hat dann auch schon mal Streit gegeben.«

»Sie meinen, die haben ihn nicht nur besucht, um ihm eine Freude zu machen?«

»Ich habe das selbst nie erlebt. Trotzdem kriegt man so was mit. Worüber gesprochen wurde, hat von den Kollegen, die bei den Besuchen die Aufsicht führten, allerdings niemand verstanden.«

»Was soll das denn heißen? Haben die sich in einer fremden Sprache unterhalten?«

»Das nicht. Oder doch, in gewisser Weise. Sie sagen dann so was wie: ›Um wie viel Uhr hat deine Schwester das Paket aufgemacht?‹ Oder: ›Erinnere dich doch mal, was deine Tante gesagt hat, als sie Geburtstag hatte.‹ Es klingt banal, aber dahinter können sich dann irgendwelche Informationen verstecken. Über Geld, Verstecke, Telefonnummern oder sonst was, das nur die Beteiligten verstehen. Man kann nichts dagegen machen. Es ist wie eine Geheimsprache. Süchteln bekam übrigens fast immer Besuch, wenn es ihm erlaubt war. Aber nicht immer hat er den Besuch auch empfangen.«

»Empfangen? Heißt das, er wollte die Leute gar nicht sehen?«

»Wenn ein Gefängnisinsasse Besuch bekommt, kann man ihn nicht zwingen, ihn zu treffen. Er kann das auch ablehnen.«

Darauf war ich noch gar nicht gekommen. Ich war immer davon ausgegangen, dass jemand, der im Knast saß, den Besuch auch haben wollte.

»Die sind ihm also auf die Nerven gegangen«, fasste ich zusammen.

»Den Eindruck hatte man«, sagte sie. »Es kamen auch andere Leute, die ihn besuchten. Oder sagen wir mal, ich denke, es waren andere Leute. Es ist sicher ein Vorurteil, dass man sich Clanmitglieder als arabisch oder zumindest ausländisch aussehende Personen vorstellt.« Sie nahm die Computermaus und schaltete den Rechner aus. Dann gab sie mir den USB-Stick zurück. »Mehr kann ich Ihnen nicht sagen, Herr Rott. Ich sehe Ihnen an, dass es nicht das war, was Sie erwartet haben. Es tut mir leid.«

»Immerhin habe ich einen Namen. Aber was ich wirklich bräuchte, wären die Besucherlisten, wenn man da rankäme … Ich müsste wissen, wer Süchteln besucht hat.«

Sie zog die Augenbrauen hoch. »Ich glaube, da kann ich Ihnen nicht helfen«, sagte sie.

Klar, ich konnte nicht verlangen, dass sie in der JVA für mich spionierte. Und selbst wenn ich die Namen hätte – würde ich mich ins Milieu begeben und dort auf eigene Faust nach dem Mörder von Barbara Obersaal und Thomas Anrath suchen?

»Falls die Kripo Süchteln tatsächlich wegen irgendeiner Sache im Auge behält, wird man dort auch überprüft haben, wer bei ihm war«, sagte Elfie Lindenthal. »Sie sollten lieber mit der Polizei zusammenarbeiten.«

Ich sah nachdenklich auf den jetzt schwarzen Monitor und spielte mit dem Schlüsselbund, an dem sich der Stick befand.

»Ich will nicht unhöflich sein, Herr Rott«, sagte Elfie Lindenthal. »Aber bald kommt Timo nach Hause, und dann wollen wir essen. Es wäre mir lieb, wenn Sie dann nicht mehr hier wären.«

»Ja, natürlich. Entschuldigen Sie. Falls ich Ihre Hilfe über Gebühr in Anspruch genommen haben sollte, tut es mir leid.« Mir fiel auf, dass der Satz von Herrn Schönwand hätte stammen können. Seine Höflichkeit färbte wohl auf mich ab.

»Schon in Ordnung. Übrigens – herzlichen Glückwunsch.« Sie lächelte und wies auf meine Hand, an der ich den Ehering trug. »Wie lange ist es denn her?«

»Erst ein paar Tage«, sagte ich. »Wir haben am Samstag geheiratet.«

»Oh, dann noch mal ganz herzlich alles Gute. Ich wünsche Ihnen, dass Ihre Ehe besser läuft als meine. Sie hat leider nur drei Jahre gehalten … Aber reden wir nicht davon. Ich möchte Ihnen nicht die Freude verderben. Apropos Freude, sollten Sie nicht eigentlich Flitterwochen machen?«

»Das hat sich leider … verschoben.«

»Na ja, besser verschoben als aufgehoben.«

Meine Gedanken wälzten etwas, was sie eben gesagt hatte und bei dem ich noch hatte einhaken wollen. Plötzlich fiel es mir wieder ein.

»Eine Kleinigkeit noch, Frau Lindenthal«, sagte ich.

Sie lächelte. »Jetzt klingen Sie wie dieser Fernsehinspektor mit dem angeranzten beigefarbenen Mantel. Sie wissen schon, der mit dem Glasauge und dem schrottreifen Auto.«

»Wie bitte?«, fragte ich.

»Na, der am Ende auch immer noch auf eine Kleinigkeit kommt, die dann alles aus den Angeln hebt.«

»Ach so, ja, stimmt … Sie haben gesagt, dass nicht nur

Clanmitglieder Süchteln besucht hätten, sondern auch andere Personen.«

Sie schüttelte den Kopf. »Wie gesagt, ich kann Ihnen die Namen nicht besorgen. Das geht nicht.«

»Aber vielleicht können Sie die Personen beschreiben.«

»Was hilft Ihnen das denn?«

»Waren es Verwandte? Freunde von außerhalb der Clan-Szene?«

»Ich weiß da gar nicht so viel, Herr Rott. Eigentlich ist mir nur ein Mann aufgefallen. Er war mehrmals da. Ich hatte immer gedacht, es wäre sein Anwalt. Aber als dann der wirkliche Anwalt kam, wurde mir klar, dass es jemand anders gewesen sein musste.«

»Wie sah er aus?«

Sie runzelte die Stirn. »Wie sah er aus? Na ja, nach Anwalt eben. Kariertes Jackett. Oberlehrerhaft. Er hatte einen Bart. Und er trug immer so eine Tasche mit sich herum. Deswegen dachte ich ja auch, er wäre dienstlich bei uns.«

»Und es ist kein Name gefallen, als er mit Süchteln sprach? Oder irgendein Hinweis auf ihre Verbindung, eine Adresse oder so was?«

»Ich war doch selbst nicht dabei, Herr Rott. Ich habe ihn nur kurz auf dem Gang gesehen.«

Die Beschreibung war ziemlich vage. Aber dabei musste ich es wohl bewenden lassen. Ich durfte der Frau nicht noch weiter auf die Nerven gehen.

Wir verließen das Schlafzimmer und gingen in den winzigen Flur. Hier standen ein paar Türen offen. So konnte ich in Timos Zimmer schauen, wo ebenfalls ein Rechner stand, dazu sah ich Schulsachen auf einem kleinen Schreibtisch. Rechter Hand auf dem Bett häuften sich unordentlich hingeworfene Klamotten. Auf der anderen Seite lehnte ein schmaler Karton hochkant an der Wand. Darauf war eine Tastatur abgebildet.

»Das ist ein E-Piano«, sagte Elfie Lindenthal, die meinem Blick gefolgt war. »Timo hat bis vor Kurzem ab und zu darauf gespielt. Aber jetzt zeigt sich, dass doch eher Handball sein

Ding ist. Er hat es wieder verpackt und will es verkaufen. Falls Sie jemanden kennen, der sich dafür interessiert …«

»Klar, dann melde ich mich.«

Jetzt standen wir an der Tür. Ich wollte mich gerade verabschieden, da hielt mich Frau Lindenthal zurück.

»Vielleicht sollte ich auch Polizeiinspektorin werden«, sagte sie. »Jetzt ist mir nämlich auch noch eine Kleinigkeit eingefallen. Aber ich fürchte, es ist keine, die Ihre Ermittlungen aus den Angeln hebt.«

»Was ist es?«

»Ich hatte es schon fast vergessen. Aber es ist mir wieder eingefallen, als ich Ihnen eben das mit dem E-Piano erzählt habe. Der Mann, der Ingo Süchteln besucht hat, hatte etwas am Revers. Eine Brosche aus einem glänzenden Metall. Es sah aus wie eine kleine stilisierte Klaviertastatur.«

22

Draußen konnte ich Milliarden Regentropfen in den Lichtkegeln der Straßenlampen vom Himmel fallen sehen. Es gelang mir, das Auto zu erreichen, bevor das Wasser durch meinen Kragen sickerte.

Dann quälte ich mich durch den Berufsverkehr in Richtung Remscheid Innenstadt. Der Regen schien die Verkehrslage zu verschlimmern. Statt der zehn Minuten, die ich normalerweise für die gut drei Kilometer gebraucht hätte, verging fast eine halbe Stunde, bevor ich den Parkplatz hinter dem Rundbau mit der Pinguin-Apotheke erreichte. Zum Glück gab es eine Lücke. Hier konnte man für zehn Cent fünf Minuten parken.

Ich war sicher, hier in der Gegend schon mal eine Telefonsäule gesehen zu haben. Ich würde also nicht lange brauchen und warf Geld für zehn Minuten ein.

Das Telefon stand gleich um die Ecke. Während ich wieder Münzen suchte und den Apparat fütterte, wurde mir ein weiterer Vorteil der guten alten Telefonzellen klar: Neben dem Lärmschutz boten sie auch ein sicheres Obdach gegen Wasser von oben. Wahrscheinlich waren die aktuellen Fernsprecher überaus zukunftsträchtig und schon auf den Klimawandel ausgelegt. Weniger Regen machte Dächer überflüssig. Irgendwann kam das Baugewerbe da auch noch drauf. Leider nützte mir das jetzt gar nichts, und ich stand telefonierend im Regen.

Ich wählte Schönwands Nummer. Es dauerte ziemlich lange, bis er abhob. Als es endlich so weit war, hörte ich im Hintergrund wieder Musik.

Die ganze Welt hörte Musik. Manni seinen Metal-Krach. Schönwand seine Klassik. War bei mir schon mal was gelaufen, wenn ich ans Telefon ging? Ich konnte mich nicht erinnern. Ich war der typische Auto-Musikhörer. Im Büro stand kein CD-Player, auch kein Radio. Das gab es nur in der Küche.

»Herr Rott, ich freue mich, von Ihnen zu hören. Sind Sie weitergekommen?«

»Ja, das bin ich«, sagte ich. »Jetzt brauche ich aber noch eine Information von Ihnen.«

»Natürlich, sehr gern.«

Schönwand machte überhaupt nicht den Eindruck, als sei ihm klar, dass wir uns mitten in einer heiklen Ermittlung befanden. Wahrscheinlich schufen seine Beschäftigung mit der klassischen Musik und das gediegene Ambiente, in dem er dieser Leidenschaft nachging, so etwas wie eine schützende Mauer. Und wenn man den Dingen dann auch noch mit der gebotenen Höflichkeit begegnete, konnte man wohl allem trotzen.

Jetzt lief mir doch das Wasser in den Kragen, und ich beschloss, auf all die schönen Mauern zu pfeifen und etwas Druck zu machen.

»Können Sie mir die Adresse und die Telefonnummer von Herrn Kaltenborn geben?«

»Herrn *Doktor* Kaltenborn«, korrigierte er mich.

»Ja genau, Herrn Dr. Kaltenborn. Es ist wichtig, und ich habe es ziemlich eilig.«

»Aber wozu denn, Herr Rott? Haben Sie mit Judith Obersaal gesprochen? Was ist denn jetzt mit dem jungen Mann auf dem Foto? Und was ist mit dem Geld?«

»Ich bin der Sache auf der Spur, Herr Schönwand. Ich habe herausgefunden, dass Herr Kaltenborn, ich meine, Herr Dr. Kaltenborn –«

»Herr Dr. Kaltenborn hat doch damit gar nichts zu tun, Herr Rott. Und der Mann ist eine prominente Persönlichkeit. Ich weiß gar nicht, ob ich Ihnen sagen darf, wie Sie ihn privat erreichen.«

»Tun Sie es bitte trotzdem.«

»Erklären Sie mir bitte erst, wo der Zusammenhang liegt. Darauf muss ich leider bestehen.«

Der Regen sickerte weiter. Auf meinem nassen Kopf lag eisig die Kälte des Januars. Ich sah zu der Apotheke hinüber und kam auf einmal auf den absurden Gedanken, dass die Telefongesellschaft, die diese Säulen in freier Wildbahn betrieb und ihren Kunden zumutete, sich den Tod zu holen, mit der Pharmaindustrie unter einer Decke steckte.

Verdammt, warum schweiften meine Gedanken immer ab, wenn ich unter Zeitdruck irgendeinen Ausweg suchte? Schönwand wollte nicht, dass sein Kumpel Kaltenborn in die Sache reingezogen wurde. Aber er stand leider bereits mittendrin. Ich glaubte nicht, dass es im Bergischen Land zwei Männer gab, die so aussahen wie er und dann auch noch mit diesem Metallklavier am Sakko herumliefen. Das wollte ich Schönwand aber nicht unter die Nase reiben. Er wäre imstande, Kaltenborn anzurufen, um ihn zu fragen, was er mit Barbara Obersaals Tod zu tun hatte.

»Es hat etwas mit Judith Obersaal zu tun«, phantasierte ich los. »Sie ist ja Musikerin. Sie wissen doch, sie war früher Pianistin, und nun macht sie Musik mit ihrem Mann.«

»Dass sie zusammen mit ihrem Ehemann Musik macht, wusste ich nicht. Aber es stimmt, sie ist früher als Pianistin aufgetreten.«

So weit, so gut. Zeit, den Faden weiterzuspinnen. »Ich habe den Verdacht, es geht bei dem Geld um irgendwelche Rechte an Musikwerken. Oder Aufnahmen. Irgend so ein Gestrüpp von Verlagsgeschichten.«

»Und Sie meinen, Barbara hatte damit etwas zu tun?«

»Irgendwas lief da jedenfalls krumm«, fasste ich so allgemein wie möglich zusammen. Und startete die nächste Phantasterei. Es war so ähnlich wie bei den Stufen einer Rakete. Jede Zündung brachte das Ding ein Stück weiter in den Weltraum. Und mich hoffentlich an den Punkt, an dem ich wieder zurück zum Wagen konnte. »Ich brauche jemanden, der mir die juristischen Zusammenhänge erklären kann. Ich bin sicher, Dr. Kaltenborn ist da bestens geeignet.«

Schönwand ließ das, was ich gesagt hatte, quälend langsam sacken. »Sie haben recht«, meinte er dann. »Diese finanziellen Verstrickungen im Musikwesen waren mir immer ein Gräuel. Ich verstehe nicht, wie die Schönheiten der Kunst so furchtbar herabgewürdigt werden können, dass irgendwelche Konzerne und Schallplattenfirmen um Tantiemen rangeln …«

Stufe Nummer vier. »Ganz genau. Und wissen Sie, was ich glaube? Frau Obersaal, Judiths Mutter, hat versucht, da irgendetwas geradezurücken. Sie hat diese kalte Welt der Musikindustrie etwas gerechter machen wollen und mit den zweitausend Euro dafür gesorgt, dass das Geld dort ankommt, wo es gebraucht wird. Bei den Künstlern.«

Amen, dachte ich.

Schönwand reagierte sofort. Und zwar mit einem Jubelschrei. Es war keine weitere Stufe mehr nötig. Meine Energie war auch verbraucht.

»Das haben Sie schön gesagt, Herr Rott. Ich gebe Ihnen die Informationen, die Sie brauchen. Aber bitte bedenken Sie, dass Herr Dr. Kaltenborn ein sehr beschäftigter Mann ist. Er wird wegen seiner großartigen Kenntnisse neuer Präsident der Internationalen Gesellschaft für Klaviermusik. Das bedeutet für ihn viele Verpflichtungen in nächster Zeit.«

Und es bedeutete hoffentlich, dass Schönwand ihn nicht anrief und ihn in seiner Überschwänglichkeit vorwarnte, dass ich hinter ihm her war, um ihn zu fragen, was er mit Süchteln zu tun hatte.

»Ich habe einen Artikel darüber in der Zeitschrift gesehen, die bei Ihnen lag«, sagte ich. »Deswegen bin ich ja auf die Idee gekommen.«

»Da haben Sie mit Sicherheit eine kluge Entscheidung getroffen, Herr Rott.«

Mittlerweile kam ich mir vor, als hätte ich in meinen Kleidern geduscht. Trotzdem brachte ich noch die Geduld auf, alles aufzuschreiben. Ich bekam Kaltenborns Handynummer, seine Festnetznummer und die Adresse. Sie befand sich in Odenthal. In dem kleinen, dörflichen Örtchen nördlich von Bergisch Gladbach. Idyllisch gelegen und mit einem schönen Kreisel im Kern. Der aber nicht mit einer Vielzahl von Ampeln und Schranken punktete, sondern mit einem schmucken, nachts sehr ansehnlich beleuchteten Springbrunnen.

Bergisch Gladbach und Odenthal. Zwei Orte, die zwar geografisch dicht beieinanderlagen, aber in vielerlei Hinsicht für Kontraste sorgten. Fuhr man an dem gelben Schild vorbei, kam man vom Nothaushalt zu gesunden kommunalen Finanzen. Von baulicher Ödnis in reizvolle Bergische Hügel und Wälder. Wo die Dhünn dahinfloss und wo sich alte Bauwerke wie der Altenberger Dom in den Himmel reckten. Wo es noch einen echten Prinzen gab, der hinter den gelben Mauern von Schloss Strauweiler lebte.

Man kam von mehr oder weniger abgewirtschafteten Relikten der Papierindustrie an den Standort des Managements der Mannequin-Pädagogin Heidi Klum. So fand sich hinter der Kulisse aus Fachwerk, grünen Schlagläden und schwarzweißen Kühen, die auf schrägen Hängen grasten, sogar ein bisschen Flair der großen, weiten Welt.

Dort, in Odenthal, lebte also Dr. Heilmar Kaltenborn. Der kultivierte Hörkünstler, als der er sich bei Schönwand gegeben hatte, und Autor des Buches »Das Ohr«.

Ich verabschiedete mich kurz angebunden und rannte zurück zum Wagen. In meinem Kopf war eine Idee aufgeploppt, wie ich diesen Süchteln finden könnte. Den Zettel mit Kaltenborns Adresse und Telefonnummer warf ich auf den Beifahrersitz. Ich zog den Mantel aus und schob den Pullover hoch. Mit den letzten trockenen Fasern versuchte ich, mir so gut es ging den Kopf abzurubbeln. Dann startete ich den Motor, stellte die Heizung des Wagens auf Höchststufe und fuhr los.

Vielleicht hätte ich die Geduld für ein zweites Telefongespräch aufbringen sollen, aber ich hatte keine Lust dazu. Bis nach Wuppertal war es nicht weit.

Ich brauchte etwa eine Dreiviertelstunde. Als ich auf den Vorplatz vor Mannis Behausung in Vohwinkel einbog, hatte der Regen sich wieder verzogen.

Ich stieg aus. Der Bewegungsmelder ging an und beleuchtete den Eingang und das verrostete Schild mit der Aufschrift »Büro«. Ich hämmerte an die Tür. Nichts. Ich hämmerte weiter. Immer noch nichts.

Erst jetzt fiel mir auf, dass Mannis Ford nicht da war.

Ich unterdrückte einen Fluch und überlegte, wo das nächste öffentliche Telefon sein konnte. Vielleicht am Bahnhof Vohwinkel? Bis dorthin war es nur ein Katzensprung. Einen Versuch wäre es wert.

Oder sollte ich Manni suchen? Wo konnte er schon sein? Wahrscheinlich in der »Erotik-Oase«. Darauf hätte ich sogar gewettet. Aber um dorthin zu kommen, müsste ich einmal durchs ganze Tal fahren.

Ich entschied mich für den Versuch mit dem Telefon. Ich hatte den Wagen gerade gestartet und gewendet, da stach mir von der Straße her Scheinwerferlicht ins Auge. Ein Wagen blockierte die Ausfahrt. In dem grellen Licht konnte ich nichts erkennen. Doch es ertönte eine markante Hupe.

Es half nichts. Ich musste zurücksetzen und ihn auf den Vorplatz lassen.

Als der Wagen vorbeifuhr, sah ich Lack der Farbe von dem Apfelsinenfruchteis, das es in meiner Jugend gegeben hatte. Es war der Ford Capri. Er stoppte, dann flog die Tür auf. Laute Musik drang aus dem Fahrzeug. Jemand stellte sie leiser. Manni stieg aus, stiefelte zu mir herüber und klopfte an die Scheibe.

»He, du Spacko!«, schrie er. »Das ist Privatgelände. Hast du das Schild oben nicht gesehen?«

Ich bediente die Kurbel an der Tür. Die Scheibe wanderte nach unten.

»Rott? Was machst du denn hier? Ich meine, was ist das für ein Auto?«

»He, wer ist der Typ?«, fragte eine weibliche Stimme aus dem Ford. Wem sie gehörte, konnte ich nicht erkennen, denn Manni stand mir im Weg.

»Ich musste mir ein anderes Auto besorgen«, sagte ich. »Manni, ich brauche deine Hilfe.«

»Schon wieder? Mensch, Rott, ich hab dir doch geholfen. Was willst du denn noch? Wir sind quitt.«

»Können wir jetzt endlich reingehen?«, quengelte die Stimme im Hintergrund. »Mir frieren hier die Titten ab.«

Manni bewegte sich einen halben Meter zur Seite, und da sah ich, wer die Frau war. Melody aus der »Erotik-Oase«. Sie stieg aus und kam zu uns herüber. »Wenn du dich hier festquatschen willst, kannst du mir doch schon mal den Schlüssel geben, damit ich reingehen kann.«

»Haben die Mädels aus der ›Oase‹ bei dir noch ein kleines Nebengeschäft laufen?«, fragte ich. »Erst Janine und jetzt …«

»He, wieso Janine?«, fragte Melody. Sie sah aus wie ein Eisbär mit Menschenkopf. Ihr Körper steckte in einem Mantel aus zotteligem weißem Kunstfell, der bis knapp unter die Knie reichte. Unten sah ich so was wie Wildlederstiefel herausragen.

Manni warf mir einen bösen Blick zu und griff in die Tasche. »Hier hast du den Schlüssel. Ich muss erst meinen Kumpel hier abwimmeln.«

»Vorher will ich aber mal wissen, wieso er gerade was von Janine gesagt hat«, beharrte Melody.

Ein Moment der Stille entstand. Das heißt, er wäre entstanden, wenn das Brummen des immer noch laufenden Ford-Motors und die Musik aus dem Innenraum ihn nicht daran gehindert hätten.

»Du hast gesagt, du kümmerst dich drum, herauszufinden, wer die Spionage-App auf die Handys geladen hat«, sagte ich. »Du hast es nicht nur gesagt. Du hast es versprochen.«

»Und mir hast du gesagt«, schaltete sich Melody ein, »dass du die Finger ein für alle Mal von den anderen Mädels lässt.« Sie sah mich an. »Wann war Janine hier?«, fragte sie.

Ich behielt Manni im Blick, dessen Miene sich immer mehr verfinsterte. »Gestern«, informierte ich sie. »Und zwar mehrere Stunden.« Ich grinste und hoffte, dass es möglichst süffisant aussah.

»Du bist so ein Arschloch«, zischte Manni. Sein Atem war als feiner Nebel in der kalten Luft zu sehen.

»Alles klar, ich geh jetzt!«, rief Melody. Ihre weiße Gestalt begann sich in Richtung der kleinen Straße zu bewegen, die von dem Areal wegführte. Ihr Gang war ein wenig unbeholfen auf dem platt gefahrenen Kies. Offenbar hatten die Stiefel Stiletto-Absätze.

Manni lief ihr nach. »Jetzt lass das doch!«, rief er. »Wo willst du denn jetzt hin?«

Er versuchte sie aufzuhalten, aber sie riss sich los und stöckelte weiter in Richtung der kleinen Zufahrt, die zur Nathrather Straße raufging. Dazu tauschten die beiden lautstark irgendwelche Dinge aus, die ich aber nicht verstehen konnte, weil Mannis Wagen immer noch brummte und die Musik lief.

Bald war Melody in der Auffahrt verschwunden. Der Bewegungsmelder an Mannis Haus war längst wieder ausgegangen. Ich verließ den Wagen, was ihn dazu brachte, seinen Dienst erneut aufzunehmen, und ging rüber zum Ford. Ich setzte mich hinein und drehte den Schlüssel nach links. Endlich Stille.

Mein Blick ruhte auf den verwitternden, wie von einem Riesen zerdroschenen Betonklötzen, aus denen sich Gehölze und Unkraut ihre Wege bahnten.

Dann hörte ich Stimmen von der Straße. »Du bist das größte Arschloch aller Zeiten!«, schrie Melody erbost in die Nacht.

»Und ich sag es dir noch mal!« Das war Manni. »Remi spinnt. Janine war nicht hier. Er will mir nur eins reinwürgen, weil ich ihm noch einen Gefallen schulde, und –«

»Ach, lass mich doch in Ruhe.«

Ein paar Sekunden lang waren noch ihre harten Absätze auf dem Asphalt an der Abzweigung zu hören, die sich aber nach und nach in der Ferne verloren.

Manni ließ sich Zeit, bis er zurückkam. Er tauchte auf dem dunklen Weg auf, stand noch eine Weile da und blickte ihr nach. Dann setzte er sich endlich wieder in Bewegung. In mir vibrierte die Ungeduld. Als er die Autos erreichte, war ich wieder ausgestiegen.

»Musste das sein?«, fragte er und lehnte sich an den Ford.

»Dir bleibt ja noch Janine«, meinte ich sarkastisch. »Frauenmangel scheint nicht gerade zu herrschen.«

»Nichts bleibt mir. Janine ist abgehauen, weil sie erfahren

hat, dass Vivian neulich hier war. Die Mädels ticken doch nicht richtig. Bei mir zu Hause will jede die Einzige sein, aber im Club kommt's dann nicht so drauf an. Versteh einer die Weiber.«

»Wenn ich richtig mitzähle, bleibt immer noch eine gewisse Stella. Versuch's doch mal bei ihr. Ach, und dann gibt's ja noch die Besitzerin. Wie hieß sie doch gleich? Donna?«

Manni sah in Richtung Straße, wo Melody verschwunden war. »Ich glaube, das kann ich mir abschminken. Wie ich Melody kenne, ruft sie gerade alle Mädels aus dem Club an, und sie tauschen sich aus. Schon als sie losging, hat sie angefangen zu simsen ... Wirklich ein Fluch, diese Smartphones.«

»Wo wir gerade beim Thema sind«, sagte ich. »Du schuldest mir immer noch einen Gefallen. Und da du die nächsten Stunden ja nun weniger zu tun hast, als du dachtest ...«

Fünf Minuten später saßen wir auf sperrmüllreifen Möbeln in dem ungemütlichen Raum mit den Computern. Manni hatte sich im Vorbeigehen aus einem Bierkasten eine Flasche genommen, sie geöffnet und nuckelte jetzt daran herum, während ich ihn auf den neuesten Stand brachte. Ich hatte abgelehnt, Alkohol zu trinken. Ich musste klar im Kopf bleiben.

»Kennst du diesen Ingo Süchteln vielleicht?«, fragte ich. »Er scheint in derselben Branche tätig zu sein wie du.«

Manni schüttelte den Kopf. »Da gibt's viele. Aber wie es scheint, hat er das große Los gezogen. Mannomann, er regelt die digitale Vernetzung von irgend so einem Clan. Weißt du, welche Geldsummen da fließen? Das ist gigantisch.«

Ja, das wusste ich. Die Ruhrgebiet-Clans waren immer wieder Thema in den Zeitungen. In diesen Kreisen ging es um organisierte Kriminalität in allen möglichen Schattierungen. Drogen, Geldwäsche, Bestechung, Diebstahl, Raubüberfälle, dazu extrem aggressives Verhalten gegenüber der Polizei.

»Wenn dieser Süchteln wieder einsitzt, kannst du dich ja mal bewerben«, sagte ich. »Es ist anzunehmen, dass ich durch diesen Fall über kurz oder lang an die entsprechenden Kontakte komme. Ich kann dir dann sagen, wo du deine Mappe abgeben kannst.«

Er nuckelte weiter. »Und dieser Kaltenborn? Was hat der damit zu tun? Das passt doch gar nicht. So ein Klassik-Oberlehrer und dieser Süchteln?«

»Genau das will ich rauskriegen. Können wir nicht genauso vorgehen wie Süchteln selbst? Und Kaltenborn übers Handy irgendwie verfolgen? Wenn er ihn im Knast besucht hat, wird er sicher auch jetzt Kontakt zu ihm haben.«

»Vielleicht hat er versucht, ihn mit Hilfe von klassischer Musik vom schiefen Weg abzubringen«, überlegte Manni. »So was gibt's. Geben Kühe nicht sogar mehr Milch, wenn man ihnen Mozart vorspielt? Vielleicht kann man ja damit auch Straftäter geraderücken.«

»Kannst du das mit dem Handy jetzt machen oder nicht?« Ich holte den Zettel hervor, auf dem ich die Informationen über Kaltenborn notiert hatte. Die Schrift war durch die Nässe ein bisschen verlaufen, aber ich konnte alles lesen.

»Ist der Papst katholisch? Das funktioniert allerdings nur, wenn er sein Handy auch eingeschaltet hat.«

»Hat er ja vielleicht. Also los, wir haben nicht ewig Zeit.«

»Was macht der Typ so? Ich meine, außer dass er eine große Nummer in der Klassik-Szene ist. Ist er eitel?«

»Davon gehe ich aus. In seinen Kreisen bilden sich die Leute auf alles Mögliche was ein. Vor allem auf ihr Wissen.« Ich erzählte, dass Kaltenborns Karriere demnächst eine weitere Steigerung erfahren würde, weil er Präsident von diesem Klaviermusikverband wurde. »Aber wieso ist das überhaupt wichtig? Hier ist die Nummer. Leg los. Hack es und schieb ihm so eine Ortungs-App rüber. Dann mache ich mich auf den Weg.«

»Wir brauchen erst mal einen Köder«, sagte er. »Diese Apps kommen mit irgendwelchen Mails, in denen ein Link verborgen ist, der das Programm dann heimlich runterlädt und installiert. Ich habe dir die Fragen gestellt, weil wir einen solchen Köder bauen müssen.«

»Das heißt, ihn muss eine Anfrage als SMS erreichen, die ihn interessiert?«

»Ganz genau. Besser wäre es noch als Mail. Mit einem Anhang, den er dann öffnet. Das Öffnen setzt alles in Gang.«

»Ich weiß was. Nehmen wir an, er bekommt eine Interview-Anfrage wegen des neuen Jobs als Klaviermusikchef. Am besten ganz oben aufgehängt. Nicht Zeitung, nicht Rundfunk, sondern Fernsehen. Eine Talkshow oder so was. Die Details sind angeblich im Anhang. Na, wie klingt das?«

Manni trank das Bier aus. »Sehr gut. Schreib das auf. Ich bereite alles vor.«

Er setzte sich an den Tisch mit den Monitoren. Ich bekam einen Platz einen Meter weiter an einem anderen Computer zugeteilt, setzte mich hin und tippte einfach los.

Sehr geehrter Herr Dr. Kaltenborn …

Ich erfand eine angeblich demnächst in Produktion gehende Sendung wie das »Literarische Quartett«, in der es aber nicht um Literatur, sondern um Musik gehen sollte. Kaltenborn sah sich wahrscheinlich schon als Reich-Ranicki der Musik.

Da es eine solche Sendung nicht gab, behauptete ich, das Ganze sei bereits in trockenen Tüchern, solle aber noch geheim gehalten werden. Man würde sich freuen, wenn eine Kapazität wie er eine führende Rolle in dieser Gesprächsrunde einnehmen könnte …

Nun musste ich sein Interesse auf den Anhang lenken.

Ich behauptete, in der Datei befänden sich weitere Informationen über das Projekt in Form eines umfangreichen Exposés als PDF-Datei, außerdem ein Vertragsentwurf mit einem Honorarangebot, das natürlich noch verhandelbar sei.

Wer hätte diese Datei nicht geöffnet? Spätestens wenn es um die Kohle ging, wollte man doch wissen, was Sache war, oder nicht?

Am Ende bat ich ihn in schönen Worten darum, mittels einer Antwort auf diese Mail schon mal zu signalisieren, ob Interesse bestünde. Selbstverständlich, schloss ich, würde man sich dann in einem nächsten Schritt bei einem Treffen auch persönlich kennenlernen. Ich unterschrieb alles mit einem weiblichen Namen. Das Angebot kam sicher noch besser an, wenn Kaltenborn in Aussicht gestellt wurde, sich mit einer womöglich gut aussehenden Redakteurin zu treffen.

»So, alles klar«, sagte Manni, als ich mir gerade einen klangvollen Namen für die ausgedachte Redakteurin überlegte. Er schob die Tastatur nach hinten. Dann nahm er einen Schluck aus der zweiten Flasche Bier, die er sich in der Zwischenzeit geholt hatte, sah mir über die Schulter und las den Text. Ich konnte seine Bierfahne riechen.

»Wie soll die Dame heißen?«, fragte ich. »Janine, Stella oder Vivian? Melody klingt unrealistisch.«

Manni schüttelte den Kopf. »Wir nehmen jemanden Reales. Es kann ja sein, dass er auf die Idee kommt zu googeln. Mach mal Platz.«

Ich stand auf, er setzte sich, und jetzt erlebte ich zum ersten Mal live und in Farbe, was es hieß, wenn man im Internet illegal mit falschen Identitäten arbeitete.

Manni ging auf die Seiten der großen Fernsehanstalten, suchte in Organigrammen und Personalbereichen. Schließlich bastelte er eine Mailsignatur mit Namen und Berufsbezeichnung einer Abteilungsleiterin unter den Text, die es tatsächlich gab – inklusive Telefonnummern und allem, was sonst noch dazugehörte. Die aber natürlich gar keine solche Sendung plante. Am Ende fügte er noch das Senderlogo ein.

»Und wenn er da anruft?«, fragte ich. »Dann erfährt er doch sofort, dass das alles Fake ist.«

»Glaubst du, er ruft an, bevor er den Anhang aufgemacht hat? Nur das ist es, worauf es ankommt. Alles, was danach passiert, ist egal. Machen wir es noch etwas glaubhafter.«

Manni begann, weiteren Text dazuzutippen. Er schrieb, dass Kaltenborn sie, die angebliche Absenderin, jederzeit anrufen könne, am besten morgens zwischen neun und elf. Sie sei aber der Meinung, dass in den Dateien alle Informationen stünden, die er brauche. Sie habe da eigens noch einige Erläuterungen hinzugefügt.

»Wenn er jetzt nicht draufklickt, kann ich ihm auch nicht helfen«, sagte Manni.

Plötzlich fiel mir etwas ein. Etwas, das den ganzen Plan doch noch zerstören konnte. »Was, wenn er die Anhänge gar nicht mit dem Handy öffnet, sondern mit seinem Computer?«, fragte ich.

»Da habe ich vorgesorgt. Kaltenborn hat seine Geräte so miteinander verknüpft, dass sie sich gegenseitig synchronisieren. Wenn auf einem ein Virus drauf ist, haben den gleich alle.« Er grinste. »Der Preis der digitalen Bequemlichkeit.« Er kehrte zu dem anderen Computer zurück, wo auf einmal wie durch Zauberhand der von mir geschriebene Text erschien. Manni bediente sich dieser Bequemlichkeit also auch selbst.

Es dauerte noch eine knappe Viertelstunde, bis er irgendwelche dunkel hinterlegten Computerfenster, in die er grün blinkende, mir unverständliche Zeichen tippte, bearbeitet hatte. Er kam mir vor wie ein Halbwüchsiger vor einem Computerspiel. Nur ging es hier eben nicht um Schlachten oder Schießereien. Hin und wieder knallte Manni seinen rechten Zeigefinger auf die Entertaste und begleitete das Geräusch durch ein laut ausgerufenes »Peng!«.

»Fertig«, sagte er schließlich.

»Und jetzt?«

»Jetzt warten wir.«

Wir bestellten Pizza bei Domino's in der Kaiserstraße. Bis zur Lieferung nutzte ich die Zeit und sah mir an, was das weltweite Netz über Dr. Heilmar Kaltenborn zu berichten hatte.

Es war eine Menge.

Veröffentlichungen, Ehrungen, Reden bei Jurys. Kritiken über Konzerte und CD-Veröffentlichungen.

Und natürlich ging es immer wieder um den Auftritt bei »Wetten, dass ...?« Hier wechselte ich zur Filme-Suche, so was musste doch bei YouTube oder so zu finden sein, aber ich kam nicht weiter. Dabei hätte ich mir gern in einem Video angesehen, wie der Hörkünstler Klassikschnipsel erriet.

Stattdessen stieß ich auf ein etwa sechs Jahre altes Interview mit ihm. Es lieferte die Erklärung, warum ich nicht weiterkam: Der Auftritt bei der berühmten Sendung hatte gar nicht stattgefunden.

Herr Dr. Kaltenborn, es war ja geplant, dass Sie in der Sendung »Wetten, dass …?« auftreten sollten. Leider kommt es nun nicht mehr dazu, weil die Sendung abgesetzt wurde. Ist das nicht äußerst schade?

Ja, natürlich, ausgesprochen schade sogar. Ich hätte es als eine wunderbare Gelegenheit gesehen, Menschen klassische Musik nahezubringen, die sich sonst nicht so sehr dafür interessieren.

Sind Sie sicher, dass Sie die Wette gewonnen hätten?

Was für eine Frage. Selbstverständlich. Ich verfüge nicht nur über ein außergewöhnlich gutes Gehör. Ich bin auch in der Lage, mir die kleinsten Elemente der Musik sofort einprägen und dann immer wieder abrufen zu können. Menschen wie ich leben sozusagen in einer anderen Welt. Unser Gehirn ist wesentlich besser vernetzt. So sind wir auch allgemein zu intellektuellen Leistungen fähig, von denen andere nur träumen können.

Das klingt ja interessant. Können Sie Ihre Fähigkeit, sich Musik zu merken, vielleicht ein wenig besser erläutern?

Nun, Sie wissen ja sicher, dass manche Menschen über ein fotografisches Gedächtnis verfügen. Sie brauchen nur einen Blick auf ein Bild, ein Schriftstück oder etwas anderes zu werfen und haben diesen Eindruck dann für alle Zeit in ihrem Kopf abgespeichert. Ich bin mit derselben

Fähigkeit ausgestattet, nur eben bezogen auf akustische Dinge. Ich erinnere mich an jeden akustischen Eindruck, den ich jemals vernommen habe. Jede einzelne Note jedes einzelnen Konzerts. Jede Nuance des Spiels eines Musikers. Und ich kann diese Eindrücke natürlich auch blitzschnell vergleichen, weshalb ich einer der besten und unbestechlichsten Kritiker bin …

Gut, dass ich die Pizza noch nicht gegessen hatte. Spätestens jetzt hätte ich sie in zerkleinerter Form auf Mannis Tastatur befördert.

Ich drückte das Interview weg, kam wieder auf die vorangegangene Seite mit den Suchergebnissen und stutzte.

In einem der Treffer erschien der Name Kaltenborn zusammen mit dem von Judith Obersaal. Eine Sekunde lang dachte ich, mein Bewusstsein hätte mir einen Streich gespielt, aber als ich den Link anklickte, führte er mich zu einer Rezension, die Kaltenborn über einen Klavierabend mit Barbara Obersaals Tochter verfasst hatte. Es war ein Auftritt in der Wuppertaler Stadthalle vor drei Jahren gewesen. Wahrscheinlich der, der mir schon mal im Netz begegnet war.

Offenbar war der unbestechlichste Kritiker der Weltgeschichte alles andere als begeistert von Judith Obersaals Kunst gewesen.

Schubert langweilig, Beethoven kraftlos, Mozart kitschig. Den großen Virtuosenstücken von Liszt technisch nicht gewachsen.

Es machte bestimmt wenig Spaß, als Musiker aufzutreten, wenn dieser Supermann im Publikum saß und hinterher über das Konzert berichtete.

Ich verstand ja nicht viel von klassischer Musik, aber Jutta, die ganz gern in Konzerte ging, hatte mir einiges erklärt. Zum Beispiel, dass man in der Klassik »in« und nicht »auf« ein Konzert ging. Aber auch etwas über die Musik selbst und den

Aufbau der Programme. Ich war mir nicht ganz sicher, aber mir kam es so vor, als habe sich Judith Obersaal damals in Wuppertal mit ihrer Auswahl von Musikstücken eine Menge vorgenommen. Als habe sie versucht, alles zu geben, alles zu zeigen. Viele verschiedene Seiten ihres Könnens.

Und dann kam Mister Weltkritiker daher und machte sie fertig.

Vielleicht bekam ich ja bald die Gelegenheit, mit Judith Obersaal darüber zu sprechen. Dann nämlich, wenn ich weitere Dinge über Kaltenborn ermitteln musste.

Es gab da einige Fragen. Kannte sie ihn auch privat? Hatte Barbara Obersaal Kaltenborn überhaupt privat gekannt? Mindestens vom Sehen, denn sie war ja schließlich mit Schönwand befreundet gewesen. Und hatte dessen häusliche Konzerte besucht.

Irgendetwas rumpelte an der Eingangstür. Es war der Pizzabote. Ich sprang auf und lief nach vorne, wo Manni schon geöffnet hatte.

»Ich übernehme das«, sagte ich.

Mein Bargeld reichte gerade so für das Essen und ein Trinkgeld.

»Danke«, meinte Manni verwundert, als wir uns mit den duftenden Kartons im Computerraum in den alten Polstern niedergelassen hatten.

»Dass ich dir deine Bräute ausgespannt habe, tut mir jetzt doch leid«, sagte ich. »Darum bin ich mal wieder dran.«

Wir hatten eine Weile schweigend gegessen, da blinkte etwas auf einem der Computer auf. Manni warf nur einen kurzen Blick auf den Bildschirm. »Volltreffer«, sagte er kauend. Neben ihm stand die dritte Flasche Bier. Er trank, rülpste kurz und ergänzte: »Der Herr Doktor hat den Anhang aufgemacht.«

»Was können wir jetzt machen?«

»Viel. Ich kann auslesen, wo er in letzter Zeit war. Ich kann sehen, wo er gerade ist. Vorausgesetzt, er hat das Handy dabei.«

»Auch rückwirkend?«, fragte ich.

Er nickte.

Ich hatte erst die halbe Pizza aufgegessen, schob aber den Karton zur Seite.

»Was ist?«, wollte Manni wissen.

»Ich muss ihn verfolgen.«

»Hat das nicht Zeit, bis wir gegessen haben?«, rief er entrüstet. »Die Daten laufen uns doch nicht weg.«

»Es ist dringend, Manni«, erinnerte ich ihn. »Ich muss diesen Süchteln finden.«

»Setz dich hin und lass mich machen.«

Er war geübt darin, am Computertisch zu essen, Bier zu trinken und gleichzeitig den Rechner zu bedienen.

»Der Herr Doktor hat vorhin eingekauft«, meldete Manni. »Jedenfalls hat er sich ziemlich lange in einem Supermarkt aufgehalten.«

»Und was hat er davor gemacht?«

Er klickte herum. Soweit ich es von hier aus erkennen konnte, gab es auf dem Monitor nichts zu sehen, was ich verstand. Nur manchmal wechselte mein Kumpel das Fenster, und dann erschien eine elektronische Karte, in die er wahrscheinlich irgendwelche Geodaten eintrug, die er aus den übermittelten Handydaten herausgelesen hatte.

»Er ist rumgefahren«, erklärte Manni mampfend. »Eigentlich komisch.«

»Und wo?«

»Er war in Hückeswagen. Eine ganze Weile.«

Hückeswagen ... Der Ortsname war schon mal gefallen. Ich wusste aber nicht mehr, in welchem Zusammenhang.

Jetzt ging das Fenster mit der Karte wieder auf.

»Wie schön, dass der Konzern, der dieses System betreibt, fleißig Daten sammelt und dann auch gleich hier einträgt«, sagte Manni. »Hier ... In Hückeswagen war dein Doktor bei einem anderen Doktor. Ein gewisser Dr. Haase. Der Eintrag steht gut lesbar bei Google Maps. Ist Kaltenborn krank?«

Klar, jetzt wusste ich es wieder.

»Er leidet an Eitelkeit, Arroganz und Größenwahn«, sagte

ich. »Aber bei diesem Haase war er sicher nicht aus gesundheitlichen Gründen. Mehr aus musikalischen.«

»Hä?«, machte Manni.

»Haase ist Musikliebhaber wie Kaltenborn und gehört wie er zum Freundeskreis von Herrn Schönwand. Wahrscheinlich haben sich die beiden über die neusten Klassik-Alben ausgetauscht.«

Ich verschlang das letzte Pizzastück und stand auf. Ich verspürte eine kaum zu bändigende Unruhe. Sie blieb Manni nicht verborgen.

»Remi, hör auf, hier rumzuhibbeln. Wir haben Kaltenborn auf dem Schirm. Er entgeht uns nicht.«

»Und woran merken wir, dass er diesen Süchteln trifft? Wenn er es überhaupt tut? Steht da auf der Karte vielleicht ›Süchtelns Wohnung‹ oder ›Süchtelns Versteck‹ oder so was? Wo ist Kaltenborn jetzt?«

»In Odenthal. Wo er wohnt. Vorher war er wie gesagt im Supermarkt. In der Ortsmitte. Leider kann ich dir nicht sagen, was er gekauft hat.«

»Will ich auch gar nicht wissen. Ich fahr jetzt da hin und beschatte ihn. Vielleicht kommt Süchteln ja zu ihm. Kann ich Kaltenborn unterwegs auch irgendwie elektronisch verfolgen?«

»Dein Handy ist tabu. Schon wegen den Bullen. Nimm das hier.« Manni gab mir etwas Kleines, das schmaler als ein Handteller war. Man konnte es aufklappen. Es war ein Handy, das wohl aus der Steinzeit stammte. Also aus der Zeit vor der Smartphone-Ära. Als man Touchscreens nur aus Zukunftsfilmen kannte.

»Damit geht alles, was wir brauchen. Du kannst mich anrufen, ich kann dich anrufen. Und wir können simsen. Es ist aufgeladen, der Akku hält praktisch ewig. Und die Karte ist auf Homer Simpson angemeldet. Ach ja … Damit du beim Autofahren telefonieren kannst …«

Er reichte mir noch ein Kabel mit Kopfhörern. Freisprechanlagen hatten die Handys damals ja auch schon.

Ich verließ das Haus und stieg in den Renault. In meinem

Magen hatte sich ein seltsames Ziehen ausgebreitet. Wahrscheinlich hatte ich die Pizza zu schnell gegessen.

Ich schluckte ein paarmal und gab Gas. Der Berufsverkehr war vorbei. So plante ich, die normale Route über das Sonnborner Kreuz zu nehmen, die A46 und dann die A3 Richtung Süden. Ich war gerade bis zur Kaiserstraße gekommen, da flackerte vor mir Blaulicht auf. Keine Sirene, nur das Licht zog stumm an mir vorbei – genau in die Richtung, aus der ich gekommen war. Es war ein Streifenwagen. Ein Zivilfahrzeug, das mir bekannt vorkam, folgte direkt dahinter.

Für einen Sekundenbruchteil erkannte ich hinter der Fensterscheibe Opladens Gesicht.

23

Ich war eben von der A3 abgefahren und steuerte auf Schlebusch zu, da klingelte das Handy, das Manni mir gegeben hatte. Nicht nur das Gerät, auch der Klingelton wirkte wie eine Erinnerung an das vergangene Jahrtausend. Es dauerte einen Moment, bis ich beim Fahren das Kabel hineingesteckt und die Ohrstöpsel in die richtige Position gebracht hatte. Dann drückte ich den grünen Knopf.

»Die Bullen waren hier«, sagte Manni ohne weitere Begrüßung.

»Hab ich gesehen. Sie kamen mir entgegen. Was wollten sie?«

»Sie haben gedacht, du hättest dich bei mir versteckt.«

»Und weiter?«

»Was glaubst du denn? Ich habe gesagt, ich hätte keine Ahnung, wo du bist. Sie konnten sowieso nichts machen. Kein Durchsuchungsbeschluss. Ich soll mich melden, falls du auftauchst.« Er lachte kindisch, wie er es manchmal tat, wenn er besoffen war. »Kann ich ja dann machen. Von Telefonieren war nicht die Rede. Nur damit du Bescheid weißt.«

»Was soll mir das nützen? Dass Opladen nach mir sucht, wusste ich ja schon.«

Manni reagierte beleidigt. Das war auch etwas, das er nach einigen Bieren manchmal an den Tag legte. »'tschuldigung«, sagte er und stieß laut auf. »'tschuldigung, dass ich den Herrn belästigt habe. Ich dachte, der Herr würde es wissen wollen, wenn die Bullen nach ihm fragen.«

»Ist schon okay«, wiegelte ich ab, um seiner aufkeimenden schlechten Laune entgegenzuwirken. Ich beschloss, Mannis Konzentration auf unser eigentliches Problem zu lenken. Hoffentlich brachte ihn das wieder in die Spur. »Was macht Freund Kaltenborn?«

»Ist immer noch zu Hause. Ich hab dir doch gesagt, dass

ich mich melde, wenn sich was tut. Wenn ich was sage, mache ich's auch. Für wie blöd hältst du mich.« Es gluckerte. Manni trank. Dann stieß er wieder auf.

Mir kam eine andere Idee. »Sag mal, wie sicher ist das Handy eigentlich, das du mir gegeben hast?«

»Hab ich dir doch erklärt, Mensch. Hast du nicht zugehört? Es ist auf einen Phantasienamen angemeldet und –«

»Ich meine, kann die Polizei es überwachen, wenn sie die Nummer kennt?«

»Klar kann sie das. Aber sie kennt die Nummer nicht. Sie wird unterdrückt. Wenn du willst, kannst du deinen Freund, den Kriminalkommissar, also sogar anrufen und ihm eine gute Nacht wünschen.«

Hinter Schildgen, das zu Bergisch Gladbach gehört, bricht die Besiedlung plötzlich ab, und eine schnurgerade Landstraße führt an Feldern vorbei auf das schmucke Örtchen Odenthal zu.

Von den grünen Höhen und der übrigen ländlichen Atmosphäre bekam ich nichts mit, denn erstens war das Grün ja jetzt eher braun, und zweitens war es dunkel. Am Kreisverkehr nahm ich den Abbieger hinauf nach Osenau, ein an den Hang geschmiegter Ortsteil, der den dort Wohnenden prächtige Ausblicke bot. Es ging sehr steil hinauf.

Kaltenborn bewohnte ein Haus in der allerobersten Querstraße. Langsam ließ ich den Renault vorbeirollen, drehte bei nächster Gelegenheit und stellte mich so, dass ich das Haus im Blick hatte.

In der unteren Etage brannte Licht. In der Einfahrt stand ein dunkler Wagen. Die Marke konnte ich in der Dunkelheit nicht genau erkennen, aber ich tippte auf Mercedes.

Mir fiel ein, dass Kaltenborn bei Schönwands Hauskonzert im Taxi vorgefahren war. Wahrscheinlich war er mit dem Zug nach Wuppertal gekommen und hatte sich dann in die Gartenstraße chauffieren lassen.

Ich wartete. Einmal kam ein älterer Mann aus dem Haus gegenüber, einen Hund an der Leine. Er verschwand hinter mir zwischen den Häusern. Hier oben war ja der Ortsteil zu Ende, dahinter kamen nur noch Felder. Ideale Gassi-Strecken für Hundebesitzer. So gut es ging, kauerte ich mich in meinem Sitz zusammen, damit mich das Herrchen von dem kleinen grauen Etwas, das da an der Leine lief, nicht sah.

Was, wenn Kaltenborn brav die ganze Nacht zu Hause blieb und nichts anderes tat als das, was er sonst so unternahm? Wahrscheinlich wie Schönwand CDs hören. Lesen. Und natürlich schlafen. Oder er kochte sich vorher was. Schließlich hatte er ja eingekauft, wie Manni herausgefunden hatte.

Ich sah auf die Uhr. Jetzt stand ich schon eine gute halbe Stunde hier. Sollte ich Manni noch mal anrufen? Aber er hatte gesagt, dass er sich melden würde. Darauf musste ich mich verlassen, wenn ich nicht Gefahr laufen wollte, dass er noch beleidigter wurde, als er es ohnehin schon war.

Ich dachte an das, was ich vorhin mit meinem computerkundigen Kumpel besprochen hatte. Ein paarmal nahm ich das Handy in die Hand und sah es an. Die Versuchung war groß. Und angeblich war es ja überhaupt nicht riskant …

Schließlich hatte meine rechte Hand erneut zum Handy gegriffen, es der linken übergeben und tippte fast ohne mein Zutun eine Nummer ein. Die Handynummer von Opladen.

Das hätte ich auch früher haben können, dachte ich, während es tutete. Ich hätte ihn ja auch einfach von so einer öffentlichen Säule aus anrufen können. Mittlerweile war ich ja Experte darin, die Dinger zu finden.

Es tutete und tutete.

Dann hörte ich eine nuschelige Stimme. »Ja?«

»Opladen, ich bin's.«

Kurze Pause. »Wo bist du?«

»Opladen, ich wollte –«

»Wo bist du?«, fragte er noch einmal.

»Sag ich nicht. Ich habe Anrath nicht erschossen.«

»Wer denn dann? Er Barbara Obersaal. Du Anrath. Eindeutige Spuren. Mensch, Rott, das war doch im Affekt. Komm. Stell dich. Mach keinen Scheiß.«

»Eindeutige Spuren? Was heißt das denn?«

»Du warst bei Anrath. Hast ein Motiv. Die Zuordnung der Kugel ist eindeutig.«

Klar, sie hatten meine Waffe zwar nicht bei Anrath gefunden, denn ich hatte sie ja mitgenommen. Aber das hieß natürlich nichts. Aus früheren Fällen waren die Innereien meiner Beretta bei der Polizei aktenkundig. Und die Spurensicherung musste ergeben, dass die Kugel, die Anrath getötet hatte, aus meiner Waffe abgefeuert worden war.

»Woher wisst ihr denn, dass Anrath Barbara Obersaal ermordet hat?«, fragte ich.

»Sag ich, wenn du dich stellst.« Obwohl er wie immer in kurzen Sätzen sprach, spürte ich Ungeduld in seiner Stimme. Ich hatte ihn auf dem Handy angerufen. Er war aber sicher zu Hause. Das hieß, er hatte nicht die technische Ausstattung zur Verfügung, die ihn vielleicht in die Lage versetzt hätte, meinen Anruf irgendwie zurückzuverfolgen.

»Ihr habt eine Waffe bei Anrath gefunden. Die, mit der Frau Obersaal erschossen wurde, oder? Ordentlich hinterlegt. Eine schöne Inszenierung. Meine Pistole lag gleich daneben.«

Opladen ließ sich leider nichts aus der Nase ziehen. Aber ich war sicher, dass meine Theorie stimmte.

»Du warst bei Anrath«, wiederholte er. »Und du hattest seinen Laptop. Wolltest deine Spuren verwischen.«

Seinen Laptop? Was war noch mal damit? Ach ja, den hatte ich in Wonnes Wohnung hinterlassen. Das hieß ja …

»Ihr wart in Wonnes Wohnung!«, rief ich verblüfft.

»Durchsuchungsbeschluss, Rott. Sie ist deine Frau. Dazu klare Aussage der Nachbarin. Du warst da. Der Laptop war da. Deine Abdrücke drauf.«

»Ich habe nur versucht rauszufinden, wer das getan haben könnte!«

»Stell dich. Du hattest einen Hass auf Anrath. Wegen deiner Braut. Mildernde Umstände. Wahrscheinlich.«

»Was ist mit Ingo Süchteln?«

Ich hatte ganz unvermittelt gefragt. Und ich erntete ein paar

Sekunden Stille. Das konnte nur heißen, dass Opladen nachdachte. Aber sicher nicht darüber, ob ihm der Name was sagte. Sondern darüber, ob er mir das Ergebnis preisgeben sollte. Er kannte ihn. Wenn es noch einen Zweifel daran gegeben hätte, wäre er spätestens jetzt verschwunden.

»Süchteln hängt da irgendwie mit drin«, schob ich nach. »Der Typ hat in Vohwinkel im Knast gesessen, er hat Connections zu einem Ruhrgebiet-Clan. Ich bin mir ganz sicher, dass –«

»Stell dich.«

»Das ist keine Antwort auf meine Frage, Opladen. Kennst du Süchteln? Sag es mir. Steht er auf eurer Fahndungsliste?«

Wieder war es in der Leitung still. Ich überlegte, ob ich Opladen einen Deal anbieten könnte. Die Information, dass Kaltenborn und Süchteln miteinander in Kontakt standen, gegen meine Freiheit. Aber im Moment schien Opladen noch nicht mal auf Süchteln allein anzuspringen. Und welchen Wert die Information überhaupt für ihn hatte, war nicht zu beurteilen.

»Stell dich«, sagte Opladen. »Und halt dich raus.«

Damit legte er auf.

Ich stieß einen Fluch aus und wollte gerade das Telefon auf den Beifahrersitz schmettern, da wurden mir zwei Dinge bewusst. Neben mir saß Mister M. und wandte mir das beschattete Gesicht zu. »Nicht ablenken lassen«, sagte er. »Es gibt Cops, mit denen man einfach nicht verhandeln kann.«

Dann drehte er sich nach vorne. Ich folgte seinem Blick, und nun kam Ding Nummer zwei ins Spiel.

Auf Kaltenborns Einfahrt bewegte sich etwas. Der musikbeflissene Doktor war gerade dabei, ins Auto zu steigen. Die Lichter des Wagens gingen an. Das Fahrzeug setzte zurück. Jetzt erkannte ich, dass es tatsächlich ein Mercedes war. Langsam rollte er auf der Straße davon.

Ihn jetzt zu verfolgen wäre viel zu auffällig. Nervös nestelte ich an dem Kabel der Freisprecheinrichtung, verwechselte aber die Anschlüsse. Die Ohrstöpsel verhedderten sich. Während die Rücklichter des Wagens verschwanden, gab ich es auf, sie benutzen zu wollen. Ich startete den Motor, tippte Mannis Nummer ein und klemmte mir das Telefon zwischen Kopf und Schulter. Mister M. war schon wieder verschwunden.

»Verdammt, bei dir war besetzt«, sagte Manni, während ich dezent Gas gab. Ich ging davon aus, dass der Mercedes runter zur Hauptstraße gefahren war, und nahm ebenfalls diesen Weg.

»Ja, sicher«, sagte ich. »Aber Kaltenborn ist doch eben erst losgefahren, da war die Leitung wieder frei.«

»Ich hab es bereits versucht, als er das Haus verlassen hat, du Genie. Mit wem hast du telefoniert?«

»Ich habe einem alten Freund eine gute Nacht gewünscht, wie du es mir geraten hast.«

Er lachte leise, und ich hörte das Klackern seiner Computertastatur. »Also ... Kaltenborn fährt runter auf die Altenberger-Dom-Straße.« Ich stellte mit Erleichterung fest, dass mein Kumpel jetzt geradezu nüchtern klang. »Ich habe ihn schön im Blick. Am besten, du bleibst weit hinter ihm, damit er dich nicht bemerkt.«

Am Fuß des Abhangs fragte ich Manni, wie es weiterging.

»Nach rechts. Richtung Leverkusen. Lass dir Zeit. Er entkommt uns nicht.«

Ich bog ab. Es ging über dieselbe Strecke zurück, über die ich vorhin gekommen war.

»Nicht so schnell«, sagte Manni. »Mach langsam.«

»Kannst du meine Position auch verfolgen?«, fragte ich.

»Ist der Papst katholisch?«, kam wieder dieser abgedroschene Spruch, den Manni gelegentlich brachte.

»Fährt er zur Autobahn?«, hakte ich nach.

»Nein, er hat die Odenthaler rauf in Richtung Alkenrath genommen.«

Also war es doch nicht genau derselbe Weg wie vorhin. Ich bog am äußersten Rand des Bergisch Gladbacher Ortsteils Nittum ab und folgte erneut einer freien Landstraße. Links wand sich irgendwo in der Dunkelheit die Dhünn durch die nächtlichen Wiesen. In Alkenrath, was schon zu Leverkusen gehört, war es dann wieder vorbei mit der ländlichen Idylle. Wir näherten uns der A 1, die in gar nicht so weiter Entfernung westlich mit der A 3 das Leverkusener Kreuz bildete.

Manni wollte, dass ich die Autobahn auf dem Überflieger der Schlebuscher Straße überquerte. Auf der anderen Seite erwartete mich das Industriegebiet Fixheide, das sich an den Bürgerbusch anschloss – ein recht großes Waldgebiet, das leider nicht nur von dem Gewerbeareal bedrängt wurde, sondern auch noch den Säbelhieb der A 1 hinnehmen musste, der es schnurgerade in zwei Teile trennte.

»Er hat angehalten«, sagte Manni und nannte mir eine Adresse am Bürgerbuschweg.

»Gehört die Gegend schon zum Industriegebiet?«, fragte ich.

»Schon. Aber ein paar Wohnhäuser gibt's da auch.«

Ich war dort schon mal gewesen. Die Gegend war gut geeignet, um jemanden heimlich zu treffen. Für Geldübergaben oder so was. Der Bürgerbuschweg säumte den Wald und bildete die südwestliche Grenze des Gewerbegebiets, in dem die verschiedensten Firmen ansässig waren. Fuhr man in die Straße hinein, kamen auf der linken Seite tatsächlich Häuser mit Wohnungen, dann ein großes, an drei Seiten von Lagerhallen eingekesseltes Areal mit einer Baumschule. Am Ende verbreiterte sich die Straße zu einem größeren Platz, hinter dem sich weitere Lagerflächen befanden und von wo aus man nur noch über einen Fußweg den Wald erreichte. Wenn ich mich richtig erinnerte, gab es am Ende ein Clubhaus, in dem sich die »Leverkusener Steppenwölfe« trafen.

»Will er vielleicht in den Motorradclub?«, fragte ich Manni.

»Er hat ziemlich weit vorne angehalten. Da, wo die Wohnhäuser sind.«

Ich fuhr nicht so weit wie Kaltenborn, sondern hielt an der Stelle, wo die Kruppstraße und der Bürgerbuschweg in einem spitzen Winkel auseinanderliefen. Das Dreieck war mit ein paar Büschen und kleinen Bäumen bewachsen.

»Ach, schau mal an«, sagte Manni, »das ergibt wirklich Sinn.«

»Darf ich an deinen Erkenntnissen vielleicht teilhaben?«

»In einem der Häuser dahinten gibt es Monteurwohnungen, die man tageweise mieten kann. Über eine Webseite. Ich habe mich gerade mal schlaugemacht, wer sie anbietet. Webseiten müssen ja ein Impressum haben. Rate, wer sie vermietet.«

»Ein gewisser Dr. Heilmar Kaltenborn?«

»Bingo. Ich glaube, wenn man noch ein bisschen weiter recherchiert, kommt raus, dass ihm das Haus, in dem sich die Wohnungen befinden, gehört. Der Herr Musikkritiker hat ein kleines Nebengeschäft.«

»Was nicht verboten ist«, sagte ich düster.

Vielleicht hatte die ganze Verfolgung überhaupt nichts gebracht. Vielleicht war Kaltenborn nur hergekommen, weil er einen Mieter in die Wohnung lassen und irgendwelche Formalien regeln wollte.

»Das schau ich mir mal an«, sagte ich. »Ich lass den Wagen hier stehen. Nur damit du dich nicht wunderst, wenn du auf deinem Bildschirm keine weitere Bewegung siehst.«

»Die Bewegung sehe ich trotzdem«, meinte Manni. »Oder lässt du das Handy im Auto liegen?«

»Auch wieder wahr.«

Ich drückte den roten Knopf und beendete das Telefonat. Dann versuchte ich, das Handy auf Vibrationsalarm zu schalten, wusste aber nicht, wie das bei dem alten Ding ging. Also machte ich es einfach aus und ging los.

Hinter dem kleinen Wegedreieck erhob sich ein mehrstöckiger Mietbau. Daran angrenzend begann eine Reihe von zurückgesetzten Einfamilienhäusern. An einem davon ragte rückwärts eingeparkt Kaltenborns Mercedes ins Bild – beleuchtet von einer trüben Lampe, die über einem offenen Eingang hing.

Die Kofferraumklappe war oben. Hinter dem Fahrzeug bewegten sich zwei Schatten. In dem einen erkannte ich Kaltenborn.

Ich blieb im Dunkeln außerhalb des Lichtkegels und stieg

über eine niedrige Betonmauer, die das Grundstück zur Straße hin begrenzte, auf ein großes Viereck aus Rasen. Neben dem Haus ging der Rasen breit weiter, und ich konnte auf ihm das ganze Gebäude umrunden. So gelangte ich an die Rückseite der Garage, vor der Kaltenborns Wagen stand. Dort blieb ich stehen, um durch den schmalen Durchgang zu sehen.

Der Musikexperte hatte eine Plastikkiste aus dem Kofferraum genommen, aus der Waren aus dem Supermarkt ragten. Nudelpackungen, geschnittenes Brot, Flaschen. Er stand vor dem Eingang und sprach mit jemandem, den ich nicht sehen konnte. Er übergab ihm die Kiste. Zwei Hände nahmen sie entgegen. Im Schein der Lampe erkannte ich verästelte Tätowierungen auf den Unterarmen.

»Es wird bald mal Zeit für die Kohle«, sagte eine Männerstimme. »Ich hab den Job gemacht.«

Kaltenborn nickte nur. Es sah aus, als würde er herumdrucksen.

»He, hast du nicht gehört?«, setzte der andere nach. »Ich habe den Job gemacht!« Jetzt brüllte er fast. »Ich will das Geld. Was wir vereinbart haben.«

Der Hörkünstler wirkte schreckerstarrt und blass. »Es dauert nicht mehr lange«, sagte Kaltenborn. »Im Moment geht's nicht, das hab ich doch schon gesagt.«

»Natürlich geht's. Du brauchst doch der Alten das Geld nicht mehr zu zahlen. Dann muss es doch gehen.«

»Du kriegst dein Geld.« Kaltenborn jammerte. »Dreißigtausend. Unser Deal gilt. Kannst du nicht noch einen Tag warten?«

Statt zu antworten, stellte der andere grob die Kiste ab. Ich konnte hören, wie das Plastik auf den Boden knirschte. Im nächsten Moment schlug er Kaltenborn ins Gesicht, dass es nur so klatschte. Das war natürlich auch eine Antwort.

Der Doktor schrie auf, aber das schien sein Gegenüber noch mehr anzustacheln. Er verpasste dem alten Mann noch ein paar Ohrfeigen. Kaltenborn versuchte, sich zu schützen, hob beide Hände vor das Gesicht, ging einen Schritt zurück, taumelte, fing sich dann aber wieder.

Der zweite Mann musste zwei, drei Schritte aus dem Eingang heraustreten, um Kaltenborn zu erreichen, und ich konnte ihn sehen.

Es war Ingo Süchteln. Der Mann, den Janine beschrieben hatte. Der Mann auf dem Foto, das Judith Obersaal am Hauptbahnhof gemacht und an mich weitergeleitet hatte.

Auf dem leicht verwackelten Schnappschuss hatte ich eine gewisse Ähnlichkeit mit Manni festgestellt. Was das betraf, hatte ich mich jedoch geirrt. Manni war ein Schluffi, ein eher weicher Typ mit teigigem Gesicht und hängenden Wangen. Süchteln wirkte nicht unbedingt körperlich stark, aber er war kompakter, stand gerade und war auch mindestens einen Kopf größer als mein Kumpel vom Vohwinkeler Bahngelände.

»Und jetzt hau ab!«, schrie er Kaltenborn an. »Komm wieder, wenn du die Kohle hast. Spätestens morgen. Ich warte bis Punkt neun Uhr. Wenn du dann nicht mit dem Schotter hier bist, mache ich mit meinem Job einfach weiter, verstehst du? Was ich mit der Alten gemacht habe, kann ich auch mit dir machen.«

Kaltenborn rührte sich nicht.

»Na, mach schon, alter Mann, oder bist du taub?«

Anscheinend kannte er Kaltenborns Ruf als kritischer Hörexperte und hielt die Bemerkung für einen Riesenwitz, denn er lachte schallend.

Die Kiste mit den Lebensmitteln in beiden Händen haltend, ging er ins Haus und knallte die Wohnungstür zu.

Kaltenborn blieb noch eine Weile stehen, den Kopf gesenkt und nachdenklich. Dann holte er ein Taschentuch aus der Innentasche seines Sakkos und tupfte sich das Gesicht ab. Er wandte sich um, ging zum Wagen, stieg ein und startete den Motor.

Ich drückte mich an die Garagenwand und wartete, bis das Motorengeräusch des Mercedes verklungen war.

Dann sah ich mir aus meinem Versteck heraus das Haus genauer an.

In der unteren Etage brannte Licht hinter hellen Vorhängen.

In den übrigen Stockwerken war es dunkel. Wohnte Süchteln als Einziger hier? Ich ging mal davon aus.

Kaltenborn hatte dem Ex-Knacki eine Wohnung verschafft und versorgte ihn mit Waren aus dem Supermarkt. Das war nicht verboten. Seltsam war, was ich den beiden abgelauscht hatte. Kaltenborn schuldete Süchteln dreißigtausend Euro. Süchteln hatte für ihn einen Job erledigt. Indem er Barbara Obersaal und Thomas Anrath ermordete. »Die Alte« war wohl die Standesbeamtin.

Nein, falsch. Ich musste korrekt sein. Der Job bestand darin, Barbara Obersaal umzubringen. Diese Tat hatte Süchteln dann Anrath in die Schuhe geschoben. Und damit der nichts mehr dazu sagen konnte, hatte er ihn auch noch umgebracht und es so aussehen lassen, als wäre ich der Täter. Obersaal war der Job. Anrath hatte dran glauben müssen, um alles zu vertuschen.

Ich aber lebte noch.

Ich konnte ermitteln. Konnte Indizien suchen.

Und ich konnte mit Süchteln reden.

Meine Beretta steckte in meiner Tasche. Das Magazin war fast voll. Nur die eine Kugel, die Anrath das Leben gekostet hatte, fehlte. Vierzehn Patronen waren also noch drin. Vierzehn gute Argumente für Süchteln, auszupacken. Vierzehn Chancen für mich, diesem Wahnsinn hier endlich ein Ende zu bereiten.

Eine gefühlte Ewigkeit schlich ich um das Haus herum und überlegte, wie ich Süchteln eine schöne Überraschung bereiten konnte. Einfach klingeln war keine Option. Eine Terrasse, über die man hineingelangen konnte, gab es nicht. Abgesehen davon hätte die Terrassentür im Winter ohnehin nicht offen gestanden.

Irgendwann gingen in einigen Zimmern die Lichter aus. Süchteln schien sich irgendwas zu essen gemacht zu haben und zog sich jetzt in einen Raum zurück, der über ein besonders breites Fenster verfügte. Wahrscheinlich war es das Wohnzimmer. Hinter dem Vorhang blitzten bunte Lichter auf, und wenn ich das Ohr an die Scheibe hielt, hörte ich den typischen Lärm eines Actionfilms.

Süchteln sah fern. Und das bei hoher Lautstärke.

Irgendwann konnte ich hören, dass die Werbung anfing, und die war noch lauter. Dem Ex-Knacki war das wohl egal, denn der Geräuschpegel änderte sich nicht.

Der Fensterrahmen war keine besonders hohe Barriere, er befand sich etwa auf Höhe meines Bauchnabels.

Hinter dem Haus erstreckte sich eine an die zwanzig Meter vom Gebäude wegführende Rasenfläche. Ich ging das Grundstück ab und erreichte einen Zaun. Daneben drängte sich ein Gartenhäuschen in den äußeren Winkel. Der Riegel war mit einem Vorhängeschloss gesichert.

Hier hinten war es ziemlich dunkel, aber ich konnte erkennen, dass neben dem Häuschen etwas lagerte. Es sah aus wie ein unordentlicher Stapel Holz. Als ich das Zeug befühlte, wurde mir jedoch klar, dass es sich um vergammelte Überreste von Dingen handelte, die man in einem Garten im Sommer gut gebrauchen konnte. Da waren ein Grill, ein paar Gartenmöbel und anderer Kram.

Nach ein bisschen Suchen zog ich eine Metallstange aus dem Sammelsurium. Es war der Pfosten für einen Sonnenschirm. Auf der einen Seite besaß er eine Spitze, die man in den Boden bohren konnte, wenn man keinen ordentlichen Fuß für den Schirm hatte. Das Ding war lang wie ein Speer, und ich hielt es auch so, als ich langsam zum Haus zurückkehrte.

Hinter dem Wohnzimmerfenster tobte wieder der Actionfilm, durchsetzt mit dramatischer Musik und Geschrei. Sollte ich auf die nächste Werbung warten, damit der Krach noch lauter war?

Nein, vielleicht war Süchteln dann nicht so auf das Geschehen konzentriert. Oder nutzte die Pause gar, um pinkeln zu gehen.

Sorgfältig brachte ich mich in Position.

Ich lud die Beretta durch und nahm sie in die linke Hand. Die rechte brauchte ich, um dem Speer die richtige Wucht zu verleihen. Es war eine nicht ganz glückliche Verteilung, aber es ging nicht anders. Der erste Schritt war der wichtigste. Er durfte auf keinen Fall schiefgehen. Wenn Süchteln dann die Pistole sah, würde das Weitere schon klappen.

Ich ging etwa zehn Schritte vom Haus weg. Sogar von hier aus hörte ich das Getöse des Films. Umso besser. Ich legte die Stange und die Pistole noch mal ganz in Ruhe auf den Rasen, zog den Mantel aus und wickelte ihn mir um den Arm.

Dann nahm ich die Waffe und die Stange wieder auf.

Ein paar Sekunden wartete ich noch, atmete tief durch und rannte schließlich wie ein speerbewaffneter Krieger auf das Haus zu.

24

Ich glaube, ich stieß sogar wie ein Neandertaler oder Steinzeitmensch einen Kriegsschrei aus, als ich die spitze Metallstange mit voller Wucht in die Fensterscheibe rammte.

Zu dem Krach aus dem Lautsprecher des Fernsehers kam der Knall von splitterndem Glas.

Leider ging das alles nicht so glatt, wie es ich es mir gewünscht hätte. Teile der Scheibe blieben stehen, sodass ich nicht einfach mit Schmackes hindurchspringen konnte. Hektisch drosch ich ein paarmal nach. Erst dann stützte ich mich mit dem vom Mantel geschützten Arm auf der äußeren Fensterbank ab und warf mich in den Raum. Einen Moment lang fehlte mir die Orientierung, weil ich mich in dem Vorhang verhedderte. Doch dann kam das ganze Ding samt Stange herunter. Ich rollte mich zur Seite und zielte mit der Hand, in der ich die Pistole hielt, dorthin, wo ich Süchteln vermutete.

Er saß schreckerstarrt auf einem grauen Sofa und sah mich an.

Fast wäre ich über die Reste des Vorhangs gestolpert, als ich, die Waffe weiterhin auf ihn gerichtet, aufstand. Unter meinen Sohlen knirschten die Glassplitter. Der Fernseher schickte immer noch seinen infernalischen Lärm in den kahlen Raum.

Dann stand ich aufrecht und hielt Süchteln mit meiner Beretta in Schach. Er hatte sogar instinktiv die Hände erhoben.

»Ausmachen!«, schrie ich.

Er starrte mich entgeistert an. Als er die Hände hob, hatte ich gedacht, er würde es tun, weil er das Spiel kannte. Weil er schon oft festgenommen worden war. Weil er ein professioneller Knacki war. Aber jetzt kam mir der Verdacht, dass das nicht stimmte. Er sah so unschuldig aus wie jemand, der nach seiner Knastentlassung völlig legal in dieser Wohnung untergekommen war und arglos fernsah.

»Ausmachen, das verdammte Ding!«, schrie ich.

Als er immer noch nicht reagierte, machte ich eine schnelle Bewegung nach vorne, nahm die Fernbedienung von dem niedrigen Glastisch vor dem Sofa und erledigte die Sache selbst. In der nächsten Sekunde herrschte Stille.

»Was soll das?«, rief Süchteln. »Was wollen Sie? Sind Sie wahnsinnig?«

Die Glasscherben auf dem Boden und die Metallstange störten das Bild ein wenig. Sonst hätte das hier das Szenario eines netten Fernsehabends werden können. Auf dem Glastisch standen dreckige Teller mit Resten einer Tiefkühlpizza. Daneben lag eine geöffnete Chipstüte. Krümel bedeckten die Fläche des Tisches. Es war wie an manchen Abenden bei mir zu Hause.

»Wir müssen uns unterhalten«, sagte ich. »*Das* will ich. Sie können sich vorstellen, dass ich eine Menge Fragen an Sie habe.«

Süchteln hatte immer noch die Arme erhoben. »Wer sind Sie überhaupt?«

Aus dem kaputten Fenster wehte es kalt herein. Das missfiel mir. Es gelang mir, den Mantel anzuziehen, ohne Süchteln aus der Schusslinie zu lassen. Trotzdem behagte es mir nicht, hier vor dem offenen Fenster zu stehen. Vielleicht hatte der Lärm jemanden hergelockt, dann wären wir von draußen gut zu sehen.

»Tun Sie mal die Hände runter«, sagte ich. »Und dann stehen Sie auf.«

Süchteln gehorchte. Er wirkte ganz ruhig. Zu ruhig. Nicht so ruhig, dass er voller Schrecken erstarrt wäre, sondern eher so, als ob er wüsste, dass ich ihm nichts konnte. Besonders erschrocken kam er mir auch nicht mehr vor.

»Und nun?«, fragte er.

»Gehen Sie vor ins Schlafzimmer«, sagte ich und gab ihm mit dem Pistolenlauf einen Wink.

Er setzte sich in Bewegung, und ich folgte ihm. Im Vorbeigehen nahm ich die Chipstüte mit.

»Sie kennen mich doch, Herr Süchteln«, sagte ich. »Wir brauchen hier keine Spielchen zu spielen. Sie haben mich wahrscheinlich nicht erwartet, aber nun bin ich da. Und ich habe hier ein paar gute Argumente in der Hand, die Sie bestimmt dazu bringen werden, mir zu erzählen, was ich wissen will.«

Es ging über einen kleinen Gang in ein anderes Zimmer, das aber völlig dunkel war.

»Licht«, befahl ich.

Er griff zur Seite, und eine Deckenleuchte flammte auf. Links stand ein ungemachtes, benutztes Bett, rechts ein Schreibtisch. Ich ging hinein, machte die Tür zu und sah mich um. Auf dem Boden vor dem Bett lag ein aufgeklappter Koffer. Zwischen Klamotten war eine Plastiktüte zu erkennen. Sie war nicht ganz geschlossen. Ein rotes Band ragte heraus. Es erinnerte an eine Zunge.

»Aufs Bett legen«, befahl ich. »Auf den Bauch.«

Süchteln war meinem Blick gefolgt. »Du erschießt mich nicht«, sagte er, und seine Augen wurden eiskalt.

»Hinlegen, habe ich gesagt.«

»Und wenn nicht?«

Er stand da und bewegte die Arme, als wolle er sie ausschütteln. Er trug nur Jeans und ein weißes T-Shirt. Durch seine Haltung traten die Muskeln an seinen tätowierten Armen hervor. Er war kein Bodybuilder, aber er war mir körperlich überlegen. Abgesehen davon, dass er ein paar Jahrzehnte jünger war.

Seelenruhig verschränkte er die Arme vor dem Bauch.

Das war der Moment, in dem ich schoss. Ich opferte zwei meiner vierzehn Argumente, aber natürlich ließ ich sie in den Putz der Schlafzimmerwände einschlagen. Es bröckelte weiß auf den grauen Niederflorteppichboden. Nach dem zweiten trockenen Knall hatte ich Süchteln so weit, dass er sich bäuchlings auf das Bett legte.

»Ich hab ja angeblich bereits gestern jemanden umgebracht, schon vergessen?«, sagte ich und nahm mir die Plastiktüte vor. »Vielleicht tue ich es diesmal wirklich. Ich meine, wenn es einen Grund dafür gibt. Aber was rede ich. Darin bist du ja Experte.« Wir hatten zwar nichts zusammen getrunken oder so. Trotzdem hatte ich den Eindruck, dass es der richtige Moment war, um zum Du überzugehen.

Die Tüte enthielt mit roten Schleifen umwickelte Stapel von Hundert-Euro-Scheinen. Die typische Geldverpackungsmethode meiner Tante. Es war Juttas Hochzeitsgeschenk. Ich konnte auf die Schnelle nicht sehen, ob es noch die ganzen zwanzigtausend waren.

»Ich glaube, das gehört nicht dir, mein Freund«, sagte ich. »Das muss ich leider mitnehmen.«

»Leck mich«, kam es vom Bett. Süchtelns Stimme klang dumpf, weil er mit dem Gesicht auf dem Kissen lag.

»Was hast du gesagt?«, fragte ich.

Er hob den Kopf und konnte nun viel deutlicher sprechen. »Leck mich, Rott.«

»Siehst du«, sagte ich, »wir kennen uns. Schön, dass dir das wieder eingefallen ist. Ich denke, diese Grundlage für eine Unterhaltung sollten wir nutzen und weiter ausbauen.«

»Halt doch die Schnauze. Jeder kennt dich, Rott. Viele aus dem Knast. Viele Bullen. Ist es verboten, dich zu kennen?«

»Und das hier?« Ich raschelte mit der Tüte. »Ist es verboten, das hier zu klauen?«, äffte ich ihn nach.

»Ja, ist ja gut. Ich hab's geklaut. Ich bin bei deiner Tante eingebrochen ... Ich bin gerade aus dem Knast gekommen und brauche Geld. Viel Geld. Es ist noch alles da. Du kannst es nachzählen. Nimm's mit und lass mich in Ruhe.«

Ich seufzte theatralisch. »Wenn das nur mal alles wäre, mein Freund. Was hast du denn mit Kaltenborn zu tun?«

»Na, er hat mir die Wohnung hier besorgt, Mann. Irgendwo muss ich ja wohnen.«

»Rein aus Nächstenliebe? Und aus dem Grund hat er dich auch im Knast besucht?«

»Verdammte Scheiße.«

»Du kannst mir viel erzählen.«

»Aber es stimmt. Er ist mein Onkel, okay? Mein Onkel darf mir doch helfen, oder nicht?«

Ich überlegte. Das konnte durchaus stimmen. Man konnte sich ja seine Verwandtschaft nicht aussuchen. Süchteln hätte sich bestimmt einen anderen Onkel gewünscht als so einen arroganten Oberlehrer in Sachen Klassik. Und Kaltenborn wäre vielleicht ein Neffe lieber gewesen, der nicht mit Clans Geschäfte machte und im Knast gesessen hatte.

Normalerweise gingen sich Verwandte, die sich auf diese Weise unterschieden, aus dem Weg. Warum war es hier anders?

»Kein Grund rumzufluchen«, sagte ich. »Das kann man doch auch nett sagen. Du hast einen Job für ihn erledigt, habe ich eben gehört. Und jetzt soll er dir Geld zahlen? Was für ein Job war das denn?«

»Job? Was für ein Job? Da hast du dich verhört, Mann.«

»Ich bin ja vielleicht akustisch nicht so exklusiv ausgestattet wie dein Onkel, aber verhört habe ich mich nicht, da bin ich ganz sicher.«

Ich unterbrach mich und sah ihn an. Er atmete schwer. Es sah so aus, als würde er langsam weich.

»Na?«, sagte ich. »Ich warte.«

»Ich helfe ihm, und er hilft mir«, kam es vom Bett.

»Geht's konkreter?«

»Keine Ahnung, wovon du redest.«

Ich wartete wieder. Ich war sicher, dass ich ihn früher oder später zum Reden bringen würde. Wir waren hier allein. Niemand konnte uns stören. So setzte ich mich auf den Stuhl vor dem kleinen Schreibtisch und bediente mich aus der Chipstüte. »Du weißt genau, was ich meine«, sagte ich kauend.

Die in Öl gesiedeten, dann getrockneten und mit scharfen Gewürzen versetzten Kartoffelscheiben krachten laut in meinen Ohren. Die Tüte war noch fast voll. Das versprach ein netter Abend zu werden. Wunderbar. Ich hatte heute ja nicht viel gegessen. Eigentlich nur die Pizza bei Manni. Und das war schon wieder eine Weile her.

Mein Kopf war voller Gekrache, als Süchteln wieder den Kopf hob und den Mund bewegte. Er sagte etwas, aber es kam nicht bei mir an. Okay, dachte ich. Entweder esse ich, oder ich höre zu. Zuhören war im Moment wichtiger. Deswegen schluckte ich das, was ich noch im Mund hatte, runter und fragte: »Was hast du gesagt?«

»Lass mich aufstehen«, zischte Süchteln.
»Spinnst du? Erst sagst du mir, was ich –«
»Still!«
Er setzte sich auf dem Bett auf. Fast hätte ich noch mal in die Wand geschossen, um ihn einzuschüchtern, aber etwas an seinem Verhalten zeigte mir, dass das keinen Zweck hatte. Außerdem nutzen sich solche Sachen schnell ab. Was hätte ich als Nächstes machen können? Ihm ins Bein schießen?
»Scheiße«, sagte Süchteln, jetzt hoch alarmiert. Er sah mich an. »Hörst du das?«
Ja, ich hörte es. Das Brummen eines Motors näherte sich. Es war ein tiefes Brummen, und der Motor klang satt, überheblich und irgendwie untertourig wie ein Bär. Dazu kam irgendwas Musikalisches. Ein Rhythmus wie von einem Rap oder so was. Viel leiser als das Motorengeräusch. Wahrscheinlich hörte derjenige, der da angefahren kam, seine Lieblingsmusik im Auto. Oder das, was er für Musik hielt.
Süchteln stand auf und beachtete mich gar nicht. Ich fand das natürlich respektlos, aber ich spürte, dass sich etwas grundlegend geändert hatte. Die Rechnung, die ich mit ihm offen hatte, schien gegen das, was auf uns zukam, eine Kleinigkeit zu sein. Ich war keine Gefahr mehr für ihn. Jedenfalls im Vergleich zu dem da draußen.
»Gib mir deine Knarre«, sagte Süchteln und unterstrich seine Forderung, indem er die rechte Hand ausstreckte und ein paar Mal die Finger beugte.
»Bist du bescheuert? Kommt gar nicht in Frage.«
Der Wagen stoppte in unmittelbarer Nähe des Hauses. Vermutlich genau da, wo vorhin Kaltenborns Mercedes gestanden hatte. Die Musik war viel lauter. Rap oder Hip-Hop. So genau konnte ich das nicht auseinanderhalten. Ein unerbittlicher Rhythmus, der alles niederzuzwingen schien. Dazu ertönten Männerstimmen. Es war nicht ein Besucher, es waren mehrere.
»Her damit, Rott«, flüsterte Süchteln. »Sonst sind wir am Arsch. Beide.«
Er machte ein Gesicht, als wollte er gleich anfangen zu heu-

len. Ich stand vor ihm, in der einen Hand die Beretta, in der anderen die Tüte mit dem Geld. Was sollte ich tun?

Ich konnte mich zu nichts durchringen. Immerhin schien Süchteln eine Entscheidung getroffen zu haben.

»Dann eben nicht.« Er schob mich einfach zur Seite, damit er an den Koffer kam. Dort fing er an zu wühlen und förderte eine Pistole zutage. Das Magazin fehlte. Die Suchaktion ging weiter. Bis er es gefunden und in die Waffe gedrückt hatte, vergingen weitere zehn, zwanzig Sekunden. Kaum dass er sich aufgerichtet und sich in Richtung Tür gedreht hatte, knirschte etwas drüben im Wohnzimmer. Die Besucher hatten das zerstörte Fenster entdeckt und waren reingekommen.

»Wer ist das?«, fragte ich.

»Das willst du nicht wissen.«

Vom Wohnzimmer her rief eine Männerstimme Süchtelns Namen. Ich erkannte zwar zumindest seinen Nachnamen, aber derjenige, der da rief, hatte Probleme mit der Aussprache.

Süchteln lud die Waffe durch, atmete tief ein und aus und öffnete dann die Tür. Ich drängte mich eng an die Wand, damit ich nicht sofort gesehen wurde, falls jemand in das Zimmer blickte. Kaltenborns Neffe verschwand im Gang. Wieder waren Schritte auf Glasscherben zu hören. Inzwischen hatten sich wohl alle Besucher im Wohnzimmer versammelt.

Jemand schien Süchteln zu bemerken. Es gab ein großes Hallo, als würde man sich freuen, ihn zu sehen. Was genau gesprochen wurde, verstand ich nicht, aber dort wurde so getan, als feiere man eine Art Familientreffen. Das stand natürlich in heftigem Gegensatz zu der Angst, die Süchteln gezeigt hatte. Willkommene Gäste begrüßte man kaum mit einer frisch geladenen Waffe, sondern man bot ihnen Chips an. Aber Süchteln hatte nicht mal eine Sekunde daran gedacht, die angebrochene Tüte mitzunehmen.

Ich kauerte mich hinter die Tür und hörte den Stimmen zu. Jetzt wurde mir klar, dass Süchteln in einer fremden Sprache mit den Leuten redete. Es klang wie Arabisch.

Diese Erkenntnis war für mich das Signal zum Aufbruch.

Als Erstes machte ich das Licht aus. Dann öffnete ich das Schlafzimmerfenster, stieg hinaus und sah mich um. Wenn ich auf der Straße unbemerkt zurückgehen wollte, musste ich an der Einfahrt vorbei.

Wer sagte mir, dass in dem Wagen mit dem Brummbär-Motor, mit dem die Besucher gekommen waren, nicht noch ein paar saßen, die Schmiere standen?

Ein paar Sekunden blieb ich ruhig stehen und überlegte, wie ich am besten wegkam. Dann krachte im Inneren des Hauses ein Schuss.

Keine Ahnung, wer ihn abgefeuert hatte.

Keine Ahnung, ob Süchteln noch lebte.

Männerstimmen riefen durcheinander. Ich blickte um die Ecke. Von hier aus war das kaputte Fenster zu sehen. Drinnen brannte Licht. Aber die Leute in dem Raum hielten sich hinter dem anderen Fenster auf, dessen Vorhang noch intakt war. Dahinter bewegten sich hektisch Schatten.

Ein zweiter Schuss wurde abgefeuert.

Ich rannte über die Rasenfläche nach hinten zu dem kleinen Schuppen. Hier hockte ich mich hin.

Jenseits des Gartens sah ich das Haus, links lag die Dunkelheit des Waldes. Auf der anderen Seite strahlte das Licht des Industriegebietes in den Himmel, wo es von den Wolken milchig reflektiert wurde. Auf einmal schien sich das Licht zu bewegen, und es bekam einen deutlichen Blaustich.

Schreie drangen aus dem Gebäude. Wer auch immer wen erschossen hatte – den anderen schien das nicht zu gefallen. Etwas weiter entfernt geisterten stumme Blaulichter über den Nachthimmel. Mehrere Polizeifahrzeuge rollten untertourig heran. Der Rasen neben dem Haus gab den Blick auf die Straße frei, und dort konnte ich sie sehen. Zwei davon waren sogenannte Gruppenkraftwagen, mit denen man ein Dutzend Beamte transportieren konnte. Kaum hatten die Wagen gestoppt, stürmten die Polizisten das Haus.

Leider war von meinem Posten aus sonst nicht viel zu erkennen. Doch ich bekam immerhin mit, dass einige bärtige

Männer in dunklen Anzügen festgenommen wurden. Nach knapp zehn Minuten traf ein Rettungswagen ein, der mit Blaulicht und Martinshorn angerast kam und scharf vor der Rasenfläche bremste. Als sie nach einer Weile jemanden auf einer Trage herausbrachten, hatte ich den Eindruck, dass es Süchteln war, der dort lag – mit Infusionen versehen und sicher schwer verletzt, aber am Leben.

Andernfalls wäre ja der Leichenwagen gekommen.

Es dauerte, bis die Party zu Ende war. Zum Glück kam niemand auf die Idee, den Garten zu durchsuchen. Ich kauerte dort eine gefühlte Ewigkeit, immer bereit, über die angrenzenden Grundstücke abzuhauen, falls sich einer von den Beamten näherte.

Das im Haus war wohl eine Abrechnung gewesen. Eine Abrechnung zwischen Süchteln und seinen Clan-Auftraggebern. Wahrscheinlich hatte er sie bei irgendwas beschissen oder sonst wie hintergangen und musste nach seiner Entlassung schlicht Angst davor haben, dass sie sich bei ihm holten, was ihnen ihrer Meinung nach zustand.

Spätestens jetzt war Süchteln wohl klar geworden, dass es eine ganz schlechte Idee war, mit Clans Geschäfte zu machen. Vor allem, wenn man nicht zur Familie gehörte. Aber anscheinend waren diese arabischen Mitbürger aus dem Ruhrgebiet auf externe Hilfe angewiesen, wenn es um Computerkram ging. Und da hatte Süchteln wohl nicht widerstehen können. Bestimmt hatten sie ihm eine Menge Geld angeboten. Oder gegeben. Er hatte allerdings nicht die Leistung erbracht, die sie sich dafür erhofft hatten.

So kam er darauf, dass ihm sein Onkel helfen konnte. Mit Geld. Geld, mit dem Süchteln abhauen konnte. Oder Schulden bei den Arabern bezahlen. Oder beides.

Und Onkel Heilmar, warum half er dem kleinen Ingo?

Weil der kleine Ingo wiederum ihm einen Gefallen tat.

Ich helfe ihm, und er hilft mir.

Das hatte Süchteln gesagt.

Und noch etwas hatte er gesagt.

Du brauchst doch der Alten das Geld nicht mehr zu zahlen.

Die zweitausend Euro, die auf wundersame Weise Monat für Monat in bar in Barbara Obersaals Hände gelangt waren, stammten von Kaltenborn.

Hatte der rekordverdächtig hörbegabte Doktor seinen Neffen beauftragt, Barbara Obersaal zu ermorden, um diese monatliche Zahlung zu sparen?

Von dreißigtausend Euro Gegenleistung war die Rede gewesen. Das entsprach genau fünfzehn Zahlungen an Frau Obersaal. Ein Jahr und drei Monate lang.

Gab man dafür einen Mord in Auftrag? Um nach fünfzehn Monaten dieses Geld nicht mehr bezahlen zu müssen?

Nach etwas Überlegen kam ich darauf, dass die Antwort Nein lautete. Sicher, manch einer wurde wegen viel weniger ermordet. Aber ein Kaltenborn, der sicher kein Habenichts war, ließ sich doch nicht wegen zwei Mille monatlich in so ein Verbrechen verwickeln. Zumal jetzt, wo so viel für ihn auf dem Spiel stand. Als zukünftiger Klaviermusik-Chef und sicher auch als Buchautor et cetera pp. Manni und ich hatten uns die Fernsehsendung über Musik zwar nur ausgedacht, um ihn mit dem Mailanhang in eine Falle zu locken. Aber es war ganz und gar nicht ausgeschlossen, dass es derartige Pläne gab. Wenn nicht jetzt, dann demnächst.

Dr. Heilmar Kaltenborn blickte einer beruflich extrem erfolgreichen Zukunft entgegen.

Barbara Obersaals zweitausend Euro waren da nicht das Problem. Sondern der Grund, warum er sie bezahlte. Ich war sicher, dass die Standesbeamtin ihn erpresst hatte.

Und die Frage war, womit.

Es war schon weit nach Mitternacht, als Ruhe einkehrte und ich mir alles aus der Nähe ansehen konnte.

Meine Knie schmerzten, als ich aus meiner kauernden Haltung aufstand. Mein linkes Bein kribbelte. Ich lief ein paar Minuten auf dem Rasen herum und stampfte fest mit den Füßen auf, um den Blutkreislauf in Gang zu bringen.

Das Haus war mit Absperrband umgeben. Das kaputte Fenster hatten sie mit Brettern gesichert. Wahrscheinlich würden bald die Kriminaltechniker auftauchen. Und alles so genau unter die Lupe nehmen, dass sie garantiert auch die zwei Kugeln aus meiner Waffe fanden, die im Schlafzimmer im Putz steckten.

Opladen würde erfahren, dass ich hier gewesen war und geschossen hatte. Dass ich Süchteln suchte, wusste er ja. Vielleicht strickte er daraus die Theorie, dass der Ex-Knacki als Nächster auf meiner Abschussliste stand. Andererseits – für so blöd hielt ich ihn auch nicht.

Melcherts Renault stand immer noch da, wo ich ihn zurückgelassen hatte. Irgendwann fiel mir ein, dass es vielleicht sinnvoll wäre, das Handy, das mir Manni gegeben hatte, wieder einzuschalten.

Kaum hatte ich Homer Simpsons mobiles Antiktelefon hochgefahren, begann das Ding zu brummen, und eine Nachricht erschien. Sie war von Manni. Eigentlich waren es sogar drei Nachrichten. Jede bestand nur aus einem einzigen Satz.

Melde dich.

Oder komm sofort her.

Hier wartet jemand auf dich.

Ein paar Sekunden lang starrte ich auf das winzige Display.

Was sollte das jetzt bedeuten? Waren das verschlüsselte Warnungen?

Hatte Opladen mit seinen Beamten Mannis Haus umstellt und wartete nun auf mich? Sollte Mannis Aufforderung in Wirklichkeit heißen, dass ich *nicht* kommen sollte? Und wenn es so war, sollte ich dann auch *nicht* anrufen?

Nein, ich sah Gespenster. Was Manni schrieb, war Klartext. Wozu eine Verschlüsselung, wenn es ihm schon gelungen war, mir zu schreiben?

Ich tippte seine Nummer ein und drückte auf den grünen Knopf mit dem Telefonsymbol. Es klingelte und klingelte, aber niemand ging ran.

Nach einer Weile stoppte ich den Anruf und fuhr nach Wuppertal.

Es war kurz nach halb zwei, als ich in Vohwinkel ankam. Der Bewegungsmelder tauchte den Vorplatz wie gewohnt in ein funzeliges Licht. Das »Büro«-Schild begrüßte mich wie einen alten Bekannten. Mannis orangefarbener Capri stand da. Also musste mein Kumpel zu Hause sein. Außer, sie hatten ihn verhaftet.

Ich öffnete die Tür, und sofort fiel die Theorie der Verhaftung in sich zusammen. Wenn sie Manni mitgenommen hätten, wäre nicht dieser infernalische Krach aus dem Haus gedrungen. Auswüchse von Mannis ganz speziellem Musikgeschmack – bestehend aus wüstem Gestampfe, vermischt mit den misstönendsten Geräuschen, die man aus E-Gitarren, Synthesizern und sonstigem Equipment zusammenstellen konnte.

Mit jedem Schritt, den ich näher kam, wurde das Wummern lauter. Als ich mit der Faust gegen die Tür schlug, konnte ich selbst aus nächster Nähe nicht die Spur davon hören. Manni im Inneren des Hauses also erst recht nicht.

Hier wartet jemand auf dich.

Ich konnte mir schon vorstellen, wer das war. Eine von den drei Oasendamen, oder gleich alle drei.

Manni bildete sich wahrscheinlich ein, dass es mir guttäte, wenn ich mich mit den Damen ein bisschen tröstete. Wie es aussah, hatte er einen Weg gefunden, sich mit ihnen zu versöhnen. Und es hätte durchaus zu ihm gepasst, wenn er mit ihnen gleich selbst hier in diesem Haus ein Etablissement aufgemacht hätte. Sozusagen als Plan B, falls das Projekt »Escape Room« nicht funktionierte.

Mit dem Klopfen kam ich nicht weiter. Kurz war ich versucht, mich vor die Tür auf die Stufe zu setzen, aber dazu war es erstens zu kalt, und in dem Stein steckte so viel Feuchtigkeit vom Regen, dass ich mir zweitens einen nassen Hintern geholt hätte.

Das Licht ging aus.

Das Haus hatte nach vorne raus keine beleuchteten Fenster. Vor mir, jenseits des Trümmerfeldes, das von dem ehemaligen Bahnbetriebsgelände geblieben war, beleuchtete die Stadt schimmernd den Himmel. Nach einer Weile konnte ich eine Bewegung weit hinter dem Brachland erahnen. Es war ein später Zug, der vorbeischoss. Dass ich auch etwas davon hörte, verhinderte Mannis Privatparty.

Und da stand auf einmal Mister M. neben mir.

Diesmal hatte ich das Zittern in der Luft, falls es überhaupt eins gegeben hatte, gar nicht wahrgenommen. Vielleicht hatte es etwas mit den Schallwellen zu tun, die aus dem Haus drangen. Es konnte ja sein, dass sie schon die ganze Zeit die Luft zum Erzittern brachten, sodass ich es gar nicht bemerken konnte.

Jedenfalls war er plötzlich da – ein undeutlicher Schatten, der sich so weit neben mir hielt, dass ich ihn nur aus den Augenwinkeln wahrnehmen konnte. Mister M. war mal mehr, mal weniger gut sichtbar. Diesmal eher weniger.

Dafür konnte ich hören, was er sagte. Seine Stimme drang mühelos durch das Heulen, Peitschen und die an Pressluftgehämmer erinnernde Geräuschkulisse hindurch. Er sagte nur wenige Worte. Genauer gesagt drei.

»Erschrick jetzt nicht.«

Ich wollte gerade fragen, was das bedeuten sollte. Was es denn war, wovor ich nicht erschrecken sollte. Aber ich kam nicht dazu. Mister M. verschwand sofort wieder. Der Bereich in meinem rechten Augenwinkel leerte sich, und ich konnte wieder die Betontrümmer, das wilde Gehölz und weiter hinten die Lichter der Bahnlinie sehen.

Mister M. war wohl zu diffus gewesen, um bei seinem Abgang den Bewegungsmelder einzuschalten. Deswegen herrschte immer noch Dunkelheit um mich herum, als sich weit hinten zwischen dem Gestrüpp auf einmal Lichter bewegten. Es war ein Auto, das die kleine Straße entlangkam. Instinktiv trat ich zur Seite, damit mich die Scheinwerfer nicht erwischten. Dabei löste ich den Bewegungsmelder aus und stand nun erst recht gut sichtbar da.

Das Licht erreichte auch den Wagen, der langsam ausrollte und neben Melcherts Renault stehen blieb. Es war ein kleines rotes Auto. Ein Fiat 500. GL-Kennzeichen. Wonnes Wagen.

Und die Frau, die ausstieg, war meine seit Samstag angetraute Ehefrau.

»Remi!«

Sie ließ die Tür ihres Wagens offen stehen und kam auf mich zugelaufen. Sekundenlang glaubte ich an eine Vision, so ähnlich wie die von Mister M., von dem ich ja auch sicher war, dass er in Wirklichkeit gar nicht da war – oder eben nur in meinem Kopf, was aber auf dasselbe hinauslief. Als sie mich dann erreicht hatte, wusste ich, dass es meine echte, leibhaftige Wonne war.

»Ich hab's da unten nicht mehr ausgehalten«, sagte sie nach einer wahren Kuss- und Umarmungsorgie. Die Worte sprudelten nur so aus ihr heraus. »Schon auf dem Hinflug war mir klar, dass ich sofort wieder zurückwollte. Jutta hat sich am Flughafen einen allein reisenden Touristen geschnappt, so einen Typen aus Hamburg, Pilot bei der Lufthansa, fast zwanzig Jahre jünger als sie. Soll sie ihren Spaß haben. Ach, Remi, und dann hab ich alles über den Mord an Anrath im Internet gelesen und Jutta so lange in den Ohren gelegen, bis sie mir ein Rückflugticket besorgt hat. Ganz schön teuer, aber es ging einfach nicht anders.«

Wieder umarmte sie mich, küsste mich und schien sich selbst davon überzeugen zu müssen, dass ich leibhaftig vor ihr stand.

Wir setzten uns in den Renault, der mehr Platz bot als der Fiat, und ich erzählte Wonne alles, was passiert war. Ich zeigte ihr die Tüte mit dem Geld, die ich bei Süchteln gefunden hatte. »Damit können wir Juttas Unkosten begleichen«, meinte ich.

Wonne untersuchte die Bündel im matten Licht der Auto-Innenbeleuchtung. »Ich glaube, es sind noch die ganzen zwanzigtausend.« Sie sah mich an, und in ihrem Blick lag eine Menge Stolz. »Na, den Einbruch hast du schon mal aufgeklärt. Wahnsinn, dass dieser Süchteln so unverfroren war, das auch noch mitgehen zu lassen. Obwohl er doch die dreißigtausend von seinem Onkel bekommen sollte.«

»Er brauchte wohl so viel Geld wie möglich, um aus dem Problem mit dem Clan rauszukommen. Entweder zum Abhauen oder, um seine Schulden zu bezahlen.«

Wonne wurde nachdenklich. »Man müsste herausfinden, worum es bei den Festnahmen in Leverkusen wirklich ging. Hatte die Polizei Süchteln im Visier, oder ging es ihnen um die Clanmitglieder, die ihm zufällig gerade einen Besuch abgestattet haben?«

»Ich denke, uns sollte vor allem interessieren, warum Barbara Obersaal Kaltenborn erpresst hat. Oder zumindest, womit.«

»Aber es wäre doch auch wichtig zu wissen, ob Süchteln die Sache überlebt hat. Ob er eine Aussage machen kann. Außer Kaltenborn ist er der Einzige, der die Sache aufklären kann. Und Kaltenborn wird nichts sagen. Ihm kann man nichts nachweisen.«

»Ich kann ja schlecht Opladen anrufen und fragen. Mal abgesehen davon, dass er in diese Aktion gar nicht involviert war. Das waren sicher Polizeieinheiten aus dem Ruhrgebiet.«

Sie reckte entschlossen das Kinn. »Das kriege ich schon raus«, sagte sie. »Lass mich nur machen. Aber jetzt bin ich dran mit Erzählen.«

Wonne war vor ungefähr drei Stunden wieder in Wuppertal angekommen und hatte versucht, mich zu erreichen.

»Als es nicht geklappt hat, hab ich mein Auto aus der Garage geholt und bin zu Manni gefahren. Er hat gesagt, du hättest ein geheimes Handy, und er wollte mir die Nummer nicht geben. Ich hab ihn dann wenigstens so weit gekriegt, dass er dich angerufen hat, aber dein Handy war abgeschaltet. Deswegen hat er dir die Nachrichten geschrieben.«

»Aber du bist ja gar nicht hier gewesen, als ich kam.«

»Nein«, sagte sie. »Ich bin dann noch mal in die Wohnung. Ich hatte nicht die richtigen Klamotten an. Und hier bei Manni wollte ich nicht auf dich warten.«

»Ist die Polizei in der Wohnung gewesen?«, fragte ich. »Haben sie alles durchsucht?«

»Mir ist nichts aufgefallen. Es war aber eine Nachricht auf dem privaten Anrufbeantworter. Eine Frau Zichorius vom Standesamt. Sie hat um Rückruf gebeten. Wir müssen da gelegentlich noch hin, wahrscheinlich wegen der Papiere oder so was.«

Ich seufzte. »Na, wenn es weiter nichts ist.« Was interessierten mich irgendwelche Formalien auf dem Standesamt? Das hatte Zeit.

Es hatte mir gutgetan, den ganzen Fall zu erzählen. Es half, das Ganze zu ordnen und meine Aufmerksamkeit auf die allerletzten offenen Fragen zu lenken. Fragen, die meistens die schwierigsten waren. Kaltenborn und Obersaal.

»Wer ist eigentlich Judith Obersaals Vater?«, fragte Wonne unvermittelt.

»Du meinst, es könnte Kaltenborn sein?«

Kein Wunder, dass sie an so einen Zusammenhang dachte. Als ich sie kennengelernt hatte, hatten wir mitten im ersten Flirt eine Leiche am Altenberger Dom entdeckt.

Der Fall zog Kreise, die in Wonnes eigene Familiengeschichte hineinreichten. Auch sie war auf der Suche nach ihrem wahren Vater gewesen.

»Es wäre doch möglich«, meinte sie.

»Frau Obersaal soll Kaltenborn wegen einer Vaterschaft erpresst haben? Damit er Geld rausrückt, mit dem dann die Tochter unterstützt werden kann?«

»Viele Männer verweigern ja die Unterhaltszahlung. Vielleicht hat Kaltenborn das auch getan, und nun, wo Judith Obersaal erwachsen ist, hat sie keinen Anspruch mehr darauf. So hat Frau Obersaal dafür gesorgt, dass er das nachholt. Die Frage ist, womit sie ihn erpresst haben könnte …«

»Möglich. Und gleichzeitig hätte er damit auch noch die

schlechte Kritik gutgemacht, die er mal über sie geschrieben hat«, spann ich den Faden weiter.

»Was meinst du denn damit?«, fragte Wonne.

Mir fiel ein, dass ich dieses Detail ausgelassen hatte. Ich berichtete Wonne davon. Sofort nahm sie ihr Handy und suchte nach dem Artikel. Es dauerte keine zehn Sekunden, da hatte sie ihn auf dem Display.

»Das ist ziemlich heftig, was er hier schreibt«, sagte sie bestürzt. »Und sie tritt nun gar nicht mehr als klassische Pianistin auf, hast du gesagt?«

»Sie wollte noch nicht mal was auf dem Klavier am Bahnhof spielen. Offenbar hat sie mit dieser Musikrichtung vollkommen gebrochen. Obwohl sie in ihrer Jugend einen ganz guten Start hingelegt hat.«

»Leute wie Kaltenborn können eine Karriere fördern, aber auch zerstören, bevor sie überhaupt richtig angefangen hat ... Judith ist dadurch in eine Krise geraten. Hat Herr Schönwand nicht gesagt, Frau Obersaal hätte keinen Kontakt mehr zu ihrer Tochter gehabt?«

»Hat er.«

»Nehmen wir mal an, dass Frau Obersaal sehr stolz auf ihre Tochter war, als die mit dem Klavierspielen erste Erfolge erzielte. Und dann kommt dieser Kaltenborn daher und stampft sie in Grund und Boden. Das führt nicht nur dazu, dass Judith Obersaal ihre Karriere aufgibt, sondern auch zu einem Zerwürfnis zwischen Mutter und Tochter.«

»Und wieso?«

»Na ja, nehmen wir weiter an, die Mutter hat ihre Tochter schon auf den Podien der Welt gesehen. Jetzt macht sie alles zunichte, indem sie sich von der klassischen Musik abwendet.«

»Sie war sicher stolz auf sie«, stimmte ich zu. »Das würde passen. Sie hatte Fotos von ihrer Tochter zu Hause hängen.«

»Also weiter«, sagte Wonne. »Wir wissen, die beiden haben sich überworfen. Was dann aber passiert, ist Folgendes: Sie finden wieder zueinander. Vielleicht, als Judith Mark Hoffermann heiratete. Jedenfalls beschloss Barbara Obersaal, ihre

Tochter auf ihrem zweiten musikalischen Weg finanziell zu unterstützen. Und dafür bekam sie Geld von Kaltenborn. Den sie erpresste.«

»Ja, das klingt plausibel. Aber ich glaube nicht, dass es dabei um eine Vaterschaftsgeschichte ging. Frau Obersaal muss etwas viel Wichtigeres über Kaltenborn gewusst haben. Etwas, das niemand erfahren darf. Etwas, das ihn in größte Schwierigkeiten bringt, wenn es rauskommt.«

Wir starrten eine Weile ins Leere.

»Schreibt er vielleicht seine Kritiken gar nicht selbst? Hat er in Wirklichkeit gar keine Ahnung von Musik und wird völlig zu Unrecht als Experte gehandelt?«, überlegte Wonne.

»Oder er hat seine Doktorarbeit irgendwo abgeschrieben. Oder sein Buch über das Hören.«

»Keine schlechte Idee. Wenn wir Frau Obersaals Wohnung noch mal gezielt durchsuchen, finden wir möglicherweise einen Hinweis.«

Auf einmal entfuhr ihr ein Seufzen, und dann gähnte sie. Ich spürte, wie auch mich eine tiefe Müdigkeit befiel. Zusammen mit der Kälte, die im Wagen herrschte, war sie geradezu betäubend.

»Wo sollen wir eigentlich hin?«, fragte Wonne. »Wo hast du die letzte Nacht verbracht? Das hast du in deinem Bericht ausgelassen.«

»Im Auto«, sagte ich.

»Ich hoffe nicht, dass du das ein zweites Mal vorhast.«

Mir fiel ein, dass ich mir darüber noch gar keine Gedanken gemacht hatte.

Was nun? Sollten wir in ein Hotel gehen? Nein, es war sicher besser, wenn wir erst mal von der Bildfläche verschwunden blieben.

»Ich glaube, ich weiß was«, sagte ich und nahm das Handy, das mir Manni gegeben hatte. »Leider muss ich dafür jemanden aufwecken. Aber ich bin sicher, dass er es mir verzeihen wird.«

25

Im Traum irrte ich über das Trümmerfeld des alten Bahnbetriebsgeländes, auf dem Mannis Haus stand. Doch das Haus war gar nicht da. Irgendwer hatte das Gebäude dorthin verpflanzt, wo sich Süchteln versteckt hatte. Wieder und wieder kamen diese finsteren bärtigen Typen, begleitet von Rap und Hip-Hop, und wieder und wieder näherten sich von irgendwoher die Blaulichter der Polizei. Schüsse fielen. Dann war alles still und dunkel. Auf einmal ging ein Bewegungsmelder an, beleuchtete Kaltenborns Haus, das wieder da stand, wo eigentlich Manni wohnte, und alles fing von vorne an.

Die Schleife blieb bei jedem Durchgang fast gleich. Nur hin und wieder meldete sich die Stimme eines Unsichtbaren, der seinen Kommentar dazu abgab. Zuerst konnte ich nicht verstehen, was er sagte, aber nach und nach wurde es mir immer mehr bewusst. Es war Mister M.

Nicht erschrecken. Du bist ziemlich schreckhaft, Rott. Ich glaube, du hast weniger mit mir gemeinsam, als du glaubst.

Ich wollte etwas dazu sagen. Ich wollte mich verteidigen. Ich wollte ihm klarmachen, dass es nicht meine Idee gewesen war, mich mit ihm zu vergleichen. Sondern Wonnes. Sie hatte mir die Bücher geschenkt, in denen Mister M. seine Fälle löste. Dazu dann noch irgendwann diesen typischen Mantel und einen Hut. Beides trug ich nicht. Die Kleidungsstücke hingen nur an einem Garderobenständer in meinem Büro, der so aussah, als stammte er aus Mister M.s Zeit. Es waren Requisiten, die bei Licht betrachtet ein wenig lächerlich wirkten. Einige meiner Kunden hatten schon Bemerkungen darüber gemacht. Sie hatten wissen wollen, ob ich wirklich Detektiv sei oder nur ein Schauspieler, der Detektiv *spiele* – und dafür in die Rolle des berühmten amerikanischen Privatschnüfflers schlüpfte. Wie sollte ich ihnen klarmachen, dass das nur eine Phantasie meiner Lebenspartnerin war? Dass sie darauf stand, mich in dieser Rolle zu sehen?

Ich wurde wach.

»Du bist eher einer dieser Typen, die am Ende alle Beteiligten um sich scharen«, sagte Mister M. deutlich vernehmbar. »Die dann in einem mehr oder weniger ausführlichen Vortrag erklären, wer der Täter war.«

Den Täter haben wir doch schon, dachte ich. Wir müssen nur noch herausfinden, *warum* das alles geschah.

Der entscheidende Mosaikstein fehlte.

Graues Licht fiel durch ein Dachfenster auf das Bett, in dem ich lag. Die Tür des kleinen Schlafzimmers stand offen. Von einem winzigen Flur ging es in ein Bad und in eine kleine Küche. Zum Glück war das Bett breit genug, dass zwei frisch Verheiratete, die sich sowieso gern auf die Pelle rückten, darin übernachten konnten.

Wo war Wonne? Im Bad hörte ich nichts.

Als ich mich aus dem Bett schwang, fiel mein Blick auf meine Armbanduhr, die ich auf den Dielenboden gelegt hatte. Kurz nach neun.

Bettzeug hatte uns Schönwand für die Übernachtung in der kleinen Wohnung zur Verfügung stellen können. Einen Schlafanzug hatte ich allerdings nicht. Oder frische Unterwäsche. Wonne hätte uns etwas aus unserer Wohnung holen können. Sie war sogar der Ansicht gewesen, dass wir ruhig in der Bergstraße übernachten sollten. Aber ich wollte kein Risiko eingehen. Keine Ahnung, was Opladen alles einfiel. Vor allem jetzt, wo sie Süchteln hatten. Wenn er aussagte, würde er nichts unversucht lassen, um seinen Plan weiterzuführen und mich als Schuldigen hinzustellen.

Als ich in dem kleinen Bad vor dem Spiegel stand und gerade mein Unterhemd ausgezogen hatte, ertönten Schritte auf den Holzstufen im Treppenhaus. Wonne kam in die Wohnung.

»Ah, der Herr Meisterdetektiv ist schon auf«, sagte sie. »Wurde ja auch Zeit. Und dann auch noch in der sexy Unterhose.«

Sie gab mir einen Kuss, und ich staunte mal wieder, wie frisch und ausgeruht sie wirkte. Kein bisschen übernächtigt.

Sie strahlte mit jeder Faser aus, dass sie gleich einen ganzen Wald ausreißen wollte.

»Du siehst aus, als wärst du schon lange auf«, sagte ich und stellte den Wasserhahn an.

»Ich habe recherchiert. Süchteln liegt im Koma und kann nichts aussagen.«

»Woher weißt du das?«

»Ein Polizeireporter aus Köln hat es mir gesteckt. Ich kenne ihn noch von früher. Er ist Experte für Clan-Kriminalität. Er berichtet seit Jahren darüber und kennt ein paar Leute beim Landeskriminalamt. Na ja, du weißt schon.«

»Was heißt eigentlich ›von früher‹?«, fragte ich, während ich mich einseifte. Ich hätte mich auch dringend rasieren müssen, aber ich hatte keinen Rasierapparat.

»Was?«, rief Wonne, die schon hinüber ins Schlafzimmer gegangen war.

»Ach, nichts«, sagte ich. Wonne kam immer wieder mal mit Kontakten »von früher« an. Meistens waren das gut aussehende, junge und sehr erfolgreiche Journalisten. Nie Journalistinnen.

»Ich habe mich noch mal bei Herrn Schönwand dafür bedankt, dass er uns die Wohnung zur Verfügung gestellt hat«, sagte sie, als sie wieder in der Badezimmertür erschien. »Und mich, ich meine, uns dafür entschuldigt, dass wir ihn mitten in der Nacht aus dem Bett geklingelt haben. Aber er ist uns nicht böse. Im Gegenteil. Er findet das alles superspannend. Unten gibt's Frühstück.«

Ich hatte meine Katzenwäsche beendet und trocknete mich ab. »Die Frage ist, ob er das alles noch so spannend findet, wenn er erfährt, dass der großartige Dr. Kaltenborn hinter allem steckt.«

Wonne biss sich auf die Lippe. »Tja, das stimmt. Das weiß er noch nicht. Alles andere habe ich ihm aber schon berichtet. Das mit Kaltenborn müssen wir ihm jetzt irgendwie beibringen.«

Unten in Schönwands Wohnung duftete es nach Kaffee, und auf dem Tisch im Essbereich neben dem Wohnzimmer war alles für ein Frühstück gedeckt. Mit Brötchen verschiedenster Sorten, Croissants, Marmelade und etwas Aufschnitt. Es gab zwei Gedecke.

»Ich bin ja so froh, Herr Rott, dass Ihnen nichts passiert ist«, sagte Schönwand. »Ihre Frau Gemahlin hat mir berichtet, dass Sie letzte Nacht bei einer gefährlichen Sache dabei waren, wo sogar geschossen wurde.«

Es kam mir komisch vor, dass jemand Wonne als meine »Frau Gemahlin« bezeichnete. Aber wenn Schönwand das sagte, passte es irgendwie. Dann dachte ich, dass ein paar der Schüsse von letzter Nacht ja aus meiner Waffe gekommen waren, die nun oben in der Dachgeschosswohnung lag. Wahrscheinlich checkte die Kripo gerade die Kugeln in Süchtelns Schlafzimmer.

»Bitte nehmen Sie doch Platz«, sagte Schönwand und machte eine einladende Geste. »Ich selbst habe schon gefrühstückt und den Morgen damit verbracht, ein bisschen Musik zu hören. Eine neue Chopin-Einspielung eines sehr aussichtsreichen jungen Pianisten aus Frankreich. Mein Freund, Herr Dr. Kaltenborn, hat über diese Aufnahme eine sehr schlechte Kritik geschrieben. Andere wiederum haben sie sehr gelobt. Und ich war nun neugierig, wer recht hat.«

Ich nickte Wonne zu. Der Name Kaltenborn war gefallen. Ich griff zu der bereitstehenden Kaffeekanne, schenkte mir ein und nahm ein Croissant.

»Zu welchem Ergebnis sind Sie denn gekommen?«, fragte Wonne.

Ich füllte ihre Kaffeetasse ebenfalls. Schönwand setzte sich zu uns, blickte nachdenklich auf das Tischtuch, als lese er davon etwas ab. »Es ist eigenartig«, sagte er. »Aber in letzter Zeit stimme ich mit Herrn Dr. Kaltenborns Kritiken gar nicht mehr überein. Es kommt mir beinahe so vor, als hätte er ganz andere Aufnahmen gehört als ich. Und das wundert mich. Ehrlich gesagt belastet es mich sogar. Ich habe an ihm immer bewundert, dass er seinen Höreindruck so gut beschreiben konnte – so plastisch, dass man in die Lage versetzt wurde, sich ein inneres

Bild von der Musik zu machen, wenn man seine Artikel las. Noch bevor man überhaupt einen Ton hörte. Und jetzt ist das nicht mehr der Fall. Das ist erschütternd. Eine Katastrophe. Verstehen Sie, was ich meine?«

Er sah uns an, als wäre er in eine persönliche Krise geraten. Als wäre das, was er da beschrieb, ein Problem von größter Tragweite. Als gäbe es auf der Welt keine anderen. Als säße kein unberechenbarer Comic-Präsident im Weißen Haus, als gäbe es keine Populisten, keine Kriege, keinen eigenartigen Virus, der den Forschern Rätsel aufgab. Na gut, dachte ich, die Musik ist eben seine ganze Welt. Für Leute wie ihn ist es wichtig, ob ein Pianist oder eine Pianistin eine Melodie in einer Sonate von Beethoven etwas schneller, etwas langsamer, etwas lauter oder etwas leiser spielt. Für sie ist genau diese Sonate die Welt.

»Ja, Herr Schönwand, das verstehen wir«, sagte Wonne, während ich herzhaft in das Croissant biss. »Und auf Herrn Kaltenborn … also, auf Herrn Dr. Kaltenborn, meine ich, wollte Herr Rott sowieso gerade zu sprechen kommen. Und es hat nichts mit Musik zu tun.«

Schönwand brauchte ein paar Sekunden, um sich von seinen Gedanken über das Album des jungen französischen Pianisten zu lösen. In dieser Zeit schluckte ich die Reste des Croissants hinunter, und ich hatte sogar noch Gelegenheit, einen Schluck Kaffee hinterherzuschicken.

»Herr Rott«, sagte Schönwand und blickte mich an. »Sie hatten mich doch gestern nach der Telefonnummer und der Adresse von Herrn Dr. Kaltenborn gefragt. Haben Sie mit ihm gesprochen? Sie sagten, es ginge um irgendwelche Fragen zu Musikrechten. Von Schallplattenfirmen. Hatten Sie nicht den Verdacht geäußert, die zweitausend Euro, die auf Barbaras Konto landeten und die sie an ihre Tochter und ihren Schwiegersohn weitergegeben hat, hätten hier ihren Ursprung?«

Das hatte ich gesagt. Und zwar gestern im Regen an der Telefonsäule in Remscheid. Es kam mir vor, als sei es Jahre her.

»Ich kann jetzt nicht auf jeden kleinen Ermittlungsschritt

eingehen«, begann ich vorsichtig, »aber es hat sich noch etwas anderes gezeigt.«

»Und das wäre?«, fragte Schönwand.

Ich atmete kurz durch. »Das Haus, in dem ich gestern die Schießerei erlebt habe«, sagte ich, »also das Haus, in dem Ingo Süchteln untergekommen war und in dem ihn die Leute aus dem Ruhrgebiet-Clan ... nun ja, *besuchten*, ehe die Polizei auftauchte ...«

»Ja?«, fragte Schönwand erwartungsfroh, und auch Wonne sah mich auffordernd an.

»Das Haus gehört wohl Dr. Kaltenborn«, sagte ich.

»Wie bitte?«

»Er vermietet dort jedenfalls Wohnungen. Kurzzeitig, für Monteure und andere Saisonarbeiter. Außerdem ist Ingo Süchteln Herrn Kaltenborns Neffe. Süchteln hat es mir selbst gesagt.«

Schönwand schien für einen Moment zu erstarren. Dann kam wieder Bewegung in sein Gesicht. Er runzelte die Stirn, schüttelte den Kopf. »Was für eine seltsame Verquickung der Umstände. Aber man kann sich die Verwandten ja nicht aussuchen.«

»Herr Dr. Kaltenborn hat Süchteln, als der noch einsaß, mehrmals im Gefängnis besucht. Und nun hat er ihm mit der Wohnung geholfen.«

»Gut«, sagte Schönwand. »Sehr nobel von ihm. Aber was hat das denn nun mit unserem Fall zu tun? Mit dem Geld, das Barbara erhalten hat? Darum ging es mir doch. Ich wollte wissen, ob sie sich etwas hat zuschulden kommen lassen ...«

Ich sah Wonne an. Dann sah ich wieder Schönwand an. »Das ist noch immer nicht die ganze Wahrheit«, sagte ich.

»Also heraus damit!«, rief er. »Sagen Sie mir, worum es geht, Herr Rott. Was haben Sie herausgefunden?«

Ich brauchte keine fünf Minuten, um ihm alles zu erklären. Schönwand nahm es äußerlich gefasst auf.

»Ehrlich gesagt habe ich in letzter Zeit immer wieder das Gefühl gehabt, dass mit Heilmar etwas nicht stimmt«, sagte er.

»Sicher hat es auch damit zu tun, dass er bei seinen Rezensionen so eklatante Fehler macht. Irgendetwas belastet ihn.«

»Er wurde erpresst, Herr Schönwand«, stellte ich klar. »Und zwar von Frau Obersaal.«

»Dass er mit niemandem darüber gesprochen hat …«, sagte Schönwand verständnislos.

»Das hat er doch«, meinte Wonne. »Mit seinem Neffen. Und der sollte ihn von Frau Obersaal befreien.«

»Wie das klingt!«, rief Schönwand. »Dann hätte sich Heilmar ja der Anstiftung zum Mord schuldig gemacht. Das ist völlig unmöglich.«

»Wir denken, es ist genau so gewesen«, beharrte ich. Diplomatie war hier meiner Meinung nach fehl am Platz.

»Herr Rott, das ist nicht bewiesen«, wehrte Schönwand ab. »Jeder Beschuldigte ist unschuldig, bis seine Schuld erwiesen ist. Ich kann es leider überhaupt nicht hinnehmen, dass hier, in meinem Haus, über einen meiner besten Freunde so gesprochen wird. Ein Mann von solcher Reputation. Ein Kunstkenner erster Güte. Ein wahres Genie der Musikvermittlung.«

»Bestimmt steckt etwas Ungewolltes dahinter, das ihn irgendwie in diese Lage gebracht hat«, versuchte Wonne, die Wogen zu glätten. »Wir müssen nur herausfinden, was. Das würde ihm sicher auch helfen.«

»Da gibt es nur eine Möglichkeit«, sagte Schönwand. »Ich rufe ihn ganz einfach an und frage ihn.« Er stand auf. Ich nickte Wonne zu, und sie folgte ihm.

»Herr Schönwand, bitte tun Sie das nicht«, sagte sie. »Lassen Sie uns noch genauer darüber nachdenken. Bitte überstürzen Sie nichts.«

»Aber was gibt es denn darüber nachzudenken?«, hörte ich Schönwand aus den Tiefen der Wohnung rufen.

Ich stand auf und ging ebenfalls hinüber. Schönwand stand vor Wonne, in der Hand das Telefon.

»Wenn unsere Theorie stimmt«, sagte ich, »dann hat Frau Obersaal etwas herausgefunden.«

»Das habe ich verstanden, Herr Rott«, gab Herr Schönwand zurück. »Und?«

»Sollten wir ihn ohne die geringste Ahnung, worum es sich handelt, darauf ansprechen, wird er es einfach abstreiten. Er wird aber das Problem nicht lösen können. Und wir auch nicht. Wenn wir hingegen einen Hinweis finden, könnte das alles viel leichter gehen. Es ist auch in seinem Sinne, glauben Sie uns bitte.«

Schönwand sah mich und Wonne lange an, und man merkte ihm an, wie es in ihm arbeitete. Nicht nur die Reputation seiner ermordeten Freundin stand auf dem Spiel, sondern nun auch die seines geschätzten Freundes. Wenn wir weiter in diese Richtung ermittelten, würde sich zeigen, dass beide gewaltig Dreck am Stecken hatten, da war ich absolut sicher. Unternahmen wir aber nichts, würde Schönwand niemals erfahren, welches Problem seinen Freund plagte. Und ein Teil des Falles bliebe ungeklärt.

»Vielleicht liege ich ja auch falsch«, sagte ich. »In dem Fall sollten Sie ihn aber erst recht nicht über den Verdacht informieren. Lassen Sie uns erst weitere Hinweise finden.«

Schönwands widerstreitende Gedanken entluden sich in einem tiefen Seufzer. »Also gut«, sagte er. »Solange das alles unter uns bleibt … Noch ist ja nichts bewiesen, nichts klar, nichts eindeutig. Aber was wollen Sie denn nun tun, um Licht in die Sache zu bringen?«

Wir gingen wieder in Frau Obersaals Wohnung. Für mich war es schon der dritte Besuch, für Wonne der erste.

Ich zeigte ihr alles, was ich bisher entdeckt hatte. Die Fotos an den Wänden, den Papierkram. Leider hatte die Polizei den Laptop mitgenommen, der uns sonst bestimmt weitergeholfen hätte.

»Sie hätte sich garantiert gewünscht, dass ihre Tochter eine klassische Karriere macht«, stellte Wonne nach ausgiebiger Begutachtung der Fotos neben dem Arbeitsplatz fest.

»So war es«, sagte Schönwand, der mitgekommen war und

uns nicht allein gelassen hatte. »Ich hatte nur immer gedacht, Barbaras Tochter hätte der Musik ganz und gar abgeschworen. Und dass sie sich deshalb aus den Augen verloren.«

Mir fiel die Frage wieder ein, die wir uns letzte Nacht im Auto gestellt hatten. »Hat Frau Obersaal Ihnen nie gesagt, wer Judiths Vater ist?«

Wir hatten die Theorie, dass Kaltenborn es sein könnte und deswegen erpresst worden war, zwar ausgeschlossen, aber vielleicht führte der Gedanke trotzdem irgendwohin.

»Ich war immer der Ansicht, dass er verstorben ist«, sagte Schönwand. »Sie hat einmal erzählt, er sei bei einem Verkehrsunfall ums Leben gekommen, als Judith noch klein war. Das war lange bevor sie hier eingezogen ist.«

Dabei ließen wir es bewenden. Wonne betrachtete das Foto, das Barbara Obersaal auf der Hochzeit des Sohnes von Dr. Haase zeigte.

»Es ist schon eigenartig, dass ausgerechnet dieses Bild hier hängt«, meinte sie. »Sie war doch sicher auf vielen Hochzeiten. Was war an dieser hier so wichtig?«

»Sie steht in zeitlichem Zusammenhang mit den Geldzahlungen«, gab ich zu bedenken. »Sie fingen recht bald nach dieser Hochzeit an.«

»Vielleicht hat sie das, womit sie Herrn Dr. Kaltenborn erpresste, auf dieser Hochzeit erfahren«, überlegte Wonne.

Ja, so einen ähnlichen Gedanken hatte ich auch schon gehabt. Welche Bedeutung hatte diese Haase-Hochzeit?

»Wenn es so war, werden wir nie erfahren, worum es geht«, sagte Schönwand. »Sie können ja nicht rekonstruieren, was auf diesem Fest alles geschehen ist.« Er wirkte erleichtert. Klar, er wollte nicht, dass seinem Freund Kaltenborn Anstiftung zum Mord vorgeworfen wurde. »Vielleicht können wir es doch dabei bewenden lassen«, fuhr er fort. »Sollte Heilmar Barbara jeden Monat zweitausend Euro gegeben haben, ist das doch seine Sache. Es ist zumindest nicht verboten. Und was sie mit ihm vereinbart hat, geht uns doch eigentlich ebenfalls nichts an.«

Er nahm wieder das Tuch aus der Tasche und tupfte sich nervös die Stirn ab. »Dieser Herr Süchteln ist der Mörder. Er hat Barbara erschossen. Und Herrn Anrath. Auch wenn im Hinblick auf den Mord an Herrn Anrath noch einiges gegen Sie, Herr Rott, zu sprechen scheint … Es wird sich alles aufklären, da bin ich sicher. Der Fall ist gelöst.«

Ich sah zu Wonne, weil ich wusste, dass wir ihn gemeinsam aufs Neue überzeugen mussten. Sie hatte ihren Blick von dem Foto, das auf der Hochzeit entstanden war, gelöst. Ohne mich zu beachten, tippte sie auf ihrem Handy herum. Sie war vertieft darin, etwas zu suchen.

»Was wollen Sie hier noch finden?«, fragte Schönwand. »Es gibt keinen Hinweis.« Jetzt sah auch er zu Wonne, als würde er von ihr Unterstützung erwarten.

Auf einmal änderte sich ihr Gesichtsausdruck. Sie schien gefunden zu haben, was sie gesucht hatte.

»Was ist?«, fragte ich.

»Wir müssen dringend Manni anrufen.«

»Manni? Wieso das denn?«

»Weil ich etwas herausgefunden habe, Remi. Etwas, das uns entscheidend weiterbringt. Manchmal hat man ja Informationen vor der Nase, von denen man gar nicht weiß, dass sie wichtig sind.«

»Und welche Information soll das sein?«, wollte nun Herr Schönwand wissen, der noch verblüffter war als ich.

Wonne sah ihn an. »Eine, die diesen Dr. Haase betrifft.«

26

»Ich glaube es einfach nicht!«, rief Schönwand immer wieder. »Ich kann es einfach nicht glauben. Nein, das ist unmöglich. Das ist reine Spekulation. Wie können Sie so etwas nur an den Haaren herbeiziehen?«

Die Häufigkeit, mit der er sich die Stirn abwischte, übertraf alles, was ich bisher bei ihm erlebt hatte.

»Wir haben nach einem Geheimnis gesucht, das Herrn Kaltenborn erpressbar macht«, sagte ich und versuchte, seiner Erregung mit Ruhe zu begegnen. »Und genau so ein Geheimnis haben wir gefunden.«

Er steckte das Tuch weg und sah mich böse an. »Und Sie haben gar nicht vor, diesem Verdacht sachlich nachzugehen!«, rief er. »Sie wollen meinen Freund, einen wunderbaren Menschen und eine Kapazität auf seinem Gebiet, ins offene Messer rennen lassen.«

»Das Messer ist nur offen, wenn sich der Verdacht bestätigt«, gab ich zurück. »Nur dann ist überhaupt ein Messer vorhanden, in das er rennen könnte, um im Bild zu bleiben.«

»Ich weiß nicht, ob ich das zulassen kann, Herr Rott. Und dazu noch hier in meiner Wohnung. Heilmar wird es mir nie verzeihen. Bis in alle Ewigkeit nicht. Das ist doch eine Demütigung sondergleichen. Das kann ich nicht machen.«

Seit einer halben Stunde waren wir wieder in Schönwands Wohnung. Es hatte nur ein paar Minuten gedauert, und ich hatte einen Plan gefasst. Unter einem Vorwand gelang es mir, mit Wonne hinauf in die Studentenwohnung zu gehen, wo ich ihr alles erklärte. Schon dort oben hatte sie mich gewarnt, dass Schönwand nicht einverstanden sein würde. Und genau so war es gekommen, als wir wieder unten waren.

»Also gut«, sagte ich und setzte mich an den Esstisch, auf dem immer noch die Reste von dem Frühstück standen. »Sammeln wir weiter Indizien. Ich rufe meinen Kumpel Manni an.«

»Das sollten wir ohnehin tun, bevor wir irgendwas anderes unternehmen«, sagte Wonne. »Das habe ich ja vorhin schon gesagt.«

Ich nahm ihr Handy und wählte. Diesmal kam keine laute Musik, als er sich meldete, sondern leidende Stille, bis er mir müde den Namen seiner Computersupportfirma entgegenkrächzte. Es war wohl eine lange Nacht gewesen.

»Manni, reiß dich zusammen!«, rief ich. »Du musst uns helfen.«

Als er meine Stimme erkannte, war er auf einmal hellwach. »Remi? Hast du mitgekriegt, dass Wonne wieder da ist? Eigentlich sollte sie ja bei mir warten, aber das wollte sie nicht, und da –«

»Alles in Ordnung«, sagte ich. »Wir sind schon einen Schritt weiter. Du hast doch gesagt, du könntest Herrn Kaltenborns Handybewegungen auch in der Vergangenheit orten. Also zu der Zeit, als …« Ich sah zu Schönwand hinüber, der mich prüfend musterte. Wir hatten ihm nichts davon erzählt, dass Manni das Handy seines Freundes mit einer Spionage-App versehen hatte, und ich wollte auch jetzt nicht, dass die Sprache darauf kam. »Na ja, du weißt schon«, sagte ich. »Vor der … Überwachung.«

»Klar geht das«, sagte er. »Und?«

Ich erklärte ihm, dass wir wissen mussten, wie oft und zu welcher Uhrzeit Kaltenborn bei Dr. Haase gewesen war, und das so weit in die Vergangenheit zurückreichend wie möglich.

»Dauert etwa zehn Minuten«, sagte Manni. »Ich rufe wieder an.«

»Das überzeugt mich nicht, Herr Rott«, sagte Schönwand, nachdem ich aufgelegt hatte. »Herr Dr. Kaltenborn und Herr Dr. Haase sind Freunde, sie teilen das Interesse für Musik. Wieso soll es verdächtig sein, dass sie sich getroffen haben?«

Die Frage blieb ihm Raum stehen. »Warten wir, was Manni herausfindet«, sagte Wonne.

»Darf ich mir noch eine Tasse Kaffee einschenken?«, fragte ich Schönwand.

»Aber selbstverständlich, Herr Rott. Ist er noch heiß genug? Ich kann auch gern neuen machen.«

Trotz unserer Differenzen bezüglich Kaltenborn blieb er der perfekte Gastgeber. Schönwand hatte wirklich Stil.

Der Kaffee war auf der Kippe zwischen lauwarm und heiß. Gerade noch so trinkbar.

Endlich rief Manni wieder an. Ich hatte gerade die Tasse in der Hand. Daher griff Wonne zum Telefon, führte ein kurzes Gespräch und drückte dann den roten Knopf.

»Herr Dr. Kaltenborn war tatsächlich sehr oft bei Herrn Dr. Haase«, sagte sie.

»Aber wie gesagt«, fing Herr Schönwand wieder an. »Das heißt nichts.«

»Die meisten seiner Besuche erfolgten aber während der Sprechzeiten«, fuhr Wonne fort. »Herr Dr. Kaltenborn ist nicht nur Herrn Dr. Haases Freund, sondern wohl auch sein Patient.«

»Ist das ein Beweis?«, rief Herr Schönwand.

Ich wechselte mit Wonne einen Blick. Die Reaktion unseres Gastgebers hatte mittlerweile etwas Fanatisches. Er wollte die Wahrheit einfach nicht wahrhaben. Er setzte sich in den Sessel, in dem er sonst immer seine Musik hörte, und blickte vor sich hin. Dabei schüttelte er immer wieder den Kopf. Schließlich nahm er sogar eine der Zeitschriften in die Hand und blätterte darin, als würde ihn die Zuflucht zur klassischen Musik vor allem bewahren, was die Welt so an Schwierigkeiten bereiten könnte.

»Was wäre denn ein Beweis in Ihren Augen?«, fragte ich.

Er riss sich von dem Magazin los, legte es weg und wischte sich wieder über die Stirn. »Wenn Sie nachweisen können, dass Heilmar wirklich in Behandlung war ... oder in Behandlung ist ... Das würde ich akzeptieren.«

»Mit allen Konsequenzen?«, fragte ich. »In Bezug auf das, was wir geplant haben?«

»Ich halte es immer noch für einen großen Vertrauensbruch«, sagte er. »Aber ... Na ja, kriegen Sie erst mal *das* raus.«

»Was wir vorhaben, bleibt hier in Ihrem Haus«, erinnerte ich ihn. Das hatten wir ihm schon erklärt. »Das ist immer noch besser, als wenn es in der Öffentlichkeit geschieht. Es ist nur zum Besten Ihres Freundes.«

»Also gut«, sagte er. »Aber liefern Sie mir erst einen Beweis, der über irgendwelche Treffen und Termine hinausgeht. Das wird Ihnen nicht gelingen. Deswegen ist die Sache hier zu Ende.«

Ich sah zu Wonne. Was jetzt kam, war ihr Part. Ich brauchte gar nichts zu sagen. Sie wusste genau, was zu tun war, und nahm ihr Handy.

»Was machen Sie?«, fragte Schönwand. »Ich dachte, die Sache ist erledigt.«

»Wieso erledigt?«, fragte ich. »Wir sollen beweisen, dass Herr Dr. Kaltenborn der Patient von Herrn Dr. Haase war oder ist. Genau das wird meine Frau jetzt tun.«

»Das können Sie doch gar nicht.« Er lachte, und ein großes Stück Erleichterung schwang darin mit. »Es gibt schließlich die ärztliche Schweigepflicht. Da können Sie nicht einfach bei Herrn Dr. Haase anrufen und ihn fragen.«

»Immerhin ist jetzt Sprechstunde«, sagte Wonne. »Noch bis halb eins.«

Schönwand lachte. »Das ist nicht Ihr Ernst. Das wird Ihnen nichts nützen. Geben Sie es auf.«

Wonne hatte ein paar Zahlen ins Telefon getippt und hielt nun das Handy ans Ohr. Es schien sich jemand zu melden, denn sie nickte mir zu und lächelte. Schönwand sah überrascht zu.

»Ja, guten Tag, mein Name ist Lückerath, Sekretariat Dr. Kaltenborn … Ich benötige hier noch ein paar Angaben von Ihnen, Herrn Dr. Kaltenborns letzte Behandlungen betreffend … Wie bitte? Nein, nein, keine Details. Es geht nur um den Papierkram bei der Krankenversicherung. Er hat leider seinen privaten Kalender mitgenommen. Ich bräuchte bloß die Daten der letzten beiden Besuche … Ja genau, Kaltenborn ist der Name. *Doktor* Kaltenborn.«

Sie schwieg einen Moment, in dem sie wohl die gewünschte Information bekam. »Vielen Dank, das ist sehr hilfreich. Und dann hätte ich gern noch eine Information. Wann ist denn der nächste Termin?« Sie notierte etwas. »Aha, das ist sehr gut, vielen Dank. Herr Dr. Kaltenborn wurde zu einer Vortragreise eingeladen, und ich hatte schon die Befürchtung, es würde etwas kollidieren. Aber das geht.«

Sie hörte noch eine Weile zu, bedankte sich ein weiteres Mal, dann verabschiedete sie sich und unterbrach die Verbindung.

»Herr Dr. Kaltenborn war zuletzt vor zehn Tagen dort«, informierte sie uns. »Außerdem eine Woche früher. Der nächste Termin ist nächste Woche, und dann geht er nicht in die Praxis, sondern in eine Klinik nach Remscheid, wo Herr Dr. Haase Belegarzt ist.«

Einen Moment lang war es still. Dann hörte ich Schönwand seufzen. Sein Mund verkrampfte sich. Er schien die Zähne zusammenzubeißen. »Nun gut«, sagte er. »Ich habe es Ihnen zugesagt. Also machen wir es auch. Die letzte Chance, das geradezubiegen, liegt bei Heilmar selbst.«

Eine Hürde musste Schönwand noch nehmen. Er musste Kaltenborn anrufen und ihn in seine Wohnung bestellen. Und zwar so schnell wie möglich.

Er bat uns, solange seine Wohnung zu verlassen. »Ich möchte allein mit ihm sprechen«, sagte er.

Das mussten wir akzeptieren. Ich hoffte, dass er seinen Freund nicht warnte, aber das hätte er sowieso tun können, wenn er es unbedingt wollte.

Wonne und ich gingen ins Dachgeschoss hinauf. Ich rief noch einmal bei Manni an, denn für das, was wir vorhatten, brauchten wir technische Unterstützung.

»Das ist alles kein Thema«, sagte er. »Und wann soll das Konzert steigen?«

»Das erfahren wir gleich. Am liebsten heute noch.«

»Ich brauche eine Stunde. Höchstens.«

Ich erklärte, dass wir uns bei ihm melden würden. Dann rief ich Judith Obersaal an.

»Herr Rott!«, rief sie überrascht. »Sind Sie mit Ihren Ermittlungen weitergekommen?«

»Das kann man sagen. Wir stehen kurz vor dem Durchbruch. Aber ich bräuchte noch mal Ihre Hilfe. Haben Sie fünf Minuten Zeit? Ich muss Ihnen erst die Zusammenhänge erklären.«

»Unsere Probe fängt in zehn Minuten an. Sie haben also doppelt so lange. Und ich bin wirklich neugierig.«

So kurz und knapp es ging, fasste ich zusammen, was wir herausgefunden hatten. Als ich auf Kaltenborn und die schlechte Kritik für den Auftritt in der Stadthalle zu sprechen kam, bestätigte sie meinen Verdacht, ohne dass ich weiter darauf eingehen musste.

»Das hat mich damals echt fertiggemacht«, sagte sie. »Sie können sich gar nicht vorstellen, wie sehr.«

»Und genau darum geht es, Frau Obersaal. Sie können uns jetzt darin unterstützen, ihn zu überführen.«

Sie lachte gequält. »Glauben Sie, ich fühle mich besser, wenn ich mich an ihm gerächt habe? Das ist doch primitiv.«

»Es geht nicht um Rache. Es geht um Gerechtigkeit. Und darum, wer letztlich die Schuld am gewaltsamen Tod Ihrer Mutter trägt.«

»Sicher. Wenn ich es recht bedenke … Rache ist vielleicht auch nicht schlecht. Was genau soll ich tun?«

Ich sagte es ihr.

Dann warteten Wonne und ich eine Weile, die wir aneinandergeschmiegt auf dem Bett verbrachten.

»Eine Sache ist mir aber immer noch nicht klar«, sagte sie. »Wie bringen wir das alles am Ende Opladen bei?«

Sie hatte recht. Das war der wunde Punkt.

»Eins nach dem anderen«, sagte ich. »Wenn Kaltenborn einmal gesteht, was er getan hat, wird er es sicher auch ein zweites Mal tun.«

Langsame Schritte kamen die Holztreppe herauf. Dann klopfte es. Ich sprang vom Bett auf und öffnete.

Schönwand sah mich an. »Er hat zugesagt. Er wird um fünfzehn Uhr hier sein. Sie können alles vorbereiten.«

27

Es war genau fünfzehn Uhr vier, als es an der Tür klingelte.

Wonne und ich gingen sofort in Schönwands Küche. Es war besser, wenn Kaltenborn uns gar nicht sah. Die Anwesenheit weiterer Personen hätte ihn vielleicht misstrauisch gemacht, mal ganz abgesehen davon, dass er mich ja vom Sehen kannte.

Wir hörten, wie Schönwand seinen Freund begrüßte. Leider bekam er es nicht hin, seine Rolle perfekt zu spielen. Seine Stimme klang nervös, und er ließ die Gelassenheit vermissen, die er sonst an den Tag legte und mit der typischen Höflichkeit vermischte.

Kaltenborn merkte es sofort. »Was ist los, alter Junge?«, fragte er jovial. Er machte eine Pause und stellte sich dann der anderen Person vor, die im Wohnzimmer war. »Kaltenborn, sehr erfreut.«

»Oh, Herr Dr. Kaltenborn«, entgegnete die Stimme einer jungen Frau. »Die Freude ist ganz auf meiner Seite. Ich bin ja so froh, dass Sie sich die Zeit nehmen konnten. Es hängt für mich so viel davon ab, wissen Sie …«

»Fräulein Sibylle von Amberg«, sagte Schönwand. Zum Glück klang wenigstens das überzeugend.

»Sehr erfreut«, sagte Kaltenborn noch einmal.

Ich konnte es zwar nicht sehen, aber ich hatte das Bild dazu dennoch vor Augen. Die Dame, die dem Hörkünstler vorgestellt worden war, bestach schon vor dem musikalischen Eindruck durch eine gewisse Attraktivität. Dazu trug sie ein Kleid, das zwar über die Knie reichte, aber seitlich durch einen raffinierten Schlitz gewisse Einblicke gewährte. Wonne nannte es die »Ingrid-Steeger-Methode«.

»Von Amberg, von Amberg …« Kaltenborn wirkte nachdenklich. »Der Name kommt mir bekannt vor. Aber in Pianisten-Kreisen ist er mir noch nicht begegnet. Was seltsam ist. Ich kenne mich auf diesem Gebiet aus wie sonst niemand.«

Schönwand räusperte sich. »Fräulein von Amberg war lange im Ausland«, erklärte er und gewann zunehmend Sicherheit im Lügen. »Ihr Vater war im diplomatischen Dienst in Kanada … Sie ist erst seit ein paar Tagen wieder in Europa. Und auch nur kurz. Sie ist bisher kaum in Deutschland aufgetreten, möchte sich aber bei einer Agentur bewerben. Da dachte ich, es sei eine wunderbare Gelegenheit, sie erst einmal dir vorzustellen.«

Wonne grinste vor sich hin. Wir beide und Schönwand wussten, warum Kaltenborn das angebliche Fräulein nicht kannte.

Weil es eine Sibylle von Amberg gar nicht gab.

Die Frau, die da im Wohnzimmer stand, war Wonnes Freundin Bea. Sie hatte als Kind mal ein paar Jahre Klavierunterricht gehabt und wusste immerhin noch, wie man sich an so ein Instrument setzte und dabei einigermaßen professionell aussah. Mehr wurde von ihr in musikalischer Hinsicht nicht verlangt. Dafür aber schauspielerisch, mit der Rolle der Pianistin, die in Europa Fuß fassen wollte und sich dafür die Fürsprache des Klaviermusikexperten erhoffte. Des zukünftigen Präsidenten der Klaviermusikgesellschaft.

»Ich bitte um ein ehrliches und gewohnt fachliches Urteil«, sagte Bea. »Es liegt mir sehr, sehr viel daran. Nehmen Sie bitte keine Rücksicht auf emotionale Belange.«

»Aber ich bitte Sie«, kam es jetzt von Kaltenborn, und mir fiel auf, dass er einen Tick zu laut sprach. Ich hatte das auch schon früher bemerkt, dem aber nie besondere Bedeutung zugemessen. »Ich kann gar nicht anders, als ehrliche Urteile abzugeben, wenn es um Musik geht. Es ist wie ein Fluch, wissen Sie? Es ist mir schlicht unmöglich, mit meinen Kritiken und überhaupt mit meinen Äußerungen über Musik zu schmeicheln, entgegen meiner Meinung etwas Positives zu äußern oder eben zu kritisieren, wenn ich begeistert bin. Das Musikleben ist zum Teil von großer Unehrlichkeit geprägt, das ist mir völlig bewusst. Es gibt so viele Gefälligkeitskritiken und ganze PR-Kampagnen, in denen es letztlich nur ums Geld geht. Aber dergleichen ist meine Sache nicht. Sie werden von mir nichts anderes erwarten können als ein höchst kompetentes Urteil von einem der besten Experten auf dem Gebiet der Klaviermusik.«

»Dann schlage ich vor, wir beginnen«, sagte Schönwand leicht drängend. Die Selbstbeweihräucherung schien selbst ihm auf die Nerven zu gehen. »Heilmar, bitte nimm doch hier Platz.«

Wir hatten vorher alles nach unseren Bedürfnissen umgeräumt, die Tische im Wohnzimmer verschoben und die Polstermöbel etwas anders platziert.

»Was hast du denn mit der Einrichtung gemacht?«, hörte ich Kaltenborn fragen.

»Ach, ich habe mal was anderes ausprobiert«, erklärte Schönwand kurz angebunden. »Aber ich glaube, das war keine gute Idee. Ich werde es bald wieder ändern.«

Die Sache hatte uns Kopfzerbrechen bereitet. Kaltenborn durfte Beas Hände nicht sehen, wenn sie am Klavier saß. Aber was war, wenn er während des Vortrags aufstand und herumging? Daran konnte ihn ja niemand hindern. Schönwand hatte jedoch erklärt, dass das unwahrscheinlich sei, denn Kaltenborn hörte Musik immer still dasitzend und mit geschlossenen Augen.

Nebenan schien denn auch alles glattzugehen.

»Also gut!«, rief der Hörkünstler. »Fräulein von Amberg, was werden Sie uns denn Schönes spielen?«

»Beethovens Mondscheinsonate«, sagte Bea wie abgesprochen.

Das war mein Stichwort.

Vor mir auf der Küchenzeile stand ein Laptop. Den hatte Manni vor anderthalb Stunden hergebracht. Er hatte in Schönwands Flügel zudem einen kleinen Lautsprecher untergebracht, der drahtlos über Bluetooth mit dem Computer in der Küche verbunden war.

Wir hatten ausgemacht, dass Schönwand sich kurz räuspern sollte, wenn Bea bereit war und ich die Klangdatei starten sollte.

Dann würde es für Kaltenborn so aussehen, als ob Bea die Sonate zu spielen begann.

Ich hörte das Räuspern.

Es ging los.

Irgendwo hatte ich gelesen, dass diese Sonate am Anfang eine vom Mond beschienene Landschaft darstellen sollte. Schönwand hatte mich jedoch darauf hingewiesen, dass das ein Märchen war und dass Beethoven selbst gar nichts von dem romantischen Titel gewusst hatte, unter dem dieses Stück nach seinem Tod Berühmtheit erlangte.

Ich konnte mir dennoch wunderbar eine nächtliche Szenerie vorstellen. Natürlich eine ganz andere als die, die ich in den letzten Tagen erlebt hatte. Das Brachland, auf dem sich Mannis Haus befand. Die Reste der alten Kalkwerke in Dornap. Wuppertals Straßen im winterlichen Regen …

Davon waren diese Sonate und das, was sie ausdrückte, weit entfernt.

Mir gefiel das Stück, und mir gefiel auch, wie es gespielt wurde. Dabei spielte natürlich nicht Bea. Und es war noch nicht mal ein richtiges Klavier zu hören.

Etwas schreckte mich auf.

Es war Wonne, die mit mir in der Küche wartete. Sie wirkte alarmiert und deutete zum Fenster. Ich folgte ihrem Blick. Von der Küche konnte man hinunter auf die Gartenstraße schauen. Und dort unten tat sich etwas. Mehrere Fahrzeuge fuhren vor. Eins davon war ein Streifenwagen. Ich verdrehte den Kopf an der Scheibe, um mein Sichtfeld zu vergrößern, und sah einige uniformierte Beamte, die sich besprachen. Ein weiterer Mann war in Zivil. Opladen. Den konnten wir jetzt gar nicht gebrauchen.

Während die Klänge weiter zu uns hereinfluteten, formte ich stumme Worte – in der Hoffnung, dass mich Wonne verstand.

Wir müssen ihn aufhalten.

Sie nickte. Ich deutete auf mich, dann auf das Fenster und machte mit zwei Fingern eine Bewegung, die so was wie »Laufen« darstellen sollte.

Ich gehe runter und rede mit ihm.

Wonne schüttelte den Kopf. Verdammter Mist, was sollte das denn jetzt? Wenn Opladen mit seinen Leuten hereinstürmte, war doch unser Plan im Eimer. Was wollte er überhaupt hier?

Die Antwort konnte ich mir selbst geben. Er war hinter mir her. Und er hatte irgendwie herausgefunden, wo ich war. Ganz einfach. Vielleicht hatte er auch herausgekriegt, welches Auto ich fuhr. Dann war der Wagen, der nicht weit entfernt an der Straße stand, vermutlich von einer Streife gesehen worden. Und den Rest hatte er sich selbst zusammengereimt.

Jetzt war es Wonne, die Worte formte und dazu Zeichen machte.

Sie deutete mit dem Zeigefinger auf sich selbst, ließ dann ebenfalls den Zeige- und den Mittelfinger laufen. Sie bedeutete mir, dass sie runtergehen würde.

Also gut. Ich machte eine wischende Bewegung. Was heißen sollte, dass es schnell gehen musste. Jeden Moment konnte die Klingel ertönen und uns stören.

Zum Glück gab es einen Durchgang von der Küche in den kleinen Flur. Ich sah Wonne nach, wie sie die Wohnung verließ und dabei kaum ein Geräusch verursachte. Es gab nur ein kurzes Klicken, als sie die Wohnungstür hinter sich zuzog. Genau in dem Moment begann nebenan eine hochvirtuose, laute Kaskade, die alles andere unter sich begrub.

Schönwand hatte mich darauf vorbereitet, dass dieser schnelle Teil das Ende der Sonate einleitete.

Jetzt kam also die Stunde der Wahrheit.

Die Musik gipfelte in einem rauschenden Auf und Ab über die ganze Tastatur, dann kamen zwei gehämmerte Schlussakkorde – und dann Stille.

Ich atmete tief durch. Da begann nebenan einsamer Applaus einzusetzen. Es klingt immer seltsam, wenn nur eine einzige Person in die Hände klatscht, aber das hier war eben kein großes Konzert.

»Hervorragend«, sagte Kaltenborn mit lauter Stimme. »Ganz, ganz groß. Engelhard, ich danke dir, dass du mich eingeladen hast. Nicht auszudenken, wenn ich dieses Talent verpasst hätte. Frau von Amberg, ich kann Ihnen versichern, dass Ihnen alle Konzertpodien offenstehen.«

»Danke sehr«, sagte Bea, noch immer in ihrer Rolle.

Ich ging zur Tür und blickte ins Wohnzimmer, wo Kaltenborn Beas Hand erfasst hatte. Er bemerkte mich nicht, weil er nur Augen für die vermeintliche Musikerin hatte. Wer mich aber sah, war Schönwand. Er war wieder damit beschäftigt, seine Stirn zu wischen. Sein Gesicht war so rosa wie heute Vormittag, aber diesmal aus anderen Gründen. Ihm war jetzt endgültig klar, dass die Theorie, die wir aufgebaut hatten, stimmte.

Was nun folgen musste, hatten wir nicht abgesprochen. Es war wohl an mir, hinüber ins Wohnzimmer zu gehen, um die Sache aufzuklären. Kaltenborn würde sich sicher winden, würde es nicht zugeben wollen, aber die Beweise waren da. Es hatte keinen Zweck –

Schönwands Gesichtsfarbe changierte von Rosa zu Dunkelrot. »Schluss jetzt!«, schrie er. »Schluss mit dieser verdammten Komödie.«

Kaltenborn sah ihn erstaunt an. »Aber Engelhard …«

»Es hat sich was mit ›aber Engelhard‹!«, rief Schönwand mit einer Aggressivität, die ich an ihm noch nie erlebt hatte. Kaltenborn sicher auch nicht. »Das hier ist nicht Sibylle von Amberg. Und was du gehört hast, war nicht ihr Klavierspiel. Herr Rott, nun kommen Sie doch schon und erklären Sie ihm alles.« Er schnappte nach Luft. »Ich kann nicht mehr.«

Ich ging hinein. Schönwand hatte sich kraftlos in dem Sessel niedergelassen, den wir für Kaltenborn vorgesehen hatten. Der Hörkünstler war bei der Nennung meines Namens sichtbar unruhig geworden. Zweifellos kannte Kaltenborn ihn von den Gesprächen mit Süchteln. Nur hatte sein Neffe ihm sicherlich nie ein Bild von mir gezeigt.

»Was ist hier los?«, fragte Kaltenborn. »Wer sind Sie? Was soll das alles?«

»Sie wissen genau, wer ich bin«, sagte ich. »Ich bin der, der aufklären kann, warum Sie Ihren Neffen dazu angestiftet haben, Barbara Obersaal zu ermorden. Woraufhin der dann auch noch Herrn Anrath umgebracht hat.«

Kaltenborn hatte sich wieder gefangen. »Das ist eine Frechheit! Engelhard, ich bin sicher, dass du mir das alles demnächst erklären kannst. Jetzt muss ich leider gehen. Ich habe noch einen Termin.«

Er machte ein paar Schritte in Richtung Wohnungstür.

»Gehen Sie ruhig!«, rief ich ihm nach. »Die Polizei wartet unten auf Sie. Es wird mir ein Leichtes sein, den Beamten darzulegen, warum Barbara Obersaal Sie erpresst hat. Weil Sie nämlich bald keine Musik mehr hören können. Sie leiden an einer Krankheit, die das Gehör beeinträchtigt. Einige Einschränkungen haben Sie jetzt schon.«

Kaltenborn blieb stehen. Er drehte sich um und sagte: »Spinnen Sie? Wissen Sie, wer vor Ihnen steht?«

»Ja, das weiß ich. Ein Mann, der bei Dr. Haase in Behandlung ist – einem Experten für genau diese Art von Leiden. Und das schon eine ganze Weile.«

»Wie bitte?«, gab Kaltenborn zurück. »Was für ein Leiden?«

»Das Leiden, das dazu führt, dass sie eine Tonkonserve nicht von dem Klang des Konzertflügels unterscheiden können, der vor Ihnen steht.«

Ich ging an Bea vorbei, die vor dem Instrument gestanden hatte und jetzt wieder auf dem Klavierhocker Platz nahm. Mit einer einzigen Bewegung klappte ich den Deckel hoch. Schönwand half mir und befestigte ihn, damit er oben blieb.

»Was soll denn das?«, rief Kaltenborn, aber die Festigkeit in seiner Stimme hatte deutliche Risse bekommen.

»Das wirst du gleich sehen!«, rief Schönwand. »Oder vielmehr hören. Ich habe es auch erst nicht glauben wollen, aber du hast selbst den Beweis dafür geliefert.«

Ich holte den Laptop aus der Küche. Noch im Gehen startete ich die Datei, und da begann die »Mondscheinsonate« von Neuem.

»Sie haben mir eine Aufnahme vorgespielt, um mich zu testen«, tönte Kaltenborn. »Na und? Dann ist eben nicht die Dame hier die große Künstlerin, sondern wer auch immer diese Aufnahme gemacht hat. Wer ist es? Rubinstein? Horowitz? Oder wer sonst? Na los, Herr Rott, sagen Sie es mir. Sie sind doch der Meisterdetektiv.«

»Wer hat Ihnen denn gesagt, dass ich Detektiv bin?«, fragte ich scheinheilig und stellte die Musik etwas leiser.

»Heilmar, jetzt hör endlich auf!«, rief Schönwand und erhob sich. »Gib alles zu.«

»Aber *was* soll ich denn zugeben?«, schrie Kaltenborn zurück.

»Dass Sie am Ende sind«, sagte ich. »Und Barbara Obersaal muss es gewusst haben. Wahrscheinlich hat sie es mitbekommen, als sie auf der Hochzeit des Sohnes von Dr. Haase war. Das hier«, ich deutete auf den Laptop, »hat jedenfalls kein berühmter Pianist, keine berühmte Pianistin gespielt. Kein Horowitz, kein Rubinstein. Es war Judith Obersaal, Barbara Obersaals Tochter. Und die Aufnahme entstand mit einem elektrischen Klavier ohne besondere dynamische Fähigkeiten, wie man mir versichert hat. Jeder hätte die Klänge dieser Datei von einem echten Flügel unterscheiden können, sogar ich. Und zu Ihrem eigenen Unglück haben Sie Judith Obersaal vor einigen Jahren in Grund und Boden kritisiert, weshalb sie ihre Karriere aufgab. Sie hat seit dem Konzert in der Stadthalle, an dem Sie kein gutes Haar ließen, keinen Beethoven mehr gespielt. Bis heute. Da hat sie mir diese Datei angefertigt, die wir Ihnen gerade vorgespielt haben. Und die von Ihnen bejubelt wurde.«

Jetzt war es Kaltenborn, der wieder in den Sessel sank. Er fiel regelrecht in sich zusammen.

»Es ist Otosklerose«, sagte er, nun viel leiser, und starrte vor sich hin. Wie alle Schwerhörigen hatte er sich angewöhnt, lauter zu sprechen. Aber das, was er jetzt sagte, war wohl nur für ihn selbst bestimmt. »Schwerer Fall. Die Krankheit schreitet fort. Es gibt keine Chance auf Heilung. Ich bekam die Nachricht von Dr. Haase, am Tag der Hochzeit seines Sohnes. Man hatte ihm die Testergebnisse aufs Handy gemailt, und er hat mich am Rande der Feier direkt angerufen. Frau Obersaal hat das Telefonat zufällig mit angehört. Sie kannte meinen Namen und verwickelte Herrn Dr. Haase in ein Gespräch, in dem er ihr erklärte, worum es bei meiner Krankheit geht. Er hatte keine Ahnung, dass sie wusste, von wem die Rede war.«

Er atmete schwer.

»Aber deswegen musst du doch niemandem zum Mord anstiften!«, rief Schönwand.

»Sie wollte immer mehr Geld«, fuhr Kaltenborn fort. »Erst eine Riesensumme. Dann monatliche Zahlungen. Demnächst sollte ich ihr wieder zwanzigtausend geben. Ich konnte das nicht mehr … Es war aber nicht nur das Geld. Das Schlimme war, dass es überhaupt jemand wusste. Außer meinem Arzt.«

»Haben Sie Ihren Neffen zu dem Mord angestiftet oder nicht?«, fragte ich.

Kaltenborn nickte. »Ja … Er brauchte ja auch Geld. Er hatte Ärger mit diesen hochgefährlichen Leuten aus dem Ruhrgebiet. Er wollte verschwinden. *Richtig* verschwinden. Was nicht billig ist. Und dabei sollte ich ihm helfen.«

Mit einem Mal wurde sein Blick ganz fahl. Seine Blässe nahm noch mehr zu. Ich dachte für den Bruchteil einer Sekunde, Kaltenborn würde vom Sessel kippen. Doch dann begann er wieder zu sprechen. Einen Text in seltsamem, altertümlichem Deutsch. Er hatte ihn in diesem Raum schon einmal rezitiert.

»›Oh, ihr Menschen, die ihr mich für feindselig, störrisch oder misanthropisch haltet, wie unrecht tut ihr mir … Ihr wisst nicht die geheime Ursache von dem, was euch so scheint … Mein Herz und mein Sinn waren von Kindheit an für das zarte Gefühl des Wohlwollens, selbst große Handlungen zu verrichten, dazu war ich immer aufgelegt, aber bedenket nur, dass seit sechs Jahren ein heilloser Zustand mich befallen, durch unvernünftige Ärzte verschlimmert, von Jahr zu Jahr in der Hoffnung, gebessert zu werden, betrogen ... Ich musste mich früh absondern, einsam mein Leben zubringen. Wollte ich auch zuweilen mich einmal über alles das hinaussetzen, oh, wie hart wurde ich durch die traurige Erfahrung meines schlechten Gehörs dann zurückgestoßen ... Und doch war es mir nicht möglich, den Menschen zu sagen: Sprecht lauter, schreit, denn ich bin taub ...‹«

Das berühmte Schriftstück von Beethoven. Das »Heiligenstädter Testament«.

Während er sprach, sah ich im Augenwinkel eine Bewegung. Im Durchgang vom Wohnzimmer in den Flur stand Wonne. Neben ihr Opladen. Und hinter den beiden vier uniformierte Beamte.

Der Hauptkommissar nickte mir zu.

Kaltenborn seufzte noch einmal tief.

Dann nahmen sie ihn fest.

28

Eine Viertelstunde später war alles vorbei.

Bea, sichtlich beeindruckt von der Szene, die wir ihr geboten hatten, war wieder nach Düsseldorf gefahren – nicht ohne mehrmals zu versichern, dass ihr Kaltenborn schrecklich leidtat. Wahrscheinlich waren ihr die Huldigungen, die sie als angebliches Fräulein von Amberg von ihm erhalten hatte, irgendwie zu Kopf gestiegen.

Ich baute die technischen Geräte ab, die Manni gehörten. »Am besten fahre ich gleich nach Vohwinkel und bringe sie ihm«, sagte ich zu Wonne. »Komm doch mit. Du kannst von unterwegs Judith Obersaal anrufen und ihr berichten, wie alles ausgegangen ist. Dann muss ich den Wagen nach Bergisch Gladbach zu Melchert bringen und meinen holen. Und dann muss ich noch zu Opladen.«

Der Hauptkommissar hatte mich gebeten, so schnell wie möglich ins Präsidium zu kommen, um eine Aussage zu machen. Es war nur eine Formalie. Der Verdacht gegen mich war vom Tisch.

»Alles klar«, sagte Wonne. »Fahren wir.«

Schönwand brachte uns zur Tür. »Die Sache hat ein für mich völlig unerwartetes Ende genommen, Herr Rott«, sagte er. »Aber ich bin froh, dass der Fall gelöst ist. Vielen Dank. Selbstverständlich erwarte ich Ihre Rechnung. Und von dem Geld können Sie hoffentlich Ihre Flitterwochen nachholen, die ja nicht stattfinden konnten. Ich fühle mich da immer noch schuldig.«

»Es ist alles in Ordnung«, sagte ich. »Die Flitterwochen holen wir ganz sicher nach. Und wir sind Ihnen immer noch dankbar, dass Sie bei unserer Trauung so selbstlos für Frau Obersaal eingesprungen sind.«

Wieder einmal kam die Geste mit dem Taschentuch. »Ja, das habe ich gern getan«, sagte er. »Fast ein bisschen zu gern.«

»Wie bitte?«, fragte Wonne. »Was meinen Sie damit?«

Er räusperte sich. »Ach, nichts … oder vielleicht doch etwas.

Na ja, warten Sie es ab. Hauptsache, Sie hatten eine schöne Trauung.«

Was er meinte, erfuhren wir, als ich am Abend zu Hause die Post aus dem Briefkasten holte. Es war ein Brief vom Standesamt dabei. Geschrieben hatte ihn eine gewisse Frau Zichorius.

»Hatte sie nicht versucht, uns zu erreichen?«, fragte ich Wonne.

Sie nickte. »Die Frau vom Standesamt. Sie war auf dem AB. Was schreibt sie denn?«

Sehr geehrte Frau Freier, sehr geehrter Herr Rott,

wie ich erfahren habe, hat Herr Engelhard Schönwand in Vertretung der Standesbeamtin Frau Barbara Obersaal Ihre Trauung vorgenommen.
Wir werden diesen Vorgang intern behandeln, aber ich muss Ihnen trotzdem mitteilen, dass Herr Dr. Schönwand seit seinem Ausscheiden aus dem Beruf kein Amtsträger gemäß § 11 Nr. 2 StGB mehr ist und somit keine Befugnis hat, als Standesbeamter der Stadt Ehen zu schließen. Somit ist Ihre Ehe rechtlich nicht geschlossen worden.
Ich entschuldige mich für die Unannehmlichkeit. Wie erwähnt, behalten wir uns rechtliche Schritte gegen Herrn Schönwand vor. Wir haben allerdings in der Zwischenzeit erfahren, dass Herr Schönwand aus Freundschaft zu der auf so schreckliche Weise ums Leben gekommenen Kollegin Barbara Obersaal entsprechend gehandelt hat. Ohne vorgreifen zu wollen, könnte sich dies im zu erwartenden Verfahren wegen Amtsanmaßung mildernd auswirken.
Wegen eines neuen Termins bitte ich Sie, mich direkt zu kontaktieren.

Mit freundlichen Grüßen
Marianne Zichorius

»Noch mal gut gegangen«, sagte eine männliche Stimme. Es war Mister M., der auf einmal hinter Wonne stand. Ich sah ihn in großer Klarheit. Sein Blick war fest auf mich gerichtet.

»Ja«, erwiderte ich. »Das stimmt. Das ist wirklich noch mal gut gegangen.«

Wonne sah mich verwundert an. »Du wolltest gar nicht verheiratet sein?«

»Nein!«, rief ich. »Das habe ich nicht gemeint. Um Gottes willen. Ich habe doch den Fall gemeint. Und … Ich denke, jetzt können wir alles noch mal neu planen, inklusive Flitterwochen. Außerdem hab ich gar nicht mit dir gesprochen.«

Wonne blickte auf den Brief. »Das hätte ich Herrn Schönwand gar nicht zugetraut. Aber ich bin sicher, er hat nur im besten Ansinnen gehandelt. Er wollte unsere Hochzeit retten und seiner Freundin, von der er ja nicht wusste, wo sie steckt, einen Gefallen tun … Bestimmt wird das mit den mildernden Umständen funktionieren. Als er eingesprungen ist, wusste er ja noch gar nicht, was mit ihr passiert war.«

»Hoffen wir es«, sagte ich. »Ach, übrigens – ich bin ledig. Willst du mich heiraten?«

Statt einer Antwort schob sie mich in mein Büro und machte von außen die Tür zu. Ich setzte mich hinter den Schreibtisch und wartete, bis es klopfte und eine Lady im hellblauen Kleid im Stil der Dreißiger mit passendem Hut und Handtasche hereinkam.

»Mit wem hast du eigentlich vorhin gesprochen, Remi?«, fragte sie später. »Mir geht das nicht aus dem Kopf. Es kam mir vor, als hättest du jemandem geantwortet, als du gesagt hast, es sei noch mal gut gegangen.«

Ich sah zu der Stelle, an der Mister M. aufgetaucht war. Jetzt war er nicht mehr da.

»Ach, mit niemandem«, sagte ich.

Dank

Auch diesen – mittlerweile elften – Fall des Bergischen Privatdetektivs Remigius Rott hätte ich mir nicht ausdenken können, wenn mir nicht einige Personen bei den Recherchen geholfen oder mich zu so mancher Idee inspiriert hätten. Ihnen möchte ich an dieser Stelle danken.

Allen voran Bernhard Terjung: Er stand mir auf vielen Touren durch Wuppertal und Umgebung als Berater zur Seite. Melanie Clemens verriet mir Details über die Örtlichkeiten des Hammertals mit dem »Diederichskotten«. Weitere wertvolle Hinweise verdanke ich Hans Maahn und Rüdiger Braune, die mir die Probenräume im Oxtor näherbrachten. Das Veranstaltungsteam Elisenhöhe versorgte mich mit Informationen über Rotts und Wonnes Hochzeitslocation, Thomas Brühne erklärte mir die Hintergründe des Klaviers im Wuppertaler Bahnhof (auf dem ich auf einer meiner Touren mit Bernhard natürlich auch gespielt habe). Udo Gottschling (einem treuen Fan meiner Krimis) und Stefan Melchert danke ich für die Bereitschaft, mit Gastauftritten in der Geschichte mitzuwirken.

Besonders gedankt sei natürlich auch dem Team des Emons Verlages – vor allem meiner langjährigen Lektorin Marit Obsen. Meiner Frau Claudia danke ich für die erste strenge Korrektur des Manuskripts.

O. B.

Alle Titel von Erfolgsautor Oliver Buslau

Auch als eBook erhältlich

Krimis mit Privatdetektiv Remigius Rott

Bergisch Samba
ISBN 978-3-89705-326-7

Neandermord
ISBN 978-3-89705-565-0

Altenberger Requiem
ISBN 978-3-89705-812-5

Rheinsteigmord
ISBN 978-3-95451-062-7

Der Bulle von Berg
ISBN 978-3-95451-249-2

Wupper Wut
ISBN 978-3-95451-678-0

Wahn
ISBN 978-3-7408-0169-4

Weitere Titel

Das Gift der Engel
ISBN 978-3-89705-480-6

Schatten über Sanssouci
ISBN 978-3-89705-854-5

111 Werke der klassischen Musik, die man kennen muss
ISBN 978-3-7408-0236-3

Feuer im Elysium
ISBN 978-3-7408-0616-3

111 Opernhighlights, die man kennen muss
ISBN 978-3-7408-0985-0